SIDNEY SHELDON

Das Imperium

Sidney Sheldon, 1917 in Chicago geboren, schrieb schon früh für die Studios in Hollywood. Bereits mit fünfundzwanzig Jahren hatte er große Erfolge am Broadway. Am bekanntesten aus dieser Zeit ist wohl sein Drehbuch zu dem Musical »Annie, Get Your Gun«. Seit vielen Jahren veröffentlicht Sheldon Romane, die auch in Deutschland Bestseller wurden. Von ihnen liegen als Goldmann-Taschenbücher vor:

Blutspur (43876)
Diamanten-Dynastie (43877)
Ein Fremder im Spiegel (43878)
Das Imperium (43879)
Im Schatten der Götter (43887)
Jenseits von Mitternacht (43880)
Kalte Glut (43881)
Kirschblüten und Coca-Cola (43882)
Die letzte Verschwörung (43883)
Die Mühlen Gottes (43884)
Das nackte Gesicht (43885)
Die Pflicht zu schweigen (43886)
Schatten der Macht (43888)
Zorn der Engel (43889)

SIDNEY
SHELDON

Das Imperium

Roman

Aus dem Amerikanischen
von Wulf Bergner

GOLDMANN

Ungekürzte Ausgabe

Titel der Originalausgabe: The Stars Shine Down
Originalverlag: William Morrow and Company, Inc., New York

Umwelthinweis:
Alle bedruckten Materialien dieses Taschenbuches
sind chlorfrei und umweltschonend.
Das Papier enthält Recycling-Anteile.

Der Goldmann Verlag
ist ein Unternehmen der Verlagsgruppe Bertelsmann

Genehmigte Taschenbuchausgabe 2/97

Umschlagentwurf: Design Team München
Umschlagfoto: Look/Christian Heeb
Druck: Elsnerdruck, Berlin
Verlagsnummer: 43879
MV · Herstellung: Schröder
Made in Germany
ISBN 3-442-43879-9

3 5 7 9 10 8 6 4 2

Dieses Buch widme ich Morton Janklow,
einem Mann für jede Lebenslage.

Die Sterne scheinen herab
Und sehen uns leben
Unsere kleinen Leben
Und weinen um uns.

Monet Nodlehs

ERSTES BUCH

1. Kapitel

Donnerstag, 10. September 1992
20.00 Uhr

Die Boeing 727 durchflog ein Meer aus Kumuluswolken, die das Flugzeug wie eine große silberne Feder auf und ab warfen. Aus dem Kabinenlautsprecher drang die besorgte Stimme des Piloten.

»Sind Sie angeschnallt, Miss Cameron?«

Keine Antwort.

»Miss Cameron ... Miss Cameron ...«

Die Stimme ließ sie aufschrecken. »Ja?« Sie hatte von glücklicheren Zeiten, glücklicheren Orten geträumt.

»Alles in Ordnung? Das Gewitter ist bald vorbei, hoffe ich.«

»Mir geht's gut, Roger.«

Vielleicht haben wir Glück und stürzen ab, dachte Lara Cameron. Das wäre ein passendes Ende. Irgendwo, irgendwie war alles schiefgegangen. Schicksal, überlegte Lara. Gegen sein Schicksal kommt man nicht an. Im vergangenen Jahr war ihr Leben wild trudelnd außer Kontrolle geraten, und nun war sie in Gefahr, alles zu verlieren. Wenigstens kann sonst nichts mehr schiefgehen, dachte sie mit schwachem Lächeln. Es gibt nichts mehr.

Die Tür zum Cockpit öffnete sich, und der Pilot kam in die Kabine. Er blieb kurz stehen, um seinen Passagier zu bewundern – eine schwarzhaarige Schönheit mit makellosem Teint und klugen grauen Augen. Sie hatte sich nach dem Start in Reno umgezogen und trug jetzt ein schulterfreies weißes Abendkleid, das ihre schlanke, verführerische Figur betonte. An ihrem Hals glitzerte ein Kollier aus Rubinen und Brillanten. Wie kann sie so gelassen wirken, obwohl die Welt um sie her in Trümmer fällt? fragte er sich. Die Medien griffen sie seit Wochen erbarmungslos an.

»Funktioniert das Telefon wieder, Roger?«

»Leider noch nicht, Miss Cameron. Die elektrischen Störungen im Gewitter sind zu stark. Und wir werden La Guardia leider erst mit ungefähr einer Stunde Verspätung erreichen.«

Ich komme zu spät zu meiner Geburtstagsparty, dachte Lara. Alle werden da sein. Zweihundert Gäste, darunter der Vizepräsident der Vereinigten Staaten, der Gouverneur des Bundesstaates New York, der Oberbürgermeister, Hollywoodstars, berühmte Sportler und Finanzleute aus einem halben Dutzend Länder. Sie hatte die Gästeliste persönlich durchgesehen und genehmigt.

Sie sah den Bankettsaal im Cameron Plaza, in dem ihre Party stattfand, schon vor sich. Von der Decke hingen Kronleuchter herab, deren Kristallprismen wie Diamanten funkeln würden. Die zweihundert Gäste würden sorgfältig plaziert an zwanzig runden Tischen sitzen, die mit feinstem Damast, Porzellan, Gläsern und Silber gedeckt waren. Und in der Mitte jedes Tisches würde ein Blumenarrangement aus weißen Orchideen und weißen Freesien stehen.

An beiden Enden der großen Empfangshalle draußen vor dem Saal würde je eine Bar aufgebaut sein und mitten in der Halle ein großes Büffett. Ein Schwan aus klarem Eis sollte von Beluga-Kaviar, Räucherlachs, Shrimps, Hummer und Krabben umgeben sein, während in Eiskübeln Champagner bereitstand. In der Küche würde die zehnstöckige Geburtstagstorte warten, Oberkellner, Pagen und Wachpersonal schon lange in Position sein.

Im Bankettsaal hätte ein Tanzorchester das Podium bezogen, um die Gäste zu verlocken, zur Feier ihres vierzigsten Geburtstages die Nacht durchzutanzen. Alles würde bereit sein.

Das Dinner würde köstlich sein. Sie hatte die Speisefolge selbst ausgewählt. Als Vorspeise würde es Foie gras geben, danach eine Pilzsuppe unter einer delikaten Kräuterkruste, dann Seezungenfilets und als Hauptgang Lamm in Rosmarin mit erlesenen Gemüsen und einem Kartoffelgratin. Käse und Trauben würden folgen und schließlich die Geburtstagstorte mit Kaffee, Mokka und Kognak.

Es würde eine großartige Geburtstagsparty werden. Lara würde erhobenen Hauptes durch die Reihen ihrer Gäste schreiten und so tun, als sei alles in bester Ordnung. Sie war Lara Cameron.

Als ihr Privatjet endlich auf dem New Yorker Flughafen La Guardia landete, hatte er eineinhalb Stunden Verspätung.

Lara wandte sich an den Piloten. »Wir fliegen spät nachts wieder nach Reno zurück, Roger.«

»Wie Sie wünschen, Miss Cameron.«

Ihr Chauffeur wartete mit ihrer Limousine am Rand des Vorfelds.

»Ich habe mir schon Sorgen um Sie gemacht, Miss Cameron.«

»Wir sind in scheußliches Wetter geraten, Max. Bringen Sie mich so schnell wie möglich ins Plaza.«

»Ja, Ma'am.«

Unterwegs griff Lara nach dem Autotelefon und wählte Jerry Townsends Nummer. Er hatte die Party organisiert. Lara wollte sich davon überzeugen, daß fürs Wohl ihrer Gäste gesorgt war. Aber Jerry meldete sich nicht. Er ist sicher im Ballsaal, dachte Lara.

»Beeilen Sie sich, Max.«

»Ja, Miss Cameron.«

Beim Anblick des riesigen Hotels empfand Lara unwillkürlich tiefe Befriedigung darüber, was sie erreicht und geschaffen hatte. Aber an diesem Abend hatte sie es zu eilig, um darüber nachzudenken. Im Bankettsaal würden schon alle ungeduldig auf sie warten.

Lara stieß die Drehtür vor sich her und hastete durch die großzügige Halle des Cameron Plaza. Carlos, der stellvertretende Direktor, sah sie und eilte auf sie zu.

»Miss Cameron . . .«

»Später«, wehrte Lara ab. Sie ging weiter, erreichte die geschlossenen Türen des Bankettsaals und blieb stehen, um tief Atem zu holen. *Ich bin bereit, ihnen gegenüberzutreten,* dachte Lara. Sie stieß mit einem Lächeln auf dem Gesicht die Türen auf und blieb verblüfft stehen. Der große Saal lag in tiefem Dunkel. Sollte das eine Überraschung für sie werden? Sie tastete nach dem Hauptschalter neben der Tür. Hunderte von Lampen flammten auf und tauchten den Ballsaal in gleißend helles Licht. Aber er war leer! Kein einziger Mensch war zu sehen. Lara stand wie vor den Kopf geschlagen da.

Was, um Himmels willen, konnte aus zweihundert Gästen geworden sein? Auf den Einladungen hatte zwanzig Uhr gestanden. Inzwischen war es fast zehn. Wie konnten so viele Menschen sich in Luft aufgelöst haben? Das war geradezu unheimlich. Während sie sich in dem riesigen leeren Ballsaal umsah, spürte sie, wie ihr ein kalter Schauder über den Rücken lief. Bei ihrer Geburtstagsparty vor einem Jahr war derselbe Raum voller Freunde, voller Musik und Lachen gewesen. Sie erinnerte sich so gut an diesen Tag...

2. Kapitel

Vor einem Jahr hatte Lara Camerons Terminkalender nicht viel anders als an jedem gewöhnlichen Werktag ausgesehen.

10. September 1991:	
05.30 Uhr	Frühsport mit Trainer
07.00 Uhr	Auftritt in *Good Morning America*
07.45 Uhr	Besprechung mit japanischen Bankiers
09.30 Uhr	Jerry Townsend
10.30 Uhr	Mitarbeiterbesprechung (Planungsfragen)
11.00 Uhr	Faxe, Auslandsgespräche, Post
11.30 Uhr	Mitarbeiterbesprechung (Baufortschritte)
12.30 Uhr	Besprechung mit Vertretern von Sparbanken
13.00 Uhr	Mittagessen – Interview für das Magazin *Fortune* – Hugh Thompson
14.30 Uhr	Besprechung mit Bankiers (Metropolitan Union)
16.00 Uhr	Städtischer Planungsausschuß
17.30 Uhr	Besprechung mit Oberbürgermeister
18.15 Uhr	Besprechung mit Architekten
18.30 Uhr	Städtischer Bauausschuß
19.30 Uhr	Cocktails mit Investoren aus Dallas
20.00 Uhr	Geburtstagsparty (Cameron Plaza)

Lara hatte schon ungeduldig auf ihren Trainer Ken gewartet.

»Sie kommen zu spät.«

»Entschuldigung, Miss Cameron. Mein Wecker hat nicht geklingelt, und ich bin . . .«

»Ich habe heute viel zu tun. Fangen wir lieber gleich an.«

»Okay.«

Auf zehn Minuten Lockerungsübungen folgten Stretching und energische Aerobics.

Sie hat den Körper einer Zwanzigerin, dachte Ken. Die hätte ich gern mal in meinem Bett. Es machte ihm Spaß, jeden Morgen herzukommen, nur um sie anzusehen und in ihrer Nähe sein zu können. Wurde er gefragt, was oft vorkam, wie Lara Cameron im persönlichen Umgang sei, antwortete er nur: »Die Lady ist große Klasse.«

Lara hatte keine Mühe mit dem anstrengenden Training, aber sie war an diesem Morgen nicht recht bei der Sache.

Nach der letzten Übung sagte Ken: »Ich sehe Sie mir nachher in *Good Morning America* an.«

»Was?« Lara hatte das Interview im Augenblick ganz vergessen. In Gedanken war sie schon in der Besprechung mit den japanischen Bankiers gewesen.

»Schön, dann bis morgen, Miss Cameron.«

»Kommen Sie nicht wieder zu spät, Ken.«

Lara duschte, zog sich an und frühstückte allein auf der Terrasse ihres Penthouses. Das Frühstück bestand aus Grapefruit, Cornflakes und grünem Tee. Danach ging sie in ihr Arbeitszimmer.

Sie klingelte nach ihrer Sekretärin. »Die Auslandsgespräche erledige ich aus dem Büro«, sagte Lara. »Ich muß um sieben bei der ABC sein. Max soll mit dem Wagen vorfahren.«

Das Interview in der Sendung *Good Morning America* war ein Erfolg. Joan Lunden, die Interviewerin, war liebenswürdig wie immer.

»Als Sie letztes Mal bei uns gewesen sind, Miss Cameron«, sagte Joan Lunden, »hatten Sie gerade mit dem Bau des höchsten Wolkenkratzers der Welt begonnen. Das war vor fast drei Jahren.«

Lara nickte. »Ja, das stimmt. Meine Cameron Towers werden nächstes Jahr fertiggestellt.«

»Wie fühlt man sich in Ihrer Position . . . wenn man so Unglaubliches geleistet hat und noch immer so jung und schön ist? Sie sind ein Vorbild für Millionen von Frauen.«

»Sie schmeicheln mir«, wehrte Lara lächelnd ab. »Ich habe keine Zeit, mich als Vorbild zu sehen. Dazu bin ich viel zu beschäftigt.«

»Obwohl das Immobilien- und Baugeschäft eigentlich als Domäne der Männer gilt, sind Sie in dieser Branche höchst erfolgreich. Wie machen Sie das? Wie suchen Sie beispielsweise den Standort für ein neues Gebäude aus?«

»Ich suche ihn nicht aus«, antwortete Lara. »Der Bauplatz sucht *mich* aus. Ich bin irgendwo unterwegs und sehe ein unbebautes Grundstück – aber in meinem Kopf sehe ich etwas anderes. Ich sehe ein funktionales Bürohochhaus oder ein schönes Wohngebäude, in dem Menschen in angenehmer Atmosphäre arbeiten oder leben. Ich träume...«

»Und Sie machen Ihre Träume wahr. Gleich nach dieser Werbung geht's weiter.«

Die japanischen Bankiers trafen pünktlich um Viertel vor acht ein. Sie waren am Abend zuvor aus Tokio angekommen, und Lara hatte die Besprechung absichtlich so früh angesetzt, damit sie nach dem zwölfstündigen Flug noch unter der Zeitverschiebung litten. Als die Japaner protestiert hatten, hatte Lara ihnen kühl erklärt: »Tut mir leid, Gentlemen, aber das ist der einzig mögliche Termin. Sofort nach unserer Besprechung fliege ich nach Südamerika.«

Daraufhin waren sie widerstrebend einverstanden gewesen. Sie erschienen zu viert: klein, höflich und mit messerscharfem Verstand. Früher hatte die amerikanische Finanzwelt die Japaner gewaltig unterschätzt. Diesen Fehler machte man inzwischen längst nicht mehr.

Die Besprechung fand im Cameron Center auf der Sixth Avenue statt. Die Japaner waren hier, um sich mit einhundert Millionen Dollar an einem Hotelkomplex zu beteiligen, den Lara gerade plante. Sie wurden in den großen Konferenzraum geführt. Jeder der Männer hatte ein Geschenk mitgebracht. Lara dankte ihnen und überreichte ihrerseits jedem ein Geschenk. Sie hatte ihre Sekretärin angewiesen, dafür zu sorgen, daß ihre Geschenke schlicht in braun oder grau verpackt waren. Weiß war für Japaner die Farbe der Trauer, und buntes Geschenkpapier hätte als geschmacklos gegolten.

Tricia, Laras Sekretärin, servierte den Japanern Tee und Lara Kaffee. Den Gästen wäre Kaffee lieber gewesen, aber sie waren zu höflich, um das zu sagen. Als sie ausgetrunken hatten, sorgte Lara dafür, daß ihnen nachgeschenkt wurde.

Dann betrat Howard Keller, Laras engster Mitarbeiter, den Konferenzraum. Er war Mitte Fünfzig, aschblond, blaß und hager, trug einen verknitterten Anzug und schaffte es, den Eindruck zu erwekken, als sei er eben erst aufgestanden. Lara machte ihn mit den Gästen bekannt. Keller verteilte Exposés, die das Hotelprojekt vorstellten.

»Wie Sie sehen, Gentlemen«, sagte Lara, »haben wir schon eine feste Zusage für die erste Hypothek. Der Komplex umfaßt siebenhundertzwanzig Gästezimmer, Restaurants und Tagungsräume mit gut zweieinhalbtausend Quadratmetern Gesamtfläche, eine Tiefgarage mit eintausend Stellplätzen . . .«

Lara Camerons Stimme klang energiegeladen. Die Japaner studierten die Unterlagen und hatten Mühe, wach zu bleiben.

Die Besprechung ging nach knapp zwei Stunden zu Ende und war ein voller Erfolg. Lara wußte seit langem, daß es leichter war, einen Deal über einhundert Millionen Dollar abzuschließen, als einen Kredit über fünfzigtausend Dollar aufzunehmen.

Sobald die Japaner sich verabschiedet hatten, folgte Laras Besprechung mit Jerry Townsend. Der großgewachsene, stets elegant gekleidete PR-Mann, der in Hollywood sehr erfolgreich gewesen war, leitete die Öffentlichkeitsarbeit der Firma Cameron Enterprises.

»Ihr Interview heute morgen in *Good Morning America* ist gut angekommen. Ich habe schon eine Menge Anrufe erhalten.«

»Wie steht's mit *Forbes*?«

»Alles arrangiert. *People* bringt Sie nächste Woche auf der Titelseite. Haben Sie den Artikel über Sie im *New Yorker* gesehen? Ist der nicht großartig gewesen?«

Lara setzte sich an ihren Schreibtisch. »Nicht schlecht.«

»Das Interview für *Fortune* ist für heute nachmittag eingeplant.«

»Ich habe den Termin verschoben.«

Er machte ein überraschtes Gesicht. »Weshalb?«

»Ich habe den Reporter hierher zum Lunch eingeladen.«

»Ah, die berühmte Vorzugsbehandlung?«

Lara drückte die Ruftaste der Gegensprechanlage. »Kommen Sie bitte herein, Kathy.«

Die Lautsprecherstimme antwortete: »Ja, Miss Cameron.«

Lara Cameron sah auf. »Das war's vorerst, Jerry. Ich möchte, daß Sie und Ihre Mitarbeiter sich auf die Cameron Towers konzentrieren.«

»Wir haben schon ...«

»Wir müssen noch mehr tun! Ich möchte, daß sämtliche Zeitungen und Zeitschriften darüber berichten. Schließlich bauen wir das höchste Gebäude der Welt. *Der Welt!* Ich möchte, daß die Leute darüber reden. Ich möchte, daß sie darum *betteln*, diese Wohnungen und Läden beziehen zu dürfen.«

Jerry Townsend stand auf. »Okay, wird gemacht.«

Kathy, Laras Assistentin, kam herein. Sie war eine attraktive, unauffällig elegante Schwarze Anfang dreißig.

»Haben Sie herausbekommen, was er am liebsten ißt?«

»Der Mann ist Feinschmecker mit einem Faible für französische Küche. Ich habe im Restaurant Le Cirque angerufen und Sirio gebeten, hier ein Lunch für zwei Personen zu servieren.«

»Gut. Wir essen in meinem privaten Speisezimmer.«

»Wie lange dauert das Interview voraussichtlich? Um vierzehn Uhr dreißig müßten Sie zu einer Besprechung mit den Managern von der Metropolitan Union fahren.«

»Verschieben Sie den Termin auf fünfzehn Uhr – und bitten Sie die Gentlemen hierher.«

Kathy notierte sich die Verschiebung. »Soll ich Ihnen die Post vorlesen.«

»Ja, bitte.«

»Das Kinderhilfswerk möchte Sie zur Sitzung am Achtundzwanzigsten als Ehrengast einladen.«

»Nein. Danken Sie in meinem Namen für die Einladung. Legen Sie einen Scheck bei.«

»Die Besprechung in Tulsa findet am ...«

»Absagen!«

»Eine Frauengruppe aus Manhattan möchte Sie für kommenden Freitag zum Lunch einladen.«

»Nein. Falls sie für wohltätige Zwecke sammeln, legen Sie einen Scheck bei.«

»Das Bildungswerk für Literatur läßt Sie bitten, bei einem Mittagessen am vierten Oktober eine kurze Rede zu halten.«

»Versuchen Sie, das einzurichten.«

»Sie sind als Ehrengast zu einer Wohltätigkeitsveranstaltung zugunsten MS-Kranker eingeladen – aber an diesem Termin sind Sie in San Francisco.«

»Schicken Sie ihnen einen Scheck.«

»Die Srbs laden Sie für Samstag zum Abendessen ein.«

»Gut, das muß sich irgendwie einrichten lassen«, entschied Lara. Kristian und Deborah Srb waren amüsante, gute Freunde, mit denen sie gern zusammen war. Dann runzelte sie die Stirn und fragte ihre Assistentin: »Kathy, in wie vielen Ausführungen sitze ich hier?«

»Wie bitte?«

»Sehen Sie genau hin!«

Kathy starrte sie an. »Ich sehe Sie einmal, Miss Cameron.«

»Richtig! Ich existiere nur einmal. Wie können Sie da erwarten, daß ich mich heute um vierzehn Uhr dreißig mit den Bankleuten von Metropolitan Union treffe, um sechzehn Uhr an einer Sitzung des Planungsausschusses teilnehme, um siebzehn Uhr dreißig beim Oberbürgermeister bin, um achtzehn Uhr fünfzehn ein paar Architekten treffe, um achtzehn Uhr dreißig im Bauausschuß sitze, um neunzehn Uhr dreißig mit diesen Leuten aus Dallas Cocktails trinke und ab zwanzig Uhr meinen Geburtstag feiere? Benützen Sie bitte Ihren Verstand, wenn Sie künftig Termine festlegen!«

»Es tut mir leid, aber ich sollte ...«

»Sie sollen *denken*. Mit dummen Leuten kann ich nichts anfangen. Sagen Sie meine Teilnahme an der Sitzung des Bauausschusses ab.«

»Ja, Miss Cameron«, antwortete Kathy steif.

»Wie geht's dem Kleinen?«

Die Frage kam für die Assistentin überraschend. »David? Oh, dem ... dem geht's gut.«

»Er ist bestimmt schon groß.«

»Na ja, er ist fast zwei.«

»Haben Sie schon an eine Schule für ihn gedacht?«

»Nein, dafür ist's noch zu früh.«

»Falsch! Wer sein Kind in eine anständige New Yorker Schule gehen lassen will, meldet es schon vor der Geburt an.« Lara machte sich eine Notiz. »Ich kenne den Direktor der Dalton School. Ich sorge dafür, daß David dort eingeschrieben wird.«

»Ich . . . danke Ihnen.«

Lara sah nicht einmal auf. »Gut, das war's vorläufig.«

»Ja. Ma'am.« Als Kathy das Büro verließ, wußte sie nicht, ob sie ihrer Chefin dankbar sein oder sie hassen sollte. Bevor sie sich bei Cameron Enterprises beworben hatte, war sie vor Lara Cameron gewarnt worden. »Der eiserne Schmetterling«, hatte sie gehört. »Ihre Mitarbeiter messen ihre Beschäftigungszeit nicht nach dem Kalender, sondern benützen Stoppuhren. Die frißt dich lebendig!«

An ihr damaliges Einstellungsgespräch erinnerte Kathy sich gut. Sie hatte Fotos von Lara Cameron in einem halben Dutzend Zeitschriften gesehen, aber keines hatte sie so gezeigt, wie sie wirklich war. In Wirklichkeit war Lara Cameron atemberaubend schön gewesen.

Lara Cameron hatte eben Kathys Lebenslauf gelesen. Sie sah auf und sagte: »Nehmen Sie Platz, Kathy.« Ihre klare Stimme klang energisch, und sie strahlte eine kaum gebändigte Kraft aus, die fast überwältigend war.

»Das ist ein eindrucksvoller Lebenslauf.«

»Danke, Miss Cameron.«

»Wieviel davon ist wahr?«

»Wie bitte?«

»Die meisten Lebensläufe, die ich zu lesen bekomme, sind erfunden. Beherrschen Sie Ihre Arbeit?«

»Die beherrsche ich sehr gut, Miss Cameron.«

»Zwei meiner Mitarbeiterinnen haben eben gekündigt. Folglich hat sich ziemlich viel Arbeit angehäuft. Sind Sie unter Streß belastbar?«

»Ich glaube schon.«

»Was Sie glauben, interessiert mich nicht. Werden Sie mit solchen Situationen fertig oder nicht?«

In diesem Augenblick wußte Kathy nicht recht, ob sie noch Wert auf diesen Job legte. »Ja, das werde ich.«

»Gut. Sie haben eine Woche Probezeit. Bevor Sie anfangen, müssen

Sie unterschreiben, daß Sie weder über mich noch über Cameron Enterprises in der Öffentlichkeit sprechen werden – also keine Interviews, keine Bücher . . . nichts. Alles, was hier passiert, ist streng vertraulich.«

»Ja, ich verstehe.«

»Gut.«

So hatte ihre Zusammenarbeit vor fünf Jahren begonnen. In dieser Zeit hatte Kathy gelernt, ihre Chefin zu lieben, zu hassen, zu bewundern und zu verachten. Gleich zu Anfang hatte Kathys Mann sich erkundigt: »Wie ist deine lebende Legende wirklich?«

Eine schwierige Frage. »Irgendwie überlebensgroß«, hatte Kathy geantwortet. »Sie ist atemberaubend schön. Sie arbeitet fleißiger als jeder andere. Gott allein weiß, wann sie überhaupt schläft. Als Perfektionistin macht sie sämtlichen Mitarbeitern das Leben schwer. Auf ihre Weise ist sie geradezu ein Genie. Sie kann kleinlich und rachsüchtig, aber auch unglaublich großzügig sein.«

Ihr Mann hatte gelächelt. »Mit anderen Worten: Sie ist eine Frau.«

Kathy hatte seinen Blick erwidert und ernst gesagt: »Ich weiß nicht, was sie ist. Manchmal jagt sie mir richtig Angst ein.«

»Komm, Schatz, du übertreibst!«

»Nein. Ich glaube wirklich, daß Lara Cameron imstande wäre, jeden . . . umzubringen, der sich ihr in den Weg stellt.«

Als Lara Cameron ihre Telefonate beendet hatte, drückte sie auf die Sprechtaste, die sie mit Charlie Hunter verband. »Kommen Sie herüber, Charlie.«

»Ja, Miss Cameron.«

Eine Minute später betrat er Laras Büro – ein ehrgeiziger junger Mann, der die Finanzplanung der Cameron Enterprises leitete.

»Ja, Miss Cameron?«

»Ich habe vorhin das Interview gelesen, das Sie der *New York Times* gegeben haben«, sagte Lara.

Er lächelte geschmeichelt. »Ich bin noch nicht dazu gekommen, es zu lesen. Wie hat's Ihnen gefallen?«

»Sie haben über Cameron Enterprises und bestimmte Probleme gesprochen, die uns in letzter Zeit zu schaffen machen.«

Er runzelte die Stirn. »Nun, wissen Sie, bestimmt hat dieser Reporter mich falsch zitiert oder ...«

»Sie sind fristlos entlassen.«

»Was? Warum? Ich ...«

»Bei der Einstellung haben Sie sich schriftlich verpflichtet, keine Interviews zu geben. Ich möchte, daß Sie bis heute mittag Ihren Schreibtisch räumen.«

»Ich ... das können Sie nicht tun! Wer würde meine Arbeit machen?«

»Ihr Nachfolger ist schon eingestellt«, erklärte Lara.

Der Lunch war fast vorüber. Hugh Thompson, der Reporter von *Fortune*, war ein intellektuell wirkender Mann mit scharfen braunen Augen hinter einer schwarzen Hornbrille.

»Köstlich!« sagte er. »All meine Leibgerichte. Ich danke Ihnen, Miss Cameron.«

»Freut mich, daß es Ihnen geschmeckt hat.«

»Aber Sie hätten sich meinetwegen nicht soviel Mühe zu geben brauchen.«

»Oh, das war keine Mühe«, versicherte Lara ihm lächelnd. »Mein Vater hat immer gesagt, der Weg zum Herzen eines Mannes führt durch seinen Magen.«

»Und Sie wollten dorthin gelangen, bevor wir mit dem Interview anfangen?«

Lara nickte lächelnd. »Genau!«

»Wie groß sind die Schwierigkeiten Ihrer Firma wirklich?«

Das Lächeln verschwand. »Wie bitte?«

»Sie glauben doch nicht etwa, daß sich so etwas geheimhalten läßt? An der Börse heißt es, daß einige Ihrer Immobilienfirmen, die Sie über Junk Bonds finanziert haben, kurz vor dem Konkurs stehen. Sie haben ziemlich viel mit Fremdkapital gearbeitet, und wegen des Preisverfalls bei Immobilien löst Cameron Enterprises vermutlich bereits stille Reserven auf, die aber bei weitem nicht ausreichen dürften.«

Lara Cameron lachte. »Ist das der neueste Börsenklatsch? Glauben Sie mir, Mr. Thompson, Sie wären gut beraten, nicht jedes unsinnige

Gerücht für bare Münze zu nehmen. Ich mache Ihnen einen Vorschlag: Ich schicke Ihnen unsere jeweils zum Monatsende erstellte Bilanz, damit Sie verläßliche Zahlen haben. Einverstanden?«

»Besten Dank. Übrigens habe ich Ihren Mann bei der Eröffnung des neuen Hotels nicht gesehen.«

Lara seufzte. »Philip wäre so gern gekommen, aber leider war er gerade auf einer Konzertreise.«

»Ich habe vor drei Jahren einen seiner New Yorker Klavierabende erlebt. Er spielt wundervoll! Wie lange sind Sie schon mit ihm verheiratet?«

»Ein Jahr . . . das glücklichste Jahr meines Lebens. Ich habe wirklich Glück. Ich bin viel auf Reisen, und auch Philip reist viel, aber ich kann mir seine Konzerte auf CDs anhören, wo immer ich bin.«

Thompson lächelte. »Und er kann Ihre Gebäude sehen, wo immer er ist.«

»Sie schmeicheln mir!« sagte Lara lachend.

»Aber das stimmt doch beinahe, nicht wahr? Sie haben überall in unserem Land Gebäude errichtet. Ihnen gehören Apartmenthäuser, Einkaufszentren, Bürogebäude, Ladenpassagen, eine Hotelkette . . . Wie haben Sie das alles geschafft?«

Sie lächelte. »Ich kann hexen.«

»Sie sind ein Phänomen.«

»Tatsächlich? Warum?«

»In diesem Augenblick gehören Sie zu den erfolgreichsten Bauunternehmern New Yorks. Ihr Name steht auf Dutzenden von Bautafeln vor Neubauprojekten. Sie sind dabei, den höchsten Wolkenkratzer der Welt zu bauen. Ihre Konkurrenten haben Ihnen den Spitznamen Eiserner Schmetterling gegeben. Sie haben es in einer Branche, die traditionellerweise von Männern beherrscht wird, erstaunlich weit gebracht.«

»Stört Sie das, Mr. Thompson?«

»Nein. Aber mich stört, Miss Cameron, daß ich nicht herausbekommen kann, wie Sie wirklich sind. Frage ich zwei Leute nach Ihnen, höre ich drei Meinungen. Jeder gesteht Ihnen zu, eine brillante Geschäftsfrau zu sein, aber . . . Ich meine, der Erfolg ist Ihnen schließlich nicht in den Schoß gefallen. Ich weiß, wie's auf dem Bau zugeht und was für rauhe Sitten dort herrschen. Wie schafft es eine Frau, mit solchen Rabauken fertigzuwerden?«

Sie lächelte. »Vielleicht bin ich als Frau die große Ausnahme. Aber ganz im Ernst: Ich stelle für jeden Job nur die besten Leute ein und bezahle sie gut.«

Zu einfach, dachte Thompson. Viel zu einfach. Die wahre Story liegt in dem, was sie verschweigt. Er beschloß, dem Interview eine andere Wendung zu geben.

»Praktisch alle Zeitschriften haben schon darüber berichtet, wie erfolgreich Sie sind. Ich möchte eine persönlichere Story schreiben. Über Ihre Familie, Ihre Abstammung ist bisher nur wenig geschrieben worden.«

»Auf meine Abstammung bin ich sehr stolz.«

»Gut, dann erzählen Sie mir ein bißchen darüber. Was hat Sie dazu bewogen, Ihr Glück in der Immobilienbranche zu versuchen?«

Lara lächelte, und er sah, daß ihr Lächeln echt war. Sie wirkte plötzlich wie ein kleines Mädchen.

»Es lag mir im Blut.«

»Im Blut?«

»Und in dem meines Vaters.« Lara deutete auf ein Porträt an der Wand hinter ihr. Es zeigte einen gutaussehenden Mann mit silbergrauen Haaren. »Das ist mein Vater – James Hugh Cameron.« Ihre Stimme klang weich. »Meinen Erfolg verdanke ich ihm. Ich bin ein Einzelkind gewesen. Meine Mutter ist früh gestorben, und mein Vater hat mich allein aufgezogen. Meine Familie ist vor vielen Jahren aus Schottland nach Neu-Schottland ausgewandert – nach Glace Bay.«

»Glace Bay?«

»Eine Kleinstadt, ein ehemaliges Fischerdorf, im Nordosten von Cape Breton im Atlantik. Ihren Namen verdankt sie französischen Forschungsreisenden. Noch etwas Kaffee?«

»Nein, danke.«

»Mein Großvater hat in Schottland große Ländereien besessen, und mein Vater hat diesen Grundbesitz noch vermehrt. Er ist sehr reich gewesen. Das Schloß unserer Familie am Loch Morlich besitze ich noch heute. Als Achtjährige habe ich ein eigenes Pferd gehabt, meine Kleider sind aus London gekommen, und wir haben in einem weitläufigen alten Haus mit viel Personal gewohnt. Für ein kleines Mädchen ist das ein märchenhaftes Leben gewesen.«

Ihre Stimme klang vertraut, während sie von ihrer Kindheit und Jugend sprach.

»Im Winter sind wir zum Schlittschuhlaufen gegangen oder haben bei Eishockeyspielen zugesehen; im Sommer haben wir im Glace Bay Lake gebadet. Und später sind wir ins Forum oder ins Venetian Gardens zum Tanzen gegangen.«

Der Reporter machte sich eifrig Notizen.

»Mein Vater hat in Edmonton, Calgary und Ontaria gebaut. Für ihn ist das Immobiliengeschäft ein faszinierendes Spiel gewesen, das er leidenschaftlich gern gespielt hat. Und ich habe diese Leidenschaft von ihm geerbt.« Ihre Stimme klang ernst. »Eines müssen Sie verstehen, Mr. Thompson: Was ich tue, hat nichts mit dem Geld oder dem Baumaterial zu schaffen, das für ein Gebäude benötigt wird. Mir geht's dabei um die Menschen. Ich verschaffe ihnen eine angenehme Umgebung, in der sie arbeiten, in der sie eine Familie gründen und behaglich leben können. Das ist meinem Vater wichtig gewesen, und es ist auch mir wichtig.«

Hugh Thompson sah auf. »Können Sie sich noch an Ihr erstes Objekt erinnern?«

Lara beugte sich vor. »Natürlich! Als ich achtzehn wurde, fragte mein Vater mich, was ich mir zum Geburtstag wünsche. Damals sind viele Leute neu nach Glace Bay gekommen, und ich hatte mir überlegt, daß sie Wohnungen brauchen würden. Deshalb erklärte ich meinem Vater, daß ich ein kleines Apartmenthaus bauen wollte. Er hat mir das Geld dafür gegeben – aber zwei Jahre später habe ich's ihm wieder zurückzahlen können. Dann habe ich einen Bankkredit aufgenommen, um ein zweites Gebäude zu errichten. Mit einundzwanzig haben mir schon drei Häuser gehört, die alle Gewinn abgeworfen haben.«

»Ihr Vater muß sehr stolz auf Sie gewesen sein.«

Wieder ein leicht wehmütiges Lächeln. »Ja, das ist er gewesen. Er hat mich Lara genannt. Das ist ein alter schottischer Name, der ›allbekannt‹ oder ›berühmt‹ bedeutet. Schon als kleines Mädchen habe ich von meinem Vater gehört, ich würde eines Tages berühmt werden.« Ihr Lächeln verschwand. »Er ist viel zu jung an einem Herzschlag gestorben. Ich reise jedes Jahr nach Schottland, um sein Grab zu besuchen.«

Lara Cameron machte eine Pause.

»Nach ... nach seinem Tod ist es mir sehr schwergefallen, allein in unserem Haus zu leben. Deshalb bin ich nach Chicago gegangen. Ich hatte eine Idee, wie kleine, behagliche Hotels aussehen sollten, und konnte einen Bankier dazu überreden, sie zu finanzieren. Die Hotels sind erfolgreich gewesen.« Sie zuckte mit den Schultern. »Der Rest meiner Geschichte ist bekannt. Ein Psychologe würde vermutlich behaupten, ich hätte dieses Imperium nicht allein für mich geschaffen. In gewisser Beziehung ist es tatsächlich ein Tribut an meinen Vater. James Cameron ist der wundervollste Mann, den ich je gekannt habe.«

»Sie müssen ihn sehr geliebt haben.«

»Ja – und er hat mich sehr geliebt.« Sie lächelte schwach. »Angeblich hat mein Vater nach meiner Geburt der gesamten männlichen Bevölkerung von Glace Bay einen Drink ausgegeben.«

»Also«, stellte Thompson fest, »hat alles in Glace Bay angefangen.«

»Richtig«, bestätigte Lara halblaut, »alles hat in Glace Bay angefangen. Vor fast vierzig Jahren ...«

3. Kapitel

Glace Bay, Neu-Schottland
10. September 1952

In der Nacht, in der sein Sohn und seine Tochter geboren wurden, war James Cameron angetrunken und befand sich in einem Bordell. Dort lag er zwischen den schwedischen Zwillingen im Bett, als Kristie, die Bordellbesitzerin, an die Tür hämmerte.

»James!« rief Kristie. Sie stieß die Tür auf und kam herein.

»Scher dich zum Teufel, alte Hexe!« knurrte James aufgebracht. »Kann man nicht mal hier seine Ruhe haben?«

»Tut mir leid, daß ich dich stören muß, James. Es ist wegen deiner Frau.«

»Was ist mit der?«

»Die kriegt gerade dein Kind, falls du's vergessen haben solltest.«

»Und? Dann soll sie's eben kriegen. Dafür seid ihr Weiber schließlich da.«

»Der Arzt hat gerade angerufen. Er läßt dich schon überall suchen. Deiner Frau geht's schlecht. Du solltest dich lieber beeilen.«

James Cameron setzte sich auf, rutschte auf die Bettkante und schüttelte benommen den Kopf. »Verdammtes Weibsbild! Vor der hat man nirgends Ruhe.« Er sah zu Kristie auf. »Gut, ich geh schon.« Er deutete auf die beiden nackten Mädchen. »Aber für die zahl ich nichts.«

»Mach dir deswegen keine Sorgen. Sieh lieber zu, daß du so schnell wie möglich heimkommst.« Sie wandte sich an ihre Mädchen. »Ihr kommt am besten gleich mit.«

James Cameron war ein Mann mit verlebten Zügen, der früher

einmal sehr gut ausgesehen haben mußte. Er schien Mitte Vierzig zu sein. In Wirklichkeit war er erst Anfang dreißig und verwaltete eines der Fremdenheime, die dem hiesigen Bankier Sean MacAllister gehörten. James Cameron und seine Frau Peggy teilten sich seit fünf Jahren die Arbeit: Sie putzte und kochte für die zwei Dutzend Dauergäste – und James trank für sie alle. Freitags mußte er in vier weiteren Fremdenheimen, die MacAllister in Glace Bay gehörten, die Mieten kassieren. Das war wieder ein Grund – als ob er einen gebraucht hätte –, loszuziehen und sich zu betrinken.

James Cameron war ein verbitterter Mann, der seine Verbitterung genoß. Er war ein Versager und suchte die Schuld für sein Versagen bei allen anderen, nur nicht bei sich selbst. Im Laufe der Jahre war es soweit gekommen, daß er sein Versagen genoß, weil er sich als Märtyrer fühlen konnte. Als James ein Jahr alt gewesen war, waren seine Eltern mit ihrer geringen Habe aus Schottland nach Glace Bay ausgewandert und hatten versucht, sich dort durchzuschlagen. Der Vater hatte den Jungen schon mit vierzehn Jahren zur Arbeit ins Kohlebergwerk geschickt. Zwei Jahre später hatte James sich bei einem Grubenunglück eine leichte Rückenverletzung zugezogen und seine Arbeit prompt aufgegeben. Wieder ein Jahr später waren seine Eltern bei einer Zugkatastrophe umgekommen.

Das alles hatte James Cameron zu der Überzeugung gebracht, daß er für sein Versagen nicht selbst verantwortlich, sondern das Schicksal gegen ihn war. Aber er besaß zwei wichtige Vorzüge: Er sah blendend aus und konnte sehr charmant sein. Während eines Wochenendes in Sydney, der nächsten etwas größeren Stadt, lernte er eine leicht zu beeindruckende junge Amerikanerin namens Peggy Maxwell kennen, die dort mit ihren Eltern Urlaub machte. Sie war nicht besonders hübsch, aber die Maxwells waren sehr wohlhabend, und James Cameron war sehr arm. Er bezauberte Peggy Maxwell, die ihn gegen den Rat ihres Vaters vom Fleck weg heiratete.

»Als Mitgift bekommt Peggy fünftausend Dollar«, erklärte ihr Vater James. »Das ist deine Chance, etwas aus dir zu machen. Du kannst das Geld in Immobilien anlegen und binnen fünf Jahren verdoppeln. Dabei helfe ich dir gern.«

Aber James hatte keine Lust, fünf Jahre zu warten. Er investierte das Geld in ein zweifelhaftes Ölbohrungsprojekt, dessen Risiken er nicht beurteilen konnte, und war zwei Monate später pleite. Sein wütender Schwiegervater war nicht bereit, ihm noch einmal zu helfen. »Du bist ein Dummkopf, James, und ich habe keine Lust, schlechtem Geld gutes nachzuwerfen.«

Die Ehe, die James Camerons Rettung hatte sein sollen, erwies sich als Katastrophe, denn nun hatte er eine Frau, und keine Arbeit.

Schließlich kam Sean MacAllister ihm zur Hilfe. Der einzige Bankier von Glace Bay war um die Fünfzig, ein stämmiger, schwerfälliger Mann, der stets Anzüge mit Weste und einer dicken goldenen Uhrkette trug. Er war zwanzig Jahre zuvor nach Glace Bay gekommen und hatte sofort erkannt, welche Möglichkeiten sich hier boten. Für die in die Stadt strömenden Bergleute und Holzfäller gab es nicht genügend Unterkünfte. MacAllister hätte ihnen Häuser finanzieren können, aber er hatte eine bessere Idee gehabt. Er wußte, daß mehr zu verdienen war, wenn er diese Männer in Fremdenheimen zusammenpferchte. Schon zwei Jahre später gehörten ihm ein Hotel und fünf Fremdenheime, die ständig überfüllt waren.

Verwalter für diese Objekte waren schwer zu finden, denn die Arbeit war anstrengend. Der Verwalter sorgte dafür, daß die Zimmer vermietet waren, beaufsichtigte die Küche, gab das Essen aus und kümmerte sich darum, daß alles halbwegs sauber war. Was das Gehalt betraf, war Sean MacAllister kein Mann, der Geld zum Fenster hinauswarf.

Der Verwalter eines seiner Fremdenheime hatte eben gekündigt, und MacAllister fand, James Cameron sei der geeignete Nachfolger für ihn. Cameron, der gelegentlich kleine Kredite bei ihm aufgenommen hatte, war mit den Tilgungszahlungen im Rückstand. Der Bankier ließ den jungen Mann zu sich kommen.

»Ich habe einen Job für Sie«, sagte MacAllister.

»Wirklich?«

»Sie sind ein Glückspilz! Sie kriegen eine wunderbare Stellung, die soeben frei geworden ist.«

»Bei Ihnen in der Bank?« frage James Cameron. Die Idee, in einer Bank zu arbeiten, gefiel ihm. Wo viel Geld herumlag, bestand immer die Möglichkeit, daß etwas hängenblieb.

»Nicht in der Bank«, erklärte MacAllister. »Sie sind ein liebenswürdiger junger Mann, James, und ich glaube, daß Ihnen der Umgang mit Menschen liegt. Ich möchte, daß Sie mein Fremdenheim in der Cablehead Avenue führen.«

»Ich soll ein *Fremdenheim* führen?« fragte Cameron mit Verachtung in der Stimme.

»Sie brauchen ein Dach über dem Kopf«, stellte der Bankier fest. »Außer Kost und Logis für Sie und Ihre Frau gibt es auch ein kleines Gehalt.«

»Wie klein?«

»Ich will großzügig sein, James. Fünfundzwanzig Dollar die Woche.«

»Fünfundzwanzig...?«

»Sie brauchen den Job nicht anzunehmen. Es gibt genügend andere Bewerber.«

Zuletzt blieb James Cameron nichts anderes übrig, als zu sagen: »Ich nehme ihn.«

»Gut. Übrigens erwarte ich, daß Sie freitags in allen meinen Pensionen die Mieten kassieren und das Geld samstags bei mir abliefern.«

Peggy Cameron war entsetzt, als James ihr von seiner neuen Stellung erzählte. »Aber wir haben keine Ahnung, wie man ein Fremdenheim führt, James!«

»Das lernen wir schon. Die Arbeit teilen wir uns.«

Und sie glaubte ihm. »Gut, irgendwie kommen wir schon zurecht«, sagte sie.

Tatsächlich waren sie auf ihre Weise bisher irgendwie zurechtgekommen.

Im Laufe der Jahre boten sich James Cameron mehrmals Gelegenheiten, einen besseren Job zu bekommen, der zugleich mehr Ansehen und höheres Gehalt gebracht hätte, aber er genoß sein Versagen zu sehr, um seinen Verwalterposten aufzugeben.

»Warum soll ich mich abstrampeln?« brummte er. »Ist das Schicksal gegen dich, hast du sowieso nie Glück.«

Und jetzt, in dieser Septembernacht, dachte er bei sich: Nicht mal bei meinen Nutten darf ich mich in Ruhe amüsieren! Der Teufel soll Peggy holen.

Als er Madame Kristies Etablissement verließ, spürte er eisigen Herbstwind im Gesicht.

Am besten stärke ich mich erst mal für die Unannehmlichkeiten, die vor mir liegen, überlegte James Cameron sich und kehrte im Ancient Mariner ein.

Eine Stunde später wankte er in Richtung Fremdenheim, das in New Aberdeen stand – dem ärmsten Viertel von Glace Bay.

Als er schließlich dort eintraf, wurde er von einem halben Dutzend Gäste besorgt erwartet.

»Der Arzt ist bei Peggy«, sagte einer der Männer. »Beeil dich, Mann!«

James torkelte in das kleine, dürftig möblierte Schlafzimmer, das er sich mit Peggy teilte. Von nebenan war das Quäken eines Neugeborenen zu hören. Peggy lag mit geschlossenen Augen reglos im Bett. Doktor Duncan beugte sich über sie. Er drehte sich um, als er James hereinpoltern hörte.

»Was geht hier vor?« fragte James undeutlich.

Der Arzt richtete sich auf und musterte James angewidert. »Sie hätten Ihre Frau zur Untersuchung zu mir schicken sollen«, sagte er.

»Und gutes Geld zum Fenster rauswerfen? Sie kriegt bloß 'n Kind. Was gibt's da . . .?«

»Peggy ist tot. Ich habe alles Menschenmögliche getan. Sie hat Zwillinge bekommen. Den Jungen habe ich nicht retten können.«

»Jesus!« flüsterte James Cameron. »Wieder mal das Schicksal!«

»Was?«

»Das Schicksal, Doktor. Es war schon immer gegen mich. Und jetzt hat's mir meinen Stammhalter genommen. Ich hab nicht gewußt, daß . . .«

Eine Krankenschwester betrat den Raum mit einem winzigen in eine Wolldecke gehüllten Bündel auf dem Arm. »Dies ist Ihre Tochter, Mr. Cameron.«

»Mein' Tochter?« fragte er undeutlich. »Wassum Teufel soll ich minner Tochter?«

»Sie sind ja widerwärtig, Mann!« sagte Duncan scharf.

Die Schwester nickte Cameron zu. »Ich übernachte hier und zeige Ihnen morgen, wie Sie sie versorgen müssen.«

James Cameron starrte das in die Wolldecke gehüllte verschrumpelte Neugeborene an und dachte hoffnungsvoll: Na ja, vielleicht stirbt's auch.

In den ersten drei Wochen wußte niemand, ob die Kleine durchkommen würde. Eine Säuglingsschwester schaute täglich mehrmals vorbei, um sie zu versorgen. Dann konnte der Arzt eines Tages endlich sagen: »Jetzt hat Ihre Tochter das Schlimmste überstanden.«

Er musterte James Cameron und fügte halblaut hinzu: »Gott sei dem armen Kind gnädig.«

»Mr. Cameron, Sie müssen Ihrer Tochter einen Namen geben«, sagte die Säuglingsschwester.

»Mir ist's gleich, wie der Balg heißt. Geben *Sie* ihm doch 'nen Namen!«

»Was halten Sie von Lara? Das ist ein so hübscher...«

»Nennen Sie den Balg von mir aus, wie Sie wollen!«

Und so erhielt sie den Namen Lara.

Die Kleine wuchs auf, ohne daß sich jemand um sie gesorgt oder sie gefördert hätte. Das Fremdenheim war voller Männer, die nie auf die Idee gekommen wären, sich um Lara zu kümmern. Die einzige Frau im Haus war Bertha, die dicke Schwedin, die als Köchin oder Zimmermädchen fungierte.

James Cameron war entschlossen, nichts mit seiner Tochter zu schaffen zu haben. Das verdammte Schicksal hatte ihn einmal mehr betrogen, indem es sie am Leben gelassen hatte. Oft saß er abends mit seiner Flasche Whisky im Salon und jammerte: »Der Balg hat meine Frau und meinen Sohn auf dem Gewissen.«

»Das darfst du nicht sagen, James.«

»Es stimmt aber! Mein Sohn wäre ein großer, starker Mann geworden. Er wäre clever und reich und würde gut für seinen alten Vater sorgen.«

Und die Gäste ließen ihn weiterschwatzen.

James Cameron versuchte mehrmals, sich mit seinem Schwiegervater in Verbindung zu setzen, weil er hoffte, der Alte werde ihm das Kind abnehmen. Aber Maxwells Aufenthaltsort war nicht festzustellen. Bei meinem Pech ist der alte Trottel inzwischen vermutlich gestorben, dachte James resigniert.

Glace Bay war eine Stadt der Durchreisenden. Sie kamen aus China und Frankreich und der Ukraine. Sie waren Griechen und Iren und Italiener; sie waren gelernte Zimmerer und Klempner und Schuhmacher. Sie wohnten in den Fremdenheimen am unteren Ende der Main Street, in der Bell Street, in der North Street und in der Water Street am Hafen. Sie kamen, um in Bergwerken Kohle zu fördern, in den Wäldern Bauholz zu schlagen und zum Fischfang aufs Meer hinauszufahren. Glace Bay war eine primitive, lärmende Siedlung von Pionieren in einem Gebiet mit harten Wintern und kurzen, regenreichen Sommern.

In der Stadt gab es achtzehn Fremdenheim und Pensionen. In dem von James Cameron verwalteten Fremdenheim waren es vierundzwanzig Gäste, die vor allem aus Schottland stammten.

Lara hungerte nach Zuneigung, ohne zu wissen, was dieser Hunger bedeutete. Sie besaß kein Spielzeug, keine Puppen, die sie hätte lieben können, und keine Spielgefährten. Sie hatte nur ihren Vater. In ihrem verzweifelten Bemühen, ihm zu gefallen, machte sie ihm kindliche kleine Geschenke, die er jedoch ignorierte oder ins Lächerliche zog.

Als Fünfjährige hörte Lara, wie ihr Vater einem der Gäste erklärte: »Das falsche Kind ist gestorben, verstehst du? Mein Sohn hätte am Leben bleiben sollen.«

An diesem Abend weinte Lara sich in den Schlaf. Sie liebte ihren Vater so sehr. Und sie haßte ihn so sehr.

Mit sechs Jahren erinnerte Lara an ein Kinderbildnis von Keane: riesige Augen in einem schmalen blassen Gesicht. In diesem Jahr zog ein neuer Dauergast ein. Er hieß Mungo McSween und war ein Bär von einem Mann, der das kleine Mädchen sofort in sein Herz schloß.

»Wie heißt du, Kind?«

»Lara.«

»Ah, das ist ein hübscher Name für ein hübsches Mädchen. Du gehst wohl schon zur Schule?«

»Schule? Nein.«

»Und warum nicht?«

»Weiß ich nicht.«

»Na, das müssen wir rauskriegen.«

Und er machte sich auf die Suche nach James Cameron. »Ich hab gehört, daß deine Kleine nicht zur Schule geht.«

»Wozu denn auch? Sie ist bloß 'n Mädchen. Die braucht keine Schule.«

»Das stimmt nicht, Mann. Sie muß was lernen. Sie muß ihre Chancen im Leben kriegen.«

»Nicht nötig«, wehrte James ab. »Wär' bloß Zeitverschwendung.«

Aber McSween ließ nicht locker, bis James Cameron endlich zustimmte, um seine Ruhe zu haben. Außerdem brauchte er den Balg dann jeden Tag wenigstens ein paar Stunden lang nicht zu sehen.

Die Vorstellung, zur Schule gehen zu müssen, versetzte Lara in Angst und Schrecken. Sie hatte ihr ganzes bisheriges Leben in Gesellschaft Erwachsener verbracht und fast keinen Umgang mit Kindern gehabt.

Am folgenden Montag lieferte Bertha sie in der St. Anne's Grammar School ab, wo Lara ins Dienstzimmer der Rektorin geführt wurde.

»Das ist Lara Cameron.«

Mrs. Cummings, die Rektorin, war eine verwitwete grauhaarige Frau, die selbst drei Kinder hatte. Sie musterte das schlechtgekleidete kleine Mädchen, das schüchtern vor ihr stand. »Lara. Was für ein hübscher Name!« sagte sie lächelnd. »Wie alt bist du, meine Liebe?«

»Sechs.« Lara kämpfte gegen die Tränen an.

Das Kind hat schreckliche Angst, dachte Mrs. Cummings. »Nun, wir freuen uns, dich bei uns zu haben, Lara. Die Schule wird dir Spaß machen – und du wirst eine Menge lernen.«

»Ich kann nicht bleiben«, stieß Lara hervor.

»Oh? Warum denn nicht?«

»Mein Papa hat zuviel Sehnsucht nach mir.« Lara war fest entschlossen, nicht zu weinen.

»Weißt du, wir behalten dich jeden Tag nur ein paar Stunden hier.«

Lara ließ sich in ein Klassenzimmer voller Kinder führen und bekam einen Platz in der letzten Bankreihe zugewiesen.

Die Lehrerin war damit beschäftigt, Buchstaben an die Tafel zu schreiben.

»Mit *A* fängt Apfel an«, sagte sie. »*B* bedeutet Ball. Weiß jemand, was mit *C* anfängt?«

Eine Kinderhand hob sich. »Chicago.«

»Sehr gut. Und weiter mit *D*?«

»Dach.«

»Und mit *E*?«

»Essen.«

»Ausgezeichnet. Fällt jemand ein Wort ein, das mit *F* anfängt?«

Lara meldete sich. »Ficken.«

Lara Cameron war die Jüngste in ihrer Klasse, aber ihre Lehrerin hatte den Eindruck, als sei sie in vieler Beziehung die Älteste. Sie war geradezu beunruhigend frühreif.

»Sie ist eine kleine Erwachsene, die darauf wartet, größer zu werden«, erklärte sie Mrs. Cummings.

An ihrem ersten Schultag klappten die anderen Kinder mittags ihre farbigen kleinen Blechdosen auf und holten Äpfel, Kekse und in Wachspapier eingewickelte Sandwiches heraus.

Niemand hatte daran gedacht, Lara etwas zu essen mitzugeben.

»Wo ist dein Mittagessen, Lara?« fragte die Lehrerin.

»Ich bin nicht hungrig«, sagte sie trotzig. »Ich hab ganz viel gefrühstückt.«

Die meisten ihrer Mitschülerinnen waren hübsch angezogen und trugen saubere Röcke und Blusen. Lara war aus ihren verschossenen Kleidern und fadenscheinigen Blusen herausgewachsen. Sie ging zu ihrem Vater.

»Ich brauche ein paar Anziehsachen für die Schule«, sagte Lara.

»Ach, wirklich? Für so was hab ich kein Geld. Hol dir was von der Heilsarmee.«

»Das wären Almosen, Papa.«
Ihr Vater holte aus und schlug ihr ins Gesicht.

Die Kinder in der Schule kannten Spiele, von denen Lara noch nie gehört hatte. Die Mädchen hatten Puppen und Spielsachen, und obwohl einige von ihnen bereit waren, diese Schätze mit Lara zu teilen, wurde ihr schmerzlich bewußt, daß ihr nichts davon gehörte. Aber das war noch nicht alles. In den folgenden Jahren konnte Lara gelegentlich einen Blick in eine andere Welt werfen, in der Kinder Väter und Mütter hatten, die sie liebten, küßten, umarmten, ihnen Geschenke machten und Geburtstagsparties für sie gaben. Allmählich wurde ihr klar, wie armselig ihr Leben war. Das alles trug noch dazu bei, daß sie sich noch einsamer fühlte.

Mit fünfzehn kam Lara in die St. Michael's High-School. Sie war schlaksig und unbeholfen – mit langen Beinen, strähnigem schwarzen Haar und hellwachen grauen Augen, die noch immer zu groß für ihr blasses, schmales Gesicht zu sein schienen. Noch konnte niemand sagen, wie sie sich später entwickeln würde. Sie stand an der Schwelle zum Erwachsensein und durchlebte gerade eine Metamorphose, aus der sie häßlich oder schön hervorgehen konnte.

James Cameron hielt seine Tochter für häßlich. »Am besten heiratest du gleich den ersten, der blöd genug ist, dir 'nen Antrag zu machen«, riet er ihr. »Bei deinem Aussehen kriegst du vielleicht nie 'ne zweite Chance.«

Lara stand schweigend da.

»Und sag' dem Kerl, daß er von mir keine Mitgift zu erwarten hat.«

Eben war Mungo McSween hereingekommen. Er mußte sich beherrschen, um nicht dazwischenzufahren.

»Das war's, Mädchen«, sagte James Cameron. »Ab mit dir in die Küche!«

Lara stürzte hinaus.

»Mußt du deine Tochter so behandeln?« fragte McSween aufgebracht.

James Cameron starrte ihn mit blutunterlaufenen Augen an. »Was ich tue, ist meine Sache!«

»Du bist betrunken.«

»Genau. Was bleibt mir sonst übrig? Sind's nicht die Weiber, ist's der Whisky.«

McSween ging in die Küche, wo Lara das Geschirr spülte. Ihre roten Augen zeigten, daß sie geweint hatte. McSween legte ihr tröstend einen Arm um die Schulter. »Nimm's nicht so tragisch, Kleine«, sagte er. »Er meint's nicht wirklich so.«

»Er haßt mich!«

»Nein, das tut er nicht.«

»Er hat mir noch nie ein freundliches Wort gegönnt. Niemals. Kein einziges!«

Darauf wußte McSween keine Antwort.

Im Sommer kamen Touristen nach Glace Bay. Sie reisten mit ihren teuren Autos an, trugen elegante Kleidung, kauften in der Castle Street ein, dinierten im Cedar House oder in Jasper's Restaurant und besuchten Ingonish Beach, Cape Smokey und Bird Island. Lara beneidete diese höheren Wesen aus einer anderen Welt und sehnte sich danach, mit ihnen zu entkommen, wenn sie am Ende des Sommers abreisten. Aber wie sollte ihr das gelingen?

Lara hatte viele Geschichten von Großvater Maxwell gehört.

»Der alte Hundesohn hat versucht, mich daran zu hindern, seine kostbare Tochter zu heiraten«, erzählte James Cameron jedem Gast, der die Geduld aufbrachte, sich seine Tiraden anzuhören. »Er ist stinkreich gewesen, aber glaubst du, er hätte mir was abgegeben? Der doch nicht! Aber seine Peggy hat's bei mir immer gut gehabt...«

Und Lara träumte von dem Tag, an dem ihr Großvater kommen und sie holen würde, um mit ihr in die herrlichen Städte zu reisen, von denen sie gelesen hatte: London, Rom, Paris...

Und er kauft mir lauter schöne Sachen, dachte sie. Dutzende von Kleidern und neuen Schuhen.

Aber als Monate und Jahre verstrichen, ohne daß Großvater Maxwell von sich hören ließ, erkannte Lara schließlich, daß er niemals kommen würde. Sie war dazu verdammt, ihr Leben in Glace Bay zu verbringen.

4. Kapitel

Für Teenager gab es in Glace Bay eine Vielzahl von Freizeitbeschäftigungen: Fußball und Eishockey, Bowling und Eislauf, im Sommer Angeln und Schwimmen. Jeden Tag nach der Schule war Carl's Drugstore ein beliebter Treffpunkt. In der Stadt gab es zwei Kinos, und im Venetian Garden wurde getanzt.

Für solche Vergnügungen hatte Lara nie Zeit. Sie stand jeden Morgen um fünf Uhr auf, um Bertha beim Frühstück zu helfen und alle Gästebetten zu machen, bevor sie in die Schule ging. Nachmittags hastete sie nach Hause, um bei den Vorbereitungen fürs Abendessen zu helfen. Sie servierte gemeinsam mit Bertha, räumte nach dem Essen den Tisch ab, wusch das Geschirr und trocknete ab.

Die Gespräche der Schotten beim Abendessen bewirkten, daß Lara das schottische Hochland deutlich vor Augen standen. Ihre eigenen Vorfahren stammten aus dem Hochland, und die Erzählungen davon gaben Lara das einzige Heimatgefühl, das sie kannte. Die Gäste erzählten von einem tiefen Tal, in dem der Loch Ness lag, von Lochy, Linnhe und den unwirtlichen Inseln vor der Küste.

Im Salon stand ein verstimmtes Klavier, um das sich abends nach dem Essen manchmal ein halbes Dutzend Gäste versammelte, um Volkslieder aus der Heimat zu singen: »Annie Laurie«, »Comin' Through the Rye«, »The Hills of Home« und »Loch Lomond«.

Einmal im Jahr fand in der Stadt ein Festumzug statt, und alle Schotten in Glace Bay trugen stolz ihre Kilts und Tartans und marschierten zu schriller Dudelsackmusik durch die Straßen.

»Warum tragen die Männer Röcke?« wollte Lara von Mungo McSween wissen.

Er runzelte die Stirn. »Das ist kein Rock, Mädchen, sondern ein Kilt. Den haben unsere Vorfahren vor Jahrhunderten erfunden. Im Hochland hat der Kilt seinen Träger vor bitterer Kälte geschützt, aber ihm auch Beinfreiheit gelassen, damit er über Moor und Heide rennen und seinen Feinden entkommen konnte. Und wenn er nachts im Freien übernachten mußte, hat sein langer Kilt ihm als Bett und Zelt zugleich gedient.«

In Laras Ohren klangen die Namen schottischer Dörfer wie Musik... Llandaff und Breadalbane, Glenfinnal und Kilbride, Kilninver und Kilmichael. Sie erfuhr, daß die Vorsilbe »Kil« auf eine Einsiedlerklause aus dem Mittelalter hindeutete. Begann ein Ortsname mit »Inver« oder »Aber«, lag das Dorf an einer Flußmündung. »Strath«, bezeichnete ein Tal, und die Vorsilbe »Bad« bedeutete, daß das Dorf im Wald lag.

Bei jedem Abendessen kam es zu lautstarken Auseinandersetzungen. Die Schotten stritten sich über fast alles. Ihre Vorfahren hatten stolzen Clans angehört, deren Ehre sie noch immer erbittert verteidigten.

»Das Haus Bruce hat nur Feiglinge hervorgebracht. Die haben vor den Engländern gekuscht wie winselnde Hunde.«

»Du weißt wieder mal nicht, wovon du redest, Ian! Der große Bruce hat sich den Engländern persönlich entgegengestellt. Aber das Haus Stuart hat gekuscht.«

»Ach, du bist ein Dummkopf wie alle aus deinem Clan!«

Dann verlagerte der Streit sich auf eine andere Ebene.

»Weißt du, was Schottland gebraucht hätte? Mehr Führer wie Robert den Zweiten. Das ist ein großer Mann gewesen! Der hat einundzwanzig Kinder gezeugt.«

»Ja – und die Hälfte davon sind Bastarde gewesen.«

Und wieder brach ein neuer Streit aus.

Lara konnte nicht fassen, daß die Männer sich über Ereignisse stritten, die über sechshundert Jahre zurücklagen.

»Mach' dir nichts daraus, Mädchen«, riet Mungo McSween ihr. »Ein Schotte fängt sogar in einem leeren Haus Streit an.«

Ein Gedicht von Sir Walter Scott regte Laras Phantasie besonders an. Er erzählte von dem kühnen jungen Ritter Lochinvar, der sein Leben aufs Spiel setzte, um seine Geliebte zu retten, die gezwungen werden sollte, einen anderen zu heiraten.

Eines Tages, dachte Lara, *kommt ein schöner Lochinvar, um mich zu retten.*

Einmal, bei der Küchenarbeit, fand Lara in einer Zeitschrift eine Anzeige, die ihr den Atem stocken ließ. Sie zeigte einen großen, blonden, gutaussehenden Mann, der einen eleganten Frack trug. Er hatte blaue Augen, lächelte strahlend und war jeder Zoll ein Prinz.

So wird mein Lochinvar aussehen, dachte Lara. Er ist irgendwo dort draußen auf der Suche nach mir. Eines Tages kommt er, um mich von hier zu entführen. Ich werde am Ausguß stehen und Geschirr waschen, und er wird von hinten an mich herantreten, die Arme um mich schlingen und flüstern: »Kann ich dir helfen?« Und ich werde mich umdrehen und ihm in die Augen sehen. Und ich werde fragen: »Hilfst du mir abtrocknen?«

»*Was* soll ich tun?« fragte Berthas Stimme.

Lara fuhr herum. Hinter ihr stand Bertha. Lara hatte nicht gemerkt, daß sie laut gesprochen hatte.

»Nichts«, stieß Lara errötend hervor.

Fasziniert war Lara bei diesen abendlichen Unterhaltungen auch von Erzählungen über die Vertreibung der schottischen Kleinbauern aus dem Hochland. Obwohl sie diese traurigen Geschichten schon oft gehört hatte, konnte sie nie genug davon bekommen.

»Erzähl mir mehr davon«, bat sie, und Mungo McSween kam ihrem Wunsch nur allzu gern nach ...

»Nun, alles hat im Jahre 1792 begonnen und hat mehr als sechzig Jahre lang gedauert. Die Großgrundbesitzer in den Highlands hatten gemerkt, daß Schafzucht mehr einbringen würde als die Verpachtung ihres Landes an Kleinbauern. Also haben sie Schafherden ins Hochland geholt, die die kalten Winter dort überleben konnten. Zuerst waren es hundert Schafe, dann tausend, dann zehntausend. Eine regelrechte Invasion!

Danach hat die große Vertreibung eingesetzt. Die Grundbesitzer hatten plötzlich ungeahnten Reichtum vor Augen – aber zuerst mußten sie die Kleinbauern loswerden, die auf winzigen Stücken Pachtland saßen. Weiß Gott, bettelarme Leute! Sie haben in elenden Hütten gehaust, ohne Fenster, ohne Schornsteine. Aber die Landbesitzer haben sie trotzdem verjagt.«

Lara hörte gespannt zu, mit großen Augen fest auf McSween gerichtet.

»Die Regierung wies das Militär an, die Dörfer zu besetzen und die Kleinbauern zu vertreiben. Die Soldaten rückten ins Dorf ein und gaben den Bauern sechs Stunden Zeit, mit ihrem Vieh und ihrer wenigen Habe abzuziehen. Ihre Ernte mußten sie auf dem Halm zurücklassen. Danach hat das Militär ihre Hütten niedergebrannt. So sind über eine Viertelmillion Männer, Frauen und Kinder aus der Heimat verjagt und an die Küsten getrieben worden.«

»Aber wie konnten sie von ihrem eigenen Besitz vertrieben werden?«

»Ah, das Land hat ihnen nie wirklich gehört, weißt du. Sie haben ein Stück von einem Großgrundbesitzer gepachtet, aber es ist nie ihr Eigentum gewesen. Sie haben dem Führer ihres Clans eine Gebühr bezahlt, um das Land bestellen und ein paar Stück Vieh aufziehen zu dürfen.«

»Was passierte, wenn Leute sich geweigert haben?« fragte Lara atemlos.

»Familien, die ihre Hütten nicht rechtzeitig geräumt hatten, sind mit ihnen verbrannt worden. Die Soldaten haben keinen Pardon gegeben. Ach, es ist eine Schreckenszeit gewesen! Die Menschen haben Hunger gelitten. Dann ist die Cholera ausgebrochen, und andere Krankheiten haben wie Lauffeuer um sich gegriffen.«

»Wie schrecklich!« sagte Lara.

»Genau, Mädchen. Unsere Leute haben von Brot, Rüben und Haferbrei gelebt – wenn überhaupt was zu bekommen war. Aber eines hat die Regierung den Hochländern nie rauben können: ihren Stolz. Sie haben sich gewehrt, so gut sie konnten. Auch nachdem ihre Hütten niedergebrannt waren, sind die Obdachlosen noch tagelang in der Nähe geblieben und haben versucht, irgendwas aus den Ruinen zu bergen. Meine Vorfahren sind dabeigewesen und haben alles durchlitten. Das ist Teil unserer Geschichte und hat sich in unsere Seelen eingebrannt.«

Lara sah Tausende von verzweifelten Obdachlosen vor sich, die alles verloren hatten und kaum begreifen konnten, was ihnen zugestoßen war. Sie hörte das Wehklagen der Trauernden und die Angstschreie der Kinder.

»Was ist aus all den Leuten geworden?« fragte sie betroffen.

»Sie sind ausgewandert – auf Schiffen, die wahre Seelenverkäufer gewesen sind. Viele der zusammengepferchten Passagiere sind an der Ruhr gestorben. Manchmal sind die Schiffe in Stürme geraten und wochenlang aufgehalten worden, so daß an Bord Hungersnot herrschte. Nur die Stärksten waren noch am Leben, als die Schiffe endlich in Kanada angelegt haben. Aber dort erwartete sie etwas, das sie noch nie gesehen hatten.«

»Ihr eigenes Land», sagte Lara.

»Ganz genau, Mädchen.«

Eines Tages, nahm Lara sich fest vor, besitze ich eigenes Land, das mir niemand – niemand! – mehr wegnehmen wird.

An einem Juliabend war James Cameron mit einem Mädchen in Kristies Bordell im Bett, als er einen Herzanfall bekam. Er war ziemlich betrunken, und als er plötzlich zur Seite kippte, nahm seine Gespielin an, er sei lediglich eingeschlafen.

»Nein, so geht das nicht! Unten warten noch andere Kunden auf mich. Wach auf, James! Komm, wach auf!«

Cameron griff sich, nach Atem ringend, an die Brust.

»Um Himmels willen«, ächzte er, »hol mir 'nen Arzt!«

Ein Krankenwagen brachte ihn in das kleine Krankenhaus in der Quarry Street. Doktor Duncan ließ Lara holen.

»Was ist passiert?« fragte sie aufgeregt. »Ist mein Vater tot?«

»Nein, Lara, aber er hat einen schweren Herzanfall gehabt.«

Sie stand wie vor den Kopf geschlagen da. »Bleibt er ... bleibt er am Leben?«

»Schwer zu sagen. Wir tun jedenfalls, was wir können.«

»Darf ich zu ihm?«

»Am besten kommst du morgen früh wieder, Mädchen.«

Sie ging heim, vor Angst wie benommen. Bitte, lieber Gott, laß ihn nicht sterben, dachte sie. Er ist alles, was ich habe.

Zu Hause wurde sie von Bertha erwartet. »Was ist passiert?«

Lara erzählte es ihr.

»O Gott!« sagte Bertha. »Und heute ist Freitag!«

»Was?«

»Freitag. Der Tag, an dem die Mieten kassiert werden müssen. Wie ich Sean MacAllister kenne, benützt er das als Ausrede, um uns alle auf die Straße zu setzen.«

In letzter Zeit war es häufiger vorgekommen, daß James Cameron, wenn er wieder einmal betrunken war, Lara damit beauftragt hatte, die Mieten in Sean MacAllisters übrigen Fremdenheimen zu kassieren. Lara hatte das Geld bei ihrem Vater abgeliefert, der es am nächsten Tag dem Bankier gebracht hatte.

»Was sollen wir bloß machen?« jammerte Bertha.

Und plötzlich wußte Lara, was getan werden mußte.

»Keine Angst«, sagte sie, »ich kümmere mich darum.«

Beim Abendessen sagte Lara: »Gentlemen, hören Sie mir bitte einen Augenblick zu!« Die Unterhaltung verstummte. Alle sahen sie an: »Mein Vater hat einen . . . einen kleinen Schwindelanfall erlitten. Er liegt im Krankenhaus. Die Ärzte wollen ihn ein paar Tage beobachten. Bis er zurückkommt, kassiere ich die Mieten. Nach dem Essen erwarte ich Sie in der Halle.«

»Kommt er wieder auf die Beine?« wollte einer der Mieter wissen.

»Ja, natürlich«, antwortete Lara mit gezwungenem Lächeln.

Nach dem Essen kamen die Männer nacheinander in die Halle und zahlten bei Lara ihre Wochenmiete.

»Hoffentlich erholt dein Vater sich bald, Mädchen . . .«

»Falls ich irgendwas für dich tun kann, brauchst du's nur zu sagen . . .«

»Du bist ein braves Mädchen, daß du das für deinen Vater tust . . .«

»Was ist mit den übrigen Häusern?« fragte Bertha. »Er muß noch in den vier anderen kassieren.«

»Ja, ich weiß«, sagte Lara. »Wenn du inzwischen abspülst, gehe ich die Mieten kassieren.«

Bertha machte ein zweifelndes Gesicht. »Na, dann viel Erfolg!«

Es war leichter, als Lara gedacht hatte. Die meisten Mieter fanden mitfühlende Worte und freuten sich, dem jungen Mädchen helfen zu können.

Am nächsten Morgen ging Lara mit den Umschlägen, in denen die Mieteinnahmen steckten, zu Sean MacAllister. Der Bankier saß in seinem Büro, als Lara hereinkam.

»Meine Sekretärin hat gesagt, daß du mich sprechen willst.«

»Ja, Sir.«

MacAllister betrachtete das magere, ungepflegte Wesen vor seinem Schreibtisch. »Du bist James Camerons Tochter, nicht wahr?«

»Ja, Sir.«

»Sarah.«

»Lara.«

»Tut mir leid, was deinem Vater passiert ist«, behauptete MacAllister. Aus seinem Tonfall aber klang kein Mitgefühl. »Nachdem er jetzt zu krank ist, um seine Arbeit zu tun, muß ich mich natürlich nach Ersatz umsehen. Ihr...«

»Nein, Sir!« sagte Lara hastig. »Er hat mich gebeten, ihn zu vertreten.«

»Dich?«

»Ja, Sir.«

»Tut mir leid, aber das...«

Lara legte die Umschläge auf den Schreibtisch. »Hier sind die Wochenmieten.«

MacAllister starrte sie überrascht an. »Alle?«

Sie nickte wortlos.

»Und du hast sie kassiert?«

»Ja, Sir. Und ich kassiere sie jede Woche, bis Papa wieder auf den Beinen ist.«

»Mal sehen.« Er öffnete die Umschläge und zählte sorgfältig das Geld. Lara beobachtete ihn, als er die Gesamtsumme in ein großes grünes Journal eintrug.

Sean MacAllister, der seit einiger Zeit vorgehabt hatte, James Cameron zu entlassen, weil er trank und unzuverlässig war, sah jetzt eine Gelegenheit, sich die Familie vom Hals zu schaffen.

Die Kleine, die da vor ihm stand, würde bestimmt nicht imstande sein, die Aufgaben ihres Vaters zu übernehmen. Andererseits wußte der Bankier, wie die Stadt reagieren würde, wenn er den kranken James Cameron und seine Tochter auf die Straße setzte. MacAllister traf seine Entscheidung.

»Gut, ich will's einen Monat lang mit dir versuchen«, sagte er. »Danach wissen wir, wo wir stehen.«

»Danke, Mr. MacAllister. Vielen Dank!«

»Augenblick.« Er gab Lara fünfundzwanzig Dollar. »Hier ... dein Wochenlohn.«

Als Lara das Geld in der Hand hielt, hatte sie das Gefühl, an der Schwelle der Freiheit zu stehen. Zum ersten Mal in ihrem Leben war sie für ihre Arbeit entlohnt worden.

Nach ihrem Besuch bei MacAllister ging Lara ins Krankenhaus. Doktor Duncan trat eben aus dem Zimmer ihres Vaters. Lara hatte plötzlich panische Angst. »Er ist doch nicht ...?«

»Nein, nein ... ihm geht's bald wieder gut, Lara.« Duncan zögerte. »Wenn ich ›gut‹ sage, meine ich damit, daß er nicht sterben wird ... zumindest nicht gleich. Aber er muß noch einige Wochen das Bett hüten und braucht jemanden, der ihn pflegt.«

»Ich pflege ihn«, erbot sich Lara.

Der Arzt musterte sie prüfend und sagte dann: »Dein Vater ist sich nicht darüber im klaren, Kind, aber er kann sich sehr glücklich schätzen, so eine Tochter zu haben.«

»Darf ich jetzt zu ihm?«

»Gewiß.«

Lara betrat das Zimmer, blieb am Fußende des Krankenbetts stehen und starrte ihn an. James Cameron, der blaß, hilflos und mit geschlossenen Augen vor ihr lag, schien um viele Jahre gealtert zu sein. Eine Woge neuer Zärtlichkeit durchflutete Lara. Endlich würde sie etwas für ihn tun können, das ihr seinen Dank und seine Liebe sichern würde. Sie trat näher ans Bett heran.

»Papa ...«

Er öffnete die Augen und murmelte: »Was tust du hier, verdammt noch mal? Daheim wartet Arbeit auf dich!«

Lara erstarrte. »Ich ... ich weiß, Papa. Ich wollte dir bloß erzählen, daß ich bei Mr. MacAllister gewesen bin. Ich hab' ihm gesagt, daß ich die Mieten kassiere, bis du wieder aufstehen darfst, und ...«

»*Du* willst die Mieten kassieren? Daß ich nicht lache!« Er bekam einen heftigen Hustenanfall. Als er wieder sprechen konnte, klang seine Stimme schwach. »Das Schicksal ist wieder mal gegen mich«, ächzte er. »Ich weiß, daß ich auf der Straße enden werde.«

Er vergeudete keinen Gedanken darauf, was aus seiner Tochter werden würde. Lara starrte ihn lange schweigend an. Dann wandte sie sich ab und ging hinaus.

Drei Tage später wurde James Cameron nach Hause gebracht.

»Sie müssen noch ein paar Wochen lang im Bett bleiben«, erklärte der Arzt ihm. »Ich komme alle paar Tage vorbei und sehe nach Ihnen.«

»Ich kann nicht im Bett bleiben!« protestierte James Cameron. »Ich hab' viel zu tun.«

Der Arzt zuckte die Achseln. »Sie haben die Wahl«, stellte er fest. »Sie können im Bett bleiben und weiterleben oder aufstehen und sterben.«

MacAllisters Mieter hatten anfangs ihren Spaß daran, daß nun ein junges Mädchen vorbeikam, um die Miete zu kassieren. Aber sobald der Reiz des Neuen verflogen war, brachten sie alle möglichen Ausreden vor:

»Ich bin diese Woche krank gewesen und hab' die Arztrechnung bezahlen müssen ...«

»Mein Sohn schickt mir jede Woche Geld, aber die Post hat sich verspätet ...«

»Ich hab' mir neues Werkzeug kaufen müssen ...«

»Bis nächste Woche hab' ich das Geld ganz bestimmt ...«

Aber Lara kämpfte um ihr Leben. Nachdem sie höflich zugehört hatte, sagte sie: »Tut mir leid, aber Mr. MacAllister sagt, daß die Miete heute fällig ist. Falls Sie nicht zahlen können, müssen Sie sofort ausziehen.«

Und irgendwie brachten sie das Geld dann doch auf.

Lara machte keinerlei Zugeständnisse.

»Mit deinem Vater bin ich besser ausgekommen«, klagte einer der Mieter. »Der ist immer bereit gewesen, ein paar Tage zu warten.«

Aber letzten Endes nötigte die Courage des jungen Mädchens allen Bewunderung ab.

Laras anfängliche Hoffnung auf ein engeres Verhältnis zu ihrem kranken Vater wurde bitter enttäuscht. Sie bemühte sich, ihm jeden Wunsch von den Augen abzulesen – aber je mehr sie ihn umsorgte, desto unausstehlicher wurde er.

Sie brachte ihm jeden Tag frische Blumen und kleine Leckerbissen.

»Was soll der Unsinn?« rief er aus. »Mußt du dauernd hier rumhängen? Hast du sonst nichts zu tun?«

»Ich hab' bloß gedacht, du . . .«

»Raus!« Er drehte sich mit dem Gesicht zur Wand.

Ich hasse ihn, dachte Lara. Ich hasse ihn.

Als Lara nach Ablauf ihrer Probezeit von einem Monat die Umschläge mit den Mieteinnahmen abgeliefert und Sean MacAllister das Geld gezählt hatte, sagte er: »Ich gebe ehrlich zu, junge Dame, daß du mich sehr überrascht hast. Du hast bessere Arbeit geleistet als dein Vater.«

Das war Musik in Laras Ohren. »Danke, Mr. MacAllister.«

»Tatsächlich ist dies der erste Monat, in dem jeder rechtzeitig und vollständig gezahlt hat.«

»Dann dürfen mein Vater und ich also bleiben?« fragte Lara gespannt.

Der Bankier musterte sie prüfend. »Warum nicht? Du liebst deinen Vater offenbar sehr.«

»Gut, dann bis nächsten Samstag, Mr. MacAllister.«

5. Kapitel

Mit siebzehn war aus dem einst mageren, schlaksigen Mädchen eine junge Frau geworden. Ihr Gesicht trug die Züge ihrer schottischen Vorfahren, die ihr einen makellosen Teint, elegant geschwungene Augenbrauen, graue Augen, deren Farbe an Gewitterwolken erinnerte, und üppiges schwarzes Haar vererbt hatten. Dazu kam eine gewisse Melancholie, von der sie ständig umgeben war – ein fernes Echo der tragischen Geschichte ihres Volkes. Es fiel schwer, den Blick von Lara Camerons Gesicht zu wenden.

Die meisten Mieter lebten allein, wenn man von den Gefährtinnen absah, die sie sich bei Madame Kristie oder in anderen Bordellen stundenweise kauften, und ein schönes junges Mädchen im Haus weckte natürlich Begierden. So kam es manchmal vor, daß einer der Männer ihr in der Küche oder in seinem Zimmer, wenn sie gerade putzte, den Weg vertrat und fragte: »Willst du nicht nett zu mir sein, Lara? Ich könnte viel für dich tun.«

Oder: »Du hast noch keinen festen Freund, stimmt's? Komm, ich zeig' dir, wie's mit 'nem richtigen Mann ist.«

Oder: »Hättest du nicht Lust, dir Kansas City anzusehen? Ich reise nächste Woche ab und würde dich gern mitnehmen.«

Wann immer ein Mieter versucht hatte, Lara ins Bett zu bekommen, ging sie in das kleine Zimmer, in dem ihr Vater hilflos lag, und erklärte ihm: »Du hast dich getäuscht, Vater. Alle Männer wollen mich.« Und sie verließ den Raum, während er ihr nachstarrte.

James Cameron starb an einem Dezembermorgen, und Lara begrub ihn auf dem Friedhof im Stadtteil Passionadale. Außer ihr nahmen nur Bertha an der Beisetzung teil. Es flossen keine Tränen.

Ein neuer Mieter zog ein: ein Amerikaner namens Bill Rogers. Er war Anfang siebzig, dick und kahlköpfig, ein freundlicher, redseliger Mann. Nach dem Abendessen saß er oft im Salon und unterhielt sich mit Lara. »Sie sind zu verdammt hübsch, um in diesem Nest zu versauern«, erklärte er ihr. »Sie sollten nach New York oder Chicago gehen. Dort ist richtig was los!«

»Das tue ich eines Tages«, antwortete Lara.

»Sie haben Ihr ganzes Leben noch vor sich. Wissen Sie denn schon, was Sie damit anfangen wollen?«

»Ich möchte Dinge besitzen.«

»Ah, schöne Kleider und ...«

»Nein, Land. Ich möchte Land besitzen. Mein Vater hat nie etwas besessen. Er hat sein Leben lang von den Almosen anderer leben müssen.«

Bill Rogers strahlte. »Ich bin mein Leben lang in der Immobilienbranche gewesen.«

»Tatsächlich?«

»Überall im mittleren Westen haben meine Häuser gestanden. Mir hat sogar 'ne Hotelkette gehört.« Sein Tonfall klang bedauernd.

»Und dann?«

Rogers zuckte mit den Schultern. »Ich hab' den Hals nicht vollkriegen können. Zuletzt war dann alles futsch. Aber Spaß gemacht hat's doch!«

Danach sprachen sie fast jeden Abend über die Immobilienbranche.

»Die Grundregel im Immobiliengeschäft lautet: anderer Leute Geld. Das Schöne an Immobilien ist, daß man Zinsen und Abschreibung steuerlich absetzen kann, während ihr Wert weiter steigt. Die drei wichtigsten Gesichtspunkte für die Beurteilung von Immobilien sind: erstens die Lage, zweitens die Lage und drittens die Lage. Ein schönes Gebäude irgendwo auf einem Hügel ist Zeitverschwendung. Ein häßlicher Bau in der Innenstadt macht reich.«

Rogers weihte Lara in die Geheimnisse der Hypothekenfinanzierung, der Finanzierung durch Steuervergünstigung und der Zusammenarbeit mit Hypothekenbanken ein. Lara hörte aufmerksam zu, lernte viel und merkte sich alles. Ihr Gehirn war wie ein Schwamm, der alle Informationen aufsog.

Die für sie wichtigste Entscheidung traf Rogers eher beiläufig: »Hier in Glace Bay gibt's längst nicht genug Wohnungen. Das wäre eine riesige Gelegenheit. Wäre ich zwanzig Jahre jünger ...«

Von diesem Augenblick an betrachtete Lara die kleine Stadt mit anderen Augen. Sie stellte sich auf unbebauten Grundstücken Wohn- und Bürogebäude vor. Das war aufregend und frustrierend zugleich. Sie hatte ihre Träume, aber kein Geld, um sie zu verwirklichen.

Als Bill Rogers weiterzog, hatte er noch einen guten Rat für sie: »Denk immer daran: anderer Leute Geld. Alles Gute, Kleine!«

Eine Woche später quartierte sich Charles Cohn bei Lara ein. Er war ein schlanker, kleiner Mann von etwa sechzig Jahren, gepflegt und gut angezogen. Obwohl er wie die anderen Gäste am gemeinsamen Abendessen teilnahm, blieb er auffällig schweigsam. Er schien in einer eigenen Welt zu leben.

Er beobachtete Lara bei der Arbeit, lächelte stets freundlich und beschwerte sich nie.

»Wie lange werden Sie bei uns bleiben?« fragte Lara ihn.

»Schwer zu sagen. Zwei Wochen, zwei Monate ...«

Charles Cohn war Lara ein Rätsel. Er paßte so gar nicht zu den übrigen Mietern. Sie versuchte zu erraten, was er beruflich machte. Er war ganz bestimmt kein Bergmann oder Fischer, sah nicht wie ein Handelsreisender aus und wirkte vornehmer und gebildeter als die anderen Gäste. Lara hatte er erzählt, er habe versucht, ein Zimmer im einzigen Hotel der Stadt zu bekommen, aber es sei ausgebucht gewesen. Ihr fiel auf, daß Cohn bei den Mahlzeiten fast nichts aß.

»Wenn Sie etwas Gemüse hätten«, sagte er entschuldigend, »oder etwas Obst ...«

»Halten Sie eine bestimmte Diät?« fragte Lara ihn nach einigen Tagen.

»In gewisser Beziehung. Ich esse nur koschere Speisen, und in Glace Bay gibt's leider keine.«

Als Charles Cohn sich am nächsten Abend an den Eßtisch setzte, wurden ihm Lammkoteletts serviert. Er sah überrascht zu Lara auf.

»Tut mir leid, aber die kann ich nicht essen«, sagte er. »Ich dachte, ich hätte Ihnen erklärt, daß ...«

»Ja, das haben Sie«, unterbrach Lara ihn lächelnd. »Aber die sind koscher.«

»Was?«

»In Sydney gibt's einen koscheren Fleischer, bei dem ich für Sie eingekauft habe. Guten Appetit! Zum Zimmerpreis gehören Frühstück und Abendessen. Morgen bekommen Sie zur Abwechslung ein Steak.«

Von da an suchte Cohn das Gespräch mit Lara, wenn sie gerade Zeit hatte, und horchte sie geschickt aus. Ihre rasche Auffassungsgabe und ihre für ihr Alter erstaunliche Selbständigkeit imponierten ihm.

Eines Tages vertraute Charles Cohn ihr an, warum er nach Glace Bay gekommen war. »Ich bin im Auftrag der Firma Continental Supplies unterwegs.« Das war eine große Supermarktkette. »Ich soll hier ein Grundstück für einen neuen Laden finden.«

»Wie aufregend!« sagte Lara, und bei sich dachte sie: Ich habe gleich gewußt, daß Cohn aus irgendeinem wichtigen Grund nach Glace Bay gekommen ist. »Sie wollen also ein Gebäude errichten?«

»Nein, das überlassen wir anderen. Wir mieten unsere Ladenlokale nur.«

Um drei Uhr morgens schreckte Lara aus tiefem Schlaf hoch und setzte sich mit wildem Herzjagen im Bett auf. War das ein Traum gewesen? Nein. Ihr Verstand arbeitete auf Hochtouren. Sie war zu aufgeregt, um wieder einschlafen zu können.

Als Charles Cohn morgens zum Frühstück kam, wartete Lara bereits auf ihn.

»Mr. Cohn ... ich weiß ein wunderbares Grundstück«, stieß sie hervor.

Er zog die Augenbrauen hoch. »Wie bitte?«

»Ein Grundstück für Ihren neuen Laden.«

»Oh? Wo denn?«

Lara wich seiner Frage aus. »Ich möchte Sie etwas fragen. Nehmen wir mal an, ich besäße ein Grundstück, das Ihnen gefällt, und würde darauf ein für Ihre Firma geeignetes Gebäude errichten – bekäme ich dann einen Fünfjahresmietvertrag?«

Er schüttelte den Kopf. »Das ist eine ziemlich hypothetische Frage, nicht wahr?«

»Bekäme ich den Vertrag?« fragte Lara unbeirrt.

»Lara, was verstehen Sie denn vom Bauen?«

»Ich würde das Gebäude nicht selbst hinstellen«, antwortete sie. »Dafür würde ich mir einen Architekten und eine gute Baufirma nehmen.«

Charles Cohn musterte sie prüfend. »Aha. Und wo liegt dieses wunderbare Grundstück?«

»Ich zeig's Ihnen«, sagte Lara. »Es wird Ihnen gefallen! Es ist wirklich ideal.«

Nach dem Frühstück fuhr Lara Cameron mit Charles Cohn in die Stadt. Mitten in Glace Bay war ein ganzer Straßenblock unbebaut. Dieses Baugrundstück hatte Cohn erst vor zwei Tagen besichtigt.

»Das ist das Grundstück, an das ich gedacht habe«, erklärte Lara ihm.

Cohn stand da und gab vor, das Grundstück zu begutachten.

»Sie haben eine gute Nase«, sagte er anerkennend. »Wirklich ein erstklassiges Grundstück.«

Er hatte bereits diskrete Nachforschungen angestellt und erfahren, daß dieses Grundstück dem Bankier Sean MacAllister gehörte. Cohn hatte den Auftrag, ein geeignetes Grundstück zu finden, den Bau des Ladenlokals zu veranlassen und es anschließend zu mieten. Wer das Gebäude errichtete, war seiner Firma letztlich gleichgültig, solange es ihren Erfordernissen entsprach.

Cohn betrachtete Lara nachdenklich. Sie ist noch viel zu jung, dachte er. Das ist eine verrückte Idee. Andererseits . . . ›In Sydney gibt es einen koscheren Fleischer, bei dem ich für Sie eingekauft habe . . . Morgen bekommen Sie zur Abwechslung ein Steak.‹ Damit hatte sie Charles Cohn für sich eingenommen.

Lara fragte ihn aufgeregt: »Würden Sie einen Mietvertrag für fünf Jahre mit mir abschließen, wenn es mir gelingt, dieses Grundstück zu erwerben und darauf ein für Sie geeignetes Gebäude zu errichten?«

»Nein, Lara«, sagte er langsam. »Es müßte schon ein Zehnjahresmietvertrag sein.«

Nachmittags ging Lara Cameron zu MacAllister, der überrascht aufsah, als sie sein Büro betrat.

»Du kommst viel zu früh, Lara«, stellte der Bankier fest. »Heute ist erst Montag.«

»Ja, ich weiß. Aber ich möchte Sie um einen Gefallen bitten, Mr. MacAllister.«

Sean MacAllister starrte sie mit unverhohlener Bewunderung an. Sie ist wirklich ein verdammt hübsches Mädchen geworden, dachte er. Nein, schon eine richtige Frau. Er sah die Rundung ihrer Brüste unter ihrer Baumwollbluse.

»Setz dich, meine Liebe. Was kann ich für dich tun?«

Aber Lara war viel zu aufgeregt, um sitzen zu können. »Ich möchte einen Kredit aufnehmen.«

Das überraschte ihn. »Wie bitte?«

»Ich möchte mir Geld von Ihnen leihen.«

Der Bankier lächelte gönnerhaft. »Warum auch nicht? Falls du ein neues Kleid oder sonst was brauchst, bin ich gerne bereit, dir...«

»Ich möchte mir zweihunderttausend Dollar leihen.«

MacAllisters Lächeln verschwand. »Soll das ein Witz sein?«

»Keineswegs, Sir.« Lara nahm Platz, beugte sich nach vorn und sagte ernsthaft: »Ich möchte in Glace Bay ein Grundstück kaufen, um darauf ein Gebäude zu errichten. Ich habe bereits einen finanzkräftigen Mieter, der einen Zehnjahresvertrag unterschreiben will. Damit wäre der Kredit für Grunderwerb und Baukosten abgesichert.«

MacAllister betrachtete sie stirnrunzelnd. »Hast du darüber schon mit dem Grundstücksbesitzer gesprochen?«

»Das tue ich gerade«, antwortete Lara.

Der Bankier brauchte einige Sekunden, um zu begreifen, was sie gesagt hatte. »Augenblick! Soll das heißen, daß das Grundstück *mir* gehört?«

»Ja. Es handelt sich um Ihr Grundstück in der Main Street an der Ecke zur Commercial Street.«

»Du willst dir von *mir* Geld leihen, um damit *mein* Grundstück zu kaufen?«

»Das Grundstück ist schätzungsweise zwanzigtausend Dollar wert, ich habe mich erkundigt. Ich biete Ihnen dreißigtausend. Sie verdienen also zehntausend Dollar am Grundstücksverkauf und bekommen noch dazu Zinsen für die zweihunderttausend Dollar, die ich bei Ihnen aufnehme.«

Sean MacAllister schüttelte den Kopf. »Ich soll dir zweihunderttausend Dollar ohne irgendwelche Sicherheiten leihen? Ausgeschlossen!«

»Doch, Sie *haben* Sicherheiten«, erklärte Lara ihm ernsthaft. »Auf Ihren Namen wird eine Hypothek auf Grundstück und Gebäude eingetragen, und ich habe bereits einen Mieter. Also riskieren Sie nichts.«

MacAllister starrte die junge Frau an, während er über ihren Vorschlag nachdachte. Dann lächelte er. »Nicht übel, was du dir da ausgedacht hast. Aber ein Darlehen dieser Art würden die Gesellschafter meiner Bank nie genehmigen.«

»Sie haben keine Gesellschafter«, stellte Lara fest.

Das Lächeln wurde zu einem Grinsen. »Stimmt!«

Lara beugte sich etwas weiter vor, und er sah, wie ihre Brüste die Schreibtischkante berührten.

»Bitte sagen Sie ja, Mr. MacAllister. Sie werden's nie bereuen, das verspreche ich Ihnen!«

Er starrte fasziniert ihre Brüste an. »Du bist ganz anders als dein Vater, nicht wahr?«

»Ja, Sir.« Ich habe überhaupt keine Ähnlichkeit mit ihm, dachte Lara zufrieden.

»Nehmen wir spaßeshalber mal an«, sagte der Bankier langsam, »ich wäre interessiert. Wer ist also dein solventer Mieter?«

»Er heißt Charles Cohn und verhandelt im Auftrag von Continental Supplies.«

»Du meinst die Supermarktkette?«

»Ja.«

MacAllister war plötzlich sehr interessiert.

»Seine Firma will einen großen Lebensmittel- und Baumarkt in Glace Bay eröffnen«, fügte Lara hinzu.

MacAllister witterte schnelles Geld.

»Wo hast du diesen Mann kennengelernt?« fragte er beiläufig.

»Er wohnt bei mir im Fremdenheim.«

»Aha. Schön, ich will's mir überlegen, Lara. Morgen reden wir weiter.«

Lara zitterte beinahe vor Aufregung. »Danke, Mr. MacAllister. Sie werden's nicht bereuen!«

Der Bankier lächelte. »Davon bin ich überzeugt.«

Noch am selben Nachmittag fuhr Sean MacAllister zum Fremdenheim, um Charles Cohn kennenzulernen.

»Ich wollte bloß mal vorbeischauen, um Sie in Glace Bay zu begrüßen«, sagte er. »Ich bin Sean MacAllister. Mir gehört die hiesige Bank. Sie sind geschäftlich hier, stimmt's? Aber Sie sollten nicht in meinem Fremdenheim, sondern in meinem Hotel wohnen. Dort hätten Sie allen Komfort.«

»Es war ausgebucht«, erklärte Cohn ihm.

»Aber nur, weil wir nicht gewußt haben, wer Sie sind.«

»Wer bin ich denn?« fragte Cohn freundlich.

Sean MacAllister lächelte. »Wir brauchen nicht Rätselraten zu spielen, Mr. Cohn. So was spricht sich herum. Wie ich höre, sind Sie daran interessiert, ein Gebäude zu mieten, das auf einem mir gehörenden Grundstück errichtet werden soll.«

»Welches Grundstück wäre das?«

»Der Bauplatz zwischen Main Street und Commercial Street. Eine erstklassige Lage, nicht wahr? Ich glaube, daß wir uns rasch einigen werden.«

»Ich habe schon eine Vereinbarung getroffen.«

Sean MacAllister lachte. »Etwa mit Lara? Sie ist ein hübsches kleines Ding, nicht wahr? Wollen wir gleich in die Bank fahren und einen Vertrag aufsetzen?«

»Sie haben mich anscheinend nicht richtig verstanden, Mr. MacAllister. Ich habe schon eine Vereinbarung getroffen.«

»Ich glaube, daß Sie *mich* nicht richtig verstanden haben, Mr. Cohn. Das Grundstück gehört nicht Lara. Es gehört mir.«

»Sie hat versucht, es Ihnen abzukaufen, nicht wahr?«

»Richtig. Aber ich brauche es ihr nicht zu verkaufen.«

»Und ich bin nicht auf dieses Grundstück angewiesen. Ich habe drei weitere besichtigt, die ebensogut geeignet sind. Besten Dank für Ihren Besuch.«

Sean MacAllister starrte ihn an. »Ist das Ihr Ernst?«

»Mein völliger Ernst. Ich mache nie Geschäfte, die nicht koscher sind, und halte immer Wort.«

»Aber Lara versteht nichts vom Bauen. Sie...«

»Sie will Fachleute hinzuziehen. Natürlich wird nichts gebaut, was wir nicht genehmigt haben.«

Der Bankier machte ein nachdenkliches Gesicht. »Stimmt es, daß Continental Supplies bereit ist, einen Zehnjahresvertrag zu unterschreiben?«

»Ja, das stimmt.«

»Ah. Unter diesen Umständen... Lassen Sie mich bis morgen darüber nachdenken.«

Als Lara ins Fremdenheim zurückkam, erzählte Charles Cohn ihr von seinem Gespräch mit dem Bankier.

Lara war empört. »Mr. MacAllister hat hinter meinem Rücken versucht, Sie...«

»Keine Angst«, beruhigte Cohn sie, »er schließt den Handel mit Ihnen ab.«

»Glauben Sie das wirklich?«

»Er ist Bankier. Er macht Geschäfte, um Gewinne zu erzielen.«

»Und was ist mit Ihnen?« fragte Lara. »Warum tun Sie das alles für mich?«

Diese Frage hatte er sich auch gestellt. Weil du so herrlich jung bist, dachte er. Weil ich gern eine Tochter wie dich hätte.

Aber das alles behielt er für sich.

»Ich habe nichts zu verlieren, Lara. Hier gibt es weitere Grundstücke, die ebenso geeignet wären. Sollten Sie den Bauplatz kaufen können, möchte ich Ihnen diesen Gefallen tun. Meiner Firma ist es egal, wer unser Partner ist. Sobald die Finanzierung steht und ich mit Ihrem Bauträger einverstanden bin, sind wir im Geschäft.«

Lara atmete erleichtert auf. »Ich... ich weiß gar nicht, wie ich Ihnen danken soll! Ich gehe gleich zu Mr. MacAllister und...«

»Das täte ich an Ihrer Stelle nicht«, riet Cohn ihr. »Warten Sie, bis er zu Ihnen kommt.«

Sie machte ein sorgenvolles Gesicht. »Aber wenn er nicht kommt?«

Charles Cohn lächelte. »Keine Angst, er kommt!«

Cohn gab Lara einen gedruckten Mietvertrag. »So sieht der Zehnjahresvertrag aus, von dem wir gesprochen haben. Voraussetzung ist natürlich, daß das Gebäude allen unseren Anforderungen entspricht.« Er drückte ihr einen Stapel Blaupausen in die Hand. »Das sind unsere Spezifikationen.«

Lara verbrachte die ganze Nacht damit, die Unterlagen zu studieren.

Am nächsten Morgen rief Sean MacAllister Lara an.

»Hättest du Zeit, in mein Büro zu kommen, Lara?«

Ihr Herz schlug schneller. »Ich bin in einer Viertelstunde bei Ihnen.«

»Ich habe über unser Gespräch nachgedacht«, begann MacAllister. »Vor allem interessiert mich, was für einen Zehnjahresvertrag Mr. Cohn unterschreiben will.«

»Den habe ich hier«, sagte Lara. Sie öffnete ihre Handtasche und nahm den Vertrag heraus.

Sean MacAllister studierte ihn sorgfältig. »Er scheint in Ordnung zu sein.«

»Dann sind wir uns also einig?« Sie hielt unwillkürlich den Atem an.

MacAllister schüttelte den Kopf. »Nein.«

»Aber ich dachte ...«

Seine Finger trommelten auf der Schreibtischplatte. »Ehrlich gesagt, ich hab's mit dem Verkauf von Grundstücken nicht besonders eilig, Lara. Je länger ich es behalte, desto mehr steigt der Wert.«

Sie starrte ihn verständnislos an. »Aber Sie wollten ...«

»Dein Darlehenswunsch fällt völlig aus dem Rahmen. Du hast kaum einschlägige Erfahrungen. Für die Gewährung dieses Darlehens müßte schon ein ganz besonderer Grund vorliegen.«

»Ich verstehe nicht, was ... welcher Grund?«

»Nun, ich denke dabei an einen kleinen Bonus... Sag mal, Lara, hast du schon einen Liebhaber?«

»Ich... nein.« Sie spürte, wie ihr das Geschäft zu entgleiten drohte. »Was hat das mit unserem...«

MacAllister beugte sich vor. »Ich will ganz ehrlich sein, Lara. Ich finde dich sehr attraktiv. Ich möchte mit dir ins Bett gehen. *Quid pro quo*. Das bedeutet...«

»Ich weiß, was das bedeutet.« Ihr Gesicht war maskenhaft starr geworden.

»Du solltest die Sache folgendermaßen sehen: Dies ist deine große Chance, etwas aus dir zu machen, nicht wahr? Etwas zu besitzen, jemand zu sein. Dir selbst zu beweisen, daß du anders als dein Vater bist.«

Lara überlegte fieberhaft.

»Wahrscheinlich bekommst du nie wieder eine vergleichbare Chance, Lara. Ich nehme an, daß du erst mal darüber nachdenken willst, bevor du...«

»Nein.« Ihre Stimme klang hohl. »Ich kann Ihnen die Antwort gleich geben.« Sie preßte beide Arme seitlich an den Oberkörper, um ihr Zittern zu unterdrücken. Ihre ganze Zukunft, beinahe ihr Leben, hing von ihren nächsten Worten ab. »Ich gehe mit Ihnen ins Bett.«

MacAllister stand grinsend auf und kam mit ausgebreiteten Armen auf sie zu.

»Nicht jetzt«, wehrte Lara ab. »Erst will ich den Vertrag sehen.«

Am nächsten Tag legte Sean MacAllister ihr den Darlehensvertrag vor.

»Ein ganz einfacher Vertrag, meine Liebe. Du erhältst ein Darlehen von zweihunderttausend Dollar zu acht Prozent.« Er gab Lara seinen Füllfederhalter. »Du brauchst nur auf Seite drei zu unterschreiben.«

»Ich möchte ihn erst in aller Ruhe durchlesen«, wehrte Lara ab. Sie sah auf ihre Armbanduhr. »Aber dafür fehlt mir im Augenblick die Zeit. Darf ich den Vertrag mitnehmen? Sie bekommen ihn morgen wieder.«

Der Bankier zuckte mit den Schultern. »Wie du willst.« Er sprach etwas leiser. »Was unsere kleine Verabredung betrifft ... Ich muß am kommenden Samstag geschäftlich nach Halifax. Wie wär's, wenn du mitfahren würdest?«

Lara wurde fast schlecht, als sie sein lüsternes Grinsen sah. »Einverstanden«, sagte sie tonlos.

»Schön. Sobald ich den Vertrag mit deiner Unterschrift zurückbekomme, sind wir im Geschäft.« MacAllister machte eine nachdenkliche Pause. »Als nächstes brauchst du eine gute Baufirma. Schon mal von der Nova Scotia Construction Company gehört?«

Laras Miene hellte sich auf. »Ja. Ich kenne Buzz Steele, den Bauleiter.«

Er hatte einige der größten Gebäude in Glace Bay errichtet und während der Bauzeit jeweils bei ihr gewohnt.

»Gut. Das ist ein solides Unternehmen. Ich kann es sehr empfehlen.«

»Ich rede gleich morgen mit Buzz«, sagte Lara.

An diesem Abend zeigte sie Charles Cohn den Darlehensvertrag. Sie wagte jedoch nicht, ihm von ihrer privaten Vereinbarung mit MacAllister zu erzählen. Cohn las den Vertrag sorgfältig durch, gab ihn Lara zurück und schüttelte den Kopf. »Ich würde Ihnen raten, diesen Vertrag nicht zu unterschreiben.«

Lara war entsetzt. »Aber warum nicht?«

»Er enthält zwei für Sie höchst riskante Klauseln. Das Gebäude muß bis einunddreißigsten Dezember fertiggestellt sein und darf nicht mehr als einhundertsiebzigtausend Dollar kosten, sonst fällt das Eigentumsrecht an die Bank zurück. Mit anderen Worten: Es gehört dann MacAllister, und meine Firma mietet es von *ihm*. Sie verlieren alles und müssen das aufgenommene Darlehen trotzdem verzinsen und zurückzahlen. Verlangen Sie, daß er diese Klauseln streicht.«

Lara glaubte, MacAllisters Stimme zu hören. ›Ich hab's mit dem Verkauf des Grundstücks nicht besonders eilig. Je länger ich es behalte, desto mehr steigt der Wert.‹

Sie schüttelte den Kopf. »Das tut er nicht.«

»Dann riskieren Sie gefährlich viel, Lara. Sie könnten zuletzt mit leeren Händen und zweihunderttausend Dollar Schulden dastehen.«

»Aber wenn das Gebäude rechtzeitig steht...«

»Darin liegt eben das Risiko! Als Bauherr sind Sie von vielen anderen Leuten abhängig. Sie haben keine Ahnung, was beim Bauen alles schiefgehen kann!«

»In Sydney gibt's ein sehr gutes Bauunternehmen, das hier schon viel gebaut hat. Ich kenne den Bauleiter und rede morgen mit ihm. Wenn er sagt, daß er das Gebäude termingerecht fertigstellen kann, möchte ich's versuchen.«

Das verzweifelte Drängen in ihrer Stimme bewog Cohn dazu, seinen Zweifel zu unterdrücken. »Gut«, sagte er schließlich, »reden Sie mit ihm.«

Lara fand Buzz Steele in luftiger Höhe auf den Stahlträgern eines vierstöckigen Bürogebäudes, das er in Sydney errichtete. Steele hatte graue Haare und ein von Wind und Wetter gegerbtes Gesicht. Er begrüßte sie herzlich. »Das ist eine nette Überraschung«, sagte er. »Wie kommt's, daß ein so hübsches Mädchen wie Sie aus Glace Bay fortgelassen wird?«

»Ich hab' mich weggeschlichen«, behauptete Lara. »Ich habe einen Auftrag für Sie, Mr. Steele.«

Er lächelte. »Tatsächlich? Was bauen wir denn – ein Puppenhaus?«

»Nein.« Sie zog die Blaupausen, die Charles Cohn ihr gegeben hatte, aus ihrer Umhängetasche. »Dieses Gebäude hier.«

Nach einem Blick auf die Pläne hob Buzz Steele überrascht den Kopf. »Das ist aber ein ziemlich großes Projekt. Was haben Sie damit zu tun?«

«Ich habe es auf die Beine gestellt«, sagte Lara stolz. »Das wird *mein* Gebaude.«

Steele pfiff anerkennend durch die Zähne. »Na, das freut mich für Sie, Schätzchen.«

»Die Sache hat nur einen Haken.«

»Oh?«

»Das Gebäude muß bis einunddreißigsten Dezember bezugsfertig sein.«

»Das sind nur zehn Monate.«

»Ja, ich weiß. Ist das zu schaffen?«

Steele blätterte erneut in den Plänen. Lara verfolgte gespannt, wie seine Lippen sich bewegten, während er im Kopf rechnete.

Zuletzt sagte er: »Das müßte sogar bis Mitte Dezember zu machen sein – wenn wir den Auftrag sofort bekommen.«

»Der ist hiermit erteilt.«

»Gut, abgemacht.«

Lara mußte sich beherrschen, um nicht laut zu jubeln. Ich hab's geschafft! dachte sie. Ich hab's geschafft!

Sie gaben einander die Hand. »Sie sind der hübscheste Boss, den ich je gehabt habe«, sagte Steele dabei.

»Danke, Buzz. Wann können Sie anfangen?«

»Ich komme morgen nach Glace Bay und sehe mir den Bauplatz an. Wir stellen Ihnen ein Gebäude hin, auf das Sie stolz sein werden.«

Als Lara ging, schwebte sie wie auf Wolken.

Lara fuhr nach Glace Bay zurück und berichtete Charles Cohn von ihrem Gespräch mit Steele.

»Ist diese Firma auch bestimmt zuverlässig, Lara?«

»Ganz bestimmt!« versicherte sie ihm. »Sie hat schon überall gebaut: in Glace Bay, in Sydney, in Halifax, in ...«

Ihre Begeisterung war ansteckend.

Charles Cohn lächelte. »Schön, dann sind wir offenbar im Geschäft.«

»Allerdings!« strahlte Lara. Aber dann erinnerte sie sich an ihre Abmachung mit Sean MacAllister, und ihr Lächeln verschwand. ›Ich muß am kommenden Samstag geschäftlich nach Halifax. Wie wär's, wenn du mitfahren würdest?‹ Samstag war schon übermorgen.

Am nächsten Morgen unterschrieb Lara Cameron den Darlehensvertrag. Sean MacAllister war sehr mit sich selbst zufrieden, als sie sein Büro verließ. Er hatte keineswegs die Absicht, ihr das neue Gebäude zu überlassen. Bei dem Gedanken an ihre Naivität mußte er beinahe laut lachen. Das Geld, das sie von ihm als Darlehen erhielt, lieh er praktisch sich selbst. Er dachte daran, wie es sein würde, ihren wunderbaren Leib im Bett zu haben, und spürte, wie er eine Erektion bekam.

In Halifax war Lara erst zweimal gewesen. Im Vergleich zu Glace Bay war es eine Großstadt mit überfüllten Gehsteigen, lärmendem Autoverkehr und Luxusgeschäften mit üppigen Auslagen. Sean MacAllister fuhr mit Lara zu einem Motel am Stadtrand. Nachdem er seinen Wagen geparkt hatte, tätschelte er ihr Knie. »Schätzchen, du wartest hier, bis ich uns angemeldet habe.«

Lara blieb sitzen und kämpfte gegen die aufsteigende Panik an. Ich verkaufe mich, dachte sie. Wie eine Nutte. Aber ich habe nichts anderes zu verkaufen, und er findet immerhin, daß ich zweihunderttausend Dollar wert bin. Mein Vater hat sein Leben lang keine zweihunderttausend Dollar auf einmal zu sehen bekommen. Er ist immer viel zu ...

Die Autotür wurde geöffnet, und MacAllister stand grinsend neben ihr. »Alles klar. Komm, wir gehen.«

Lara bekam plötzlich kaum noch Luft. Ihr Puls begann wie rasend zu schlagen, als wollte ihr Herz aus ihrer Brust fliegen. Ich habe einen Herzanfall, dachte sie erschrocken.

»Lara ...« Er starrte sie forschend an. »Geht's dir nicht gut?«

Nein, dachte sie. Ich bin todkrank. Sie bringen mich ins Krankenhaus, und dort sterbe ich. Unberührt. »Mir geht's gut«, behauptete sie tapfer.

Lara stieg langsam aus und folgte ihm in einen schäbigen Bungalow mit geblümten Vorhängen, einem Doppelbett, zwei Sesseln, einer zerschrammten Spiegelkommode und einem winzigen Bad.

Sie fühlte sich wie in einem Alptraum.

»Für dich ist's also das erste Mal, was?« fragte MacAllister.

Lara dachte an die Jungen aus der Schule, die sie geküßt, ihre Brüste gestreichelt und dabei versucht hatten, ihr zwischen die Beine zu greifen. »Ja«, sagte sie.

»Das ist trotzdem kein Grund, nervös zu sein. Sex ist die natürlichste Sache der Welt.«

Sie beobachtete, wie MacAllister sich auszukleiden begann. Sein Körper war schwammig.

»Zieh dich aus!« befahl er ihr.

Lara streifte langsam Schuhe, Rock und Bluse ab. Darunter trug sie Slip und Büstenhalter.

MacAllister starrte sie bewundernd an und kam langsam auf sie zu. »Du bist schön, weißt du das, Baby?«

Sie spürte, wie sein aufgerichtetes Glied sich gegen ihren Körper preßte. Als er sie dann küßte, wurde ihr beinahe schlecht.

»Los, zieh dich ganz aus!« verlangte MacAllister. Er trat ans Bett und streifte seine Unterhose ab. Sein Glied war rot und hart.

Das kann ich niemals in mich aufnehmen, dachte Lara. Das bringt mich um.

»Beeil dich!«

Sie hakte langsam ihren Büstenhalter auf und zog den Slip aus.

»Mein Gott«, sagte er, »du bist phantastisch! Komm, setz dich hierher.«

Lara setzte sich gehorsam auf die Bettkante. MacAllisters Hände kneteten ihre Brüste so grob, daß sie vor Schmerz aufschrie.

»Das hat gutgetan, was? Wird allmählich Zeit, daß du 'nen richtigen Mann kriegst.« MacAllister stieß sie aufs Bett zurück und zog ihr mit Gewalt die Beine auseinander.

Lara bekam es mit der Angst zu tun. »Müssen wir nicht irgendwas nehmen?« fragte sie. »Ich meine . . . ich könnte schwanger werden.«

»Keine Angst«, versprach MacAllister ihr, »ich komme nicht in dir.«

Im nächsten Augenblick spürte Lara, wie er in sie eindrang. Es tat weh.

»Nicht so schnell!« rief sie. »Ich . . .«

Aber MacAllister konnte und wollte nicht länger warten. Er stieß mit Gewalt in sie hinein, und der Schmerz wurde fast unerträglich. Sein Körper klatschte fester und fester gegen ihren, und Lara mußte sich den Mund zuhalten, um nicht laut zu kreischen. Gleich ist's vorbei, sagte sie sich, und dann gehört mir mein Gebäude. Und ich baue noch eines. Und noch eines . . .

Es schmerzte immer schlimmer.

»Los, beweg deinen Arsch!« verlangte MacAllister. »Lieg nicht einfach so da. Beweg dich gefälligst!«

Sie versuchte sich, unter ihm zu bewegen, aber das war unmöglich. Es tat zu weh.

Plötzlich begann MacAllister zu keuchen, und Lara fühlte seinen

Körper zucken. Im nächsten Augenblick sank er befriedigt stöhnend zur Seite.

Lara war entsetzt. »Sie haben mir versprochen...«

MacAllister richtete sich auf einem Ellbogen auf und sagte ernsthaft: »Darling, ich hab' mich nicht beherrschen können, weil du so verdammt schön bist. Aber mach dir deswegen keine Sorgen. Solltest du schwanger werden, weiß ich 'nen guten Arzt, der das wieder in Ordnung bringt.«

Lara drehte den Kopf zur Seite, damit er ihren angewiderten Gesichtsausdruck nicht sah. Sie hinkte wund und blutend ins Bad. Unter der warmen Dusche dachte sie: Jetzt ist's vorbei! Ich hab's überstanden. Das Grundstück gehört mir. Ich werde reich!

Sie brauchte sich nur noch anzuziehen, nach Glace Bay zurückzufahren und dafür zu sorgen, daß die Bauarbeiten sofort begannen.

Als sie aus dem Bad kam, sagte MacAllister: »Das hat so gut getan, das müssen wir gleich noch mal machen!«

6. Kapitel

Charles Cohn hatte fünf von der Nova Scotia Construction Company errichtete Gebäude begutachtet.

»Eine erstklassige Firma«, hatte er Lara versichert. »Mit der dürften Sie keine Schwierigkeiten haben.«

Jetzt besichtigten Lara, Charles Cohn und Buzz Steele gemeinsam den Bauplatz.

»Von der Größe her ideal«, sagte Buzz Steele. »Etwas über viertausend Quadratmeter. Mehr als genug Platz für ein Gebäude mit neunzehnhundert Quadratmetern Grundfläche.«

»Können Sie das Gebäude bis zum einunddreißigsten Dezember bezugsfertig erstellen?« fragte Charles Cohn, der entschlossen war, Lara mit allen Mitteln zu beschützen.

»Sogar schon früher«, antwortete Steele. »Ich garantiere Ihnen die Fertigstellung bis Weihnachten.«

Lara strahlte. »Wie bald können Sie anfangen?«

Buzz Steele überlegte kurz. »Mitte nächster Woche«, sagte er dann. »Bleibt's also dabei?«

Cohn sah zu Lara hinüber und nickte.

»Ja, es bleibt dabei«, antwortete sie zufrieden.

Das Entstehen des Neubaus war das Aufregendste, was Lara jemals erlebt hatte. Sie war jeden Tag auf der Baustelle. »Ich möchte dazulernen«, erklärte sie Charles Cohn. »Für mich ist das bloß der Anfang. Ich werde noch Dutzende von Gebäuden errichten!«

Cohn fragte sich, ob Lara wirklich wußte, worauf sie sich eingelassen hatte.

Als erstes kamen die Vermesser. Sie bestimmten die genauen Grenzen des Grundstücks und bezeichneten seine Eckpunkte mit in Leuchtfarben angestrichenen Pflöcken. Am nächsten Morgen traf schon sehr früh eine Planierraupe auf der Baustelle ein, die auf einem Tieflader transportiert wurde.

Auch Lara Cameron war bereits draußen. »Und was passiert jetzt?« fragte sie Buzz Steele.

»Wir räumen ab und planieren.«

Lara zog die Augenbrauen hoch. »Was bedeutet das?«

»Die Raupe gräbt Baumstümpfe aus und macht das Gelände ungefähr eben.«

Als nächstes kam ein Hydraulikbagger, der nahe den Fundamentgräben weitere Gräben für Strom, Wasser und Abwasser aushob.

Inzwischen hatten die Mieter im Fremdenheim mitbekommen, was im Gange war, und der Baufortschritt wurde morgens und abends zum Hauptthema ihrer Tischgespräche. Natürlich drückten alle Lara die Daumen.

»Na, wie weit seid ihr jetzt?« erkundigten sie sich oft.

Lara, die allmählich zur Expertin wurde, hatte ihren Spaß daran, diese Fragen zu beantworten.

Der Bau machte rasche Fortschritte. Sobald die baustahlbewehrte Fundamentplatte betreten werden konnte, trafen große Lastwagen mit Bauholz ein, und die Zimmerer machten sich daran, die hölzernen Wandelemente zu erstellen. Ihr Hämmern und das Kreischen der Motorsägen waren ohrenbetäubend – aber Musik in Laras Ohren. Zwei Wochen später wurden die von Tür- und Fensteröffnungen durchbrochenen Wandelemente aufgestellt, als sei das Gebäude plötzlich aufgeblasen worden.

Passanten mochte der Bau als Labyrinth aus Holz und Stahl erscheinen, aber für Lara bedeutete er ihren Wirklichkeit gewordenen Traum. Sie fuhr jeden Morgen und Abend daran vorbei und starrte ihren Neubau an. Das alles wird in meinem Auftrag gebaut, dachte Lara. Das alles gehört mir!

Nach dem Wochenendausflug mit MacAllister hatte Lara panische Angst gehabt, sie könnte schwanger geworden sein. Allein bei dem Gedanken daran wurde ihr bereits übel. Als ihre Tage pünktlich einsetzten, atmete sie erleichtert auf. Jetzt brauche ich mir nur noch wegen meines Gebäudes Sorgen zu machen, dachte sie.

Um ihren Lebensunterhalt bestreiten zu können, kassierte Lara weiterhin die Mieten für Sean MacAllister, aber es kostete sie viel Überwindung, sein Büro zu betreten und das Geld bei ihm abzuliefern.

»In Halifax haben wir uns gut amüsiert, nicht wahr, mein Schätzchen? Wollen wir's nicht mal wieder versuchen?«

»Ich bin mit dem Bau ausgelastet«, wehrte Lara energisch ab.

Die Hektik auf der Baustelle verstärkte sich, weil jetzt Dachdecker, Fassadenmonteure und Installateure gleichzeitig tätig waren, so daß sich die Zahl der Männer, die Materialmengen und der Lastwagenverkehr verdreifachten.

Charles Cohn war längst abgereist, aber er rief Lara einmal in der Woche an.

»Wie kommt der Bau voran?« hatte er sich beim letzten Mal erkundigt.

»Großartig!« antwortete Lara begeistert.

»Wird der Zeitplan eingehalten?«

»Nicht nur das, sondern wir haben sogar schon ein paar Tage Vorsprung.«

»Wunderbar. Jetzt kann ich Ihnen ja verraten, daß ich mir nicht sicher gewesen bin, ob Sie's schaffen würden.«

»Aber Sie haben mir trotzdem eine Chance gegeben. Danke, Charles.«

»Eine gute Tat ist eine andere wert. Wären Sie nicht gewesen, wäre ich in Glace Bay möglicherweise verhungert.«

Gelegentlich kam Sean MacAllister auf die Baustelle, um kurz mit Lara zu sprechen.

»Alles läuft genau nach Plan, was?«

»Ja«, antwortete sie.

Der Bankier schien wirklich zufrieden zu sein, so daß Lara dachte: Mr. Cohn hat ihn doch falsch eingeschätzt. Er versucht gar nicht, mich zu übervorteilen.

Ende November näherte Laras Neubau sich der Fertigstellung. Die Außenwände waren längst verkleidet, die Türen und Fenster eingebaut. Nun konnte der Innenausbau beschleunigt in Angriff genommen werden.

Am Montag der ersten Dezemberwoche ging das Arbeitstempo drastisch zurück. Als Lara frühmorgens auf die Baustelle kam, traf sie dort nur zwei Männer an, die nicht gerade fleißig zu sein schienen.

»Wo sind die anderen alle?« fragte Lara.

»Auf 'ner anderen Baustelle«, erklärte ihr einer der Männer. »Aber morgen sind sie wieder hier.«

Am nächsten Morgen war überhaupt niemand da.

Lara fuhr mit dem Bus nach Halifax, um mit Buzz Steele zu reden. »Was ist passiert?« fragte sie ihn. »Die Arbeit bleibt liegen.«

»Machen Sie sich deswegen keine Sorgen«, sagte Steele. »Wir sind auf einer anderen Baustelle etwas in Verzug geraten, und ich hab' meine Männer für ein paar Tage abordnen müssen.«

»Wann kommen sie zu mir zurück?«

»Nächste Woche. Wir halten unseren Termin trotzdem ein.«

»Buzz, Sie wissen, wieviel für mich auf dem Spiel steht!«

»Natürlich, Lara.«

»Wird das Gebäude nicht termingerecht fertig, fällt es an MacAllister zurück. Dann verliere ich alles!«

»Keine Angst, Kleine. Da sei Buzz Steele davor!«

Als Lara sich von ihm verabschiedete, war ihr unbehaglich zumute.

In der nächsten Woche ließen sich noch immer keine Arbeiter blicken. Lara fuhr erneut nach Halifax, um mit Steele zu reden.

»Tut mir leid«, sagte seine Sekretärin, »aber Mr. Steele ist nicht da.«

»Ich muß ihn dringend sprechen. Wann erwarten Sie ihn zurück?«

»Mr. Steele ist den ganzen Tag unterwegs. Ich weiß nicht, ob er überhaupt noch mal ins Büro kommt.«

Lara spürte, wie ihr Magen sich verkrampfte. »Ich muß ihn *unbedingt* sprechen«, sagte sie. »Er errichtet ein Gebäude für mich, das in drei Wochen fertig sein muß.«

»Da würde ich mir keine Sorgen machen, Miss Cameron. Wenn Mr. Steele sagt, daß es fertig wird, wird es fertig.«

»Aber auf der Baustelle passiert nichts!« rief Lara aufgebracht. »Dort arbeitet kein Mensch!«

»Möchten Sie mit Mr. Ericksen, seinem Assistenten, sprechen?«

»Ja, bitte.«

Ericksen war ein breitschultriger, liebenswürdiger Riese, der beruhigende Zuversicht ausstrahlte.

»Ich weiß, warum Sie hier sind«, sagte er, »aber Buzz hat mich gebeten, Ihnen zu versichern, daß Sie sich keine Sorgen zu machen brauchen. Ihr Bauvorhaben hat etwas gelitten, weil wir mit einigen Großbauprojekten in Verzug geraten waren – aber Ihr Gebäude steht drei Wochen vor der Fertigstellung.«

»Trotzdem ist noch soviel zu tun . . .«

»Machen Sie sich deswegen keine Sorgen. Unsere Leute sind am Montagmorgen wieder draußen.«

»Danke«, sagte Lara erleichtert. »Entschuldigen Sie, daß ich Sie belästigt habe, aber ich bin ein bißchen nervös. Dieses Projekt ist für mich sehr wichtig.«

»Kein Problem«, antwortete Ericksen lächelnd. »Sie brauchen sich wirklich keine Sorgen zu machen. Sie sind in guten Händen.«

Am Montagmorgen war kein einziger Arbeiter auf der Baustelle. Lara rief in heller Aufregung Charles Cohn an.

»Hier arbeitet niemand mehr«, berichtete sie ihm, »und ich kann nicht rauskriegen, warum die Arbeiter abgezogen worden sind. Die leitenden Männer machen dauernd Versprechungen, die sie dann nicht halten.«

»Wie heißt die Firma gleich wieder – Nova Scotia Construction Company?«

»Richtig.«

»Ich rufe zurück«, sagte Cohn und legte auf.

Zwei Stunden später war er wieder am Apparat. »Wer hat Ihnen die Nova Scotia Construction Company empfohlen?«

Lara überlegte kurz. »Sean MacAllister.«

»Das wundert mich nicht. Die Firma gehört ihm, Lara.«

Sie mußte sich setzen. »Und er hindert seine Leute daran, den Bau termingerecht fertigzustellen?«

»Ja, so sieht's leider aus.«

»Großer Gott!«

»Der Kerl ist mit allen Wassern gewaschen.« Cohn erwähnte absichtlich nicht, daß er Lara vor dem Bankier gewarnt hatte. Aber auch er konnte nur sagen: »Vielleicht... vielleicht ergibt sich irgend etwas.«

Charles Cohn bewunderte Laras Ehrgeiz und Tatkraft – und verabscheute Sean MacAllister. Trotzdem war er unter diesen Umständen hilflos. Was hätte er tun können, um seinem Schützling zu helfen?

Lara Cameron lag die ganze Nacht wach und dachte über ihre Torheit nach. Ihr Gebäude würde Sean MacAllister gehören, und sie würde auf einem Schuldenberg sitzenbleiben, den sie ihr Leben lang nicht abtragen konnte. Allein der Gedanke, in welcher Form der Bankier auf Schuldentilgung bestehen könnte, jagte ihr kalte Schauder über den Rücken.

Am nächsten Morgen ging Lara zu Sean MacAllister.

»Guten Morgen, meine Liebe. Hübsch siehst du heute aus!«

Lara kam sofort zur Sache. »Ich brauche eine Fristverlängerung. Das Gebäude wird nicht bis Ende Dezember fertig.«

MacAllister lehnte sich in seinen Sessel zurück und runzelte die Stirn. »Tatsächlich? Das ist keine gute Nachricht, Lara.«

»Ich brauche Zeit bis Ende Januar.«

Der Bankier seufzte. »Nein, das ist leider nicht möglich. Du hast einen Vertrag unterschrieben, meine Liebe. Abgemacht ist abgemacht.«

»Aber...«

»Tut mir leid, Lara, aber am einunddreißigsten Dezember fällt das Grundstück mitsamt dem angefangenen Gebäude an die Bank zurück.«

Ihre Mieter waren empört, als sie erfuhren, wie Lara hereingelegt worden war.

»Dieses Schwein!« rief einer der Männer aus. »Das kann er Ihnen nicht antun!«

»Er hat's aber getan«, stellte Lara trübselig fest. »Ich weiß keinen Ausweg mehr.«

»Wollen wir ihm das durchgehen lassen?«

»Kommt nicht in Frage! Wieviel Zeit haben Sie noch – drei Wochen?«

Lara schüttelte den Kopf. »Leider nur zweieinhalb.«

Der Mann, der zuerst gesprochen hatte, wandte sich an die anderen. »Kommt, wir gehen mal hin und sehen uns das Gebäude an«.

»Was habt ihr davon, wenn ihr ...«

»Warten Sie's nur ab!«

Wenig später standen Lara und ein halbes Dutzend Männer auf der Baustelle und begutachteten sie.

»Wasser und Sanitärinstallation fehlen noch«, stellte einer der Männer fest.

»Strom und Heizung auch.«

Sie standen im eisigen Dezemberwind fröstelnd da und besprachen, was alles noch getan werden mußte.

Einer der Männer wandte sich an Lara. »Ihr Bankier ist ein trickreicher Bursche. Das Gebäude ist weitgehend fertig, damit nicht viel zu tun bleibt, wenn es an ihn zurückfällt.« Er wandte sich an die anderen. »Ich behaupte, daß es in zweieinhalb Wochen bezugsfertig sein kann.«

Alle stimmten zu.

Lara schüttelte den Kopf. »Nein, das habt ihr nicht richtig verstanden! Die Bauarbeiter lassen mich im Stich.«

»Paß auf, Mädchen, in deinem Fremdenheim wohnen Klempner, Zimmerer und Elektriker – und wir haben in der ganzen Stadt Freunde, die für den Rest zuständig sind.«

»Ich kann euch nicht bezahlen«, sagte Lara. »Mr. MacAllister weigert sich, mir ...«

»Das wird unser Weihnachtsgeschenk für dich.«

Die Sache entwickelte sich lawinenartig. Ganz Glace Bay wußte, worum es ging, und Facharbeiter kamen von anderen Baustellen herüber, um sich Laras Gebäude anzusehen. Die einen kamen, weil sie Lara Cameron gern hatten, und die anderen, weil sie Sean MacAllister haßten.

»Dem Dreckskerl werden wir's zeigen!« sagten sie.

Sie kamen nach Feierabend vorbei, um mitzuhelfen, und arbeiteten bis nach Mitternacht, und auch samstags und sonntags. Die Arbeit gegen die Uhr glich bald einem Wettkampf, an dem sich Dutzende von Facharbeitern beteiligten. Als Sean MacAllister erfuhr, bei Lara werde weitergebaut, hastete er zur Baustelle hinaus.

Dort blieb er verblüfft stehen. »Was geht hier vor?« erkundigte er sich. »Das sind nicht meine Arbeiter!«

»Das sind meine«, sagte Lara trotzig. »Der Vertrag verbietet mir nicht, eigene Leute einzusetzen.«

»Nun, ich...« MacAllister brachte den Satz nicht zu Ende. »Ich kann bloß hoffen, daß das Gebäude den Anforderungen des Mieters entspricht.«

»Darauf können Sie Gift nehmen«, sagte Lara.

Am Tag vor Silvester war das Gebäude fertiggestellt. Es ragte solide und standfest in den Himmel auf – der schönste Bau, fand Lara, den sie jemals gesehen hatte. Sie stand benommen davor.

»Nun gehört alles dir«, sagte einer der Bauarbeiter. »Und jetzt wird gefeiert, Mädchen.«

An diesem Abend schien ganz Glace Bay Lara Camerons erstes Gebäude zu feiern.

Das war der Anfang.

Danach war Lara Cameron nicht mehr zu bremsen. Sie sprudelte geradezu von Ideen über.

»Ihre neuen Angestellten müssen irgendwo in Glace Bay wohnen«, erklärte sie Charles Cohn. »Ich möchte Häuser für sie bauen. Sind Sie daran interessiert?«

Er nickte. »Sogar sehr interessiert.«

Lara ging zu einer Bank in Sydney und nahm einen weiteren Kredit zur Finanzierung ihres neuen Projekts auf.

Als die Häuser vermietet waren, sagte Lara zu Cohn: »Wissen Sie, was diese Stadt noch braucht? Bungalows für Sommerurlauber. Ich weiß eine wunderschöne kleine Bucht, an der ich eine Feriensiedlung bauen könnte...«

Charles Cohn wurde Laras inoffizieller Finanzberater, und in den folgenden drei Jahren baute Lara Cameron ein Bürogebäude, ein Dutzend Strandbungalows und eine Ladenpassage. Banken in Sydney und Halifax waren gern bereit, ihr Kredite zu gewähren.

Als Lara zwei Jahre später ihren Immobilienbesitz verkaufte, hielt sie schließlich einen bestätigten Scheck über drei Millionen Dollar in der Hand. Sie war zweiundzwanzig Jahre alt.

Am nächsten Tag verließ sie Glace Bay für immer und reiste nach Chicago.

7. Kapitel

Chicago war eine Offenbarung. Halifax, die größte Stadt, die Lara jemals gesehen hatte, war ein Dorf gegen dieses Zentrum des Mittleren Westens. Chicago war laut und lärmend, lebhaft und hektisch, und alle schienen dauernd zu irgendwelchen wichtigen Terminen unterwegs zu sein.

Lara nahm sich eine Suite im Hotel Palmer House am Michigan Boulevard. Ein Blick auf die eleganten Frauen in der Halle machte ihr klar, daß ihre eigene Garderobe bestenfalls für Glace Bay geeignet war. Also begab Lara sich am nächsten Morgen auf einen Einkaufsbummel. Sie kaufte Modellkleider bei Ultimo und Kane's, Schuhe bei Joseph's, Unterwäsche bei Marshall Field und Saks Fifth Avenue, Schmuck bei Trabert und Hoeffer, einen Nerzmantel bei Ware... Und bei jedem Einkauf hörte sie die Stimme ihres Vaters: *Für so was hab' ich kein Geld. Hol dir was von der Heilsarmee.*

Als ihr Kaufrausch vorüber war, hingen die Kleiderschränke ihrer Hotelsuite voll schöner Sachen.

Als nächstes schlug Lara im Telefonbuch die Immobilienmakler nach. Sie entschied sich für die Firma mit der größten Anzeige, Parker und Partners, wählte die Nummer und verlangte Mr. Parker.

»Darf ich um Ihren Namen bitten?«

»Lara Cameron.«

Sekunden später meldete sich eine Stimme. »Bruce Parker. Was kann ich für Sie tun?«

»Ich bin auf der Suche nach einem Grundstück für ein schönes neues Hotel«, sagte Lara.

Die Stimme am anderen Ende klang gleich freundlicher. »Auf diesem Gebiet kennen wir uns aus, Mrs. Cameron.«

»*Miss* Cameron.«

»Ganz recht. Haben Sie an eine bestimmte Gegend gedacht?«

»Nein. Ehrlich gesagt kenne ich mich in Chicago nicht sonderlich gut aus.«

»Das macht nichts, Miss Cameron. Ich bin sicher, daß wir Ihnen ein paar sehr interessante Objekte präsentieren können. Darf ich fragen – nur zur Information, versteht sich –, über wieviel Eigenkapital Sie verfügen?«

»Drei Millionen Dollar«, antwortete Lara stolz.

Am anderen Ende entstand eine längere Pause. »Drei Millionen Dollar?«

»Ja.«

»Und Sie möchten ein schönes neues Hotel bauen?«

»Ja.«

Erneute Pause.

»Denken Sie an Bau oder Kauf eines Objekts irgendwo in der Innenstadt, Miss Cameron?«

»Natürlich nicht«, sagte Lara. »Ich denke an genau das Gegenteil! Ich möchte in einer guten Gegend ein exklusives Hotel mit individueller Atmosphäre bauen, das . . .«

»Mit drei Millionen Dollar?« unterbrach Bruce Parker sie. »Tut mir leid, aber dabei werden wir Ihnen nicht helfen können.«

»Danke«, sagte Lara. Sie legte auf. Offenbar hatte sie den falschen Makler angerufen.

Sie blätterte erneut im Branchenverzeichnis und führte ein halbes Dutzend weiterer Telefongespräche. Eine Stunde später mußte Lara sich eingestehen, daß kein Makler daran interessiert war, ihr ein erstklassiges Grundstück zu vermitteln, auf dem sie mit nur drei Millionen Dollar Kapital ein Hotel bauen konnte. Statt dessen hatten sie verschiedene Vorschläge gemacht, die alle aufs selbe hinausliefen: ein billiges Hotel in der Innenstadt.

Niemals! nahm Lara sich vor. Eher gehe ich nach Glace Bay zurück!

Sie träumte seit Monaten von diesem Hotel. In ihrer Vorstellung existierte es bereits – elegant, luxuriös, ein wahres Zuhause in der Fremde. Es würde hauptsächlich aus Suiten bestehen, zu denen jeweils ein Kaminzimmer mit Bücherwänden, bequemen Sofas und sogar einem Flügel gehörte. Die beiden großen Schlafzimmer jeder Suite würden auf einen gemeinsamen Balkon hinausführen. Lara wußte genau, was sie wollte. Die Frage war nur, wie sie es bekommen würde.

Sie betrat einen Print Shop in der Lake Street. »Ich möchte hundert Visitenkarten drucken lassen.«

»Gern. Und mit welchem Text?«

»Nur zwei Zeilen in der Mitte. *Lara Cameron* und darunter *Immobilien und Baubetreuung.*«

»Gut, Miss Cameron. Ihre Karten sind übermorgen fertig.«

»Nein. Ich brauche sie heute nachmittag.«

Als nächstes machte sie sich daran, Chicago besser kennenzulernen.

Lara wanderte die State Street, den Michigan Boulevard und die La Salle Street auf und ab, spazierte den Lakeshore Drive entlang und durchquerte den Lincoln Park mit seinem Zoo, dem Golfplatz und dem künstlichen See. Sie betrat mehrere Buchläden, um sich Bücher über Chicago zu kaufen, in denen sie las, welche Berühmtheiten hier gelebt hatten: Carl Sandburg, Theodore Dreiser, Frank Lloyd Wright, Louis Sullivan, Saul Bellow . . . Und sie besuchte die Southside, wo sie sich wegen der vielen verschiedenen Menschen, die dort lebten – Schweden, Polen, Iren, Litauer –, sofort wie zu Hause fühlte. Die bunte Vielfalt erinnerte sie an Glace Bay.

Lara war wieder in der Stadt unterwegs, besichtigte Gebäude an denen »Zu verkaufen« stand und rief die jeweils genannten Makler an. »Wieviel kostet das Gebäude?«

»Achtzig Millionen Dollar . . .«

»Sechzig Millionen Dollar . . .«

»Hundert Millionen Dollar . . .«

Ihre drei Millionen schrumpften fast zur Bedeutungslosigkeit zusammen. Lara saß in ihrer Suite und überlegte, welche Möglichkeiten ihr noch blieben. Sie konnte in einem der schlechteren Viertel ein kleines Hotel bauen – oder nach Glace Bay zurückkehren. Beides war wenig verlockend.

Für mich steht zuviel auf dem Spiel, als daß ich einfach aufgeben könnte, dachte Lara.

Am nächsten Morgen betrat Lara Cameron eine Bank in der La Salle Street. Sie wandte sich an einen der Angestellten hinter der Theke. »Ich möchte gern Ihren stellvertretenden Direktor sprechen.«

Sie gab dem jungen Mann ihre Visitenkarte.

Fünf Minuten später saß sie im Büro von Tom Peterson, einem schwammigen Mittvierziger, dessen linkes Augenlid nervös zuckte. Er studierte ihre Karte.

»Was kann ich für Sie tun, Miss Cameron?«

»Ich möchte in Chicago ein Hotel bauen. Dazu brauche ich ein größeres Darlehen.«

Der Bankier lächelte freundlich. »Das ist unser Geschäft, Miss Cameron. Was für ein Hotel schwebt Ihnen denn vor?«

»Ein individuell geführtes Hotel der gehobenen Klasse.«

»Klingt interessant.«

»Ich muß Ihnen allerdings sagen«, fuhr Lara fort, »daß ich nur drei Millionen Dollar Eigenkapital habe und...«

Tom Peterson lächelte. »Kein Problem.«

Laras Herz schlug höher. »Wirklich nicht?«

»Wenn man's richtig anfängt, können drei Millionen Dollar weit reichen.« Er sah auf seine Uhr. »Tut mir leid, aber ich habe jetzt einen anderen Termin. Treffen wir uns heute abend zum Essen, um ausführlicher darüber zu reden?«

»Gern«, sagte Lara. »Das würde mich freuen.«

»Wo wohnen Sie?«

»Im Palmer House.«

»Soll ich Sie um acht abholen?«

Lara nickte lächelnd und stand auf. »Vielen Dank, Mr. Peterson. Ich kann Ihnen nicht sagen, wie erleichtert ich mich jetzt fühle. Ich war, ehrlich gesagt, fast schon ein bißchen entmutigt gewesen.«

»Nicht nötig«, lächelte er. »Ich kümmere mich um Sie.«

Peterson holte Lara pünktlich um acht ab und fuhr mit ihr zum

Abendessen in Henrici's Restaurant. »Wissen Sie, ich bin froh, daß Sie zu mir gekommen sind«, begann er, als sie am Tisch saßen. »Wir können viel füreinander tun.«

»Können wir das?«

»Ja. In dieser Stadt gibt's reichlich Miezen – aber keine, die so verdammt hübsch ist wie Sie, Schätzchen. Sie können ein Luxusbordell für einen exklusiven Kundenkreis aufmachen und...«

Lara erstarrte. »Wie bitte?«

»Wenn Sie ein halbes Dutzend Mädchen auftreiben, garantieren wir Ihnen, daß wir...«

Lara war verschwunden.

Am folgenden Tag besuchte Lara Cameron weitere Banken. Nachdem sie dem Manager der ersten Bank ihren Plan erläutert hatte, sagte er: »Ich will Ihnen den besten Rat geben, den Sie je bekommen werden: Lassen Sie die Finger davon. Die Immobilienbranche ist was für Männer. Frauen haben da nichts zu suchen.«

»Und warum nicht?«

»Weil Sie es mit einer Bande rauhbeiniger Machos zu tun hätten. Die würden Hackfleisch aus Ihnen machen.«

»In Glace Bay haben sie kein Hackfleisch aus mir gemacht«, stellte Lara fest.

Er beugte sich vor. »Ich will Ihnen ein kleines Geheimnis verraten. Chicago ist nicht Glace Bay.«

In der nächsten Bank erklärte ihr der Manager: »Wir sind Ihnen gern behilflich, Miss Cameron. Was Sie vorhaben, kommt natürlich nicht in Frage. Ich schlage vor, daß Sie uns Ihr Kapital verwalten und investieren lassen, damit...«

Lara verließ sein Büro, noch bevor er den Satz zu Ende gebracht hatte.

In der dritten Bank wurde sie in das Büro von Bob Vance geführt. Er war ein freundlicher, grauhaariger Mann Mitte Sechzig, der genau so aussah, wie sie sich einen Bankdirektor vorstellte. Bei ihm im Büro war ein blasser, hagerer, aschblonder Mann, Anfang dreißig, der einen verknitterten Anzug trug und völlig fehl am Platz zu sein schien.

»Das hier ist Howard Keller, Miss Cameron – einer unserer stellvertretenden Direktoren.«

»Angenehm.«

»Was kann ich für Sie tun?« fragte Bob Vance freundlich.

»Ich möchte in Chicago ein Hotel bauen«, antwortete Lara, »und bin dabei, die Finanzierung auf die Beine zu stellen.«

Bob Vance lächelte. »Da sind Sie bei uns richtig, Miss Cameron. Haben Sie schon ein bestimmtes Grundstück ins Auge gefaßt?«

»Ich weiß, wo es ungefähr stehen sollte. Irgendwo am Loop, nicht zu weit vom Michigan Boulevard entfernt...«

»Ausgezeichnet.«

Lara erzählte ihm, wie sie sich ihr Hotel vorstellte.

»Das klingt interessant«, sagte der Bankier. »Und wieviel Eigenkapital haben Sie?«

»Drei Millionen Dollar. Den Rest möchte ich als Darlehen aufnehmen.«

Vance machte eine nachdenkliche Pause. »Da werden wir leider nichts für Sie tun können. Ihr Problem ist, daß Sie große Ideen, aber nur wenig Geld haben. Aber wenn Sie möchten, daß wir Ihr Kapital für Sie investieren...«

»Nein, danke«, wehrte Lara ab und stand auf. »Vielen Dank, daß Sie mir Ihre Zeit geopfert haben. Guten Tag, Gentlemen.« Sie verließ aufgebracht sein Büro. In Glace Bay waren drei Millionen Dollar ein großes Vermögen. Hier schienen die Leute zu glauben, es sei gar nichts.

Als Lara die Straße erreichte, rief eine Stimme: »Miss Cameron!«

Lara drehte sich um und erblickte den Mann, den sie eben kennengelernt hatte – Howard Keller. »Ja?«

»Ich möchte gern mit Ihnen reden«, sagte er. »Trinken wir eine Tasse Kaffee miteinander?«

Sie starrte ihn mißtrauisch an. War denn jeder Mann in Chicago nur hinter den Frauen her?

»Gleich um die Ecke ist ein guter Coffee Shop.«

Lara zuckte mit den Schultern. »Gut, meinetwegen.«

Nachdem er bestellt hatte, sagte Howard Keller: »Ich will nicht aufdringlich sein, aber ich möchte Ihnen ein paar Ratschläge geben.«

Sie beobachtete ihn mißtrauisch. »Bitte sehr.«

»Als erstes muß ich Ihnen sagen, daß Sie die Sache völlig falsch anpacken.«

»Sie glauben also nicht, daß meine Idee Zukunft hat?« erkundigte sie sich steif.

»Ganz im Gegenteil! Ich halte ein Hotel, wie es Ihnen vorschwebt, für eine großartige Idee.«

Lara war überrascht. »Aber warum...?«

»Chicago könnte ein Hotel dieser Art brauchen – aber Sie sollten es nicht bauen.«

»Wie meinen Sie das?«

»Mein Vorschlag wäre, lieber ein altes Hotel in guter Lage zu kaufen und nach Ihren Ideen umzubauen. Hier gibt's viele heruntergekommene Hotels, die nicht viel kosten würden. Ihre drei Millionen Dollar Eigenkapital würden als Anzahlung genügen. Danach könnten Sie ein Darlehen aufnehmen, um es umzubauen.«

Lara hörte ihm nachdenklich zu. Howard Keller hatte recht. Das war der bessere Weg.

»Und noch etwas: Keine Bank wird bereit sein, Ihr Vorhaben zu finanzieren, solange Sie keinen guten Architekten und ein solides Bauunternehmen vorweisen können. Die Banken wollen ein komplettes Paket sehen.«

Lara dachte an Buzz Steele. »Ja, ich verstehe. Kennen Sie einen guten Architekten und ein solides Bauunternehmen?«

Howard Keller lächelte. »Sogar mehrere.«

»Danke für Ihren guten Rat«, sagte Lara. »Nehmen wir mal an, ich hätte das richtige Objekt gefunden – darf ich dann zu Ihnen kommen, um mit Ihnen darüber zu reden?«

»Jederzeit. Und viel Glück!«

Lara war darauf gefaßt, daß er vorschlagen würde: »Wollen wir das nicht in aller Ruhe in meinem Apartment besprechen?« Aber statt dessen fragte Howard Keller nur: »Möchten Sie noch einen Kaffee, Miss Cameron?«

Lara Cameron nahm ihre Streifzüge durch die Stadt wieder auf – aber diesmal hielt sie Ausschau nach etwas anderem. In der Delaware Street, nur wenige Straßen vom Michigan Boulevard entfernt, kam sie an einem ziemlich heruntergekommenen Hotel aus der Vorkriegszeit vorbei. *Cong essi nal Hotel* verkündete eine defekte Leuchtschrift über dem Eingang. Lara war schon fast daran vorbei, als sie stehenblieb, um sich den alten Bau genauer anzusehen.

Die achtgeschossige Klinkerfassade war so schmutzig, daß ihre ursprüngliche Farbe sich kaum noch feststellen ließ. Lara überquerte die Straße und betrat die Hotelhalle. Drinnen sah es noch schlimmer aus. Ein junger Mann in Jeans und einem zerrissenen Pullover – offenbar ein Hotelangestellter – stieß einen Betrunkenen auf die Straße. Die Rezeption erinnerte an einen altmodischen Fahrkartenschalter. Aus der Halle führte eine Treppe zu den ehemaligen Gesellschaftsräumen hinauf, die jetzt als Büros vermietet waren. Im Hochparterre hatte sich ein Reisebüro, eine Vorverkaufsstelle für Konzert- und Theaterkarten und eine Stellenvermittlung eingemietet.

Der Hotelangestellte kam an die Rezeption zurück. »Woll'n Sie 'n Zimmer?«

»Danke. Mich interessiert, wem ...« Lara wurde von einer aufreizend geschminkten jungen Frau in einem Lederminirock unterbrochen. »Gib mir 'nen Schlüssel, Mike.« Neben ihr stand ein älterer Herr.

Der Angestellte gab ihr einen Schlüssel.

Lara beobachtete, wie die beiden zum Aufzug gingen.

»Was kann ich für Sie tun?« fragte der junge Mann.

»Ich interessiere mich für dieses Hotel«, sagte Lara. »Ist es zu verkaufen?«

»An sich ist alles zu verkaufen, schätze ich. Ist Ihr Vater in der Immobilienbranche?«

»Nein«, antwortete Lara. »Ich bin selbst in der Branche.«

Er musterte sie erstaunt. »Oh. Na ja, dann müßten Sie mal mit einem der Brüder Diamond reden. Denen gehört 'ne ganze Reihe solcher Bruchbuden.«

»Und wo finde ich die Herren?« fragte Lara.

Der Angestellte nannte ihr eine Adresse in der State Street.

»Stört es Sie, wenn ich mich mal umsehe?«

Der junge Mann zuckte mit den Schultern. »Bitte sehr.« Er grinste. »Vielleicht sind Sie schon bald mein Boss.«

Nur über meine Leiche, dachte sie.

Lara machte einen Rundgang durch die Hotelhalle. Der Eingang wurde von schönen alten Marmorsäulen flankiert. Als sie, einer Eingebung folgend, eine Ecke des schmutzigen, abgetretenen Teppichbodens anhob, kam darunter ein glanzloser Marmorfußboden zum Vorschein. Sie ging ins Hochparterre hinauf. Die senfgelbe Tapete war an vielen Stellen abgeblättert. Lara zog einen Streifen ab und entdeckte auch darunter Marmor. Allmählich wurde die Sache aufregend!

Das Treppengeländer war mattschwarz gestrichen. Lara überzeugte sich davon, daß der junge Mann nicht hersah, nahm einen Schlüssel aus ihrer Handtasche und kratzte damit etwas Farbe ab. Darunter fand sie, was sie gehofft hatte, ein massives Messinggeländer. Auch die altmodischen Aufzüge waren schwarz gestrichen. Lara kratzte daran und legte wieder blankes Messing frei.

Lara hatte Mühe, ihre Aufregung zu verbergen, als sie erneut an die Rezeption trat. »Könnte ich mir eines der Zimmer ansehen?«

Der Angestellte zuckte mit den Schultern. »Meinetwegen.« Er gab ihr einen Schlüssel. »Vier-eins-null.«

»Danke.«

Der altmodische Aufzug rumpelte nach oben. Äußerlich muß er so bleiben, dachte Lara. Aber die Technik muß erneuert werden.

In Gedanken war sie schon dabei, das gesamte Hotel zu renovieren.

Zimmer 410 war eine Katastrophe, aber sein Potential war augenfällig. Ein überraschend großer Raum mit veraltetem Bad und geschmackloser Einrichtung. Laras Herz begann rascher zu schlagen. Nahezu ideal! sagte sie sich.

Sie ging zu Fuß die Treppe hinunter. Das Treppenhaus war verwahrlost und roch nach Moder. Die Teppiche waren abgetreten, aber darunter entdeckte sie wieder Marmor.

Lara brachte den Schlüssel zurück.

»Na, haben Sie genug gesehen?« fragte der Angestellte.

»Ja«, antwortete sie. »Besten Dank.«

Er musterte sie grinsend. »Und Sie wollen diese Bruchbude wirklich kaufen?«

»Ja«, bestätigte Lara. »Ich will diese Bruchbude wirklich kaufen.«

»Cool«, sagte er.

In diesem Moment öffnete sich die Aufzugstür, und die junge Nutte betrat mit ihrem Freier die Hotelhalle. Sie drückte dem jungen Mann an der Rezeption den Schlüssel und ein paar Scheine in die Hand. »Danke, Mike.«

»Schönen Tag noch!« rief Mike ihr nach. Er wandte sich erneut an Lara. »Sie kommen also zurück?«

»O ja«, versicherte sie, »ich komme zurück!«

Als nächstes fuhr Lara Cameron zum Stadtarchiv, um im Grundbuch die Unterlagen über das Objekt einzusehen, für das sie sich interessierte. Gegen eine Gebühr von zehn Dollar händigte man ihr die Akte über das Congressional Hotel aus. Es war vor fünfeinhalb Jahren an die Brüder Diamond verkauft worden – für sechs Millionen Dollar.

Die Brüder Diamond hatten ihr Büro in einem alten Gebäude an der Ecke von State Street und Lake Street. Eine orientalisch aussehende hübsche Sekretärin in einem roten Minirock begrüßte Lara, als sie eintrat.

»Was kann ich für Sie tun?«

»Ich möchte Mr. Diamond sprechen.«

»Welchen?«

»Einen von beiden.«

»Dann geb' ich Ihnen John.«

Sie nahm den Telefonhörer ab und sprach hinein. »Hier ist 'ne Dame, die dich sprechen will, John.« Nachdem sie kurz zugehört hatte, sah sie zu Lara auf. »Worum geht's denn?«

»Ich möchte eines seiner Hotels kaufen.«

Die Sekretärin sprach wieder in den Hörer. »Sie sagt, daß sie eines deiner Hotels kaufen will ... Okay.« Sie legte auf. »Sie können gleich reingehen.«

John Diamond war ein bärtiger Riese Anfang vierzig mit dem

eingedrückten Gesicht eines Mannes, der viel Football gespielt hat. Er trug ein kurzärmeliges Hemd und rauchte eine dicke Zigarre. Er sah auf, als Lara sein Büro betrat.

»Meine Sekretärin sagt, daß Sie eines meiner Hotels kaufen wollen.« Er musterte sie prüfend. »Sind Sie schon alt genug, um wählen zu dürfen?«

»Darum machen Sie sich keine Sorgen«, gab Lara zurück. »Und ich bin alt genug, um eines Ihrer Hotels zu kaufen.«

»Yeah? Welches denn?«

»Das *Cong essi nal* Hotel.«

»Das *was*?«

»So steht's über dem Eingang. Vermutlich soll es ›Congressional‹ heißen.«

»Oh. Yeah.«

»Ist es zu verkaufen?«

Er zuckte mit den Schultern. »Ach, ich weiß nicht recht. Gerade mit diesem Hotel verdienen wir 'ne Menge Geld. Vielleicht sollten wir uns lieber nicht davon trennen.«

»Sie sollten sich aber davon trennen«, sagte Lara.

»Ha?«

»Es ist schrecklich baufällig. Regelrecht einsturzgefährdet, wenn Sie mich fragen.«

»Yeah? Was zum Teufel wollen Sie denn damit?«

»Ich möchte es kaufen und renovieren. Natürlich müßte es mir leer übergeben werden.«

»Das wäre kein Problem. Für unsere Mieter gilt eine wöchentliche Kündigungsfrist.«

»Wie viele Zimmer hat das Hotel?«

»Hundertfünfundzwanzig. Die Gesamtfläche beträgt ungefähr neuntausend Quadratmeter.«

Zu viele Zimmer, dachte Lara. Aber wenn ich sie zu Suiten zusammenlege, kämen sechzig bis fünfundsiebzig Einheiten heraus. Das könnte hinkommen.

Nun wurde es Zeit, über den Preis zu sprechen.

»Nehmen wir mal an, ich wäre bereit, das Gebäude zu kaufen – wieviel würden Sie dafür wollen?«

»*Falls* ich bereit wäre, es zu verkaufen«, antwortete Diamond, »würde ich zehn Millionen Dollar wollen – davon sechs Millionen als Anzahlung in bar.«

Lara schüttelte den Kopf. »Ich biete Ihnen ...«

»Mein Preis steht fest. Zehn Millionen!«

Lara saß da und berechnete überschlägig, was die Renovierung kosten würde. Zwischen neunhundert und eintausend Dollar pro Quadratmeter, acht bis neun Millionen Dollar, dazu die völlig neue Einrichtung ...

Sie rechnete eifrig. Ein Bankdarlehen für die Renovierung war sicher zu bekommen. Das Problem bestand darin, daß sie sechs Millionen Eigenkapital brauchte, aber nur drei Millionen hatte. Diamonds Preis war zu hoch, aber sie wollte dieses Hotel. Sie wollte es mehr als irgend etwas anderes in ihrem bisherigen Leben.

»Ich mache Ihnen einen Vorschlag«, sagte Lara.

Er hörte aufmerksam zu. »Yeah?«

»Sie bekommen, was Sie verlangen ...«

Diamond grinste zufrieden. »Das läßt sich hören.«

»Und ich gebe Ihnen als Anzahlung drei Millionen in bar.«

Er schüttelte den Kopf. »Nichts zu machen. Ich brauche die sechs Millionen Dollar in bar.«

»Die bekommen Sie auch.«

»Yeah? Von wem kommen die anderen drei?«

»Von Ihnen.«

»*Was?*«

»Sie geben mir eine zweite Hypothek über drei Millionen.«

»Sie wollen sich von *mir* Geld leihen, um mein Hotel zu kaufen?«

Das hatte Sean MacAllister sie schon damals in Glace Bay gefragt.

»Sie müssen die Sache folgendermaßen sehen«, erklärte Lara ihm. »Tatsächlich leihen Sie sich dieses Geld selbst. Das Hotel bleibt zumindest teilweise Ihr Eigentum, bis ich meine Schulden bezahlt habe. Sicherer können Sie Ihr Geld gar nicht anlegen!«

Er dachte darüber nach. Dann grinste er plötzlich. »Lady, ab sofort gehört Ihnen ein Hotel.«

Howard Kellers Büro in der Bank war nur ein Glaskasten in einem Großraumbüro mit seinem Namen an der Tür. Als Lara hereinkam, war sein Anzug noch verknitterter als bei ihrem ersten Besuch.

»Schon wieder da?«

»Sie haben gesagt, ich sollte kommen, sobald ich ein Hotel gefunden habe. Ich habe eines gefunden.«

Keller lehnte sich in seinen Sessel zurück. »Schön, erzählen Sie mir davon.«

»Es ist das alte Congressional Hotel in der Delaware Street – nicht weit vom Michigan Boulevard entfernt. Es ist ziemlich heruntergekommen, aber ich möchte es kaufen und daraus das beste Hotel Chicagos machen.«

»Zu welchen Bedingungen kaufen?«

Lara berichtete, was sie mit Diamond vereinbart hatte.

Keller runzelte die Stirn. »Okay, mal sehen, was Bob Vance dazu sagt.«

Vance hörte aufmerksam zu und machte sich dabei Notizen.

»Das könnte gehen«, meinte er dann, »aber...« Er sah zu Lara hinüber. »Haben Sie schon mal ein Hotel geführt, Miss Cameron?«

Lara erinnerte sich an die vielen Jahre, in denen sie in Glace Bay Betten gemacht, Böden geschrubbt, Wäsche gewaschen, Essen serviert und Geschirr gespült hatte.

»Ich habe ein Fremdenheim voller Bergleute und Holzfäller geführt. Im Vergleich dazu ist die Führung eines Hotels ein Kinderspiel.«

Howard Keller sagte: »Ich möchte mir das Objekt mal ansehen.«

Laras Begeisterung war ansteckend. Howard Keller beobachtete ihr Gesicht, während sie gemeinsam die schäbigen Hotelzimmer besichtigten. Er sah die Räume mit ihren Augen.

»Dies wird eine Luxussuite mit Sauna«, erklärte Lara ihm aufgeregt. »Der Kamin kommt hierher, der Flügel steht dort drüben.« Sie ging im Zimmer auf und ab. »Reiche Leute, die nach Chicago kommen, wohnen in den besten Hotels – aber auch dort bekommen sie nur nüchterne, unpersönliche Zimmer. Was wir zu bieten haben, kostet vielleicht etwas mehr, aber dafür ist es dann wirklich ein ›Zuhause in der Fremde‹.«

»Eindrucksvoll«, murmelte Howard Keller.

Lara blieb vor ihm stehen. »Glauben Sie, daß die Bank mir das Geld leiht?«

»Das werden wir gleich herausbekommen.«

Eine Dreiviertelstunde später konferierte Keller bereits wieder mit Bob Vance.

»Was halten Sie von ihrem Projekt?« fragte Vance.

»Ich glaube, daß das Mädchen eine gute Idee gehabt hat. Ihre Vorstellung von einem Luxushotel gefällt mir.«

»Mir auch«, gab Vance zu. »Problematisch ist nur, daß sie so jung und unerfahren ist. Das macht die Sache riskanter.«

Die folgende halbe Stunde verbrachten sie damit, über Kosten und Gewinnchancen zu diskutieren.

»Ich glaube, wir sollten's mit ihr versuchen«, sagte Keller zuletzt. »Verlieren können wir dabei nicht.« Er grinste. »Schlimmstenfalls können Sie und ich ja dann selbst in das neue Hotel ziehen.«

Howard Keller rief Lara im Palmer House an. »Unser Haus hat soeben Ihren Kredit bewilligt.«

Lara stieß einen Schrei aus. »Ist das Ihr Ernst? Oh, wie wunderbar! Danke, vielen Dank!«

»Wir müssen noch einiges besprechen«, sagte Keller. »Darf ich Sie zum Abendessen einladen?«

»Gern.«

»Gut, dann hole ich Sie um halb acht ab.«

Sie aßen im Imperial House. Lara war so aufgeregt, daß sie kaum einen Bissen herunterbrachte.

»Sie können sich gar nicht vorstellen, wie glücklich ich bin«, jubelte sie. »Ich baue das schönste Hotel Chicagos!«

»Vorsicht«, sagte Keller warnend. »der Weg ist noch lang.« Er zögerte. »Darf ich ganz offen sein, Miss Cameron?«

»Lara.«

»Lara. Sie sind hier völlig unbekannt. Niemand weiß, wie er Sie einzuschätzen hat.«

»In Glace Bay . . .«

»Chicago ist nicht Glace Bay. Hier müssen Sie erneut zeigen, was Sie können.«

»Warum ist Ihre Bank dann bereit, mir zu helfen?« wollte Lara wissen.

»Verstehen Sie mich bitte richtig. Wir sind nicht die Wohlfahrt. Schlimmstenfalls riskieren wir, keinen Gewinn zu machen. Aber ich habe das Gefühl, daß Sie's schaffen und noch mehr Erfolg haben werden. Sie wollen sich doch nicht mit diesem einen Hotel begnügen?«

»Natürlich nicht!« sagte Lara.

»Das habe ich vermutet. Normalerweise bedeutet eine Kreditgewährung nicht, daß wir uns selbst für das jeweilige Projekt engagieren. Aber in diesem Fall möchte ich Ihnen helfen, wo immer ich kann.«

Howard Kellers Engagement hatte sehr persönliche Gründe. Er hatte sich vom ersten Augenblick an zu Lara Cameron hingezogen gefühlt. Der Enthusiasmus und das Durchsetzungsvermögen dieser schönen Kindfrau fesselten ihn. Er wünschte sich nichts mehr, als ihr zu imponieren. Vielleicht, dachte Keller, erzähle ich ihr eines Tages, wie nah ich daran gewesen bin, berühmt zu werden . . .

8. Kapitel

Es war das letzte Spiel der World Series, und Wrigley Field war mit 38 960 kreischenden Fans ausverkauft. »In der zweiten Hälfte des neunten Innings führen die Cubs gegen die Yankees mit eins zu null. Die Yankees sind am Schlag und haben zwei Strike Outs. Alle Bases sind besetzt: Tony Kubek am ersten, Whitey Ford am zweiten und Yogi Berra am dritten.«

Ein Aufschrei ging durch die Menge, als Mickey Mantle an die Home Plate trat. »The Mick« hatte in dieser Saison einen Durchschnitt von .304 erzielt und im laufenden Jahr schon zweiundvierzig Home Runs geschlagen.

Jack Brickhouse, der populäre Stadionsprecher von Wrigley Field, sagte aufgeregt: »Oh, oh ... anscheinend soll der Pitcher ausgewechselt werden. Moe Drabowsky wird aus dem Spiel genommen ... Bob Scheffing, der Manager der Cubs, redet mit dem Schiedsrichter ... mal sehen, wer jetzt reinkommt ... Howard Keller! Keller ist auf dem Weg zur Pitcher's Plate, und die Fans sind aus dem Häuschen! Die gesamte Verantwortung für die World Series ruht auf den Schultern dieses jungen Mannes. Kann er das Duell gegen den großen Mickey Mantle gewinnen? Wir werden es bald wissen! Keller steht auf dem Mound ... er sieht sich nach den Bases um ... er atmet tief durch und holt aus. Da kommt der Ball! Mantle holt aus ... schlägt gewaltig zu ... und verfehlt den Ball! Strike one!*«*

Im Stadion war es still geworden. Mantle trat mit grimmiger Miene etwas weiter vor und hielt seinen Schläger bereit. Howard Keller sah erneut nach den Runners. Trotz des auf ihm lastenden Drucks wirkte er ganz gelassen. Er drehte sich nach dem Catcher um, wartete auf sein Zeichen und holte zum nächsten Wurf aus.

»Da kommt der Ball!« rief der Stadionsprecher ins Mikrofon. »Kellers berühmter Kurvenball... Mantle schlägt zu ... und verfehlt wieder! Strike two! *Bleibt der junge Keller gegen ›The Mick‹ siegreich, haben die Chicago Cubs die World Series gewonnen! Wir sehen einen Kampf zwischen David und Goliath, meine Damen und Herren! Keller spielt erst seit einem Jahr in den Big Leaques, aber er hat sich in dieser Zeit einen bemerkenswerten Ruf erworben. Mickey Mantle ist Goliath ... Kann der Neuling Keller gegen ihn gewinnen? Nun hängt alles von seinem nächsten Wurf ab.*

Keller sieht sich noch mal nach den Runners um ... er holt aus ... und jetzt kommt der Ball! Wieder sein Kurvenball ... Mantle verfehlt ihn, obwohl er mitten über die Home Plate segelt. Strike three *wird gegeben!« Die Stimme des Stadionsprechers überschlug sich beinahe. »Mantle hat diesen Ball falsch berechnet! Der große Mick ist geschlagen, meine Damen und Herren! Der junge Howard Keller bleibt Sieger gegen Mickey Mantle! Damit ist die Entscheidung gefallen: Die Chicago Cubs gewinnen die World Series! Und die Fans sind aufgesprungen und jubeln wie verrückt!«*

Howard Kellers Mannschaftskameraden stürmten übers Feld, hoben den siegreichen Pitcher auf ihre Schultern und trugen ihn im Triumph über die ...

»Howard, was um Himmels willen machst du da?«

»Meine Hausaufgaben, Mom.« Schuldbewußt stellte der fünfzehnjährige Howard Keller den Fernseher ab.

Baseball war Howards große Leidenschaft. Er wußte, daß er eines Tages in der Nationalliga spielen würde. Als Sechsjähriger hatte er Stickball gespielt mit Jungens, die doppelt so alt waren wie er, und mit zwölf Jahren war er schon Pitcher in einem Schülerteam. Als er fünfzehn war, wurde ein Trainer auf den Jungen aufmerksam, dessen Wurf in höchsten Tönen gelobt wurde.

Der Trainer war skeptisch. »Gut, ich seh' ihn mir mal an«, sagte er widerstrebend. Er ging zum nächsten Spiel der Schülerliga, für das Howard Keller aufgestellt war, und war begeistert. Nach dem Spiel sprach er mit dem Jungen. »Was hast du später mal vor, mein Sohn?«

»Baseball spielen«, antwortete Keller prompt.

»Freut mich, daß du das sagst. Wir bieten dir einen Vertrag für unser Zweitligateam.«

Howard konnte es kaum erwarten, seinen Eltern diese aufregende Nachricht zu erzählen.

Die Kellers waren eine katholische Familie mit starkem Zusammenhalt. Die Eltern gingen jeden Sonntag in die Messe und sorgten dafür, daß ihr Sohn mitkam. Als Vertreter für eine Schreibmaschinenfirma mußte Howard Keller senior viel reisen, aber wenn er daheim war, verbrachte er möglichst viel Zeit mit seinem Sohn. Howards Mutter ging zu jedem Baseballspiel, für das er aufgestellt war, und jubelte ihm zu. Den ersten Baseballhandschuh und die Spielkleidung hatte er zum sechsten Geburtstag bekommen.

Baseball war Howard Kellers große Leidenschaft. Er hatte ein unglaubliches Gedächtnis für Spiele, die teilweise lange vor seiner Geburt stattgefunden hatten. Seine Spezialität waren die Statistiken der siegreichen Pitcher – ihre Strikes, Outs, Saves und Home Runs. Howard behauptete, die Starting Pitchers sämtlicher Mannschaften bei den World Series zu benennen – und gewann Wetten gegen seine Klassenkameraden.

»Neunzehnhundertneunundvierzig?«

»Das ist einfach«, sagte Howard. »Newcombe, Roe und Branca bei den Dodgers. Reynolds, Raschi, Byrne und Lopat bei den Yankees.«

»Jetzt mal was anderes«, schlug einer seiner Mannschaftskameraden vor. »Wer hat in den Big Leagues die meisten Spiele nacheinander bestritten?« Der Fragesteller hatte das *Guiness Buch der Rekorde* aufgeschlagen vor sich liegen.

Howard Keller brauchte nicht mal nachzudenken. »Lou Gehrig – zweitausendeinhundertdreißig.«

»Wer hält den Rekord für die meisten Shut Outs?«

»Walter Johnson – hundertdreizehn.«

»Wer hat die meisten Home Runs geschlagen?«

»Babe Ruth – siebenhundertvierzehn.«

Die Nachricht von den Fähigkeiten des jungen Spielers machte die Runde, und professionelle Talentsucher kamen, um sich das junge

Phänomen anzusehen, das jetzt im Zweitligateam der Chicago Cubs spielte. Sie waren begeistert. Als Siebzehnjähriger hatte Keller bereits Angebote von den St. Louis Cardinals, den Baltimore Orioles und den New York Yankees.

Howards Vater war stolz auf ihn. »Das hat er bestimmt von mir«, prahlte er. »Ich hab' als Junge auch viel Baseball gespielt.«

Im Sommer vor seinem letzten Jahr in der High-School arbeitete Howard Keller als Aushilfe in einer Bank, die einem der Sponsoren seines ehemaligen Schülerteams gehörte.

Howard hatte eine feste Freundin: seine hübsche Mitschülerin Betty Quinlan. Die beiden waren sich darüber einig, daß sie nach dem College heiraten würden. Er erzählte ihr stundenlang von Baseball, und da Betty ihn liebte, hörte sie geduldig zu.

Der junge Keller wußte, daß er bald in die Ruhmeshalle der Baseball-Größen aufsteigen würde. Aber die Götter hatten ihm ein anderes Schicksal bestimmt.

Eines Tages, als Howard mit seinem besten Freund Jesse, der in ihrer Mannschaft Shortstop spielte, aus der Schule heimkam, lagen dort zwei Briefe für ihn. Einer bot ihm ein Baseball-Stipendium in Princeton an, der andere bot ihm ein Baseball-Stipendium in Harvard an.

»He, das ist großartig!« rief Jesse aus. »Meinen Glückwunsch!« Und das meinte er ernst, denn Howard Keller war sein Vorbild.

»Welches willst du nehmen?« fragte Howards Vater.

»Wozu soll ich überhaupt studieren?« überlegte der Junge laut. »Ich könnte sofort bei einer guten Profimannschaft anfangen.«

»Das hat Zeit bis später, mein Junge«, sagte seine Mutter energisch. »Erst brauchst du eine vernünftige Ausbildung, mit der dir alle Möglichkeiten offenstehen, wenn du mal nicht mehr Baseball spielst.«

»Gut, dann Harvard«, entschied Howard. »Betty studiert in Wellesley, und dort bin ich in ihrer Nähe.«

Betty Quinlan war begeistert, als Howard ihr erzählte, wofür er sich entschieden hatte.

»Dann können wir uns jedes Wochenende sehen!« sagte sie.

Howards Freund Jesse sagte: »Du wirst mir verdammt fehlen.«

Am Tag vor Howard Kellers Abreise nach Harvard brannte sein Vater mit der Sekretärin eines seiner Kunden durch.

Der Junge war wie vor den Kopf geschlagen. »Wie hat er uns das bloß antun können?«

Seine Mutter stand unter Schock. »Er... er macht offenbar eine Krise durch«, stammelte sie. »Ich weiß, daß er mich sehr liebt. Er... er kommt bestimmt zurück. Du wirst sehen...«

Am nächsten Tag erhielt Howards Mutter ein Schreiben eines Rechtsanwalts, der ihr förmlich mitteilte, daß sein Mandant, Howard Keller senior, sich scheiden lassen wolle und bereit sei, ihr das kleine Haus zu überlassen, da er kein Geld für Alimente habe.

Howard umarmte seine Mutter. »Keine Angst, Mom, ich bleibe hier und kümmere mich um dich.«

»Nein! Ich will nicht, daß du meinetwegen das Studium aufgibst. Dein Vater und ich hatten uns von Anfang an vorgenommen, dich studieren zu lassen.« Nach kurzer Pause fügte sie leiser hinzu: »Darüber können wir morgen reden. Ich bin sehr müde.«

Howard tat die ganze Nacht kein Auge zu, weil er über die Möglichkeiten nachdachte, die sich ihm boten. Er konnte mit dem Baseball-Stipendium nach Harvard gehen oder eines der Angebote aus der Nationalliga annehmen. In beiden Fällen blieb seine Mutter allein zurück. Es war eine schwierige Entscheidung.

Als seine Mutter morgens nicht zum Frühstück kam, sah Howard in ihrem Schlafzimmer nach. Sie saß im Bett, konnte sich nicht bewegen und hatte ein halbseitig gelähmtes schiefes Gesicht. Sie hatte einen Schlaganfall erlitten.

Da Howard kein Geld für die Arzt- und Krankenhausrechnungen hatte, arbeitete er jetzt wieder ganz in der Bank. Jeden Nachmittag hastete er nach Büroschluß heim, um seine Mutter zu versorgen.

Zum Glück war der Schlaganfall nicht schwer gewesen, und der Arzt versicherte Howard, daß seine Mutter sich davon erholen werde. »Sie hat einen schlimmen Schock erlitten, aber sie kommt bestimmt wieder auf die Beine.«

Howard bekam noch immer Anrufe von Talentsuchern aus der Nationalliga, aber er war sich darüber im klaren, daß er seine Mutter nicht verlassen durfte. Später, wenn's ihr wieder besser geht, nahm er sich vor.

Die Arztrechnungen stapelten sich.

Anfangs telefonierte er jede Woche mit Betty Quinlan, aber nach ein paar Monaten wurden ihre Anrufe immer seltener.

Der Zustand von Howards Mutter schien sich nicht zu bessern. Howard sprach mit dem Arzt. »Wann kann sie wieder aufstehen?«

»Schwer zu sagen, mein Junge. Sie kann noch Monate, vielleicht Jahre so daliegen. Tut mir leid, aber mehr kann ich vorläufig nicht sagen.«

Das Jahr ging zu Ende, ein neues begann, und Howard lebte noch immer bei seiner Mutter und arbeitete in der Bank. Eines Tages kam ein Brief von Betty Quinlan, die ihm mitteilte, sie habe sich in einen anderen Mann verliebt, und hinzugefügt, sie hoffe, daß es seiner Mutter besser gehe. Das Interesse, das die Nationalligateams an ihm gehabt hatten, versickerte. Howard konzentrierte sich ganz auf die Pflege seiner Mutter. Er kaufte ein, führte den Haushalt und arbeitete in der Bank. An seine Karriere als Baseballspieler dachte er längst nicht mehr. Es war schon schwierig genug, von Tag zu Tag durchzukommen.

Als seine Mutter vier Jahre nach ihrem Schlaganfall starb, interessierte Howard Keller sich nicht mehr für Baseball. Er war jetzt Bankier von Beruf.

Seine Chance, berühmt zu werden, war verflogen.

9. Kapitel

Howard Keller und Lara Cameron saßen beim Abendessen.

»Wie gehen wir die Sache an?« fragte Lara.

»Als erstes stellen wir das beste Team zusammen, das für Geld zu haben ist. Den Anfang machen wir mit einem Rechtsanwalt, der den Vertrag mit den Brüdern Diamond aushandeln muß. Dann bekommst du einen erstklassigen Architekten. Ich denke dabei an einen ganz bestimmten Mann. Und zuletzt brauchst du einen zuverlässigen Bauunternehmer ... Ich habe selbst ein bißchen gerechnet. Die Umbaukosten betragen etwa dreihunderttausend Dollar pro Zimmer. So kommt das Hotel auf rund sieben Millionen Dollar. Bei vernünftiger Planung kann eigentlich nichts schiefgehen.«

Der Architekt hieß Ted Tuttle. Als er von Laras Plänen hörte, sagte er grinsend: »Gott segne Sie! Ich warte schon seit Jahren darauf, daß jemand mit so einer Idee zu mir kommt.«

Zehn Arbeitstage später legte er ihr seine Entwürfe vor. Sie zeigten genau das, wovon Lara immer geträumt hatte.

»Gegenwärtig hat das Hotel hundertfünfundzwanzig Zimmer«, sagte der Architekt. »Wie Sie sehen, habe ich daraus auf Ihren Wunsch fünfundsiebzig Einheiten gemacht.«

In seinen Entwürfen hatte er fünfzig Suiten und fünfundzwanzig luxuriös eingerichtete Zimmer vorgesehen.

»Perfekt!« sagte Lara anerkennend.

Sie zeigte die Entwürfe Howard Keller, der ebenso begeistert war.

»Jetzt können wir weitermachen. Ich habe einen Termin mit einem Bauunternehmer vereinbart. Er heißt Steve Rice.«

Rice war einer der erfolgreichsten Bauunternehmer Chicagos. Lara gefiel er sofort. Rice war kein Blender, sondern ein stämmiger, nüchterner Mann vom Fach.

»Howard Keller hat mir erzählt, daß Sie der beste sind«, erklärte Lara ihm.

»Stimmt«, sagte Rice. »Unser Motto lautet: ›Wir bauen für die Nachwelt.‹«

»Das ist ein gutes Motto.«

Steve Rice grinste. »Offengestanden – ich hab's gerade erst erfunden.«

Die Arbeit begann damit, daß für alle Lose Ausschreibungsunterlagen und Vergabepläne erstellt wurden. Diese Unterlagen gingen an potentielle Subunternehmer: Maurer, Schreiner, Glaser, Installateure, Heizungsbauer, Elektriker ... Insgesamt forderten über sechzig Firmen Ausschreibungsunterlagen an.

Am letzten Tag der Ausschreibungsfrist nahm Howard Keller sich den Nachmittag frei, um mit Lara zu feiern.

»Hat die Bank nichts dagegen, wenn du dir soviel Zeit für mich nimmst?« fragte Lara.

»Nein«, log Keller, »das gehört zu meinem Job.« In Wirklichkeit machte ihm dieses Projekt mehr Spaß als alles, was er in den letzten Jahren getan hatte. Er genoß Lara Camerons Gesellschaft; er genoß es, mit ihr zu reden und sie ansehen zu können. Und er fragte sich, wie Lara auf einen Heiratsantrag reagieren würde.

»Heute morgen habe ich gelesen, daß der Sears Tower beinahe fertig ist«, sagte Lara. »Er hat einhundertzehn Stockwerke – das höchste Gebäude der Welt.«

»Richtig«, bestätigte Keller.

»Eines Tages baue ich ein noch höheres, Howard«, erklärte sie ihm glaubhaft.

Er glaubte ihr.

Sie saßen mit Steve Rice im Whitehall beim Mittagessen. »Erzählen Sie mir, wie's weitergeht«, forderte Lara ihn auf.

»Nun«, sagte Rice, »als erstes wird das Gebäude entkernt, aber was aus Marmor und Messing ist, bleibt natürlich erhalten. Wir brechen alle Fenster heraus, räumen die Bäder aus, legen neue Wasserleitungen und tauschen die Elektroinstallationen aus. Sobald die Vorarbeiten abgeschlossen sind, können wir mit dem Innenausbau und der Fassadenrenovierung beginnen.«

»Wie viele Leute setzen Sie dafür ein?«

Steve Rice lachte. »Ganze Horden, Miss Cameron! Wir stellen spezialisierte Trupps zusammen: ein Fenster-Team, ein Bäder-Team, ein Korridor-Team und so weiter. Diese Teams nehmen sich ein Stockwerk nach dem anderen vor – meistens von oben nach unten. Das spart 'ne Menge Zeit.«

»Wie lange dauert das alles?«

»Hmmm... umgebaut und neu eingerichtet... fünfzehn Monate.«

»Ich zahle einen Bonus, wenn Sie's in zwölf Monaten schaffen«, versprach Lara ihm.

»Abgemacht. Das Congressional dürfte...«

»Dieser Name wird geändert. Das Hotel wird Cameron Palace heißen.« Lara fand es herrlich, den neuen Namen auch nur auszusprechen. Er bewirkte bei ihr eine fast sinnliche Erregung. Ihr Name würde an einem Gebäude stehen, und alle Welt würde ihn sehen können.

An einem regnerischen Septembermorgen um sechs Uhr begann der Umbau des Hotels. Lara Cameron war natürlich da und beobachtete zufrieden, wie die Bauarbeiter anfingen, die Hotelhalle auseinanderzunehmen.

Zu Laras Überraschung tauchte auch Howard Keller auf.

»Du bist früh auf den Beinen«, sagte sie.

»Ich konnte nicht mehr schlafen«, antwortete Keller grinsend. »Ich habe das Gefühl, daß dies nur der Auftakt zu noch größeren Dingen ist.«

Zwölf Monate später wurde das neue Cameron Palace eröffnet, erhielt eine begeisterte Presse und hatte sofort alle Hände voll zu tun.

Der Architekturkritiker der *Chicago Tribune* schrieb: »Nun hat

Chicago endlich ein Hotel, das dem Motto ›Ihr Zuhause in der Fremde!‹ gerecht wird. Lara Cameron – ein Name, den man sich merken sollte...«

Nach vier Wochen war das Hotel ausgebucht und hatte eine ellenlange Warteliste.

Howard Keller war begeistert. »Wenn's so weitergeht«, sagte er, »amortisiert es sich in zwölf Jahren. Das ist phantastisch! Wir...«

»Nicht gut genug«, entschied Lara. »Ich setze die Zimmerpreise herauf.» Sie lächelte über Kellers besorgtes Gesicht. »Keine Angst, auch das zahlen die Leute. Wo sonst kriegen sie zwei offene Kamine, eine Sauna und einen Flügel?«

Zwei Monate nach der Eröffnung des Hotels Cameron Palace saß Lara mit Bob Vance und Howard Keller zusammen.

»Ich habe einen großartigen Bauplatz für ein weiteres Hotel gefunden«, berichtete Lara. »Es soll wie das Cameron Palace werden – nur größer und besser.«

Howard Keller grinste. »Gut, ich sehe ihn mir mal an.«

Das Grundstück war ideal – aber es gab ein kleines Problem.

»Sie kommen leider zu spät«, erklärte der beauftragte Makler Lara. »Heute morgen ist ein Bauträger namens Steve Murchison dagewesen und hat mir ein Angebot gemacht. Er will das Grundstück kaufen.«

»Wieviel hat er Ihnen geboten?«

»Drei Millionen.«

»Ich zahle vier. Setzen Sie den Vertrag auf.«

Der Makler zuckte nicht mit der Wimper. »Wird gemacht.«

Am nächsten Morgen bekam Lara einen Anruf.

»Lara Cameron?«

»Ja.«

»Hier ist Steve Murchison. Ich will's Ihnen noch mal durchgehen lassen, Sie Schlampe, weil Sie vermutlich nicht wissen, mit wem Sie's zu tun haben. Aber kommen Sie mir ja nicht wieder in die Quere – das könnte ungesund sein!«

Am anderen Ende wurde aufgelegt.

Man schrieb 1974, ein Jahr großer Ereignisse in aller Welt. Präsident Nixon trat zurück, um einem Amtsenthebungsverfahren zuvorzukommen, und Gerald Ford folgte ihm ins Weiße Haus nach. Die OPEC beendete ihr Ölembargo, und Isabel Perón wurde Präsidentin Argentiniens. Und in Chicago legte Lara Cameron den Grundstein für ihr zweites Hotel, das Chicago Cameron Plaza. Es wurde nach achtzehn Monaten Bauzeit eingeweiht und erwies sich als noch erfolgreicher als das Cameron Palace.

Danach war Lara nicht mehr aufzuhalten. Später schrieb das Magazin *Forbes* ganz richtig: »Lara Cameron ist ein Phänomen. Ihre Innovationen haben unsere Auffassung von Luxushotels erheblich verändert. Miss Cameron hat sich in der traditionell von Männern beherrschten Baubranche durchgesetzt und so den Beweis geführt, daß Frauen auch dort mindestens soviel leisten können wie Männer.«

Lara bekam einen Anruf von Charles Cohn.

»Meinen Glückwunsch!« sagte Cohn. »Ich bin stolz auf Sie. Ich hatte vor Ihnen noch nie einen Schützling gehabt.«

»Und ich hatte nur einen Mentor. Ohne Sie wäre das alles nicht passiert.«

»Sie hätten Ihren Weg auch ohne mich gemacht«, antwortete Cohn.

Im Jahr 1975 war der Film »Der weiße Hai« ein Kassenschlager, und viele Amerikaner trauten sich nicht mehr, im Ozean zu baden. Die Weltbevölkerung überschritt die Viermilliardengrenze und verringerte sich um einen Menschen, als der amerikanische Gewerkschaftsführer James Hoffa auf rätselhafte Weise verschwand. Als Lara von vier Milliarden Menschen hörte, fragte sie Keller: »Kannst du dir vorstellen, wieviel Wohnraum die brauchen werden?«

Er war nicht ganz sicher, ob das als Scherz gemeint war.

In den folgenden drei Jahren wurden zwei Apartmentgebäude und eine Eigentumsanlage fertiggestellt. »Als nächstes möchte ich ein Bürogebäude errichten«, erklärte Lara Keller. »In bester Innenstadtlage.«

»Wie ich gehört habe, kommt ein interessantes Grundstück auf den Markt«, sagte Keller. »Wenn es dir gefällt, übernehmen wir die Finanzierung.«

Nachmittags fuhren sie los, um das Grundstück in Bestlage am Lake Michigan zu besichtigen.

»Was soll es kosten?« fragte Lara.

»Ich habe mich inzwischen erkundigt. Hundertzwanzig Millionen Dollar.«

Lara schluckte trocken. »Das macht mir angst.«

»Lara, im Immobiliengeschäft kommt es nur darauf an, mit fremdem Geld zu arbeiten.«

Anderer Leute Geld, dachte Lara. Das hatte Bill Rogers ihr in Glace Bay gepredigt. Alles das schien Ewigkeiten zurückzuliegen, und seitdem hatte sich unglaublich viel ereignet.

Und das ist erst der Anfang, sagte sie sich. Das ist erst der Anfang.

»Manche Bauträger stellen ihre Gebäude praktisch ohne Eigenkapital hin.«

»Klingt verlockend.«

»Es ist wichtig, das Gebäude so teuer zu vermieten oder zu verkaufen, daß nach der Schuldentilgung Geld übrigbleibt, mit dem das nächste Grundstück erworben werden kann, das sich wiederum beleihen läßt. Das Ganze gleicht einer auf der Spitze stehenden Pyramide, die sich mit sehr wenig Eigenkapital errichten läßt.«

»Ja, ich verstehe«, sagte Lara.

»Natürlich mußt du dabei vorsichtig sein. Die Pyramide ist auf Papier errichtet – auf Hypotheken. Geht irgend etwas schief, reichen die Gewinne aus einem Projekt nicht mehr aus, um die Kosten des nächsten zu decken, kann deine Pyramide einstürzen und dich unter sich begraben.«

»Richtig. Wie kann ich dieses Grundstück finanzieren?«

»Wir suchen dir einen Partner. Darüber muß ich mit Vance reden. Sollte das Kreditvolumen für unsere Bank zu hoch sein, gehen wir zu einer Versicherungsgesellschaft oder einer Sparbank. Du nimmst ein Hypothekendarlehen über fünfzig Millionen Dollar zu Vorzugsbedingungen auf: fünf Millionen Disagio, zehn Prozent Gewinnbeteiligung und natürlich die Tilgung. In der Praxis heißt das, daß du zehn Prozent deines Gewinns abgeben mußt, aber dafür bekommst du dein

Projekt voll finanziert. Du kannst dein Eigenkapital wieder entnehmen und die Abschreibung zu hundert Prozent selbst beanspruchen, weil institutionelle Anleger keine Verwendung für steuerliche Verluste haben.«

Lara hörte mit gespannter Aufmerksamkeit zu.

»Bis hierher alles klar?«

»Alles klar, Howard.«

»Nach fünf, sechs Jahren verkaufst du das inzwischen voll vermietete Gebäude. Bekommst du fünfundsiebzig Millionen dafür, bleibt dir nach Zurückzahlung der Hypothek ein Reingewinn von zwölfeinhalb Millionen Dollar. Außerdem stehen dir Abschreibungen von acht Millionen Dollar zu, die sich steuermindernd auswirken. Und das alles bei einem Eigenkapital von zehn Millionen!«

»Phantastisch!« sagte Lara.

Keller nickte grinsend. »Der Staat will, daß seine Bürger Geld verdienen.«

»Möchtest du nicht auch Geld verdienen, Howard? Massenhaft Geld?«

»Wie meinst du das?«

»Ich möchte, daß du in Zukunft für mich arbeitest.«

Keller antwortete nicht gleich. Er wußte, daß er vor einer der wichtigsten Entscheidungen seines Lebens stand, aber sie nichts mit Geld zu tun hatte. Es ging um Lara. Er hatte sich in sie verliebt . . .

Noch jetzt war ihm der Augenblick peinlich, in dem er versucht hatte, ihr das zu sagen. Er hatte seinen Heiratsantrag die ganze Nacht lang geprobt, war am nächsten Morgen zu ihr gegangen und hatte gestammelt: »Lara, ich liebe dich.« Aber bevor er hatte weitersprechen können, hatte sie ihn auf die Wange geküßt und dabei gesagt: »Ich liebe dich auch, Howard. Hier, sieh dir mal die neue Produktionsplanung an.« Er hatte nie den Mut zu einem zweiten Versuch gehabt.

Jetzt bot sie ihm an, ihr Partner zu werden. Er würde jeden Tag in ihrer Nähe arbeiten, ohne sie auch nur berühren zu dürfen, ohne sie . . .

»Glaubst du an meinen Erfolg, Howard?«

»Ich wäre verrückt, wenn ich es nicht täte.«

»Ich verdopple dein jetziges Gehalt und beteilige dich mit fünf Prozent an meinem Unternehmen.«

»Kann ich ... kann ich mir das noch überlegen?«

»Was gibt's da viel zu überlegen?«

Sein Entschluß stand fest. »Eigentlich nichts ... Partnerin.«

Lara umarmte ihn impulsiv. »Wunderbar! Du wirst sehen, gemeinsam bauen wir die schönsten Sachen! Es gibt so viele häßliche Gebäude, die gar nicht sein müßten. Jedes Gebäude sollte dieser Stadt Tribut zollen.«

Howard legte ihr eine Hand auf den Arm. »Bleib' immer, wie du bist, Lara.«

Sie starrte ihn an.

»Darauf kannst du dich verlassen!«

10. KAPITEL

Die späten siebziger Jahre waren eine Zeit des Wachstums, der aufregenden Veränderungen. Im Jahre 1976 fand ein erfolgreiches israelisches Kommandounternehmen in Entebbe statt, Mao Tse-tung starb, und James Earl Carter wurde zum Präsidenten der Vereinigten Staaten gewählt.

Lara baute ein weiteres Bürogebäude.

Im Jahre 1977 starb Charlie Chaplin, die erste amerikanische Raumfähre startete auf dem Rücken einer Boeing 747 zum Probeflug, und Elvis Presley starb, auch wenn seine Fans das nicht wahrhaben wollten.

Lara baute das größte Einkaufszentrum Chicagos.

Im Jahre 1978 begingen der Reverend Jim Jones und 911 seiner Anhänger in Guyana Massenselbstmord. Die Vereinigten Staaten erkannten China an, und der Vertrag über den Panamakanal wurde ratifiziert.

Lara baute in Rogers Park eine Kette von Hochhäusern mit Eigentumswohnungen.

Im Jahre 1979 unterzeichneten Israel und Ägypten in Camp David den Friedensvertrag, im Kernkraftwerk Three Mile Island ereignete sich ein Unfall, und iranische Fundamentalisten besetzten die amerikanische Botschaft in Teheran.

Lara baute einen Wolkenkratzer und in Deerfield, nördlich von Chicago, eine Freizeitanlage mit einem luxuriösen Country Club.

Lara Cameron ging selten zu ihrem Vergnügen aus – und wenn, dann meistens in einen Club, in dem guter Jazz gespielt wurde. Am besten gefiel ihr Andy's, wo wirkliche Stars auftraten. Dort spielte der große Saxophonist von Freeman, der Schlagzeuger Eric Schneider, der Klarinettist Anthony Braxton und der Pianist Art Hodes.

Lara hatte gar keine Zeit, sich einsam zu fühlen. Sie verbrachte jeden Tag mit ihrer Familie: mit Architekten und Statikern, mit Maurern, Zimmerleuten, Elektrikern und Installateuren. Die Gebäude, die sie gerade baute, nahmen ihre gesamte Zeit in Anspruch. Chicago war ihre Bühne, und sie war der Star.

Der berufliche Erfolg übertraf ihre kühnsten Träume, aber sie kannte kein Privatleben. Ihr traumatisches Erlebnis mit Sean MacAllister ließ Lara vor sexuellen Beziehungen zurückschrecken, und keine neue Eroberung interessierte sie länger als ein, zwei Abende. Im Hinterkopf hatte sie eine unbestimmte Vorstellung von einem Mann, den sie einmal kennengelernt hatte und gern wiedersehen würde. Aber sein Bild blieb immer undeutlich, auch wenn es ihr manchmal für Bruchteile von Sekunden vor Augen stand.

An Verehrern herrschte kein Mangel. Sie reichten von Geschäftsleuten über Ölindustrielle bis hin zu Dichtern. Sogar ein paar ihrer eigenen Angestellten waren darunter. Lara war zu allen gleichmäßig freundlich, aber sie ließ sich nie auf mehr als einen Händedruck zum Abschied vor ihrer Wohnungstür ein.

Dann fühlte Lara sich jedoch zu Pete Ryan, dem Bauleiter eines ihrer Projekte, hingezogen. Ryan war ein gutaussehender junger Ire, dessen weißen Zähne blitzten, wenn er lächelte, und Lara merkte, daß sie immer öfter zu seiner Baustelle hinausfuhr. Ihr Thema war immer der Baufortschritt, aber insgeheim wußten beide, daß sie über andere Dinge sprachen.

»Gehen Sie heute abend mit mir essen?« fragte Ryan eines Tages. Er sprach das Wort »essen« bedeutungsvoll gedehnt aus.

Lara spürte, wie ihr Herz rascher schlug. »Ja, gern.«

Ryan holte Lara in ihrem Apartment ab, aber sie kamen nie dazu, ins Restaurant zu gehen. »Mein Gott, bist du hübsch!« sagte er. Und seine starken Arme umfaßten sie.

Sie war bereit für ihn. Ihr Vorspiel hatte sich monatelang hingezogen. Ryan hob sie hoch und trug sie ins Schlafzimmer, wo sie sich gegenseitig die Sachen vom Leib rissen. Ryan war athletisch gebaut, und Lara verglich seinen Körper für Augenblicke unwillkürlich mit Sean MacAllisters schwammiger Fettleibigkeit. Dann lag sie auf dem Bett, und Ryan war über ihr, und seine Zunge, seine Hände schienen überall gleichzeitig zu sein, und sie schrie vor Lust und Freude laut auf.

Später hielten sie einander erschöpft in den Armen. »Mein Gott«, sagte Ryan, »du bist ein wahres Wunder!«

»Du aber auch«, flüsterte Lara.

Sie konnte sich nicht erinnern, schon einmal so glücklich gewesen zu sein. Ryan war alles, was sie sich erträumt hatte. Er war intelligent und herzlich, sie verstanden einander, sie sprachen dieselbe Sprache.

Ryan drückte ihre Hand. »Ich bin hungrig wie ein Wolf.«

»Ich auch«, sagte Lara. »Ich mache uns ein paar Sandwiches.«

»Morgen abend«, versprach Ryan ihr, »lade ich dich richtig zum Essen ein.«

Lara drückte ihn an sich. »Abgemacht!«

Am nächsten Morgen fuhr Lara auf die Baustelle, um Ryan zu sehen. Sie konnte ihn hoch oben auf einem der Stahlträger sehen, wo er seinen Leuten Anweisungen gab. Als Lara zum Aufzugkorb ging, grinste einer der Arbeiter sie an. »Morgen, Miss Cameron.« In seiner Stimme klang ein seltsamer Unterton.

Auch der nächste Bauarbeiter grinste, als sie vorüberging. »Morgen, Miss Cameron.«

Zwei weitere Arbeiter schmunzelten sie an. »Morgen, Boss.«

Lara sah sich um. Auch die anderen Männer in ihrer Nähe starrten zu ihr herüber. Lara wurde rot. Sie bestieg den Aufzug und fuhr in das Stockwerk hinauf, in dem Ryan stand. Er sah Lara aus dem Aufzugkorb treten und lächelte ihr zu.

»Guten Morgen, mein Schatz«, begrüßte er sie. »Wann gehen wir heute abend essen?«

»Überhaupt nicht!« sagte Lara aufgebracht. »Sie sind entlassen!«

Jedes Gebäude, das Lara Cameron errichtete, war eine Herausforderung. Sie baute kleine Bürogebäude, Verwaltungspaläste, Ladenpassagen und Luxushotels. Aber unabhängig davon, um welche Art

Gebäude es sich handelte, achtete sie vor allem darauf, daß es in guter Lage stand.

Bill Rogers hatte recht gehabt. *Lage, Lage, Lage.*

Laras Imperium wuchs stetig. Das bewirkte, daß die Stadtväter, die Medien und die Öffentlichkeit sich für sie zu interessieren begannen. Lara war eine Schönheit, und wenn sie auf Wohltätigkeitsveranstaltungen, in der Oper oder auf Vernissagen erschien, war sie ständig von Fotografen umlagert. Alle ihre Projekte waren erfolgreich – und trotzdem war sie nicht zufrieden. Man hätte glauben können, sie warte darauf, von einer noch unbekannten Magie angerührt und verwandelt zu werden.

Keller stand vor einem Rätsel. »Was willst du eigentlich, Lara?«

»Mehr.«

Das war alles, was ihr zu entlocken war.

Eines Tages stellte Lara Keller die Frage: »Howard, weißt du, wieviel wir jeden Monat für Hausmeister, Wäschereiservice und Fensterputzer zahlen?«

»Das sind unvermeidliche Betriebskosten«, sagte Keller.

»Die sich aber bestimmt senken lassen.«

»Wie willst du das anstellen?«

»Wir gründen eine Tochtergesellschaft, die solche Dienstleistungen für uns und andere Hausverwaltungen erbringt.«

Laras Idee war von Anfang an erfolgreich. Die Gewinne waren sehr ansehnlich.

Keller hatte den Eindruck, daß Lara einen Schutzwall um sich errichtet hatte. Obwohl er ihr näher als jeder andere stand, erzählte sie ihm nie von ihrer Familie oder ihrem Werdegang. Man hätte glauben können, sie sei eines Tages als Millionärin aus dem Nichts aufgetaucht. Anfangs hatte Keller Lara angeleitet, ihr Ratschläge gegeben – aber jetzt traf sie alle Entscheidungen selbst. Die Schülerin war dem Meister über den Kopf gewachsen.

Lara Cameron setzte sich überall durch. Sie war ein Energiebündel, durch nichts zu bremsen. Und sie war eine Perfektionistin. Sie wußte, was sie wollte, und ließ nicht locker, bis sie es hatte.

Anfangs bildeten manche Bauarbeiter sich ein, Lara nicht für voll nehmen zu müssen. Sie hatten noch nie für eine Frau gearbeitet und fanden diese Vorstellung belustigend. Als Lara einen Polier dabei erwischte, daß er Arbeitsstunden aufschrieb, die nicht geleistet worden waren, feuerte sie ihn vor versammelter Mannschaft. Sie war jeden Morgen vor sechs Uhr auf der Baustelle, damit die Männer den Boss sahen, wenn sie zur Arbeit kamen.

An den rauhen Umgangston am Bau gewöhnte Lara sich – aber es gab auch körperliche Belästigungen. Gelegentlich streifte der Arm eines Arbeiters im Vorbeigehen »versehentlich« ihren Busen oder ihr Gesäß.

»Oh, Entschuldigung!«

»Kein Problem«, sagte Lara kühl. »Holen Sie sich Ihre Papiere und verschwinden Sie.«

Nach einiger Zeit verwandelte die Belustigung der Männer sich in ehrlichen Respekt.

Als Lara eines Tages mit Howard Keller die Kedzie Avenue entlangfuhr, kamen sie an einer Häuserzeile vorbei, die nur aus kleinen Läden bestand. Lara bremste scharf.

»Das ist reine Geldverschwendung«, sagte Lara. »Hier sollte ein viel höherer Gebäudekomplex stehen. Diese kleinen Läden können nicht viel Rendite bringen.«

»Richtig, aber das Problem dabei ist, daß du alle Mieter zum Ausziehen bewegen mußt«, antwortete Keller. »Und manche wollen vielleicht nicht.«

»Wir können sie rauskaufen«, meinte Lara.

»Lara, wenn sich auch nur ein Mieter querlegt, verlierst du 'ne Menge Geld«, wandte Keller ein. »Dann hast du lauter kleine Läden gekauft, die du nicht willst, und kannst trotzdem nicht bauen. Und sobald diese Leute mitkriegen, daß hier ein Hochhaus entstehen soll, weigern sie sich erst recht, um mehr Geld rauszuschinden.«

»Aber wir verraten ihnen nicht, was wir vorhaben«, sagte Lara energisch. »Wir schicken verschiedene Leute los, die mit den Ladenbesitzern verhandeln.«

»So was mache ich nicht zum ersten Mal mit«, sagte Keller warnend. »Falls dein Vorhaben bekannt wird, werden sämtliche Mieter versuchen, dich zu schröpfen.«

»Dann müssen wir eben verschwiegen sein. Als erstes lassen wir uns eine Option auf das Grundstück einräumen.«

Die Häuserzeile in der Kedzie Avenue, die Lara kaufen wollte, bestand aus über einem Dutzend kleiner Lädchen. Es gab eine Bäckerei, ein Haushaltswarengeschäft, einen Frisiersalon, eine Fleischerei, eine Apotheke, eine Änderungsschneiderei, ein Schreibwarengeschäft, einen Coffee Shop und weitere Läden.

»Denk an das Risiko!« mahnte Keller. »Bleibt auch nur einer stur, ist das Geld, mit dem du die anderen Geschäfte aufgekauft hast, praktisch verloren.«

»Mach' dir keine Sorgen«, antwortete Lara. »Ich habe schon einen Plan.«

Eine Woche später betrat ein Unbekannter den kleinen Frisiersalon, in dem nur zwei leere Frisiersessel standen. Der Friseur las ein Magazin. Als die Tür sich öffnete, sah er auf und nickte. »Sie wünschen, Sir? Haarschnitt?«

Der Unbekannte lächelte. »Nein«, sagte er. »Ich bin erst vor ein paar Wochen nach Chicago gezogen. Ich hatte einen Frisiersalon in New Jersey, aber meine Frau wollte näher bei ihrer Mutter wohnen. Jetzt suche ich einen Frisiersalon, den ich kaufen könnte.«

»Dies ist der einzige Salon in diesem Viertel«, sagte der Friseur. »Er ist nicht zu verkaufen.«

Der Mann lächelte erneut. »Wissen Sie, im Prinzip ist alles zu verkaufen, nicht wahr? Natürlich muß der Preis stimmen. Was ist Ihr Geschäft wert... ungefähr fünfzig-, sechzigtausend Dollar?«

»Das könnte hinkommen«, gab der Friseur zu.

»Ich hätte wirklich gern wieder ein eigenes Geschäft. Passen Sie auf, ich mache Ihnen ein Angebot: Ich zahle fünfundsiebzigtausend Dollar für Ihren Laden.«

»Nein, ich will ihn nicht verkaufen.«

»Hunderttausend.«

»Wirklich, Mister, ich habe nicht die Absicht...«

»Und Sie könnten die gesamte Einrichtung mitnehmen.«

Der Friseur starrte ihn an. »Ich kriege hundert Riesen und darf die ganze Einrichtung mitnehmen?«

»Richtig. Ich möchte alles neu einrichten.«

»Geben Sie mir etwas Bedenkzeit? Darüber muß ich erst mit meiner Frau reden.«

»Klar. Ich komme morgen wieder vorbei.«

Zwei Tage später war der Frisiersalon gekauft.

»Das war der erste Streich«, sagte Lara zufrieden.

Als nächstes kam die Bäckerei an die Reihe: ein kleiner Familienbetrieb, der einem Ehepaar gehörte. Gebacken wurde direkt hinter dem Verkaufsraum, so daß es im Laden stets appetitlich nach frischem Brot roch. Eine gutgekleidete Frau redete mit dem Besitzer.

»Mein Mann ist gestorben und hat mir eine Lebensversicherung hinterlassen. Wir haben in Florida eine Bäckerei gehabt. Ich bin auf der Suche nach einem Betrieb wie Ihrem. Ich würde ihn gern kaufen.«

»Wir leben nicht schlecht davon«, sagte der Bäcker. »Meine Frau und ich haben nie daran gedacht, unseren Betrieb zu verkaufen.«

»Nehmen wir mal an, Sie *wollten* verkaufen – wieviel würden Sie dann verlangen?«

Der Besitzer zuckte mit den Schultern. »Keine Ahnung.«

»Glauben Sie, daß Ihr Betrieb sechzigtausend Dollar wert wäre?«

»Oh, mindestens fünfundsiebzig«, antwortete der Bäcker.

»Ich mache Ihnen ein Angebot«, sagte die Frau. »Ich gebe Ihnen hunderttausend dafür.«

Der Besitzer starrte sie an. »Ist das Ihr Ernst?«

»Mein voller Ernst«, bestätigte sie.

Am nächsten Morgen stellte Lara fest: »Und das war der zweite Streich.«

Die übrigen Kaufverhandlungen liefen ebenso glatt. In Laras Auftrag waren über ein Dutzend Männer und Frauen unterwegs, die sich als Schneider, Bäcker, Apotheker und Fleischer ausgaben. Innerhalb von sechs Monaten kaufte Lara die Geschäfte auf und stellte Leute an, die sie zur Tarnung vorläufig weiterführten. Ihr Architekt war längst dabei, das zukünftige Hochhaus zu planen.

Lara blätterte in den Kaufverträgen. »Wir scheinen's geschafft zu haben«, sagte sie zu Keller.

»Es gibt noch ein kleines Problem.«

»Warum? Jetzt noch den Coffee Shop – dann haben wir alle aufgekauft.«

»Das ist gerade das Problem. Der Besitzer hat einen Fünfjahresmietvertrag, den er aber nicht aufgeben will.«

»Bietet ihm mehr Geld . . .«

»Er will seinen Coffee Shop um keinen Preis der Welt aufgeben.«

Lara starrte Keller an. »Weiß er von unserer Planung?«

»Nein.«

»Gut, dann rede ich selbst mit ihm. Der geht auch, darauf kannst du dich verlassen! Und du stellst inzwischen fest, wer sein Vermieter ist.«

Am nächsten Morgen kam Lara unauffällig gekleidet in Haley's Coffee Shop in der Kedzie Avenue. Das winzige Café hatte keine dreißig Sitzgelegenheiten: ein halbes Dutzend Barhocker vor der Theke und vier Fenstertische zwischen halbhohen Trennwänden. Hinter der Theke sah Lara einen Mann, den sie für den Besitzer hielt. Sie schätzte ihn auf Ende sechzig.

Lara nahm am Fenster Platz.

»Guten Morgen«, sagte der Mann freundlich. »Was darf ich Ihnen bringen?«

»Orangensaft und Kaffee, bitte.«

»Kommt sofort.«

Sie sah zu, wie er Orangen auspreßte.

»Meine Serviererin ist heute morgen nicht gekommen. Gutes Personal ist heute schwer zu kriegen.« Er goß den Kaffee ein und kam hinter der Theke hervor. Erst jetzt war zu sehen, daß seine beiden Beine amputiert waren und er in einem Rollstuhl saß. Lara beobachtete ihn schweigend, während er mit der Bestellung an ihren Tisch kam.

»Danke«, sagte Lara. Sie sah sich um. »Hübsch haben Sie's hier.«

»Yeah. Mir gefällt's auch.«

»Seit wann sind Sie hier?«

»Seit zehn Jahren.«

»Haben Sie schon mal daran gedacht, sich zur Ruhe zu setzen?«

Er schüttelte den Kopf. »Das bin ich diese Woche schon mal gefragt worden. Nein, ich setze mich nicht zur Ruhe.«

»Vielleicht ist Ihnen nicht genug geboten worden«, meinte Lara freundlich.

»Das hat nichts mit Geld zu tun, Miss. Bevor ich hierher kam, habe ich nach meiner Verwundung zwei Jahre im Lazarett gelegen – ohne Freunde, ohne große Zukunftsaussichten. Und dann hat mich jemand dazu überredet, diesen Coffee Shop zu mieten.« Er lächelte. »Das hat mein ganzes Leben verändert. Alle Leute aus der Nachbarschaft kommen zu mir. Sie sind meine Freunde geworden – und dadurch hat mein Leben wieder einen Sinn bekommen.« Er schüttelte den Kopf. »Nein, mit Geld hat das nichts zu tun. Möchten Sie noch etwas Kaffee?«

Lara saß in einer Besprechung mit Howard Keller und dem Architekten. »Wir brauchen seinen Mietvertrag nicht einmal abzulösen«, berichtete Keller. »Er wird automatisch hinfällig, wenn der Coffee Shop einen vertraglich festgelegten Monatsumsatz unterschreitet. In den letzten Monaten ist er darunter geblieben, deshalb können wir ihn einfach auf die Straße setzen.«

Lara wandte sich an den Architekten. »Ich möchte Sie etwas fragen.« Sie strich die auf dem Tisch vor ihnen liegenden Pläne glatt und deutete auf die Südwestecke der Häuserzeile. »Was wäre, wenn wir diesen Flügel kürzen, diese Fläche aussparen und den Coffee Shop an Ort und Stelle belassen würden? Könnten wir das Gebäude trotzdem bauen?«

Der Architekt runzelte die Stirn. »Hm, das wäre nicht einfach. Um das optische Gleichgewicht zu erhalten, müßten wir beide Flügel kürzen und dafür etwas mehr in die Höhe gehen. Besser würde es natürlich aussehen, wenn das nicht nötig wäre...«

»Aber es *wäre* möglich?« drängte Lara.

»Ja.«

Keller warf ein: »Lara, ich hab' dir doch gesagt, daß wir ihn raussetzen können.«

Lara schüttelte den Kopf. »Den Rest des Blocks haben wir aufgekauft, nicht wahr?«

Howard Keller nickte. »Richtig! Du bist stolze Besitzerin eines Jeansladens, einer Änderungsschneiderei, eines Schreibwarengeschäfts, einer Apotheke, einer Bäckerei, eines . . .«

»Gut«, sagte Lara Cameron. »Die Mieter des neuen Hochhauses sollen einen Coffee Shop haben, in den sie gehen können. Haley bleibt, wo er ist.«

Am Todestag ihres Vaters sagte Lara zu Keller: »Howard, ich möchte, daß du mir einen Gefallen tust.«

»Jeden.«

»Ich möchte, daß du für mich nach Schottland reist.«

»Bauen wir jetzt auch dort?«

»Nein, wir kaufen dort ein Schloß.«

Keller zog wortlos die Augenbrauen hoch.

»Im Hochland liegt ein bekannter See, der Loch Morlich. Du findest ihn an der Straße nach Glenmore. Dort stehen überall Schlösser. Kauf' mir eines davon.«

»Als eine Art Sommersitz?«

»Ich habe nicht vor, es zu bewohnen. Ich möchte meinen Vater im Schloßpark beisetzen lassen.«

Keller fragte langsam: »Ich soll dir ein Schloß in Schottland kaufen, damit du deinen Vater dort beerdigen kannst?«

»Richtig. Mir fehlt die Zeit, um selbst hinzufliegen. Du bist der einzige, der das für mich erledigen kann. Mein Vater liegt auf dem Friedhof in Glace Bay.«

Für Keller schien das der erste Einblick in Laras Gefühle und Empfindungen für ihre Familie zu sein.

»Du mußt deinen Vater sehr geliebt haben.«

»Tust du das für mich?«

»Gewiß.«

»Und nachdem er beigesetzt ist, sorgst du dafür, daß der Schloßverwalter die Grabpflege übernimmt.«

Drei Wochen später kam Keller aus Schottland zurück. »Alles erledigt, Lara«, berichtete er. »Du besitzt ein wundervolles Schloß. Dein Vater ist im Schloßpark beigesetzt. Das Schloß liegt auf einem Hügel mit herrlichem Seeblick. Es gefällt dir bestimmt! Wann fliegst du hin?«

Lara sah überrascht auf. »Ich? Gar nicht«, sagte sie.

Zweites Buch

11. Kapitel

Anfang 1984 beschloß Lara Cameron, daß es an der Zeit war, New York zu erobern. Keller war entsetzt, als sie ihm von ihrem Plan erzählte.

»Die Idee gefällt mir nicht«, sagte er nachdrücklich. »Du kennst New York nicht. Ich kenne es auch nicht. New York ist völlig anders!«

»Das haben auch alle gesagt, als ich aus Glace Bay nach Chicago gekommen bin«, stellte Lara fest. »Aber ob man in Glace Bay, Chicago, New York oder Tokio baut, bleibt sich letztlich gleich. Überall gelten dieselben Spielregeln.«

»Aber du bist hier so erfolgreich!« protestierte Keller. »Was willst du noch?«

»Das habe ich dir schon einmal gesagt. *Mehr*. Ich will meinen Namen an der New Yorker Skyline sehen. Ich baue dort ein Cameron Plaza und ein Cameron Center. Und eines Tages, Howard, baue ich den höchsten Wolkenkratzer der Welt. *Das* will ich. Der Firmensitz von Cameron Enterprises wird sofort nach New York City verlegt.«

In New York, das einen Bauboom erlebte, tummelten sich illustre Baulöwen: die Zeckendorfs, Harry Helmsley, Donald Trump und die Familien Uris und Rudin.

»Das ist unser zukünftiger Club«, sagte Lara zu Keller.

Die beiden quartierten sich im Regency ein und begannen, New York zu erkunden. Die Größe und Dynamik dieser Metropole begeisterte Lara. Manhattan bestand zum größten Teil aus Wolkenkratzerschluchten, durch die Tag und Nacht gewaltige Verkehrsströme flossen.

»Im Vergleich dazu sieht Chicago wie Glace Bay aus!« sagte Lara. Sie konnte es kaum noch erwarten, endlich loszulegen.

»Als erstes brauchen wir ein Spitzenteam. Wir müssen den besten Immobilienanwalt New Yorks finden. Dann ein erstklassiges Managerteam. Krieg raus, mit welchen Leuten Rudin arbeitet, und sieh zu, ob du sie wegengagieren kannst.«

»Wird gemacht.«

»Hier ist eine Liste von Gebäuden, die mir gefallen«, fuhr Lara fort. »Stell' bitte fest, wer ihre Architekten gewesen sind. Ich möchte sie kennenlernen.«

Keller ließ sich allmählich von Laras Begeisterung anstecken. »Ich verhandle mit Großbanken, damit sie uns Kreditlinien einräumen. Mit den Sicherheiten, die wir in Chicago zu bieten haben, ist das kein Problem. Und ich nehme Verbindungen zu Versicherungsgesellschaften, Hypothekenbanken und einigen Immobilienmaklern auf.«

»Einverstanden.«

»Aber findest du nicht auch, Lara, daß du wissen müßtest, was dein nächstes Projekt werden soll, bevor wir uns in dieses Abenteuer stürzen?«

Lara blickte auf und fragte unschuldig: »Habe ich dir das nicht erzählt? Wir kaufen das Manhattan Central Hospital.«

Einige Tage zuvor war Lara bei einem Friseur auf der Madison Avenue gewesen. Während die Friseuse mit ihrem Haar beschäftigt war, bekam sie zufällig ein Gespräch mit, das neben ihr geführt wurde.

»Sie werden uns fehlen, Mrs. Walker.«

»Sie mir auch, Darlene. Wie lange bin ich jetzt schon bei Ihnen?«

»Fast fünfzehn Jahre.«

»Wie schnell die Zeit vergeht! Ach, der Abschied von New York fällt mir wirklich schwer!«

»Wann hören Sie denn auf?«

»Wahrscheinlich schon nächste Woche. Die offizielle Mitteilung, daß zugemacht wird, ist erst heute morgen gekommen. Stellen Sie sich das mal vor! Das Manhattan Central Hospital wird wegen Geldmangels geschlossen. Ich bin dort fast zwanzig Jahre Oberschwester gewesen – und dann schicken sie mir diesen Wisch als Kündigung. Das hätten sie einem doch auch persönlich sagen können, nicht wahr? Das ist wieder typisch für unsere herzlose Zeit!«

Lara hörte gespannt zu.

»In der Zeitung hat aber noch nichts über die Schließung gestanden.«

»Nein, die Nachricht wird noch geheimgehalten. Erst soll das Personal informiert werden.«

Die Friseuse wollte anfangen, ihr Haar zu fönen, als Lara ruckartig aufstand.

»Ich bin noch nicht fertig, Miss Cameron.«

»Macht nichts«, sagte Lara. »Ich hab's eilig!«

Das Manhattan Central Hospital war ein häßlicher, ziemlich heruntergekommener Bau, der auf der East Side einen ganzen Straßenblock einnahm. Lara Cameron starrte das Gebäude an. Vor ihrem inneren Auge erhob sich dort ein glitzernder neuer Wolkenkratzer mit schikken Geschäften im Erdgeschoß, mehreren Büroetagen und luxuriösen Eigentumswohnungen in den oberen Stockwerken.

Lara betrat das Krankenhaus und fragte in der Verwaltung, welcher Firma es gehörte. Sie wurde an einen Roger Burnham in der Wall Street verwiesen.

»Was kann ich für Sie tun, Miss Cameron?«

»Wie ich höre, ist das Manhattan Central Hospital zu verkaufen.«

Burnham starrte sie überrascht an. »Wo haben Sie das gehört?«

»Stimmt es denn?«

»Schon möglich«, antwortete er ausweichend.

»Ich wäre unter Umständen daran interessiert, es zu kaufen«, sagte Lara. »Was verlangen Sie dafür?«

»Hören Sie, Lady... ich kenne Sie doch überhaupt nicht! Sie können doch nicht einfach hier reinschneien und erwarten, daß ich mit Ihnen über ein Neunzigmillionengeschäft rede. Ich...«

»Neunzig Millionen?« Lara fand den Preis etwas hoch, aber sie wollte das Grundstück unbedingt haben. »Ist das die Verhandlungsbasis?«

»Wir verhandeln noch keineswegs.«

Lara drückte dem verblüfften Roger Burnham einen Hundertdollarschein in die Hand.

»Was soll das?«

»Mit dieser Anzahlung sichere ich mir für achtundvierzig Stunden das Vorkaufsrecht. Achtundvierzig Stunden reichen mir aus. Sie wollten den geplanten Verkauf doch ohnehin noch nicht bekanntgeben. Was haben Sie also zu verlieren? Zahle ich den von Ihnen geforderten Preis, haben Sie, was Sie ursprünglich wollten.«

»Aber ich kenne Sie doch gar nicht!«

»Rufen Sie die Mercantile Bank in Chicago an. Lassen Sie sich mit Bob Vance verbinden. Er ist der Präsident.«

Burnham starrte sie sekundenlang an, schüttelte den Kopf und murmelte etwas, das wie »Verrückt!« klang.

Lara wartete geduldig, während seine Sekretärin versuchte, Bob Vance an den Apparat zu bekommen.

»Mr. Vance? Hier ist Roger Burnham in New York. Bei mir im Büro sitzt eine Miss ...« Er sah zu ihr hinüber.

»Lara Cameron.«

»... eine Miss Cameron. Sie interessiert sich für eines unserer Objekte und sagt, daß Sie sie kennen.«

Danach hörte er längere Zeit zu.

»Ja, ich verstehe ... Hmm ... Tatsächlich ...? Nein, das habe ich nicht gewußt ... Richtig ... Ganz recht ...« Zuletzt sagte er: »Besten Dank für die Auskunft, Mr. Vance.«

Er legte auf und sah zu Lara hinüber. »In Chicago scheinen Sie ziemlichen Eindruck gemacht zu haben.«

»Das habe ich auch in New York vor.«

Burnham tippte auf den Hundertdollarschein. »Was soll ich damit?«

»Kaufen Sie sich ein paar kubanische Zigarren. Räumen Sie mir das Vorkaufsrecht ein, wenn ich Ihren Preis zahle?«

Er betrachtete sie nachdenklich. »Das ist ein bißchen unorthodox, aber ... Okay, Sie sollen die achtundvierzig Stunden haben.«

»Diesmal muß alles sehr schnell gehen«, sagte Lara zu Keller. »Wir haben nur achtundvierzig Stunden Zeit, um unsere Finanzierung auf die Beine zu stellen.«

»Gibt es denn schon gesicherte Zahlen?«

»Vorerst bloß Schätzungen. Neunzig Millionen Dollar Grundstückskosten, und für Abbruch und Neubau setze ich pauschal weitere zweihundert Millionen an.«

Keller starrte sie an. »Das wären *zweihundertneunzig* Millionen Dollar!«

»Im Kopfrechnen warst du schon immer gut«, meinte sie lächelnd.

Er ging nicht auf ihren Scherz ein. »Lara, wo sollen wir soviel Geld auftreiben?«

»Wir leihen es uns«, antwortete sie. »Mein Besitz in Chicago und das neue Grundstück müßten als Sicherheiten ausreichen.«

»Damit riskierst du verdammt viel. Hundert Dinge könnten schiefgehen. Du setzt alles aufs Spiel, um...«

»Spielen macht die Sache erst aufregend«, unterbrach Lara ihn. »Spielen... und gewinnen.«

Die Finanzierung eines Gebäudes war in New York noch einfacher als in Chicago. Das Steuerprogramm von Oberbürgermeister Koch garantierte Investoren, die überalterte Gebäude durch Neubauten ersetzten, nach zwei steuerfreien Jahren attraktiv hohe Abschreibungssätze.

Sobald die Geschäfts- und Hypothekenbanken Lara Camerons Bonität überprüft hatten, waren sie eifrig bemüht, mit ihr ins Geschäft zu kommen.

Lange vor Ablauf der achtundvierzig Stunden kam Lara in Burnhams Büro und legte ihm einen Scheck über drei Millionen Dollar auf den Schreibtisch.

»Das ist meine Anzahlung«, sagte sie. »Ich zahle den von Ihnen geforderten Preis. Die hundert Dollar dürfen Sie übrigens auch behalten.«

Im folgenden halben Jahr arbeitete Keller mit den Banken die Finanzierung aus, während Lara gemeinsam mit den Architekten die Planung erstellte.

Alles klappte wie vorgesehen. Architekten, Bauunternehmen und Vertriebsorganisationen hielten ihre Termine ein. Nach dem Abbruch des alten Krankenhauses konnte im April mit dem Neubau begonnen werden.

Lara Cameron war ruhelos. Sie stand jeden Morgen um sechs Uhr auf der Baustelle und beobachtete, wie der Neubau in den Himmel wuchs. Sie war frustriert, weil das Gebäude in diesem Stadium den Bauarbeitern gehörte. Für sie gab es dort nichts zu tun. Die erzwungene Untätigkeit war sie nicht gewöhnt. Bisher hatte sie meist mehrere Projekte gleichzeitig betrieben.

»Warum sehen wir uns nicht nach etwas anderem um?« fragte sie Keller.

»Weil du bis über beide Ohren in dieser Sache steckst. Du darfst nicht mal tief Luft holen, sonst fällt alles wie ein Kartenhaus zusammen. Bist du dir eigentlich darüber im klaren, daß du deine letzten Reserven mobilisiert hast, um diesen Bau hochzuziehen? Sollte irgendwas schiefgehen . . .«

»Es geht aber nichts schief.« Lara beobachtete seinen Gesichtsausdruck. »Was macht dir Sorgen?«

»Deine Vereinbarung mit den Hypothekenbanken . . .«

»Was ist damit? Unsere Finanzierung steht, nicht wahr?«

»Die Fertigstellungsklausel gefällt mir nicht. Ist das Gebäude nicht bis 15. März fertiggestellt, geht es ins Eigenkapital der Banken über, und du riskierst, dein gesamtes Kapital zu verlieren.«

Lara dachte an ihr erstes Gebäude in Glace Bay. Dort hatten ihre Freunde sich zusammengetan, um es rechtzeitig fertigzustellen. Aber dieser Fall lag anders.

»Keine Angst, Howard«, sagte sie lächelnd, »es wird termingerecht fertig. Weißt du bestimmt, daß wir uns nicht schon nach einem neuen Projekt umsehen können?«

Lara sprach mit den Vertriebsleuten.

»Die Geschäftslokale im Erdgeschoß sind verkauft«, berichtete der

Marketingdirektor stolz. »Und wir haben schon über die Hälfte der Büroflächen und der Eigentumswohnungen an den Mann gebracht. Wir rechnen damit, noch vor Fertigstellung des Gebäudes drei Viertel aller Büros und Wohnungen verkaufen zu können – und das restliche Viertel dann unmittelbar nach Fertigstellung.«

»Ich möchte, daß *alles* verkauft wird, bevor das Gebäude bezugsfertig ist«, sagte Lara. »Verstärken Sie unsere Anzeigenkampagne.«

»Wie Sie wünschen, Miss Cameron.«

Als die Vertriebsleute gegangen waren, kam Keller in ihr Büro. »Eines muß man dir lassen, Lara. Du hast recht gehabt. Auf der Baustelle klappt alles nach Plan.«

»Warte nur ab, das wird die reinste Geldmaschine!«

Am 15. Dezember, neunzig Tage vor dem vertraglichen Fertigstellungstermin, war das Stahlgerüst des Wolkenkratzers errichtet und zu neun Zehnteln mit Fassadenelementen verkleidet. Auch der Innenausbau mit Elektro-, Klima- und Sanitäranlagen hatte begonnen und ging planmäßig voran.

Lara stand vor dem Gebäude und beobachtete die hoch über ihr auf den Stahlträgern arbeitenden Männer. Ein Bauarbeiter bückte sich nach den Zigaretten in seinem Werkzeugkasten. Dabei rutschte ihm ein Schraubenschlüssel, den er nachlässig eingesteckt hatte, aus einer Tasche seines Overalls und fiel ins Leere. Laras Augen weiteten sich ungläubig, als sie das Werkzeug genau auf sich zufallen sah. Ihr Herz jagte, als sie sich mit einem Sprung in Sicherheit brachte. Der Bauarbeiter, der diese Szene beobachtet hatte, machte eine knappe Handbewegung, die wohl als Entschuldigung gedacht war.

Lara trat aufgebracht in den Personenkorb des Aufzugs, um in das Stockwerk hinaufzufahren, in dem der Mann arbeitete. Sie ignorierte den schwindelerregenden Blick in die Tiefe und ging übers Gerüst auf den Arbeiter zu.

»Haben Sie den Schraubenschlüssel fallen lassen?«

»Yeah, tut mir leid.«

Lara holte aus und schlug ihn ins Gesicht. »Sie sind entlassen! Verschwinden Sie von meiner Baustelle!«

»He«, sagte er, »das is' keine Absicht gewesen. Ich wollte bloß ...«

»Sie sollen verschwinden!«

Der Mann starrte sie sekundenlang an. Dann ging er an ihr vorbei zum Aufzug und fuhr nach unten.

Lara holte tief Luft, um ihre Selbstbeherrschung zurückzugewinnen. Die Kollegen des Entlassenen beobachteten sie.

»Weiterarbeiten!« wies sie die Männer an.

Lara saß beim Mittagessen mit Sam Godsen, dem New Yorker Anwalt, der ihre Verträge ausarbeitete.

»Wie ich höre, klappt alles gut«, stellte Godsen fest.

Lara nickte lächelnd. »Sogar sehr gut. Wir werden termingerecht fertig.«

»Darf ich Ihnen was gestehen?«

»Ja, aber passen Sie auf, denn alles, was Sie sagen, kann gegen Sie verwendet werden.«

Ihr Gegenüber lachte. »Ich habe eine Wette verloren. Ich habe gewettet, daß Sie's nicht schaffen würden.«

»Tatsächlich? Und warum nicht?«

»Auf der Ebene, auf der Sie sich bewegen, ist die Baubranche eine Domäne der Männer. Die einzigen Frauen, die mit Immobilien Erfolg haben, sind kleine alte Damen mit blaugefärbtem Haar, die ihr Geld in Immobilienfonds anlegen.«

»Sie haben also gegen mich gewettet«, stellte Lara fest.

Sam Godsen lächelte. »Yeah.«

Lara beugte sich nach vorn. »Sam . . .«

»Ja?«

»In meinem Team wettet niemand gegen mich. Sie sind entlassen.«

Als Lara an diesem Nachmittag wie gewohnt zur Baustelle fuhr, spürte sie, daß irgend etwas nicht stimmte. Dann merkte sie plötzlich, was auffällig war: die Stille. Der vertraute Arbeitslärm fehlte. Und als sie die Baustelle erreichte, wollte sie ihren Augen nicht trauen. Überall sammelten Arbeiter ihr Werkzeug ein und gingen damit zu ihren Fahrzeugen. Auch der Polier war dabei, seine Sachen zusammenzupacken. Lara hastete zu ihm hinüber.

»Was geht hier vor«, fragte sie scharf. »Es ist erst drei Uhr!«

»Ich ziehe meine Leute ab.«

»Was soll das heißen?«

»Es hat 'ne Beschwerde gegeben, Miss Cameron.«

»Was für eine Beschwerde?«

»Haben Sie einen Arbeiter geohrfeigt?«

»Was?« Sie hatte den Vorfall schon vergessen. »Ja. Er hatte es verdient. Ich habe ihn entlassen.«

»Hat die Stadtverwaltung Ihnen eine Genehmigung erteilt, daß Sie rumgehen und Leute, die für Sie arbeiten, ohrfeigen dürfen?«

»Augenblick!« sagte Lara. »So ist's nicht gewesen. Er hat von ganz oben einen Schraubenschlüssel fallen lassen und mich fast damit getroffen. Und dann muß ich die Beherrschung verloren haben. Das tut mir leid, aber ich will ihn nicht wieder auf meiner Baustelle sehen.«

»Der kommt nicht wieder«, versprach ihr der Polier. »Keiner von uns kommt wieder.«

Lara starrte ihn an. »Soll das ein Witz sein?«

»Meine Gewerkschaft nimmt den Fall sehr ernst«, antwortete der Polier. »Sie hat uns angewiesen, die Arbeit einzustellen. Also stellen wir sie ein.«

»Aber Sie haben einen Vertrag!«

»Den haben Sie gebrochen«, sagte der Polier nüchtern. »Für Beschwerden ist die Gewerkschaft zuständig.«

Er wollte gehen.

»Augenblick! Ich habe doch gesagt, daß mir die Sache leid tut. Ich ... ich bin bereit, mich bei dem Mann zu entschuldigen. Und seinen Job kann er auch wiederhaben.«

»Miss Cameron, Sie sehen die Dinge noch immer nicht richtig. Er will seinen Job nicht wiederhaben. Auf uns alle wartet längst andere Arbeit. In dieser Stadt wird viel gebaut. Und ich will Ihnen noch was verraten, Lady. Wir haben viel zuviel um die Ohren, um uns von Leuten wie Ihnen eine kleben zu lassen!«

Sie stand sprachlos da und sah dem Polier nach, der zu seinem Wagen ging. Ihr schlimmster Alptraum schien Wirklichkeit zu werden.

Lara fuhr sofort ins Büro, um Keller diese Hiobsbotschaft zu überbringen.

»Ich weiß, ich weiß«, sagte Howard, als sie hereingestürmt kam. »Ich habe bereits mit einem Mann aus der Gewerkschaftsspitze telefoniert.«

»Was hat er gesagt?« fragte Lara gespannt.

»Daß nächsten Monat eine Anhörung stattfinden soll.«

»Nächsten Monat!« rief Lara aus. »Aber wir müssen in weniger als neunzig Tagen fertig sein!«

»Das habe ich ihm auch gesagt.«

»Und was hat er geantwortet?«

»Daß das nicht sein Problem ist.«

Lara sank in einen Sessel. »O Gott, was tun wir jetzt?«

»Keine Ahnung«, gab Keller zu.

»Vielleicht können wir die Banken überreden, uns...« Sie verstummte, als sie seinen Gesichtsausdruck sah. »Nein, wohl eher nicht.« Aber dann hellte ihre Miene sich plötzlich auf. »Ich weiß, was wir machen! Wir stellen neue Bauarbeiter ein und...«

»Lara, in ganz New York gibt's keinen Gewerkschaftler, der dort arbeiten würde.«

»Ich hätte den Kerl umbringen sollen!«

»Genau«, bestätigte Keller trocken. »Damit wäre der Fall erledigt gewesen.«

Lara stand auf und ging zwischen Tür und Fenster hin und her. »Ich könnte Sam Godsen damit beauftragen, uns...« Dann fiel ihr die Szene beim Mittagessen ein. »Nein, den habe ich heute entlassen.«

»Weshalb?«

»Ich kann nur Leute gebrauchen, die zu mir halten.«

Keller überlegte laut. »Vielleicht finden wir einen guten Anwalt, der auf Arbeitsrecht spezialisiert ist und einen gewissen Einfluß hat.«

»Richtig! Wir brauchen sofort einen tatkräftigen Fachmann. Kennst du einen?«

»Nein, aber Sam Godsen hat mal von einem gesprochen. Von einem gewissen Martin. Paul Martin.«

»Wer ist er?«

»Das weiß ich selbst nicht genau – aber sein Name ist gefallen, als von Schwierigkeiten mit der Gewerkschaft die Rede war.«

»Weißt du, bei welcher Firma er ist?«

»Nein, aber er hat seine Kanzlei in Manhattan?«

Lara drückte auf die Ruftaste der Gegensprechanlage. »Kathy, in Manhattan gibt es einen Rechtsanwalt namens Paul Martin«, sagte sie, als ihre Assistentin sich meldete. »Besorgen Sie mir seine Adresse.«

»Willst du nicht seine Telefonnummer, um einen Termin vereinbaren zu können?« fragte Keller.

»Dafür ist die Sache zu eilig. Ich kann nicht herumsitzen und auf einen Termin warten. Ich muß noch heute mit ihm reden. Kann Martin uns helfen, ist alles in Ordnung. Kann er's nicht, müssen wir uns etwas anderes einfallen lassen.«

Aber er ist unsere letzte Hoffnung, überlegte Lara bei sich.

12. Kapitel

Paul Martins Kanzlei befand sich im vierundzwanzigsten Stock eines Bürogebäudes in der Wall Street. In die Glasscheibe der Eingangstür war sein Name eingeschliffen.

Lara Cameron holte tief Luft und trat ein. Das Vorzimmer war kleiner, als sie erwartet hatte. Es enthielt einen ziemlich abgenützten Schreibtisch, hinter dem eine blondgefärbte Sekretärin saß.

»Guten Tag, was kann ich für Sie tun?«

»Ich möchte zu Mr. Martin«, sagte Lara.

»Haben Sie einen Termin bei ihm?«

»Ja«, behauptete Lara. Sie hatte keine Zeit für lange Erklärungen.

»Ihr Name, bitte?«

»Cameron. Lara Cameron.«

Die Blondine musterte sie skeptisch. »Sekunde, ich frage mal nach, ob Mr. Martin zu sprechen ist.«

Die Sekretärin stand auf und verschwand im Chefbüro.

Er muß mich empfangen! dachte Lara.

In diesem Augenblick kam die Sekretärin zurück. »Mr. Martin läßt bitten.«

»Danke«, sagte Lara und unterdrückte einen erleichterten Seufzer.

Sie betrat das kleine, sehr schlicht möblierte Büro, dessen ganze Einrichtung aus Bücher- und Aktenschränken, einem Schreibtisch, einer Sitzgruppe mit einem Couchtisch und zwei Besuchersesseln bestand. Wirkt nicht gerade wie ein Zentrum der Macht, überlegte Lara.

Der Mann hinter dem Schreibtisch schien Anfang sechzig zu sein. Er hatte ein von tiefen Falten durchschnittenes Gesicht, eine Adlernase und eine schlohweiße Mähne, die nicht recht zu der animalischen Vitalität paßte, die er ausstrahlte. Zu seinem altmodisch geschnittenen grauen Zweireiher mit Nadelstreifen trug er ein weißes Hemd mit schmalem Kragen. Er sprach mit heiserer, ziemlich leiser Stimme, die jeden Zuhörer sofort in ihren Bann schlug.

»Meine Sekretärin hat gesagt, daß Sie einen Termin bei mir haben.«

»Entschuldigung«, murmelte Lara. »Ich mußte Sie unbedingt sprechen. Es handelt sich um einen Notfall.«

»Nehmen Sie doch Platz, Miss ...«

»Cameron. Lara Cameron.« Sie nahm in einem der Besuchersessel Platz.

»Was kann ich für Sie tun?«

Lara atmete tief durch. »Ich habe ein Problem.« Wenn Sie mir nicht helfen können, bleibt mein Wolkenkratzer eine Bauruine, dachte sie. »Im Zusammenhang mit einem Gebäude.«

»Ich höre.«

»Ich bin als Bauträgerin tätig, Mr. Martin. Ich bin gerade dabei, auf der East Side ein Wohn- und Bürogebäude zu errichten – und jetzt habe ich Schwierigkeiten mit der Gewerkschaft.«

Der Anwalt hörte schweigend zu.

Lara sprach hastig weiter. »Heute morgen habe ich die Beherrschung verloren und einen Bauarbeiter geohrfeigt. Dafür werde ich jetzt von der Gewerkschaft bestreikt.«

Er musterte sie verständnislos. »Miss Cameron .. was hat das alles mit mir zu tun?«

»Ich habe gehört, Sie könnten mir vielleicht helfen.«

»Da haben Sie leider etwas Falsches gehört. Ich bin Fachanwalt für Wirtschaftsrecht. Ich verstehe nichts von Immobilien und habe keinen Umgang mit Gewerkschaften.«

Laras Herz sank. »Oh, ich dachte ... können Sie mir wirklich nicht helfen?«

Martin legte beide Handflächen auf die Schreibtischplatte, als wolle er aufstehen. »Nein, aber ich will Ihnen zwei Ratschläge geben. Suchen Sie sich einen Anwalt, der auf Arbeitsrecht spezialisiert ist. Er soll die Gewerkschaft verklagen und ...«

»Soviel Zeit habe ich nicht! Das Gebäude muß zu einem bestimmten Termin fertiggestellt sein. Ich ... Und wie lautet Ihr zweiter Ratschlag?«

»Lassen Sie die Finger von der Baubranche.« Martins Blick streifte ihren Busen. »Sie haben nicht die richtigen Voraussetzungen dafür.«

»Wie bitte?«

»Das ist kein Ort für Frauen.«

»Und welches ist Ihrer Meinung nach der Ort für uns Frauen?« fragte Lara aufgebracht. »Barfuß und schwanger in der Küche zu stehen?«

»In etwa. Yeah.«

Lara stand auf. Sie hatte Mühe, sich zu beherrschen. »Sie scheinen der letzte noch lebende Dinosaurier zu sein. Vielleicht haben Sie's noch nicht mitbekommen, aber Frauen sind jetzt frei!«

Paul Martin schüttelte den Kopf. »Nein, bloß lauter.«

»Leben Sie wohl, Mr. Martin. Bitte entschuldigen Sie, daß ich Ihre kostbare Zeit in Anspruch genommen habe.«

Lara machte kehrt, stolzierte hinaus und knallte beide Türen hinter sich zu. Draußen im Flur blieb sie stehen und atmete tief durch. Das war ein Fehler, dachte sie. Sie war am Ende ihres Weges angelangt. Sie hatte alles, was sie in jahrelanger Arbeit aufgebaut hatte, aufs Spiel gesetzt – und in einem einzigen Augenblick verloren. Es gab keinen Ausweg mehr; sie hatte niemanden mehr, an den sie sich hilfesuchend hätte wenden können.

Das Spiel war aus.

Nach einer schlaflosen Nacht irrte Lara schon bei Tagesanbruch im kalten Nieselregen durch die Straßenschluchten. Sie nahm weder den eisigen Wind noch ihre Umgebung wahr, sondern war nur mit der Katastrophe beschäftigt, die über sie hereingebrochen war. Howard Kellers Worte klangen ihr in den Ohren: Das Ganze gleicht einer auf der Spitze stehenden Pyramide ... Geht irgend etwas schief, kann deine Pyramide einstürzen und dich unter sich begraben ...

Nun war es soweit. Die Banken in Chicago würden ihre als Sicherheit übereigneten Vermögenswerte einbehalten, und sie würde jeden Cent verlieren, den sie in ihr neues Gebäude investiert hatte. Das bedeutete, daß sie noch einmal ganz von vorn anfangen mußte. Der arme Howard! dachte sie. Er hat an meine Zukunft geglaubt, und ich habe ihn enttäuscht.

Der Regen hatte aufgehört, und der Himmel begann, sich aufzuhellen. Durch die aufreißenden Wolken drang blasser Sonnenschein. Lara sah sich um und nahm erst jetzt wahr, wo sie sich befand; keine zwei Straßen von der Baustelle ihres Wolkenkratzers entfernt. Einmal sehe ich ihn mir noch an, dachte sie.

Lara hatte noch gut einen Block weit zu gehen, als plötzlich der gewohnte Baulärm an ihr Ohr drang! Sie blieb einen Augenblick wie angenagelt stehen. Dann rannte sie zur Baustelle. Als sie ankam, blieb sie schweratmend stehen und starrte ungläubig in die Höhe.

Die Bauarbeiter waren vollzählig erschienen und schufteten wie im Akkord.

Der Polier kam freundlich lächelnd auf sie zu. »Guten Morgen, Miss Cameron.«

Lara fand endlich ihre Stimme wieder. »Was . . . wie kommt das? Ich dachte, Sie . . . wollten Ihre Leute abziehen?«

»Das ist ein Mißverständnis gewesen, Miss Cameron«, antwortete er verlegen. »Bruno hätte Sie umbringen können, als ihm der Schraubenschlüssel aus der Tasche gefallen ist.«

Lara schluckte trocken. »Aber er . . .«

»Denken Sie nicht mehr an ihn. Den hab' ich entlassen. So was passiert nicht wieder. Und machen Sie sich keine Sorgen mehr. Wir liegen wieder genau im Plan.«

Lara fühlte sich wie im Traum. Sie stand da, beobachtete die schuftenden Männer und dachte: Du hast alles zurückbekommen. Alles! Und das verdankst du . . . Paul Martin.

Lara Cameron rief ihn an, sobald sie in ihrem Büro war. Seine Sekretärin sagte: »Tut mir leid, Mr. Martin ist nicht zu sprechen.«

»Bestellen Sie ihm bitte, daß er zurückrufen möchte?« Lara gab ihre Nummer an.

Als sie bis zum Nachmittag nichts von ihm gehört hatte, rief sie erneut an.

»Tut mir leid, Mr. Martin ist nicht zu sprechen.«

Auch danach rief er nicht zurück.

Kurz nach siebzehn Uhr erschien Lara in Paul Martins Vorzimmer und forderte die blonde Sekretärin auf: »Bitte sagen Sie Mr. Martin, daß Lara Cameron ihn sprechen möchte.«

Die Sekretärin machte ein zweifelndes Gesicht. »Ich weiß nicht, ob ... Augenblick!« Sie verschwand nach nebenan, kam gleich wieder heraus und hielt Lara die Tür auf. »Mr. Martin läßt bitten.«

Paul Martin sah auf, als Lara hereinkam.

»Ja, Miss Cameron?« Sein Tonfall war kühl, weder freundlich noch unfreundlich. »Was kann ich für Sie tun?«

»Ich bin gekommen, um Ihnen zu danken.«

»Wofür zu danken?«

»Daß Sie die Sache mit der Gewerkschaft ins Lot gebracht haben.«

Er runzelte die Stirn. »Bedauere, aber ich weiß nicht, wovon Sie reden.«

»Die Arbeiter sind heute morgen zurückgekommen, und alles ist wieder in Ordnung. Die Bauarbeiten gehen planmäßig weiter.«

»Meinen Glückwunsch!«

»Wenn Sie mir Ihre Liquidation schicken wollen ...«

»Miss Cameron, Sie müssen irgend etwas mißverstanden haben. Sollte Ihr Problem gelöst sein, freue ich mich für Sie. Aber ich habe nichts damit zu tun gehabt.«

Lara betrachtete ihn forschend. »Schön, Mr. Martin. Enschuldigen Sie, daß ich Sie belästigt habe.«

»Kein Problem.« Er sah ihr nach, als sie hinausging.

Im nächsten Augenblick kam seine Sekretärin herein. »Das hat Miss Cameron für Sie dagelassen, Mr. Martin.«

Sie legte ein kleines Päckchen in Geschenkpapier auf den Schreibtisch.

Er machte es neugierig auf. Es enthielt eine wundervoll gearbeitete Statuette eines Ritters aus massivem Silber. Statt einer Entschuldigung.

Wie hat sie mich genannt? Einen Dinosaurier. Er bildete sich ein, wieder die Stimme seines Großvaters zu hören: Das waren gefährliche Zeiten, Paul. Die jungen Männer wollten die Mafia unter ihre Herrschaft bringen und die verknöcherten Alten, die Schnauzbärtigen, die Dinosaurier entmachten. Es war ein blutiger Kampf, aber zuletzt haben sie's geschafft.

Alles das hatte sich vor langer, langer Zeit in der alten Heimat abgespielt. Damals in Sizilien...

13. Kapitel

Ghibellina, Sizilien – 1879

Die Martinis waren *stranieri,* Fremde in dem kleinen sizilianischen Dorf Ghibellina. Dort war das Land karg, ein dürrer, wenig fruchtbarer Landstrich unter erbarmungslos herabbrennender Sonne. In diesem Land, in dem die großen Güter den *gabelotti,* reichen Grundbesitzern, gehörten, hatten die Martinis einen kleinen Bauernhof gekauft, den sie selbst zu bewirtschaften versuchten.

Eines Tages suchte der *soprintendente* Giuseppe Martini auf.

»Euer kleiner Hof wirft nicht viel ab«, sagte er. »Der Boden ist viel zu schlecht. Von dem bißchen Wein- und Olivenanbau werdet ihr nie anständig leben können.«

»Machen Sie sich meinetwegen keine Sorgen«, wehrte Martini ab. »Ich bin mein Leben lang Bauer gewesen.«

»Wir machen uns alle Sorgen um dich«, behauptete der *soprintendente.* »Don Vito besitzt gutes Land, das er Ihnen verpachten würde.«

Giuseppe Martini schnaubte. »Die Geschichte mit Don Vito und seinem Land kenne ich. Verpflichte ich mich, seinen Boden zu bestellen, nimmt er sich drei Viertel der Ernte und berechnet mir fürs Saatgut hundert Prozent Zinsen. Dann stehe ich eines Tages mit ebenso leeren Händen da wie die anderen Dummköpfe, die sich darauf eingelassen haben. Nein, richten Sie ihm aus, daß ich bestens danke!«

»Du machst einen großen Fehler, mein Lieber. Dies ist ein gefährliches Land. Hier kann's schlimme Unfälle geben.«

»Soll das eine Drohung sein?«

»Natürlich nicht, mein Lieber. Ich habe nur darauf aufmerksam machen wollen...«

»Verschwinden Sie von meinem Land!« rief Giuseppe Martini aufgebracht.

Der Gutsverwalter schüttelte betrübt den Kopf. »Du bist sehr halsstarrig, mein Lieber.«

Als er fortgeritten war, fragte Martinis zehnjähriger Sohn Salvatore: »Wer ist das gewesen, Papa?«

»Der Verwalter eines der großen Gutsbesitzer.«

»Ich mag ihn nicht«, sagte der Junge.

»Ich auch nicht, Salvatore.«

In der darauffolgenden Nacht wurden Giuseppe Martinis Felder in Brand gesetzt, und die wenigen Stücke Vieh, die er besaß, verschwanden spurlos.

Nun machte Martini den zweiten Fehler. Er ging zu den *carabinieri* in der nächsten Stadt.

»Ich verlange polizeilichen Schutz«, sagte er.

Der Polizeichef betrachtete ihn ausdruckslos. »Dazu sind wir da«, antwortete er. »Was führt Sie zu uns, *signore*?«

»Letzte Nacht haben Don Vitos Leute meine Felder angezündet und mein Vieh gestohlen.«

»Das ist ein schwerwiegender Vorwurf. Können Sie ihn beweisen?«

»Sein *soprintendente* ist auf meinem Hof gewesen und hat mich bedroht.«

»Hat er Ihnen gedroht, Ihre Felder anzuzünden und Ihr Vieh zu stehlen?«

»Natürlich nicht«, sagte Giuseppe Martini.

»Was *hat* er zu Ihnen gesagt?«

»Er wollte, daß ich meinen Hof aufgebe und Land von Don Vito pachte.«

»Und Sie haben abgelehnt?«

»Selbstverständlich.«

»*Signore*, Don Vito ist ein sehr wichtiger Mann. Soll ich ihn verhaften, nur weil er angeboten hat, sein fruchtbares Land mit Ihnen zu teilen?«

»Ich verlange, daß Sie mich schützen«, antwortete Giuseppe Martini. »Ich werde mich nicht von meinem Land vertreiben lassen!«

»*Signore*, dafür habe ich volles Verständnis. Ich tue, was ich kann.«

»Dafür danke ich Ihnen im voraus.«

»Nichts zu danken, *Signore*.«

Als der junge Salvatore am folgenden Nachmittag aus dem Dorf kam, sah er ein halbes Dutzend Männer zum Hof seines Vaters reiten. Sie stiegen ab und gingen ins Haus. Die Besucher waren ihm unheimlich, und er versteckte sich.

Wenige Minuten später sah der Junge erschrocken, wie sein Vater über den Hof aufs Feld geschleppt wurde.

Einer der Männer zog seinen Revolver. »Wir geben dir 'ne Chance zu fliehen. Los, lauf schon!«

»Nein! Dies ist mein Land! Ich...«

Salvatore beobachtete entsetzt, wie der Mann seinem Vater vor die Füße schoß.

»Lauf!«

Giuseppe Martini rannte los.

Die *campieri* schwangen sich in ihre Sättel und umkreisten den Flüchtenden, wobei sie laute Schreie ausstießen.

Salvatore hielt sich vor Angst zitternd verborgen und beobachtete das grausige Schauspiel.

Die Reiter verfolgten den übers Feld laufenden Mann, der ihnen zu entkommen versuchte. Immer wenn er fast die Straße erreicht hatte, galoppierte einer hinter ihm her und ritt ihn nieder. Schon nach kurzer Zeit war der Gejagte erschöpft und blutete aus mehreren Wunden. Er wurde merklich langsamer.

Dann hatten die *campieri* genug. Einer von ihnen warf dem Mann eine Seilschlinge um den Hals und schleppte ihn hinter seinem Pferd her zum Ziehbrunnen. Dort schwangen die Männer sich aus den Sätteln und umringten ihn drohend.

»Was wollt ihr von mir?« keuchte Martini. »Was habe ich getan?«

»Du bist zu den *carabinieri* gegangen. Das hättest du nicht tun sollen.«

Sie zogen ihm die Hose herunter, und einer der Männer ließ sein Messer aufschnappen, während die anderen ihr Opfer festhielten.

»Laß dir das als Warnung dienen!«

»Nein!« kreischte der Mann erschrocken. »Bitte nicht! Es tut mir leid, daß ich...«

»Das kannst du deiner Frau erzählen«, unterbrach der *campiero* ihn grinsend.

Er griff nach unten, bekam das Glied des Mannes zu fassen und schnitt es ab.

Martinis Schreie erfüllten die Luft.

Der Anführer der *campieri* zog ihm die blutgetränkte Hose hoch und füllte die Hosentaschen mit schweren Steinen, die er vom Erdboden auflas.

»Hinauf mit dir!« Sie hoben Martini auf den Brunnenrand. »Gute Reise!«

Und sie stießen ihn in den Brunnen.

»Von diesem Wasser trinkt so schnell niemand mehr«, sagte einer der Männer.

Ein anderer lachte. »Hier im Dorf merkt das keiner!«

Sie warteten noch einige Zeit, bis die schwächer werdenden Geräusche aus dem Brunnen verstummt waren, bestiegen dann ihre Pferde und ritten zum Hof zurück.

Salvatore Martini hatte diese schreckliche Szene vor Entsetzen sprachlos von seinem Versteck aus beobachtet. Sobald die Männer davongeritten waren, rannte der Zehnjährige zum Brunnen.

Er blickte hinein und rief halblaut: »Papa...«

Aber der Brunnen war tief, und er hörte nichts.

Nachdem die *campieri* Giuseppe Martini umgebracht hatten, machten sie sich auf die Suche nach seiner Frau Maria. Sie war in der Küche, als die Männer hereinstürmten.

»Wo ist mein Mann?« fragte sie scharf.

Der Anführer der Eindringlinge grinste. »Der trinkt gerade einen Schluck Wasser.«

Zwei Männer bedrängten sie. »Du bist zu hübsch, um mit einem so häßlichen Kerl verheiratet zu sein«, sagte einer von ihnen.

»Verlaßt sofort mein Haus!« forderte Maria sie auf.

»Geht man so mit Gästen um?« fragte der andere. Er griff in den Ausschnitt ihres Kleides und riß es mit einem kräftigen Ruck bis zur Taille auf. »Witwen müssen Trauer tragen – also brauchst du das hier nicht mehr.«

»Ihr Bestien!«

Auf dem Herd kochte Wasser. Maria griff nach dem Topf und schüttete dem Mann das Wasser ins Gesicht.

Er schrie vor Schmerzen auf. *»Fica!«* Er zog seinen Revolver und drückte ab.

Sie war tot, bevor sie auf dem Fußboden aufschlug.

»Idiot!« brüllte der Anführer der *campieri*. »Erst vögelt man sie, *dann* erschießt man sie. Kommt, wir machen Don Vito Meldung.«

Eine halbe Stunde später waren sie wieder auf Don Vitos Landsitz.

»Wir haben Martini und seine Frau erledigt«, meldete der Anführer.

»Was ist mit dem Sohn?«

Der Mann starrte Don Vito überrascht an. »Von einem Sohn haben Sie nichts gesagt.«

»*Cretino!* Ihr solltet die Familie aus dem Weg räumen.«

»Aber er ist noch ein Kind, Don Vito«, mischte sich einer der Männer ein.

»Kinder wachsen zu Männern heran, Männer wollen Rache nehmen. Legt ihn um!«

»Wie Sie befehlen, Don Vito.«

Zwei der Männer ritten zum Hof der Martinis zurück.

Salvatore dachte und handelte wie in Trance. Er hatte miterleben müssen, wie seine Eltern ermordet wurden. Nun war er auf der Welt allein und wußte nicht, wohin er gehen, an wen er sich wenden sollte. Doch dann fiel ihm ein Mensch ein, der ihm helfen würde: Nunzio Martini, der in Palermo lebende Bruder seines Vaters.

Der Junge wußte, daß er sich beeilen mußte. Don Vitos Männer würden zurückkommen, um ihn zu töten. Daß sie es nicht gleich getan hatten, grenzte an ein Wunder. Salvatore packte etwas Essen in seinen Rucksack, warf ihn sich über die Schulter und verließ hastig den elterlichen Hof.

Auf der unbefestigten Landstraße, die vom Dorf wegführte, schritt Salvatore rasch aus. Wann immer er hinter sich Hufschläge oder ein Knarren hörte, verließ er die Straße und suchte Schutz unter den Bäumen.

Nach etwa einer Stunde beobachtete der Junge zwei *campieri*, die auf der Suche nach ihm die Straße entlangritten. Salvatore blieb unbeweglich in seinem Versteck und wagte sich erst heraus, als die beiden längst verschwunden waren. Dann marschierte er weiter. Er schlief nachts in Obstgärten und ernährte sich überwiegend von Obst. So war er drei Tage lang unterwegs.

Als er glaubte, vor Don Vito sicher zu sein, wagte er sich in ein kleines Dorf. Eine Stunde später saß er hinten auf einem Fuhrwerk, das nach Palermo unterwegs war.

Es war schon nach Mitternacht, als Salvatore das Haus seines Onkels erreichte. Nunzio Martini besaß ein großes, vornehmes Haus mit Balkon, Terrassen und schattigem Innenhof. Salvatore hämmerte mit beiden Fäusten an die massive Holztür. Er mußte lange warten, bis eine tiefe Stimme brummte: »Wer, zum Teufel, ist dort draußen?«

»Ich bin's, Onkel Nunzio – Salvatore!«

Im nächsten Augenblick öffnete Nunzio Martini die Haustür und erschien im Nachthemd auf der Schwelle. Salvatores Onkel war etwa fünfzig Jahre alt, ein rundlicher Mann mit kräftiger Adlernase und silbergrauer Mähne. Er starrte seinen Neffen erstaunt an. »Salvatore! Wo kommst du her mitten in der Nacht? Wo sind deine Eltern?«

»Die sind tot«, schluchzte der Junge.

»Tot? Komm, komm rasch ins Haus!«

Salvatore stolperte ins Haus.

»Wie schrecklich!« rief sein Onkel aus. »Sind sie verunglückt?«

Salvatore schüttelte den Kopf. »Don Vito hat sie ermorden lassen.«

»Ermorden? Aber warum?«

»Mein Vater hat sich geweigert, Land von ihm zu pachten.«

»Ah...«

»Warum hat er sie umbringen lassen? Sie haben ihm nie was getan!«

»Das ist nichts Persönliches«, behauptete Nunzio Martini.

Salvatore starrte ihn an *»Nichts Persönliches?«* wiederholte er ungläubig. »Das verstehe ich nicht!«

»Don Vito ist weithin bekannt. Er genießt einen gewissen Ruf und ist ein *Uomo rispettato* – ein geachteter, einflußreicher Mann. Hätte er zugelassen, daß dein Vater sich gegen ihn auflehnt, wären andere diesem Beispiel gefolgt, was den Verlust seiner Macht bedeutet hätte. In diesem Fall ist nichts zu machen.«

Der Junge starrte ihn entgeistert an. »Nichts?«

»Nicht gleich, Salvatore. Vielleicht später. Schlaf dich erst mal aus, dann sehen wir weiter.«

Am nächsten Morgen frühstückten sie gemeinsam.

»Wie würde es dir gefallen, in diesem schönen Haus zu wohnen und für mich zu arbeiten?« Nunzio Martini war Witwer.

»Das wäre nicht schlecht, glaube ich«, antwortete Salvatore.

»Ich könnte einen aufgeweckten Jungen wie dich brauchen. Und du siehst kräftig aus.«

»Ich *bin* kräftig«, versicherte sein Neffe ihm.

»Gut.«

»In welcher Branche bist du tätig, Onkel?« fragte Salvatore.

Nunzio Martini lächelte. »Ich beschütze Leute.«

In Sizilien und weiteren armen Landstrichen Italiens war die Mafia zum Schutz der Bevölkerung vor der rücksichtslos autokratischen Regierung entstanden. Die Mafia korrigierte Ungerechtigkeiten, rächte Unrecht, und sie erpreßte Schutzgelder von Bauern, Kaufleuten und Gewerbetreibenden.

Nunzio Martini war der *capo* der Mafia in Palermo. Er trieb die Schutzgelder ein und ließ Zahlungsverweigerer bestrafen. Die Strafe konnte aus einem Arm- oder Beinbruch bis hin zu einem qualvoll langsamen Tod bestehen.

Salvatore trat in die Dienste seines Onkels.

In den folgenden fünfzehn Jahren war Palermo die Schule des Jungen – und sein Onkel Nunzio sein Lehrer. Salvatore Martini begann als Laufbursche, brachte es später zum Geldeintreiber und wurde zuletzt die vertraute rechte Hand seines Onkels.

Mit fünfundzwanzig Jahren heiratete er Carmela, ein üppig gebautes sizilianisches Mädchen. Nun zog Salvatore mit Frau und Kind in ein eigenes prächtiges Haus. Als sein Onkel starb, übernahm er dessen Position als *capo* und wurde noch erfolgreicher und wohlhabender. Aber er hatte noch eine offene Rechnung zu begleichen.

Eines Tages forderte er seine Frau auf: »Pack' unsere Sachen zusammen. Wir wandern nach Amerika aus.«

Carmela starrte ihn überrascht an. »Was willst du in Amerika?«

Er war es nicht gewöhnt, sich ausfragen zu lassen. »Tu gefälligst, was ich sage! Ich muß verreisen. In zwei, drei Tagen bin ich wieder da.«

»Salvatore . . .«

»Du sollst packen.«

Eine schwarze Kutsche hielt vor dem Polizeirevier der Kleinstadt, in deren Nähe Ghibellina lag. Der *capitano*, der inzwischen zehn Kilo zugelegt hatte, saß an seinem Schreibtisch, als sechs Männer hereinkamen. Sie waren gut angezogen und sahen wohlhabend aus.

»Guten Morgen, *signori*. Was kann ich für Sie tun?«

»Wir sind gekommen, um etwas für *Sie* zu tun«, antwortete Salvatore. »Erinnern Sie sich an mich? Ich bin der Sohn Giuseppe Martinis.«

Der Uniformierte starrte ihn an. »*Sie!*« rief er aus. »Was tun Sie hier? Das ist gefährlich für Sie!«

»Ich bin wegen Ihrer Zähne gekommen.«

»Wegen meiner Zähne?«

»Ja.« Salvatore zog seinen Revolver. Zwei der Männer rissen den Polizeibeamten hoch und hielten ihn an den Armen fest. »Sie müssen mal zum Zahnarzt. Aber ich nehme Ihnen die Mühe gern ab.«

Salvatore Martini steckte ihm die Revolvermündung zwischen die Zähne und drückte ab.

Dann nickte er seinen Leuten zu. »Los, wir müssen weiter!«

Eine halbe Stunde später erreichten sie Don Vitos Haus. Die beiden Wachen sahen der Kutsche mißtrauisch entgegen. Als sie hielt, stieg zunächst nur Salvatore aus.

»Guten Morgen«, sagte er. »Don Vito erwartet uns.«

Der Angesprochene runzelte die Stirn. »Wir wissen nichts von irgendeinem...«

Im nächsten Augenblick waren die beiden Wachposten von Kugeln durchsiebt.

Im Haus hörte Don Vito die Schüsse. Er sah durch ein Fenster, was geschehen war, lief an den Schreibtisch und holte eine Pistole aus der Schublade. »Francesco!« rief er laut. »Antonio! Schnell!«

Draußen fielen weitere Schüsse.

Eine Stimme sagte: »Don Vito...«

Er fuhr herum.

An der Tür stand Salvatore Martini mit seinem Revolver in der Hand. »Weg mit der Waffe!«

»Ich...«

»Weg damit!«

Don Vito ließ die Pistole fallen. »Nimm dir, was du haben willst, und verschwinde!«

»Ich will nichts«, antwortete Salvatore, indem er langsam näherkam. »Tatsächlich bin ich hier, weil ich Ihnen etwas schuldig bin.«

Don Vito hob abwehrend die Hände. »Geschenkt! Ich verzichte gern darauf.«

»Aber ich nicht. Wissen Sie, wer ich bin?«

»Nein.«

»Salvatore Martini.«

Der Alte runzelte die Stirn, während er sich zu erinnern versuchte. Dann zuckte er mit den Schultern. »Der Name sagt mir nichts.«

»Vor über fünfzehn Jahren haben Ihre Leute meine Eltern ermordet.«

»Eine Schande!« rief Don Vito aus. »Ich sorge dafür, daß sie bestraft werden! Ich...«

Salvatore holte aus und zerschmetterte ihm mit dem Revolvergriff das Nasenbein. Ein Blutstrom schoß aus der Nase des Alten. »Aufhören!« keuchte Don Vito. »Ich . . .«

Der Eindringling zog sein Messer. »Runter mit der Hose!«

»Wozu? Du kannst mich nicht . . .«

Salvatore hob den Revolver. »Los, runter mit der Hose!«

»Nein!« Don Vitos Stimme überschlug sich beinahe. »Überleg' dir gut, was du tust! Ich habe Brüder und Söhne. Wenn du mir etwas antust, spüren sie dich auf und erschlagen dich wie einen tollwütigen Hund.«

»Erst müssen sie mich finden«, stellte Salvatore Martini fest. »Runter mit der Hose!«

»Nein.«

Salvatore drückte ab und traf die linke Kniescheibe. Don Vito schrie gellend auf.

»Ich helfe Ihnen«, sagte Salvatore. Er streifte dem Alten erst die Hose, dann die Unterhose herunter. »Viel ist nicht mehr da, was? Aber das muß reichen.« Er packte Don Vitos Glied und schnitt es ab.

Der Alte wurde ohnmächtig.

»Schade, daß es hier keinen Brunnen gibt, in den ich dich werfen könnte«, erklärte Salvatore dem Bewußtlosen. Er jagte ihm eine Kugel durch den Kopf, machte kehrt und verließ das Haus. Seine Männer warteten in der Kutsche auf ihn.

»Los!«

»Er hat eine große Familie, Salvatore. Die machen bestimmt Jagd auf dich.«

»Von mir aus.«

Zwei Tage später befand Salvatore sich mit Frau und Sohn an Bord eines Schiffes nach New York.

Gegen Ende des neunzehnten Jahrhunderts waren die Vereinigten Staaten das Land der unbegrenzten Möglichkeiten. New York hatte einen hohen italienischen Bevölkerungsanteil. Viele von Salvatores Freunden waren schon früher dorthin ausgewandert und lebten von dem, was sie am besten verstanden: Schutzgelderpressung. Die Mafia begann, ihre Fühler auszustrecken. Salvatore machte aus Martini den amerikanischen Namen Martin und blieb auch in seiner neuen Heimat reich und angesehen.

Gian Carlo Martin, der träge und arbeitsscheu war, erwies sich als große Enttäuschung für seinen Vater. Er schwängerte ein italienisches Mädchen und mußte überstürzt heiraten. Sechs Monate später kam sein Sohn Paul auf die Welt.

Mit seinem Enkel hatte Salvatore Großes vor. Da Rechtsanwälte in Amerika sehr wichtige Leute waren, sollte auch Paul einer werden. Der junge Paul Martin war intelligent und ehrgeizig und wurde schon mit zweiundzwanzig Jahren in Harvard zum Jurastudium zugelassen. Nachdem er es abgeschlossen hatte, sorgte sein Großvater dafür, daß er in eine sehr angesehene Anwaltsfirma eintreten konnte, in der er es bald zum Partner brachte.

Fünf Jahre später eröffnete Paul Martin sein eigenes Anwaltsbüro. Salvatore hatte inzwischen einen Großteil seines Vermögens in legale Geschäfte investiert, aber er behielt seine Kontakte zur Mafia. Paul fungierte als sein Geschäftsführer. In Salvatores Todesjahr 1967 heiratete Paul Nina, ein italienisches Mädchen, und im Jahr darauf schenkte seine Frau ihm Zwillinge.

In den siebziger Jahren war Paul Martin ein vielbeschäftigter Mann. Seine wichtigsten Mandanten waren die Gewerkschaften – und das verschaffte ihm Macht und Einfluß. Selbst Industriebosse hatten Respekt vor ihm.

Eines Tages saß Paul mit seinem Mandanten Bill Rohan, einem angesehenen Bankier, der nichts von Martins Familiengeschichte wußte, beim Mittagessen zusammen.

»Sie sollten in meinem Golfclub eintreten«, sagte Bill Rohan. »Sie spielen doch Golf, nicht wahr?«

»Gelegentlich«, antwortete Paul. »Wenn ich Zeit habe.«

»Ausgezeichnet. Ich gehöre dem Aufnahmeausschuß von Sunnyvale an. Soll ich Sie als Mitglied vorschlagen?«

»Das wäre nett von Ihnen.«

Eine Woche später trat der Ausschuß zusammen, um über die Aufnahme neuer Mitglieder zu beraten.

»Ich kann Paul Martin empfehlen«, sagte Bill Rohan. »Er würde gut zu uns passen.«

John Hammond, ein weiteres Ausschußmitglied, fragte ihn: »Er ist

Italiener, stimmt's? In unserem Club können wir keine Spaghettis brauchen, Bill.«

Der Bankier starrte ihn an. »Willst du ihn etwa ablehnen?«

»Allerdings will ich das!«

»Okay, dann wird dieser Antrag nicht behandelt. Der nächste Bewerber heißt...«

Die Sitzung ging weiter.

Zwei Wochen später aß Paul Martin erneut mit dem Bankier zu Mittag. »Ich habe inzwischen fleißig auf dem Golfplatz trainiert«, sagte Paul lachend.

Bill Rohan lächelte verlegen. »Die Sache hat leider einen kleinen Haken, Paul.«

»Welchen Haken?«

»Ich habe Sie zur Aufnahme vorgeschlagen. Aber ein anderes Ausschußmitglied hat Sie abgelehnt.«

»Oh? Warum denn?«

»Sie dürfen das nicht persönlich nehmen. Er hat ganz allgemein etwas gegen Italiener.«

Paul winkte ab. »Das stört mich nicht weiter, Bill. Viele Leute haben etwas gegen Italiener. Dieser Mr....«

»Hammond. John Hammond.«

»Der große Fleischverarbeiter?«

»Ja. Er läßt sich sicher umstimmen. Ich rede noch mal mit ihm.«

Paul schüttelte den Kopf. »Sparen Sie sich die Mühe, Bill. Unter uns gesagt: So scharf bin ich gar nicht auf Golf.«

Etwa ein halbes Jahr später, mitten im Juli, stoppten vier Kühllaster der Hammond Meat Packing Company, die mit Fleisch aus Minnesota zu Supermärkten in Buffalo und New York unterwegs waren, auf Autobahnparkplätzen. Die Fahrer stellten die Kühlaggregate ab, öffneten die Hecktüren und gingen davon.

Als John Hammond das erfuhr, bekam er einen Wutanfall. Er ließ sofort seinen Geschäftsführer kommen.

»Verdammt noch mal, was geht hier vor?« fragte er scharf. »Fleisch für 'ne Dreiviertelmillion Dollar ist in der Sonne verdorben! Wie hat das passieren können?«

»Die Gewerkschaft hat zum Streik aufgerufen«, antwortete der Geschäftsführer.

»Ohne uns ein Wort zu sagen? Wofür streikt sie denn? Für höhere Löhne?«

Der Betriebsleiter zuckte ratlos mit den Schultern. »Keine Ahnung. Mir hat niemand was gesagt. Die Leute sind einfach gegangen.«

»Schicken Sie jemanden von der Gewerkschaft zu mir«, verlangte Hammond. »Ich rede selbst mit ihm.«

Nachmittags wurde ein Gewerkschaftsvertreter in John Hammonds Büro geführt.

»Warum hat mir niemand gesagt, daß gestreikt werden sollte?« fragte Hammond ihn.

»Davon habe ich nichts gewußt, Mr. Hammond«, entschuldigte sich der Gewerkschaftsvertreter. »Die Männer sind einfach wütend geworden und haben die Arbeit verweigert. Das ist auch für mich überraschend gekommen.«

»Sie wissen, daß man mit mir immer vernünftig reden kann. Was wollen die Leute? Mehr Lohn?«

»Nein, Sir. Es geht um die Seife.«

Hammond starrte ihn an. »Haben Sie *Seife* gesagt?«

»Richtig. Die Seife in den Waschräumen paßt ihnen nicht. Sie ist zu scharf.«

Hammond wollte seinen Ohren nicht trauen. *»Die Seife ist ihnen zu scharf?* Und das kostet mich 'ne Dreiviertelmillion Dollar?«

»Ich kann nichts dafür«, beharrte der Gewerkschaftsvertreter. »Das liegt an den Leuten.«

»Jesus!« ächzte Hammond. »Das darf doch nicht wahr sein! Was für Seife wollen sie denn – Babyseife?« Er schlug mit der Faust auf den Schreibtisch. »Sollte es mal wieder ein Problem geben, kommen Sie sofort zu mir, verstanden?«

»Ja, Mr. Hammond.«

»Sorgen Sie dafür, daß die Leute weiterarbeiten. Bis spätestens heute abend kriegen sie die beste Seife, die man für Geld kaufen kann. Ist das klar?«

»Ich werd's ihnen sagen, Mr. Hammond.«

John Hammond konnte sich noch lange nicht beruhigen. Kein Wunder, daß dieses Land zum Teufel geht, dachte er. Seife!

Zwei Wochen später, kurz nach Mittag an einem heißen Tag im August, hielten fünf Kühllaster der Hammond Meat Packing Company, die mit Fleisch nach Syracuse und Boston unterwegs waren, auf Autobahnparkplätzen. Die Fahrer stellten die Kühlaggregate ab, öffneten die Hecktüren und gingen davon.

John Hammond erhielt diese neue Hiobsbotschaft am frühen Abend.

»Was soll das, verdammt noch mal?« brüllte er. »Haben Sie die Seife denn nicht auswechseln lassen?«

»Natürlich«, antwortete sein Geschäftsführer. »Noch am selben Tag.«

»Um welchen Schwachsinn geht es diesmal?«

»Keine Ahnung.« Der Geschäftsführer zuckte hilflos mit den Schultern. »Beschwerden hat's keine gegeben. Niemand hat auch nur ein Wort zu mir gesagt.«

»Der gottverdammte Kerl von der Gewerkschaft soll zu mir kommen!«

Keine Viertelstunde später sprach Hammond mit dem Gewerkschaftsvertreter.

»Ihre Männer sind daran schuld, daß mir heute nachmittag Fleisch für 'ne Million Dollar verdorben ist!« schrie Hammond ihn an. »Sind die Kerle übergeschnappt?«

»Möchten Sie, daß ich dem Vorsitzenden unserer Gewerkschaft sage, daß Sie das gefragt haben, Mr. Hammond?«

»Nein, nein«, wehrte Hammond rasch ab. »Hören Sie, wir haben bisher nie Schwierigkeiten miteinander gehabt. Wenn Ihre Leute mehr Geld wollen, können wir uns einfach zusammensetzen und vernünftig darüber reden. Wieviel fordern sie denn?«

»Sie wollen keine Lohnerhöhung.«

»Was soll das heißen?«

»Hier geht es nicht um Geld, Mr. Hammond.«

»Oh? Worum sonst?«

»Die Beleuchtung.«

»*Die Beleuchtung?*« Hammond glaubte, nicht richtig verstanden zu haben.

»Ja. Die Männer beschweren sich darüber, daß das Licht in den Waschräumen zu düster ist.«

Nachdenklich lehnte sich Hammond in seinen Sessel zurück. »Was wird hier gespielt?« fragte er ruhig.

»Die Männer beschweren sich darüber, daß . . .«

»Den Blödsinn können Sie sich sparen! Ich will endlich wissen, was hier gespielt wird!«

»Wenn ich's wüßte, würde ich's Ihnen sagen, Mr. Hammond«, antwortete der Gewerkschaftsvertreter.

»Versucht irgend jemand, mich in die Pleite zu treiben? Steckt *das* dahinter?«

Der andere schwieg.

»Okay«, sagte John Hammond, »nennen Sie mir einen Namen. An wen kann ich mich wenden?«

»Es gibt einen Anwalt, mit dem Sie reden sollten. Die Gewerkschaft arbeitet eng mit ihm zusammen. Er heißt Paul Martin.«

»Paul Martin . . .?« Hammond fiel plötzlich ein, wo er diesen Namen zuletzt gehört hatte. »Dieser verdammte italienische Erpresser! Raus mit Ihnen!« brüllte er. *»Raus!«*

John Hammond blieb vor Wut kochend zurück. Ich bin nicht erpreßbar, dachte er. Auch nicht von diesem Kerl!

Eine Woche später wurden erneut sechs Kühllaster der Hammond Meat Packing Company auf Nebenstraßen stehengelassen.

John Hammond verabredete sich mit Bill Rohan zum Mittagessen. »Ich habe über deinen Freund Paul Martin nachgedacht«, sagte Hammond dabei. »Vielleicht ist's ein bißchen voreilig von mir gewesen, seinen Aufnahmeantrag abzulehnen.«

»Freut mich, daß du das einsiehst, John.«

»Ich weiß, was wir machen, Bill. Du schlägst ihn nächste Woche noch mal vor, und ich stimme für ihn.«

In der folgenden Woche wurde Paul Martin einstimmig in den Golfclub aufgenommen.

John Hammond rief ihn persönlich an. »Meinen Glückwunsch,

Mr. Martin. Sie sind soeben in Sunnyvale aufgenommen worden. Wir freuen uns, Sie an Bord zu haben.«

»Danke«, sagte Paul. »Und vielen Dank für Ihren Anruf.«

Als nächstes telefonierte John Hammond mit dem Staatsanwalt. Sie vereinbarten einen Gesprächstermin für Anfang der Woche.

Am Sonntag trafen sich John Hammond und Bill Rohan auf dem Golfplatz.

»Du kennst Paul Martin noch nicht persönlich, nicht wahr?« erkundigte Rohan sich.

Hammond schüttelte den Kopf. »Nein. Aber ich glaube nicht, daß er viel Zeit fürs Golfen haben wird. Die Gerichte dürften deinen Freund in Atem halten.«

»Was soll das heißen, John?«

»Nächste Woche erhält der Staatsanwalt von mir Informationen über Martin, die ihn vor Gericht bringen werden.«

Bill Rohan war entsetzt. »Hast du dir das gut überlegt?«

»Allerdings! Martin ist eine Kakerlake, Bill. Und ich werde ihn zerquetschen!«

Am Montagmorgen wurde John Hammond auf dem Weg zur Staatsanwaltschaft auf dem Fußgängerübergang überfahren. Er war sofort tot. Unfallzeugen meldeten sich keine. Der geflüchtete Fahrer wurde nie ermittelt.

Danach fuhr Paul Martin jeden Sonntag mit seiner Frau und den Zwillingen zum Lunch in den Golfclub Sunnyvale. Das dortige Büfett war immer köstlich.

Paul Martin nahm sein Eheversprechen sehr ernst. Beispielsweise wäre es ihm nie eingefallen, seine Frau zu kränken, indem er sie in ein Restaurant führte, in das er sonst mit seinen Geliebten ging. Seine Ehe bildete einen Teil seines Lebens; seine Affären bildeten einen anderen. Alle seine Freunde hatten ständig Affären – das gehörte einfach zu ihrem Lebensstil.

Was Paul Martin störte, waren alte Männer, die mit jungen Frauen ausgingen. Das war unwürdig, und Martin legte größten Wert auf Würde. Deshalb beschloß er, ab sechzig keine Geliebte mehr zu haben. Und seitdem er vor zwei Jahren sechzig geworden war, hatte er keine mehr. Seine Frau Nina war ihm eine gute Lebensgefährtin. Das mußte genügen.

Zu diesem Mann war Lara Cameron gekommen, um Hilfe zu erbitten. Martin hatte sie dem Namen nach gekannt – aber ihre Jugend und Schönheit hatten ihn überrascht. Eine ehrgeizige, höchst selbstbewußte Frau, die trotzdem sehr weiblich wirkte. Er hatte sich sofort zu ihr hingezogen gefühlt. Nein, hatte er gedacht, sie ist eine junge Frau. Du bist ein alter Mann. Viel zu alt für sie.

Nachdem Lara bei ihrem ersten Besuch aus seinem Büro gestürmt war, hatte Paul Martin lange dagesessen und über sie nachgedacht. Und dann hatte er nach dem Telefonhörer gegriffen und eine Nummer gewählt.

14. Kapitel

Der Neubau näherte sich termingerecht seiner Fertigstellung. Lara Cameron, die morgens und nachmittags auf ihrer Baustelle war, fühlte sich von den Arbeitern mit neuem Respekt behandelt, der sich darin zeigte, wie die Männer sie ansahen, mit ihr sprachen und für sie arbeiteten. Sie wußte, daß Paul Martin diesen Umschwung bewirkt hatte, und mußte neuerdings beunruhigend häufig an den häßlich-attraktiven Mann mit der seltsam ausdrucksvollen Stimme denken.

Lara rief ihn erneut an.

»Könnten wir vielleicht einmal miteinander zu Mittag essen, Mr. Martin?«

»Gibt's denn wieder Probleme?«

»Nein. Ich ... ich fände es nur nett, einander besser kennenzulernen.«

»Tut mir leid, Miss Cameron, aber ich esse nie zu Mittag.«

»Wie wäre es dann mit einem Abendessen?«

»Ich bin ein verheirateter Mann, Miss Cameron. Abends esse ich mit meiner Frau und meinen Kindern.«

»Ja, ich verstehe. Wenn ...« Am anderen Ende wurde aufgelegt. Was hat er bloß? fragte Lara sich enttäuscht. Ich versuche doch nicht, ihn ins Bett zu kriegen. Ich will mich nur irgendwie bei ihm bedanken. Sie bemühte sich, nicht mehr an ihn zu denken.

Paul Martin war beunruhigt, nachdem ihm bewußt geworden war, wie sehr er sich gefreut hatte, Lara Camerons Stimme zu hören. Er wies seine Sekretärin an: »Sollte Miss Cameron noch einmal anrufen, sagen Sie, daß ich nicht da bin.« Er konnte keine Versuchung brauchen, und Lara war eine große Versuchung.

Howard Keller war von den Baufortschritten begeistert.

»Ich gebe zu, daß ich mehrere schlaflose Nächte verbracht habe«, sagte er. »Ich hatte das Gefühl, als seien wir erledigt. Aber du hast ein Wunder bewirkt.«

Das ist nicht mein Wunder gewesen, dachte Lara. Paul Martin hat das bewirkt. Vielleicht war er gekränkt, weil er kein Honorar für seine Bemühungen erhalten hatte.

Lara stellte impulsiv einen Scheck über fünfzigtausend Dollar aus und schickte ihn Paul Martin.

Am nächsten Tag kam der Scheck ohne Begleitschreiben zurück.

Sie rief ihn erneut an. Seine Sekretärin sagte: »Tut mir leid, Mr. Martin ist nicht da.«

Ein weiterer Affront. Als sei sie Luft für ihn. Aber wenn er nichts mit mir zu tun haben will, fragte Lara sich, warum hat er sich dann soviel Mühe gegeben, mir zu helfen?

In dieser Nacht träumte sie von ihm.

Howard Keller kam in Laras Büro.

»Ich habe zwei Karten für das neue Musical von Andrew Lloyd Webber. Aber ich muß geschäftlich nach Chicago. Hättest du Verwendung für die Karten?«

»Nein, ich . . . Augenblick!« Sie überlegte kurz. »Doch, ich kann sie wahrscheinlich brauchen. Vielen Dank, Howard.«

Nachmittags steckte Lara eine der Karten in einen Umschlag und adressierte ihn an Paul Martins Büro.

Als Martin am nächsten Morgen die Karte erhielt, betrachtete er sie verständnislos. Wer schickt dir eine einzelne Theaterkarte? dachte er. Ah, die kleine Cameron! Damit muß endlich Schluß sein.

»Habe ich am Freitagabend schon einen Termin?« fragte er seine Sekretärin.

»Da sind Sie zum Abendessen bei Ihrem Schwager eingeladen, Mr. Martin.«

»Sagen Sie ab.«

Während des ersten Akts blieb der Platz neben Lara frei. Also kommt er nicht, sagte sie sich. Gut, dann zum Teufel mit ihm! Ich habe getan, was ich konnte.

Als nach dem ersten Akt der Vorhang fiel, überlegte Lara, ob sie bleiben oder gehen sollte. Im nächsten Augenblick drängte sich eine vertraute Gestalt durch die Sitzreihen.

»Gehen wir!« sagte Paul Martin in einem Ton, der keinen Widerspruch duldete.

Sie gingen in ein kleines Bistro auf der East Side. Er saß ihr am Tisch gegenüber und beobachtete sie aufmerksam, sogar etwas mißtrauisch. Ein Ober kam an ihren Tisch, um die Getränkebestellung aufzunehmen.

»Ich möchte einen Scotch mit Soda«, sagte Lara.

»Mir bringen Sie bitte ein Mineralwasser.«

Lara sah überrascht zu ihm hinüber.

»Ich trinke keinen Alkohol.«

Nachdem sie das Essen bestellt hatten, fragte Paul Martin: »Miss Cameron, was wollen Sie von mir?«

»Ich bin Leuten nicht gern etwas schuldig«, antwortete Lara. »Ihnen schulde ich etwas, und Sie lassen mich nicht bezahlen. Das stört mich.«

»Ich habe Ihnen schon mehrmals gesagt, daß Sie mir nichts schuldig sind.«

»Aber ich ...«

»Wie ich höre, ist Ihr Gebäude inzwischen fast fertiggestellt.«

»Ja.« Dank Ihrer Hilfe, wollte sie hinzufügen, aber sie schluckte es hinunter.

»Sie verstehen etwas von dem Geschäft, nicht wahr?«

Lara nickte. »Nichts bedeutet mir mehr. Ich finde es aufregend, eine Idee zu haben und dann zu verfolgen, wie sie aus Beton und Stahl zu einem Gebäude wird, in dem Menschen leben und arbeiten. Damit entsteht jedesmal fast eine Art Denkmal, finden Sie nicht auch?«

Sie sprach lebhaft und mit ausdrucksvoller Mimik.

»Wahrscheinlich haben Sie recht. Und so führt ein Denkmal zum anderen?«

»Aber sicher!« sagte Lara energisch. »Ich will in der New Yorker Baubranche die Größte werden.«

Ihre sinnliche Ausstrahlung übte einen fast hypnotischen Einfluß auf ihn aus.

Paul Martin lächelte. »Das traue ich Ihnen sogar zu.«

»Warum sind Sie heute abend doch noch ins Theater gekommen?« fragte Lara.

Er war gekommen, um sie aufzufordern, ihn nicht weiter zu belästigen, doch als sie ihm jetzt gegenübersaß, fehlte ihm der Mut, es ihr ins Gesicht zu sagen. »Ich hatte gehört, daß das Musical gut sein soll.«

Lara Cameron lächelte. »Wir könnten noch mal hingehen und es uns wirklich ansehen, Paul.«

Er schüttelte den Kopf. »Miss Cameron, ich bin nicht nur verheiratet, sondern sogar sehr verheiratet. Zufällig liebe ich nämlich meine Frau.«

»Das finde ich bewundernswert«, sagte Lara. »Mein Gebäude ist am fünfzehnten März bezugsfertig. Das feiern wir mit einer großen Party. Kommen Sie auch?«

Er zögerte sekundenlang, während er versuchte, seine Ablehnung möglichst wenig kränkend zu formulieren. Zuletzt sagte er: »Ja, ich komme.«

Die Party zur Einweihung des neuen Gebäudes war ein mäßiger Erfolg. Lara Cameron war noch nicht bekannt genug, um allzu viele Reporter oder die Spitzen der Stadtverwaltung anzulocken. Aber ein Assistent des Oberbürgermeisters war da, und die *Post* hatte einen Reporter geschickt.

»Das Gebäude ist zu über neunzig Prozent vermietet«, berichtete Keller Lara. »Und wir bekommen täglich weitere Anfragen.«

»Gut«, sagte Lara geistesabwesend. Sie dachte an Paul Martin und fragte sich, ob er noch kommen würde. Aus irgendeinem Grund war ihr das wichtig. Das Geheimnisvolle an ihm reizte sie. Er bestritt, ihr geholfen zu haben, und trotzdem... Sie machte Jagd auf einen Mann, der seinem Alter nach ihr Vater hätte sein können. Lara bemühte sich, diesen Gedanken wieder zu verdrängen.

Lara mußte sich um ihre Gäste kümmern. Bei Hors d'œuvres und Drinks schienen sich doch alle gut zu amüsieren. Als die Party richtig in Gang gekommen war, erschien Paul Martin – und bewirkte sofort einen Stimmungsumschwung. Die Bauarbeiter begrüßten ihn wie ein gekröntes Haupt. Sie hatten offenbar großen Respekt vor ihm.

Ich bin Fachanwalt für Wirtschaftsrecht ... Ich habe keinen Umgang mit Gewerkschaften.

Nachdem Martin einige Bekannte begrüßt hatte, gesellte er sich zu Lara.

»Ich freue mich, daß Sie kommen konnten«, sagte Lara.

Paul Martin sah sich in der Eingangshalle des Wolkenkratzers um. »Meinen Glückwunsch! Sie haben erstklassige Arbeit geleistet.«

»Danke.« Sie sprach etwas leiser. »Ich bin Ihnen wirklich dankbar, Paul.«

Er starrte die schöne junge Frau bewundernd an und genoß das Herzklopfen, das sie bei ihm auslöste.

»Die Party ist schon fast vorbei«, behauptete Lara. »Ich hatte gehofft, Sie würden mich zum Abendessen einladen.«

»Sie wissen doch, daß ich mit meiner Frau und meinen Kindern zu Abend esse.« Er sah ihr in die Augen. »Aber ich spendiere Ihnen einen Drink.«

»Und ich nehme dankend an«, sagte Lara lächelnd.

Sie saßen in einer kleinen Bar auf der Third Avenue. Auf der Fahrt dorthin hatten sie sich zwar unterhalten, aber später wußte keiner von ihnen, worüber sie geredet hatten. Die Worte dienten nur dazu, die zwischen ihnen herrschende erotische Spannung zu tarnen.

»Erzählen Sie mir von sich«, sagte Paul Martin. »Wer sind Sie? Wo kommen Sie her? Wie sind Sie in diese Branche geraten?«

Lara dachte an Sean MacAllister und seinen häßlichen Körper auf ihrem. *Das hat so gutgetan, das müssen wir gleich noch mal machen!*

»Ich komme aus Glace Bay, einer Kleinstadt in Neu-Schottland«, erzählte sie. »Mein Vater hat dort ein Fremdenheim geführt. Nach seinem Tod habe ich es weitergeführt. Einer der Gäste hat mir geholfen, ein Grundstück zu kaufen, auf dem ich einen Supermarkt errichtet habe. Damit hat alles angefangen.«

Paul hörte aufmerksam zu.

»Dann bin ich nach Chicago gegangen und habe dort weitere Gebäude umgebaut oder neu errichtet. Ich habe Erfolg gehabt und bin nach New York gekommen.« Sie lächelte. »Das ist eigentlich schon die ganze Story.« Außer den Leiden eines Kindes, das von seinem Vater gehaßt wird, einer jämmerlichen Existenz in bitterer Armut, dem Verkauf meines Körpers an Sean MacAllister, dachte sie bitter.

»Ganz so leicht ist es bestimmt nicht gewesen«, sagte Paul Martin, als habe er ihre Gedanken gelesen.

»Ich kann nicht klagen.«

»Was ist Ihr nächstes Projekt?«

Lara zuckte mit den Schultern. »Das weiß ich selbst noch nicht. Ich habe verschiedene Projekte geprüft, aber wirklich begeistert hat mich keines.«

Martin konnte den Blick nicht von ihr wenden.

»Woran denken Sie, Paul?« fragte Lara.

Er holte tief Luft. »Wollen Sie die Wahrheit hören? Wäre ich nicht verheiratet, würde ich Ihnen jetzt sagen, daß Sie die aufregendste Frau sind, die ich je kennengelernt habe. Aber ich bin verheiratet, also können wir nur Freunde sein. Habe ich mich klar genug ausgedrückt?«

»Sehr klar.«

Martin sah auf seine Uhr. »Tut mir leid, ich muß gehen.« Er gab dem Ober ein Zeichen. »Die Rechnung, bitte.« Er stand auf.

»Treffen wir uns nächste Woche mal zum Lunch?« fragte Lara.

»Nein. Vielleicht sehen wir uns bei der Einweihung Ihres nächsten Wolkenkratzers wieder.«

Und dann war er verschwunden.

In dieser Nacht träumte Lara, daß sie sich liebten. Paul Martin lag auf ihr, streichelte ihren Körper und flüsterte ihr Liebesworte ins Ohr.

»Ich muß dich haben, weißt du – dich und keine andere ... Verzeih mir, mein süßer Liebling, daß ich dir nie gesagt habe, wie sehr ich dich liebe, liebe, liebe ...«

Und dann war er in ihr, und sie schien dahinzuschmelzen. Lara stöhnte und wachte davon auf. Danach saß sie zitternd im Bett.

Zwei Tage später kam ein Anruf von Paul Martin. »Ich glaube, ich habe ein Grundstück, das Sie interessieren könnte«, sagte er geschäftsmäßig knapp. »Es liegt auf der West Side – in der neunundsechzigsten Straße. Vorerst ist es noch nicht auf dem Markt. Es gehört einem meiner Mandanten, der es rasch verkaufen möchte.«

Gemeinsam mit Howard Keller besichtigte Lara es am selben Vormittag. Ein erstklassiges Baugrundstück.

»Wie hast du davon erfahren?« wollte Keller wissen.

»Von Paul Martin.«

»Oh, ich verstehe.« Das klang deutlich mißbilligend.

»Was soll das heißen?«

»Lara ... ich habe mich nach Martin erkundigt. Er gehört zur Mafia. Laß die Finger von ihm!«

»Er ist kein Mafioso«, stellte sie aufgebracht fest. »Er ist ein Freund. Was hat das außerdem mit diesem Grundstück zu tun? Gefällt es dir nicht?«

»Ich finde es großartig.«

»Dann kaufen wir's doch.«

Zehn Tage später war das Geschäft perfekt.

Lara schickte Paul Martin einen großen Blumenstrauß. Auf einem beigelegten Kärtchen stand: Bitte nicht zurückschicken, Paul. Sie sind sehr empfindlich.

Nachmittags rief er an.

»Danke für die Blumen. Ich bin's nicht gewöhnt, daß schöne Frauen mir Blumen schicken.« Seine Stimme klang noch barscher als sonst.

»Wissen Sie, was Ihr Problem ist?« fragte Lara. »Sie sind niemals genug verwöhnt worden.«

»Haben Sie denn vor, mich zu verwöhnen?«

»Und wie!«

Paul Martin lachte.

»Das ist mein Ernst.«

»Ja, ich weiß.«

»Wollen wir beim Lunch weiter darüber reden?« schlug Lara vor.

Paul Martin hatte es nicht geschafft, Lara aus seinen Gedanken zu verdrängen. Er wußte, daß es ganz leicht gewesen wäre, sich in sie zu verlieben. Und obwohl er sich darüber im klaren war, daß es besser gewesen wäre, sie nicht wiederzusehen, konnte er der Versuchung nicht widerstehen. Laras Anziehungskraft war stärker als seine Willenskraft.

Sie trafen sich zum Lunch im Club »21«.

»Wer etwas geheimzuhalten versucht«, stellte Paul Martin fest, »sollte es immer öffentlich tun. Dann kommt niemand auf die Idee, man täte etwas Verbotenes.«

»Versuchen wir denn, etwas geheimzuhalten?« erkundigte Lara sich halblaut.

Er traf seine Entscheidung. Sie ist klug und schön – aber das sind tausend andere Frauen auch, überlegte er. Es kann nicht schwierig sein, sie anschließend zu vergessen. Einmal gehst du mit ihr ins Bett, und damit ist der Fall erledigt.

Ein Irrtum, wie sich zeigen sollte.

In Laras Apartment war Paul unerklärlich nervös.

»Ich komme mir wie ein Schuljunge vor«, sagte er. »Ich bin außer Übung.«

»Liebe ist wie Radfahren«, murmelte Lara. »Das verlernt man nie. Komm, laß dich ausziehen.«

Sie zog ihm die Jacke aus, löste den Krawattenknoten und machte sich daran, sein Hemd aufzuknöpfen.

»Du weißt, daß daraus nichts Ernstes werden kann, Lara.«

»Ja, ich weiß.«

»Ich bin zweiundsechzig. Ich könnte dein Vater sein!«

Sie machte eine kurze Pause, weil sie sich an ihren Traum erinnerte. »Ja, ich weiß.« Sie zog ihn weiter aus. »Du hast einen schönen Körper.«

»Oh ... danke.« Das hatte ihm noch keine Frau gesagt.

Laras Hände glitten über seine Oberschenkel. »Du bist sehr stark, nicht wahr?«

Er richtete sich unwillkürlich etwas auf. »Im College habe ich Basketball gespielt und ...«

Ihre Lippen lagen auf seinen, und dann waren sie im Bett, und er erlebte etwas, das er noch nie in seinem Leben an sich erfahren hatte. Er hatte das Gefühl, sein Körper stehe in Flammen. Sie liebten sich, und er glaubte, auf einem Fluß dahinzutreiben, der ihn schneller und schneller mitriß – in samtschwarzes Dunkel, das zu tausend Sternen explodierte. Und das Wunder war, daß sich das noch einmal und noch einmal wiederholte, bis er atemlos und erschöpft neben ihr lag.

»Unglaublich!« keuchte er.

Sein eheliches Liebesleben war stets ziemlich konventionell gewesen. Mit Lara wurde daraus ein unerhört sinnliches Erlebnis. Paul hatte schon mit vielen Frauen geschlafen, aber Lara war anders als alle anderen. Sie schenkte ihm etwas, das ihm noch keine Frau gegeben hatte: Bei ihr fühlte er sich jung.

Während Paul sich anzog, fragte Lara: »Sehen wir uns wieder?«

»Ja.« Gott steh' mir bei, dachte er. »Ja.«

Die achtziger Jahre waren eine Zeit des Wechsels. Ronald Reagan wurde zum Präsidenten der Vereinigten Staaten gewählt, und die Wall Street erlebte den umsatzstärksten Tag ihrer Geschichte. Der Schah von Persien starb im Exil, und der ägyptische Präsident Anwar As Sadat wurde ermordet. Die amerikanische Staatsverschuldung überschritt eine Billion Dollar, und die US-Geiseln im Iran kamen frei. Sandra Day O'Connor wurde als erste Frau Richterin des Obersten Gerichtshofes der Vereinigten Staaten.

Lara Cameron war zur rechten Zeit am rechten Ort. Die Immobilienbranche erlebte einen Boom. Geld war reichlich vorhanden, und die Banken waren bereit, selbst hochspekulative und mit sehr wenig Eigenkapital in Angriff genommene Projekte zu finanzieren.

Die amerikanischen Sparbanken erwiesen sich als ergiebige Kapitalquelle. Als Junk Bonds bekannte Schuldenverschreibungen mit hohem Ertrag und hohem Risiko, die das junge Finanzgenie Mike Milken populär gemacht hatte, waren Manna für die Immobilienbranche. Baudarlehen konnte jeder bekommen, der nur danach fragte.

»Auf meinem Grundstück in der neunundsechzigsten Straße baue ich statt eines Bürogebäudes ein Hotel«, entschied Lara.

»Weshalb?« fragte Howard Keller. »Für ein Bürogebäude wäre das die ideale Lage. Ein Hotel braucht Tag und Nacht eine Menge Personal, und die Gäste wechseln ständig. Ein Bürogebäude wird gleich für fünf oder zehn Jahre vermietet.«

»Ich weiß, aber mit einem Hotel ist einfach mehr anzufangen, Howard. Man kann wichtige Leute in Suiten unterbringen und ins eigene Restaurant einladen. Diese Idee gefällt mir – also wird es ein Hotel. Ich möchte, daß du Gesprächstermine mit den New Yorker Toparchitekten vereinbarst: Skidmore, Owings und Merrill, Peter Eisenman und Philip Johnson.«

Die Gespräche fanden in den folgenden zwei Wochen statt. Manche der Architekten traten etwas gönnerhaft auf. Sie hatten noch nie für einen weiblichen Auftraggeber gearbeitet.

Einer von ihnen sagte: »Am besten kopieren wir ...«

»Nein«, unterbrach Lara ihn energisch. »Wir bauen ein Hotel, das *andere* kopieren. Versuchen Sie's mal mit ›Eleganz‹, falls Sie ein Stichwort brauchen. Ich sehe ein von zwei Fontänen flankiertes Portal vor mir, das in eine Hotelhalle aus italienischem Marmor führt. Unmittelbar neben der Halle liegen großzügige Konferenzräume für ...«

Nach jeder Besprechung waren die Teilnehmer beeindruckt.

Lara Cameron stellte ein neues Team zusammen. Sie entschied sich für den Anwalt Terry Hill, stellte Jim Belon als ihren persönlichen Assistenten ein, gewann Tom Chriton als Projektmanager und übertrug die Werbung der Agentur Tom Scott. Nachdem das Büro Higgins, Almont & Clark den Planungsauftrag erhalten hatte, konnte das Projekt anlaufen.

»Wir treffen uns einmal in der Woche«, erklärte Lara ihrem Team, »aber ich will von allen tägliche Berichte. Das Hotel soll termingerecht und ohne Kostenüberschreitung entstehen. Ich habe Sie ausgewählt, weil Sie in Ihren jeweiligen Fachgebieten Spitze sind. Lassen Sie mich also nicht im Stich! Noch Fragen, Gentlemen?«

Es dauerte gut zwei Stunden, alles zu beantworten.

Später fragte Lara Keller: »Wie ist die Besprechung deiner Ansicht nach gelaufen?«

»Prima, Boss.«

Das war das erste Mal, daß Howard sie so nannte. Es gefiel ihr.

Charles Cohn rief sie an.

»Ich bin in New York. Können wir uns zum Lunch treffen?«

»Und ob wir das können.«

Sie saßen bei Sardi's.

»Sie sehen wundervoll aus«, sagte Cohn. »Erfolg steht Ihnen gut, Lara.«

»Es geht erst los!« versicherte sie. »Charles... hätten Sie nicht Lust, zu Cameron Enterprises zu kommen? Ich beteilige Sie an der Firma, und Sie...«

Er schüttelte den Kopf. »Vielen Dank, aber das wäre nichts für mich. Sie sind auf dem Weg nach oben. Ich bin fast am Ende der Straße angelangt. Nächstes Jahr trete ich in den Ruhestand.«

»Auch dann müssen wir in Verbindung bleiben«, sagte Lara. »Ich möchte Sie nicht verlieren.«

Als Paul Martin wieder in Laras Apartment war, sagte sie lächelnd: »Ich habe eine Überraschung für dich, Darling.«

Sie zeigte auf ein Dutzend Schachteln auf ihrem Bett.

»He, ich habe doch gar nicht Geburtstag!« protestierte er.

»Komm, mach' sie auf.«

Jede Schachtel enthielt ein Hemd von Bergdorf-Goodman und eine dazu passende Krawatte von Pucci.

»Hemden und Krawatten habe ich reichlich!« sagte er lachend.

»Aber nicht solche«, stellte Lara fest. »Darin fühlst du dich garantiert jünger. Und ich habe dir den Namen eines guten Schneiders besorgt.«

In der folgenden Woche schickte sie ihn zu einem Friseur.

Paul Martin musterte sich im Spiegel und dachte: Du siehst tatsächlich jünger aus. Das Leben war wieder aufregend geworden. Und das alles hatte er Lara zu verdanken.

Seine Frau bemühte sich, die an ihrem Ehemann vorgegangenen Veränderungen zu übersehen.

Lara Cameron hatte ihr wichtigsten Mitarbeiter zu einer Besprechung versammelt.

»Wir werden das Hotelprojekt durch gleichzeitige Vergabe von Baulosen beschleunigen«, kündigte Lara an.

Die Männer wechselten besorgte Blicke. »Das ist verdammt riskant«, wandte Howard Keller ein.

»Nicht, wenn man's richtig anfängt.«

Tom Chriton meldete sich zu Wort. »Miss Cameron, nach der bewährten Methode folgt ein Bauabschnitt dem anderen. Erst kommen die ...«

»Danke, das weiß ich alles«, unterbrach Lara ihn.

»Aber warum wollen Sie dann ...?«

»Weil es dann zwei Jahre dauert. Ich will keine zwei Jahre warten.«

»Beschleunigen können wir den Bau nur, indem wir mehrere Abschnitte gleichzeitig beginnen«, warf Jim Belon ein. »Geht dabei etwas schief, paßt zuletzt nichts mehr richtig zusammen. Und solcher Pfusch kann astronomische Mehrkosten für Nacharbeiten erfordern ...«

»Dann müssen wir eben aufpassen, daß nichts schiefgeht«, beharrte Lara. »So können wir die restliche Bauzeit auf ein Jahr halbieren und fast zwanzig Millionen Dollar einsparen.«

»Richtig, aber damit riskieren Sie enorm viel.«

»Das bin ich gewohnt.«

15. Kapitel

Lara erzählte Paul Martin von ihrer Entscheidung, den Hotelbau zu beschleunigen, und von der Diskussion mit ihren Beratern.

»Vielleicht haben sie recht«, meinte Paul. »Was du tust, könnte gefährlich sein.«

»Trump macht es so. Uris macht es so.«

»Baby, du bist aber nicht Trump oder Uris«, sagte Paul lächelnd.

»Eines Tages bin ich größer als die beiden, Paul. Ich werde in New York mehr bauen als irgend jemand vor mir. Dies wird meine Stadt!«

Er betrachtete sie nachdenklich. »Das glaube ich dir sogar.«

Lara ließ sich ein weiteres Telefon in ihr Büro legen. Nur Paul kannte die Nummer. Auch er ließ sich im Büro einen neuen Anschluß einrichten. Sie telefonierten jeden Tag mehrmals miteinander.

Wenn sie nachmittags etwas Zeit erübrigen konnten, trafen sie sich in Laras Apartment. Paul Martin freute sich mehr auf diese Begegnungen, als er jemals für möglich gehalten hätte. Er war verrückt nach Lara Cameron.

Als Keller mitbekam, was sich zwischen den beiden abspielte, war er besorgt.

»Lara«, sagte er warnend, »du machst einen Fehler, fürchte ich. Er ist gefährlich.«

»Du kennst ihn nicht, Howard. Er ist wundervoll!«

»Liebst du ihn?«

Lara dachte darüber nach. Paul Martin erfüllte ein Bedürfnis in ihrem Leben. Aber liebte sie ihn?

»Nein.«

»Liebt er dich?«

»Ich glaube schon.«

»Sei bitte vorsichtig! Sehr vorsichtig!«

Lara Cameron lächelte. Dann küßte sie Keller impulsiv auf die Wange. »Lieb von dir, daß du dir Sorgen um mich machst, Howard.«

Lara war im Baubüro in der neunundsechzigsten Straße und blätterte in den Bestellunterlagen. »Mir fällt auf, daß wir schrecklich viel Baustahl bestellen«, sagte sie zu Pete Reese, dem neuen Projektmanager.

»Ich wollte nicht davon sprechen, Miss Cameron, weil ich mir meiner Sache noch nicht sicher bin . . . Aber Sie haben recht – dieser Schwund ist auffällig. Wir haben schon mehrmals nachbestellen müssen.«

Sie sah zu ihm auf. »Soll das heißen, daß auf der Baustelle gestohlen wird?«

»Sieht so aus.«

»Haben Sie einen bestimmten Verdacht?«

»Nein.«

»Wir beschäftigen hier Nachtwächter, nicht wahr?«

»Einen.«

»Und er hat nichts gesehen?«

»Nein. Aber in dem Betrieb, der hier herrscht, könnte der Stahl auch tagsüber abtransportiert werden. Der Kreis möglicher Täter ist riesig.«

Lara nickte nachdenklich. »Aha. Danke, daß Sie mich darauf aufmerksam gemacht haben, Pete. Ich kümmere mich selbst darum.«

Noch am selben Nachmittag engagierte Lara einen Privatdetektiv, namens Steve Kane.

»Wie schafft es jemand, am hellichten Tag eine Ladung Baustahl zu klauen?« fragte Kane.

»Das möchte ich von Ihnen wissen.«

»Und Sie haben einen Nachtwächter auf der Baustelle?«

»Ja.«

»Vielleicht steckt er mit den Dieben unter einer Decke.«

»Ein bloßer Verdacht interessiert mich nicht«, wehrte Lara ab. »Melden Sie sich bei mir, wenn Sie den oder die Täter aufgespürt haben.«

»Können Sie dafür sorgen, daß ich als Bauarbeiter eingestellt werde?«

»Gut, wird gemacht.«

Schon am nächsten Tag nahm Steve Kane die Arbeit auf der Baustelle auf.

Als Lara Keller erzählte, was sie veranlaßt hatte, sagte er: »Darum hättest du dich nicht selbst zu kümmern brauchen. Das hätte ich dir abnehmen können.«

»Manche Dinge mache ich gern selbst«, antwortete Lara.

Damit war das Gespräch beendet.

Fünf Tage später erschien Kane in Laras Büro.

»Haben Sie schon was rausbekommen?«

»Alles«, sagte er stolz.

»Der Nachtwächter?«

»Nein. Das Material ist nicht von der Baustelle verschwunden.«

»Was soll das heißen?«

»Der Stahl ist dort nie angekommen. Er ist auf eine andere Baustelle in New Jersey geliefert, aber Ihnen in Rechnung gestellt worden.«

»Wer steckt dahinter?« fragte Lara.

Kane sagte es ihr.

Nachmittags fand in Laras Büro eine Besprechung statt. Anwesend waren Howard Keller, der Anwalt Terry Hill, ihr persönlicher Assistent Jim Belon und der Projektmanager Pete Reese. Am Konferenztisch saß auch ein Unbekannter, den Lara als Mr. Conroy vorstellte.

»Wie steht's mit dem Baufortschritt?« fragte Lara.

»Alles läuft genau nach Plan«, versicherte Pete Reese ihr. »Wir rechnen mit weiteren sieben Monaten Bauzeit. Die gleichzeitige Vergabe von Baulosen hat sich bewährt, Miss Cameron. Natürlich treten kleinere Probleme auf, aber im allgemeinen läuft alles erstaunlich reibungslos.«

»Gut«, sagte Lara.

»Was ist mit den Diebstählen?« fragte Howard Keller.

»Da tappen wir weiter im dunkeln«, antwortete Pete Reese. »Aber wir halten die Augen offen.«

»Wegen dieser Sache brauchen wir uns keine Sorgen mehr zu machen«, kündigte Lara an. »Wir kennen den Täter.« Sie nickte zu dem Unbekannten hinüber. »Mr. Conroy kommt vom Betrugsdezernat der Kriminalpolizei. *Detective* Conroy.«

»Was tut er hier?« fragte Pete Reese.

»Er ist gekommen, um Sie mitzunehmen.«

Reese starrte sie verblüfft an. »Was?«

Lara wandte sich an die anderen. »Mr. Reese hat Baustahl, der uns berechnet worden ist, auf eine andere Baustelle liefern lassen. Als er gemerkt hat, daß ich die Bestellmenge kontrolliere, hat er die Flucht nach vorn angetreten und mich auf dieses ›Problem‹ aufmerksam gemacht.«

»Augenblick!« sagte Pete Reese. »Ich ... ich ... Sie irren sich, Miss Cameron.«

Sie wandte sich an Conroy. »Schaffen Sie ihn bitte fort?« Lara wartete, bis die Tür sich hinter den beiden geschlossen hatte. »So, es wird Zeit, daß wir über die Eröffnung des Hotels diskutieren.«

Als der Eröffnungstermin des Hotels näherrückte, verstärkte sich der Druck, der auf allen lastete. Lara benahm sich unmöglich. Sie war ständig hinter ihren engsten Mitarbeitern her und dachte sich nichts dabei, sie mitten in der Nacht anzurufen.

»Howard, weißt du eigentlich, daß die Tapeten noch immer nicht geliefert sind?«

»Um Himmels willen, Lara, es ist vier Uhr morgens!«

»Die Eröffnung ist in drei Monaten. Ohne Tapeten können wir das Hotel nicht eröffnen.«

»Gut, ich kümmere mich morgen früh darum.«

»Jetzt *ist* morgen früh. Ich möchte, daß du dich sofort darum kümmerst.«

Je näher der entscheidende Tag kam, desto nervöser wurde Lara. Sie ließ Tom Scott, den Direktor ihrer Werbeagentur, zu sich kommen.

»Haben Sie kleine Kinder, Mr. Scott?«

Er war sichtlich überrascht. »Nein. Warum?«

»Ich habe mir eben die neue Werbekampagne angesehen, die von einem geistig behinderten Kleinkind zu stammen scheint. Ich kann nicht glauben, daß erwachsene Männer sich hingesetzt und solchen Schwachsinn zu Papier gebracht haben sollen.«

Scott runzelte die Stirn. »Wenn Ihnen irgend etwas daran mißfällt...«

»Alles daran mißfällt mir«, sagte Lara. »Sie ist langweilig. Sie ist einfallslos. Sie wäre für jedes beliebige Hotel passend. Dies ist nicht *irgendein* Hotel, Mr. Scott, sondern das schönste und modernste Hotel New Yorks. Sie schildern es als kalten, gesichtslosen Prachtbau. Dabei ist es ein warmes, behagliches Zuhause in der Fremde. *Das* muß rüberkommen! Können Sie unseren zukünftigen Gästen das vermitteln?«

»Ich versichere Ihnen, daß wir das können. Wir arbeiten eine neue Kampagne aus, und in vierzehn Tagen...«

»Montag«, unterbrach Lara ihn. »Ich möchte die neue Kampagne bis Montag sehen.«

Die neu gestalteten Anzeigen erschienen in Zeitungen und Zeitschriften in ganz Amerika.

»Unsere Werbekampagne schlägt großartig ein«, berichtete Tom Scott. »Sie haben recht gehabt.«

»Ich will aber nicht recht haben«, stellte Lara fest. »Ich möchte, daß *Sie* recht haben. Dafür bezahle ich Sie nämlich.«

Sie wandte sich an Jerry Townsend, ihren PR-Mann.

»Sind alle Einladungen verschickt?«

»Ja, Miss Cameron. Die Rücklaufquote ist erstaunlich hoch. Alle Welt kommt zur Eröffnung. Das wird 'ne tolle Party!«

»Hoffentlich«, warf Howard Keller ein. »Schließlich kostet sie uns ein Vermögen.«

»Hör auf, immer wie ein Bankier zu denken«, wies Lara ihn zurecht. »Allein die Publicity ist Hunderttausende wert. Mit Dutzenden von Prominenten sind wir...«

Keller hob abwehrend die Hand. »Schon gut, schon gut.«

Drei Wochen vor dem Eröffnungstermin schien alles gleichzeitig zu passieren. Die Tapeten waren inzwischen längst an den Wänden; jetzt wurden Teppichböden verlegt, Korridore gestrichen und Bilder aufgehängt. Mit einem Stab von fünf Mitarbeitern inspizierte Lara jeden einzelnen Raum.

In einer Suite gefielen ihr die Vorhänge nicht. »Sie passen nicht zu den Möbeln. Tauschen Sie sie gegen die aus der Suite nebenan aus.«

In einer anderen Suite probierte sie den Flügel. »Der ist verstimmt. Lassen Sie einen Klavierstimmer kommen.«

In einer weiteren Suite funktionierte der elektrische Kamin nicht. »Sorgen Sie dafür, daß er repariert wird.«

Ihre gestreßten Mitarbeiter hatten den Eindruck, Lara Cameron versuche, alles selbst zu erledigen. Sie war in der Hotelküche, der Wäscherei und den Besenkammern. Sie war überall gleichzeitig, überprüfte alles, beanstandete vieles und gab ständig Anweisungen.

»Nehmen Sie's nicht so genau, Miss Cameron«, riet ihr der neue Hoteldirektor. »Bei jeder Hoteleröffnung gibt's kleinere Pannen.«

»Nicht in meinem Hotel«, sagte Lara. »Nicht in meinem Hotel!«

Am Eröffnungstag war Lara, die vor Nervosität nicht mehr schlafen konnte, schon um vier Uhr auf den Beinen. Sie hatte das Bedürfnis, mit Paul Martin zu reden, aber sie wußte, daß sie ihn jetzt unmöglich anrufen konnte. Also zog sie sich an und machte einen Spaziergang.

Alles klappt tadellos, sagte sie sich. Der Computer für die Reservierung wird instandgesetzt. Der dritte Herd links wird repariert. Das Schloß von der Suite sieben wird ausgetauscht. Für Zimmermädchen, die gestern gekündigt haben, findet sich auch Ersatz. Die Klimaanlage im Penthouse funktioniert wieder...

Ab achtzehn Uhr trafen die Gäste ein. Uniformierte Portiers an den Hoteleingängen kontrollierten die Einladungen. Lara Cameron hatte die Liste sorgfältig durchgesehen, eine Mischung aus Berühmtheiten, bekannten Sportlern und prominenten Geschäftsleuten, und die Namen aller bekannten Trittbrettfahrer und Möchtegern-Prominenten gestrichen.

Jetzt stand sie in der geräumigen Hotelhalle, um ihre Gäste zu begrüßen. »Ich bin Lara Cameron. Ich freue mich, daß Sie gekommen sind... Sie können sich gern überall umsehen.«

Lara nahm Keller beiseite. »Warum kommt der Oberbürgermeister nicht?«

»Weißt du, er ist ein vielbeschäftigter Mann und . . .«

»Er hält mich nicht für wichtig genug, willst du sagen.«

»Eines Tages wird er seine Meinung ändern.«

Immerhin kreuzte einer der Assistenten des Oberbürgermeisters auf.

»Danke, daß Sie gekommen sind«, sagte Lara zur Begrüßung. »Das ist eine Ehre für mein Hotel.«

Lara hielt nervös nach Todd Grayson Ausschau, den sie als Architekturkritiker der *New York Times* ebenfalls eingeladen hatte. Gefällt ihm das Hotel, überlegte sie sich, kann nichts mehr schiefgehen.

Paul Martin erschien mit seiner Frau. Lara, die Mrs. Martin noch nicht kannte, sah sich einer attraktiven, eleganten Dame gegenüber. Die Begegnung weckte in Lara unerwartete Schuldgefühle.

Paul trat auf sie zu. »Miss Cameron, ich bin Paul Martin. Und das ist meine Frau Nina. Danke für Ihre Einladung.«

Sie drückte seine Hand eine Sekunde länger als notwendig. »Ich freue mich, daß Sie kommen konnten. Fühlen Sie sich bitte ganz wie zu Hause.«

Er sah sich in der Hotelhalle um, die er schon dutzendmal besichtigt hatte. »Wunderbar!« rief er aus. »Damit werden Sie sehr erfolgreich sein.«

Mrs. Martin starrte Lara an. »Davon bin ich überzeugt.«

Und Lara fragte sich, ob sie von ihrem Verhältnis mit Paul wußte.

Die Gäste kamen jetzt in Scharen.

Eine Stunde später stand Lara noch immer in der Hotelhalle, als Keller auf sie zugehastet kam. »Um Himmels willen«, sagte er, »alle fragen sich schon, wo du bleibst! Die Gäste sind alle beim Dinner im Ballsaal. Was tust du hier draußen?«

»Todd Grayson ist noch nicht da. Ich warte auf ihn.«

»Du meinst den Architekturkritiker der *Times*? Den habe ich schon vor einer Stunde gesehen.«

»Was?«

»Ja. Er hat eine der Führungen durchs Hotel mitgemacht.«

»Warum hast du mir das nicht gesagt?«

»Ich dachte, du hättest ihn längst begrüßt.«

»Was hat er gesagt?« fragte Lara gespannt. »Ist er beeindruckt gewesen?«

»Gesagt hat er eigentlich nichts. Ob er beeindruckt gewesen ist, weiß ich nicht.«

»Hat er nicht *irgend etwas* gesagt?«

»Nein.«

Lara runzelte die Stirn. »Hätte ihm mein Hotel gefallen, hätte er bestimmt irgend etwas gesagt. Das ist ein schlechtes Zeichen, Howard.«

Die Eröffnungsparty war ein Riesenerfolg. Die Gäste aßen und tranken und ließen ihre Gastgeberin hochleben. Beim Abschied wurde Lara mit Komplimenten überhäuft.

»Wirklich ein wundervolles Hotel, Miss Cameron...«

»In Zukunft wohne ich immer hier, wenn ich nach New York komme...«

»Eine großartige Idee, in jede Suite einen Flügel zu stellen...«

»Am besten gefallen mir die offenen Kamine...«

»Ich werde das neue Haus allen Freunden empfehlen...«

Nun, dachte Lara, selbst wenn die *New York Times* es nicht mag, wird es sensationell erfolgreich.

Paul Martin und seine Frau kamen an ihr vorbei.

»Damit ist Ihnen ein großer Wurf gelungen, Miss Cameron. Ganz New York wird davon schwärmen.«

»Sehr freundlich von Ihnen, Mr. Martin«, antwortete Lara. »Vielen Dank, daß Sie gekommen sind.«

»Gute Nacht, Miss Cameron«, sagte Nina Martin.

»Gute Nacht.«

Als die beiden zur Drehtür gingen, hörte Lara sie fragen: »Sie ist eine Schönheit, findest du nicht auch, Paul?«

Als am nächsten Donnerstag die Morgenausgabe der *New York Times* ausgeliefert wurde, war Lara schon um Viertel nach vier am Zeitungskiosk an der Kreuzung zweiundvierzigste Straße und Broadway, um ein druckfrisches Exemplar zu kaufen. Sie schlug hastig den

Lokalteil auf. Todd Graysons Artikel begann mit den Worten: *Manhattan hat schon lange ein Hotel gebraucht, das Reisende nicht an die Tatsache erinnert, daß sie in einem Hotel wohnen. Die Suiten im Cameron Plaza sind großzügig geschnitten, elegant ausgestattet und mit Geschmack eingerichtet. Dank Lara Camerons Engagement besitzt New York endlich ...*

Lara stieß einen Freudenschrei aus. Sie rief sofort Keller an.

»Wir haben's geschafft!« jubelte sie am Telefon. »Die *Times* findet uns gut!«

Er setzte sich benommen auf. »Großartig. Was schreiben sie denn?«

Lara las ihm den ganzen Artikel vor. »Schön«, sagte Keller, »darf ich jetzt weiterschlafen?«

»Schlafen? Soll das ein Witz sein? Ich bin längst dabei, das nächste Projekt zu planen. Ich möchte, daß du heute wegen neuer Kredite...«

Das Cameron Plaza in New York war ein triumphaler Erfolg. Es war sofort ausgebucht, so daß neue Gäste sich auf eine Warteliste setzen lassen mußten.

»Das ist erst der Anfang«, erklärte Lara ihrem Vertrauten Howard Keller. »In dieser Stadt gibt es Zehntausende von Bauunternehmern – aber nur eine Handvoll großer Namen wie Tisch, Rudin, Rockefeller und Stern. Wir werden in ihrem Sandkasten spielen, ob es ihnen nun paßt oder nicht. Unsere Bauten werden die Skyline verändern. Wir erfinden die Zukunft!«

Lara begann, Anrufe von Banken zu erhalten, die ihr Kredite anboten. Zur Kontaktpflege lud sie wichtige Immobilienmakler zum Dinner und ins Theater ein. Bei ihren Arbeitsessen im Regency hörte sie von Objekten, die noch auf den Markt kommen sollten. Lara kaufte zwei weitere Grundstücke in bester Lage in Manhattan und gab die Planung für neue Bürogebäude in Auftrag.

Paul Martin rief sie im Büro an. »Hast du die letzte Ausgabe der *Business Week* gelesen?« fragte er. »Du bist ein ganz heißer Tip. Lara Cameron, die große Macherin!«

»Ich gebe mir Mühe.«
»Hast du Zeit, mit mir zu Abend zu essen?«
»Die Zeit nehme ich mir.«

Lara Cameron war in einer Besprechung mit den Partnern eines großen Architekturbüros. Sie begutachtete die Entwürfe, die sie mitgebracht hatten.

»Die werden Ihnen gefallen«, sagte der Chefarchitekt. »Wir haben die von Ihnen geforderte großzügige Eleganz konsequent verwirklicht. Lassen Sie mich Ihnen ein paar Detaillösungen zeigen, die...«

»Danke, das ist nicht nötig«, sagte Lara. »Ich kann Baupläne lesen.« Sie sah auf. »Ich möchte, daß Sie diese Pläne einem Künstler geben.«

»Wie bitte?«

»Ich möchte große Farbzeichnungen des Gebäudes. Ich möchte Zeichnungen von der Eingangshalle, den Fluren und den Büros. Bankleute haben keine Phantasie. Ich will ihnen *zeigen*, wie das Gebäude aussehen wird.«

»Eine großartige Idee!«

Laras Sekretärin kam herein. »Entschuldigen Sie, daß ich so spät komme, aber...«

»Die Besprechung war für neun Uhr angesetzt, Kathy. Jetzt ist es neun Uhr fünfzehn.«

»Entschuldigen Sie, Miss Cameron, aber mein Wecker hat nicht geklingelt, und ich...«

»Darüber können wir später reden.« Sie wandte sich wieder an die Architekten. »Ich möchte ein paar Dinge geändert haben...«

Zwei Stunden später waren alle gewünschten Änderungen besprochen. Nachdem die Architekten gegangen waren, nickte Lara ihrer Sekretärin zu. »Bleiben Sie noch. Setzen Sie sich.«

Kathy nahm Platz.

»Gefällt Ihnen Ihr Job?«

»Ja, Miss Cameron.«

»Diese Woche sind Sie schon dreimal zu spät ins Büro gekommen. Ich hasse Unpünktlichkeit und habe nicht die Absicht, mich damit abzufinden.«

»Tut mir schrecklich leid, aber ich ... ich fühle mich in letzter Zeit nicht besonders.«

»Wo liegt das Problem?«

»Ach, es ist weiter nichts.«

»Aber offensichtlich ernst genug, um Sie daran zu hindern, pünktlich ins Büro zu kommen. Los, raus mit der Sprache!«

»Ich schlafe in letzter Zeit sehr schlecht. Ich habe ehrlich gesagt Angst.«

»Angst wovor?« fragte Lara ungeduldig.

»Ich ... ich habe einen Knoten in der Brust.«

»Oh.« Lara schwieg einen Augenblick. »Und was hat der Arzt gesagt?«

Kathy schluckte. »Ich bin bei keinem Arzt gewesen.«

»Bei keinem Arzt gewesen!« wiederholte Lara aufgebracht. »Sie können doch nicht einfach den Kopf in den Sand stecken! Natürlich müssen Sie zu einem Arzt.«

Sie griff nach dem Telefonhörer. »Verbinden Sie mich mit Dr. Peters.«

Lara legte auf. »Wahrscheinlich ist Ihr Knoten gutartig, aber trotzdem muß er untersucht werden.«

»Meine Mutter ist an Krebs gestorben«, murmelte Kathy bedrückt. »Ich will von keinem Arzt hören, daß ich auch Krebs habe.«

Das Telefon klingelte. Lara nahm den Hörer ab. »Hallo? ... Was ist er? ... Das ist mir egal. Sagen Sie ihm, daß ich ihn sofort sprechen will.«

Sie legte wieder auf.

Eine halbe Minute später klingelte das Telefon erneut. Sie nahm den Hörer ab. »Hallo, Alan ... Nein, mir geht's gut. Ich schicke Ihnen Kathy Turner, meine Sekretärin. Sie ist in einer halben Stunde drüben. Ich möchte, daß Sie sie noch heute morgen untersuchen und sich persönlich um ihren Fall kümmern ... Ja, ich weiß, daß Sie das sind ... Vielen Dank, Alan. Bis bald!«

Lara legte auf. »Kathy, Sie fahren sofort ins Sloan-Kettering-Hospital. Dort werden Sie von Dr. Peters erwartet.«

»Ich weiß nicht, was ich sagen soll, Miss Cameron.«

»Sagen Sie, daß Sie morgen pünktlich kommen werden.«

Howard Keller kam in ihr Büro. »Wir haben ein Problem, Boss.«

»Ja?«

»Es geht um das Grundstück in der vierzehnten Straße. Wir haben den ganzen Block geräumt – bis auf dieses alte Apartmentgebäude, die Dorchester Apartments. Sechs der Mieter wollen nicht ausziehen, und die Stadt genehmigt uns keine Zwangsräumung.«

»Dann müssen wir ihnen mehr Geld bieten.«

»Um Geld geht es hier nicht. Diese Leute wohnen schon lange dort. Sie wollen nicht ausziehen. Sie leben dort sehr behaglich.«

»Dann müssen wir's ihnen *un*behaglich machen.«

»Wie meinst du das?«

Lara stand auf. »Komm, wir sehen uns das Gebäude mal an.«

Unterwegs sahen sie Obdachlose, die in Mülltonnen wühlten und Passanten anbettelten.

»Für ein so reiches Land ist das eine Schande!« sagte Lara aufgebracht.

Die Dorchester Apartments waren ein fünfstöckiger Klinkerbau zwischen abbruchreifen Gebäuden, die alle bereits geräumt waren.

Lara stand auf der anderen Straßenseite und begutachtete den alten Bau kritisch. »Wie viele Apartments sind das dort drüben?«

»Sechzehn stehen schon leer, aber sechs Mietparteien wollen nicht ausziehen.«

»Wir könnten also über sechzehn Wohnungen verfügen?«

Keller warf ihr einen fragenden Blick zu. »Ja, das stimmt. Warum?«

»Ich möchte, daß in diese freien Apartments Leute einziehen.«

»Wir sollen sie vermieten? Was hätten wir davon, wenn sie doch bald wieder ...«

»Wir vermieten sie nicht. Wir stellen sie Obdachlosen zur Verfügung. In dieser Stadt gibt es Zehntausende von Obdachlosen. Wir verschaffen wenigstens einigen von ihnen ein Dach über dem Kopf. Du sorgst dafür, daß möglichst viele reingepackt und anständig verpflegt werden.«

Keller runzelte die Stirn. »Was bringt mich auf die Idee, daß das keiner deiner besseren Einfälle ist?«

»Howard, so erweisen wir uns als Wohltäter. Wir tun etwas, wozu die Stadtverwaltung nicht imstande ist: Wir beherbergen die Obdachlosen.«

Lara begutachtete die Dorchester Apartments erneut. »Und ich will, daß die Fenster aller leerstehenden Wohnungen mit Brettern verschalt werden.«

»Wozu denn das?«

»Wir sorgen dafür, daß das Gebäude abbruchreif aussieht. Ist die Wohnung ganz oben – die mit der Dachterrasse – noch vermietet?«

»Ja.«

»Laß eine große Reklametafel anbringen, um dem Mieter die Aussicht zu versperren.«

»Aber . . .«

»An die Arbeit, Howard!«

Als Lara in ihr Büro zurückkam, hatte Dr. Peters angerufen. »Er möchte, daß Sie zurückrufen«, sagte Tricia.

»Verbinden Sie mich mit ihm.«

Der Arzt war sofort am Apparat.

»Lara, ich habe Ihre Assistentin untersucht. Wir haben eine Gewebeprobe entnommen.«

»Ja?«

»Sie hat leider einen bösartigen Tumor. Ich empfehle eine sofortige Operation.«

»Ich möchte, daß Kathy von einem zweiten Arzt untersucht wird«, sagte Lara.

»Schön, wie Sie wollen, aber ich bin hier der Chefarzt und . . .«

»Ich möchte trotzdem eine zweite Untersuchung. Lassen Sie die Gewebeprobe bitte noch einmal analysieren. Und rufen Sie mich möglichst bald wieder an. Wo ist Kathy jetzt?«

»Auf dem Rückweg ins Büro.«

»Danke, Alan.«

Lara legte den Hörer auf. Sie drückte die Sprechtaste ihrer Gegensprechanlage. »Schicken Sie Kathy bitte herein, sobald sie zurückkommt.«

Lara Cameron studierte den Terminkalender auf ihrem Schreibtisch. Ihr blieben nicht einmal mehr dreißig Tage, um die Dorchester Apartments vor Baubeginn räumen zu lassen.

Sechs hartnäckige Mieter. Na schön, dachte Lara, wir werden ja sehen, wie lange ihr durchhaltet!

Kathy kam in Laras Büro. Sie war blaß und hatte rotgeweinte Augen.

»Ich habe gehört, was Dr. Peters festgestellt hat«, sagte Lara. »Das tut mir schrecklich leid, Kathy.«

»Ich muß sterben!« heulte Kathy los.

Lara stand auf, umarmte sie und drückte sie tröstend an sich. »Sie müssen überhaupt nichts. Im Kampf gegen den Krebs sind in den letzten Jahren erstaunliche Fortschritte gemacht worden. Sie werden operiert und wieder gesund.«

»Miss Cameron, ich kann mir keine teure Operation . . .«

»Die Kosten übernehme ich«, unterbrach Lara sie. »Dr. Peters veranlaßt eine Kontrolluntersuchung. Bestätigt sie seine Diagnose, sollten Sie sich schnell operieren lassen. Und jetzt fahren Sie nach Hause und ruhen sich nach all der Aufregung aus.«

Kathy hatte wieder Tränen in den Augen. »Ich... ich danke Ihnen!«

Als sie Laras Büro verließ, dachte sie: Niemand kennt diese Lady wirklich.

16. Kapitel

Am darauffolgenden Montag bekam Lara Cameron Besuch.

»Ein Mr. O'Brian von der Stadtverwaltung möchte Sie sprechen, Miss Cameron.«

»In welcher Sache?«

»Das hat er nicht gesagt.«

Lara drückte auf eine der Tasten ihrer Gegensprechanlage. »Kommst du bitte zu mir, Howard?« Zu ihrer Sekretärin sagte sie: »Schicken Sie Mr. O'Brian herein.«

Andy O'Brian war ein stämmiger, rotgesichtiger Ire. »Miss Cameron?«

Lara blieb an ihrem Schreibtisch sitzen. »Ja. Was kann ich für Sie tun, Mr. O'Brian?«

»Sie haben gegen mehrere städtische Verordnungen verstoßen, fürchte ich, Miss Cameron.«

»Tatsächlich? Worum geht's denn?«

»Ihnen gehören die Dorchester Apartments in der vierzehnten Straße?«

»Richtig.«

»Uns ist gemeldet worden, daß in den Wohnungen etwa hundert Obdachlose zusammengepfercht leben.«

»Oh, *das* meinen Sie.« Lara Cameron lächelte. »Nachdem die Stadt offenbar nicht in der Lage ist, die Obdachlosen unterzubringen, wollte ich privat etwas für sie tun, anstatt diese Wohnungen leerstehen zu lassen.«

Howard Keller kam herein.

»Das ist Mr. Keller ... Mr. O'Brian.«

Die beiden gaben sich die Hand.

Lara wandte sich an Keller. »Ich habe Mr. O'Brian gerade erklärt, wie wir der Stadt geholfen haben, ihren Aufgaben nachzukommen, indem wir Obdachlose von der Straße geholt haben.«

»Sie haben sie eingeladen, Miss Cameron?«

»Ganz recht.«

»Haben Sie eine städtische Genehmigung?«

»Eine Genehmigung wofür?«

»Jedes Obdachlosenheim muß von der Stadtverwaltung genehmigt sein und bestimmte Auflagen erfüllen, deren Einhaltung streng überwacht wird.«

»Tut mir leid, das habe ich nicht gewußt. Ich werde diese Genehmigung sofort einholen.«

»Ich bezweifle, daß Sie sie bekommen werden.«

»Wie meinen Sie das?«

»Bei uns sind Beschwerden der Mieter eingegangen. Angeblich versuchen Sie, die letzten Mietparteien zu vergraulen.«

»Unsinn!«

»Miss Cameron, die Stadt gibt Ihnen achtundvierzig Stunden Zeit, um diese Obdachlosen aus dem Haus zu schaffen. Und sie ordnet an, daß die Bretter, mit denen Sie die Fenster haben verschalen lassen, sofort entfernt werden müssen.«

Lara starrte ihn wütend an. »Ist das alles?«

»Nein, Ma'am. Der Mieter in der Dachwohnung sagt, daß Ihre Reklametafel ihm die Aussicht von der Terrasse versperrt. Die müssen Sie also auch abbauen lassen.«

»Und wenn ich's nicht tue?«

»Ich denke, daß Sie's tun werden. Sie ersparen sich hohe Kosten und unangenehme Publicity, wenn Sie uns nicht zwingen, Sie zu verklagen.« Andy O'Brian nickte den beiden zu. »Schönen Tag noch.«

Sie sahen ihm nach, als er das Büro verließ.

Keller wandte sich an Lara. »Wir müssen zusehen, wie wir die Leute dort wieder rauskriegen.«

»Nein.« Sie runzelte nachdenklich die Stirn.

»Was soll das heißen? Der Mann hat gesagt, daß . . .«

»Ich weiß, was der Mann gesagt hat. Ich will, daß du dort noch mehr Obdachlose unterbringst. Wir stopfen das ganze Gebäude mit ihnen voll. Außerdem rufst du Terry Hill an und erklärst ihm das Problem. Er soll einen Aufschub oder dergleichen erwirken. Diese sechs Mietparteien müssen bis Monatsende raus, sonst kostet uns jeder Monat drei Millionen Dollar!«

Die Gegensprechanlage summte. »Dr. Peters ist am Telefon.«

Lara nahm den Hörer ab. »Hallo, Alan.«

»Ich wollte Ihnen nur sagen, daß die Operation beendet und gut verlaufen ist. Wir haben den Tumor restlos entfernt. Kathy wird wieder ganz gesund.«

»Wunderbar! Wann kann ich sie besuchen?«

»Sie können heute nachmittag vorbeikommen.«

»Das tue ich gern. Nochmals vielen Dank, Alan. Sie sorgen dafür, daß alle Rechnungen an mich gehen?«

»Wird gemacht.«

»Und Sie können Ihrem Verwaltungsrat sagen, daß das Krankenhaus eine Spende zu erwarten hat. Fünfzigtausend Dollar.«

Zu ihrer Sekretärin sagte Lara: »Lassen Sie Kathy Blumen schikken.« Sie sah auf ihren Terminkalender. »Ich fahre gegen sechzehn Uhr zu ihr.«

Terry Hill kam in ihr Büro. »Lara, gegen Sie ist Haftbefehl erlassen.«

»Wie bitte?«

»Sind Sie nicht aufgefordert worden, die Obdachlosen aus den Dorchester Apartments zu schaffen?«

»Ja, aber . . .«

»Damit kommen Sie nicht durch, Lara. Die Stadtverwaltung sitzt am längeren Hebel.«

»Will sie mich tatsächlich verhaften lassen?«

»Darauf können Sie Gift nehmen! Sie haben achtundvierzig Stunden Zeit, diese Leute auf die Straße zu setzen.«

»Schön«, sagte Lara, »dann müssen sie eben doch wieder raus.« Sie wandte sich an Keller. »Sorg' dafür, daß sie das Gebäude verlassen, aber setz' sie nicht auf die Straße. Das wäre schäbig . . . Auf der West

Side, zwanzigste Straße, steht ein Dutzend Häuser leer, die wir in Eigentumswohnungen umbauen wollen. Dort kannst du sie vorläufig unterbringen. Ich will, daß sie in spätestens einer Stunde aus dem Haus sind!«

Sie sah zu Terry Hill hinüber. »Ich verschwinde, damit sie mir den Haftbefehl nicht eröffnen können. Bis es dazu kommt, hat sich der Fall erledigt.«

Dann summte die Gegensprechanlage. »Zwei Gentlemen von der Staatsanwaltschaft möchten Miss Cameron sprechen.«

Lara nickte Howard Keller zu. Er drückte auf die Sprechtaste und sagte: »Miss Cameron ist nicht da.«

Daraufhin entstand eine Pause. »Wann erwarten Sie sie zurück?«

Keller sah zu Lara hinüber, die den Kopf schüttelte, und antwortete: »Keine Ahnung, wann sie zurückkommt.« Er ließ die Sprechtaste los.

»Ich benütze den Hinterausgang«, sagte Lara.

Lara Cameron haßte Krankenhäuser, weil sie ihr das Bild ihres Vaters, der blaß und plötzlich gealtert in einem weißen Bett lag, ins Gedächtnis zurückriefen. Was tust du hier, verdammt noch mal? Daheim wartet Arbeit auf dich!

Sie betrat Kathys Zimmer, in dem ihre Blumen standen. Kathy war wach, aber sichtlich angegriffen.

»Na, wie geht's?« fragte Lara.

Kathy lächelte schwach. »Dr. Peters sagt, daß ich wieder ganz gesund werde.«

»Das will ich hoffen! Im Büro liegt eine Menge Arbeit für Sie. Ich brauche Sie dringend.«

»Ich ... ich weiß gar nicht, wie ich Ihnen danken soll.«

»Sie brauchen sich nicht zu bedanken.«

Lara nahm den Hörer des Telefons auf Kathys Nachttisch ab und wählte die Nummer ihres Büros. Sie sprach mit Terry Hill.

»Sind sie noch da?«

»Sie sind noch da. Sie wollen bleiben, bis Sie zurückkommen.«

»Stellen Sie fest, wie weit Keller schon ist. Sobald das Gebäude geräumt ist, komme ich zurück.«

Lara legte auf.

»Rufen Sie mich an, falls Sie irgendwas brauchen«, sagte sie zu Kathy. »Ich schaue morgen wieder vorbei. Gute Besserung!«

Als nächstes fuhr Lara zum Architekturbüro Higgins, Almont & Clark. Dort wurde sie von Mr. Clark empfangen, der aufstand, als sie sein Büro betrat.

»Was für eine angenehme Überraschung! Was kann ich für Sie tun, Miss Cameron?«

»Haben Sie die Pläne für das Bauvorhaben in der vierzehnten Straße hier?«

»Ja, natürlich.« Clark trat an die Wand zwischen den Fenstern. »Bitte sehr!«

Der große Ansichtsplan zeigte einen von Apartmentgebäuden und Geschäften umgebenen eleganten Wohnturm.

»Ich möchte, daß Sie die Pläne ändern«, sagte Lara.

»Wie bitte?«

Lara zeigte auf die Stelle, wo die Dorchester Apartments standen. »Hier steht ein Gebäude, das nicht abgerissen werden darf. Ich möchte, daß Sie die Planung so abändern, daß unser Komplex um dieses Gebäude herum entsteht.«

»Sie wollen um eines der alten Gebäude herumbauen? Unmöglich! Das würde scheußlich aussehen und...«

»Tun Sie bitte, was ich sage. Schicken Sie mir die neuen Pläne bis morgen mittag ins Büro.«

Sie nickte Clark freundlich zu und ging.

Aus dem Auto telefonierte sie erneut mit Terry Hill. »Haben Sie schon von Howard gehört?«

»Ja. Die Obdachlosen sind alle umquartiert.«

»Schön. Rufen Sie den Staatsanwalt an. Erklären Sie ihm, daß ich die Obdachlosen schon vor zwei Tagen aufgefordert habe, die Dorchester Apartments zu räumen. Leider hat es dabei eine Übermittlungspanne gegeben, aber als ich heute davon erfahren habe, sind sie sofort ausquartiert worden. Im Augenblick bin ich auf der Rückfahrt ins Büro. Fragen Sie ihn, ob er mich noch immer verhaften lassen will.«

Zu ihrem Chauffeur sagte sie: »Wir fahren durch den Park. Lassen Sie sich Zeit.«

Als Lara eine halbe Stunde später ins Büro zurückkam, waren die Männer mit dem Haftbefehl fort.

Lara Cameron war in einer Besprechung mit Howard Keller und Terry Hill.

»Die Mieter bleiben leider stur«, berichtete Keller. »Ich habe sie einzeln aufgesucht und ihnen mehr Geld geboten. Sie wollen auf keinen Fall ausziehen. Dabei sollen die Abbrucharbeiten schon in fünf Tagen beginnen!«

»Ich habe Mr. Clark gebeten, das Projekt umzuplanen«, sagte Lara.

»Den neuen Plan kenne ich«, antwortete Keller. »Aber auch der hilft uns nicht weiter. Das alte Gebäude kann unmöglich mitten in dem neuen Komplex stehenbleiben. Wir müssen mit der Bank verhandeln, damit sie einer Verschiebung des Baubeginns zustimmt.«

»Nein«, widersprach Lara. »Ich will, daß er sogar vorverlegt wird.«

»Wie bitte?«

»Sieh zu, daß du den Abbruchunternehmer erreichst. Er soll morgen früh mit der Arbeit anfangen.«

»*Morgen?* Lara...«

»Gleich morgen früh. Und nimm diesen Plan für den Vorarbeiter der Abrißkolonne mit.«

»Was soll das nützen?« fragte Keller.

»Wart's nur ab!«

Am frühen Morgen des nächsten Tages wurden die verbliebenen Bewohner der Dorchester Apartments durch ratternde Preßlufthämmer, dumpfe Schläge einer Abrißbirne und das Poltern einstürzender Mauern aus dem Schlaf gerissen. Ein Blick aus dem Fenster zeigte ihnen, daß mit dem Abriß der Nachbarhäuser begonnen worden war. Die Mieter waren zunächst sprachlos.

Mr. Hershey aus der Dachwohnung stürmte aus dem Haus und fragte sich zum Vorarbeiter der Abrißkolonne durch. »Was machen Sie da?« kreischte er aufgeregt. »Das dürfen Sie nicht!«

»Wer sagt das?«

»Die Stadt hat den Abriß verboten!« Er zeigte auf das Gebäude, in dem er wohnte. »Das Haus dort drüben darf nicht abgerissen werden.«

Der Vorarbeiter warf einen Blick auf den vor ihm liegenden Plan. »Stimmt«, bestätigte er. »Dieses Gebäude sollen wir stehenlassen.«

Hershey runzelte die Stirn. »Wie bitte? Moment, das will ich selbst sehen!« Nach einem Blick auf den Plan holte er erschrocken tief Luft. »Sie wollen den neuen Komplex um unser Gebäude herum bauen?«

»Richtig, Mister.«

»Aber das dürfen Sie nicht! Der Lärm, der Dreck, das...«

»Das ist nicht mein Problem. Lassen Sie mich jetzt bitte durch, ich muß weiterarbeiten.«

Eine halbe Stunde später sagte Laras Sekretärin: »Auf Leitung zwei möchte Sie ein Mr. Hershey sprechen, Miss Cameron.«

»Ich bin im Augenblick nicht da.«

Als Hershey nachmittags zum dritten Mal anrief, nahm Lara endlich den Hörer ab und sprach mit ihm.

»Ja, Mr. Hershey? Was kann ich für Sie tun?«

»Ich würde gern mal bei Ihnen vorbeikommen, Miss Cameron.«

»Tut mir leid, aber ich bin sehr beschäftigt. Was Sie zu sagen haben, können Sie mir am Telefon sagen.«

Hershey räusperte sich. »Nun, ich kann Ihnen die erfreuliche Mitteilung machen, daß ich mit den übrigen Mietern gesprochen habe. Wir sind uns darüber einig, daß es vielleicht doch besser wäre, Ihr Angebot anzunehmen und auszuziehen.«

»Mein Angebot gilt nicht mehr, Mr. Hershey. Sie können alle bleiben, wo Sie sind.«

»Aber solange um uns herumgebaut wird, können wir keine Nacht mehr ruhig schlafen!«

»Wer hat Ihnen gesagt, daß wir um Sie herumbauen wollen?« fragte Lara scharf. »Woher haben Sie diese Information?«

»Der Vorarbeiter hat mir einen Plan gezeigt und...«

»Das kostet ihn seinen Job«, sagte Lara aufgebracht. »Diese Information ist vertraulich gewesen.«

»Augenblick! Reden wir wie zwei vernünftige Menschen miteinander, okay? Für Ihr Projekt wär's besser, wenn wir ausziehen würden – und für uns vermutlich auch. Ich will nicht mitten in einem Hochhauskomplex wohnen.«

»Ob Sie gehen oder bleiben, ist mir eigentlich egal, Mr. Hershey«, sagte Lara. »Aber ich mache Ihnen einen Vorschlag zur Güte. Wird das Gebäude bis zum kommenden Ersten geräumt, bin ich bereit, bei unserem ersten Angebot zu bleiben.«

Am anderen Ende entstand eine lange Pause.

»Gut«, sagte Hershey dann zögernd. »Ich rede mit den anderen, aber ich bin sicher, daß sie zustimmen werden. Nochmals vielen Dank, Miss Cameron.«

»Es war mir ein Vergnügen, Mr. Hershey«, antwortete Lara.

Nach dem Monatsersten begannen die Bauarbeiten mit Nachdruck.

Laras Ruf wuchs ständig. Ihre Firma Cameron Enterprises baute ein Hochhaus in Brooklyn, ein Einkaufszentrum in Westchester, eine Ladenpassage in Washington, D. C., Sozialwohnungen in Dallas und eine Eigentumswohnanlage in Los Angeles. Banken, Sparkassen und private Investoren stellten ihr bereitwillig Kapital zur Verfügung. Lara Cameron hatte sich einen Namen gemacht.

Kathy Turner nahm ihre Arbeit wieder auf.

»Miss Cameron, da bin ich wieder.«

Lara musterte sie prüfend. »Na, wie fühlen Sie sich?«

Kathy lächelte verlegen. »Großartig!«

»Sind Sie richtig energiegeladen?«

Diese Frage überraschte Kathy. »Ja. Ich...«

»Gut. Sie werden viel Energie brauchen. Ich mache Sie zu meiner persönlichen Assistentin. Natürlich inklusive Gehaltserhöhung.«

»Ich weiß gar nicht, wie ich Ihnen danken soll. Ich...«

»Sie haben sich's verdient.« Lara deutete auf das Schreiben in Kathys Hand. »Was ist das?«

»Die Zeitschrift *Gourmet* möchte Ihr Lieblingsrezept veröffentlichen. Sind Sie daran interessiert?«

»Nein. Schreiben Sie der Redaktion, daß ich zu... Augenblick!« Lara starrte gedankenverloren aus dem Fenster. Dann sagte sie halblaut: »Doch, ich weiß ein gutes Rezept.«

Ein Vierteljahr später veröffentlichte *Gourmet* Lara Camerons Lieblingsrezept:

Black Bun: Eine schottische Spezialität in einem dünnen Teigmantel, der aus einem halben Pfund Mehl, einem Viertelpfund Butter, etwas kaltem Wasser und einem halben Teelöffel Backpulver besteht. Für die Füllung nehmen wir zwei Pfund Rosinen, ein Dreiviertelpfund Mehl, ein halbes Pfund Zucker, ein halbes Pfund gehackte Mandeln, zwei Teelöffel Nelkenpfeffer, einen Teelöffel gemahlenen Ingwer, einen Teelöffel Zimt, einen halben Teelöffel Backpulver und einen kleinen Schuß Cognac...

Lara starrte das Rezept lange an und glaubte beinahe, diesen Geschmack auf der Zunge zu spüren, die vertrauten Küchendüfte zu riechen und die Stimmen der Gäste beim Abendessen zu hören. Und sie sah ihren Vater hilflos im Bett. Sie legte die Zeitschrift weg.

Lara Cameron war jetzt so prominent, daß sie von Leuten auf der Straße erkannt wurde und kein Restaurant mehr betreten konnte, ohne erregtes Tuscheln auszulösen. Sie wurde von einem halben Dutzend Verehrer umworben und bekam schmeichelhafte Heiratsanträge, die sie jedoch freundlich dankend ablehnte. Auf seltsame, fast unheimliche Weise hielt sie weiter Ausschau nach einem ganz bestimmten Mann, den sie erkennen würde, obwohl sie ihm noch nie begegnet war.

An manchen Tagen war sie schon um fünf Uhr morgens auf den Beinen und ließ sich von Max, ihrem Chauffeur, zu einer ihrer Baustellen fahren. Dort stand Lara dann, betrachtete ihr Werk und flüsterte in Gedanken: Du hast dich geirrt, Vater. Ich kann die Mieten sehr wohl kassieren!

Für Lara begannen alle Werktage mit dem Rattern von Niethämmern, dem Dröhnen von Baumaschinen und dem Scheppern von Stahlträgern. Dann fuhr sie mit dem klapprigen Bauaufzug bis ganz nach oben, stand in luftiger Höhe auf den Stahlträgern, spürte den Wind im Gesicht und dachte dabei: *Diese Stadt gehört mir.*

Paul Martin und Lara lagen im Bett.

»Wie ich höre, hast du einige deiner Bauarbeiter angeschrien.«

»Sie hatten's verdient, sie haben schlampig gearbeitet.«

Paul grinste. »Immerhin hast du dir abgewöhnt, sie zu ohrfeigen.«

»Denk lieber daran, was passiert ist, als ich's mal getan habe.« Sie schmiegte sich an ihn. »Dadurch habe ich dich kennengelernt.«

»Nächste Woche muß ich nach L. A.«, sagte Paul. »Wie wär's, wenn du mitkommen würdest? Kannst du dir ein paar Tage freinehmen?«

»Ich würde liebend gern, Paul, aber das ist unmöglich. Ich lebe praktisch nach der Stoppuhr.«

Er setzte sich auf und blickte auf sie herab. »Vielleicht machst du einfach zuviel, Baby. Ich fürchte, daß du eines Tages keine Zeit mehr für mich hast.«

Sie schüttelte lächelnd den Kopf. »Sei ganz unbesorgt, soweit kommt es nie.«

Lara hatte das Grundstück schon oft gesehen, ohne es richtig wahrzunehmen: ein riesiges Areal am East River zwischen Wall Street und World Trade Center. Und es war zu verkaufen. Obwohl Lara schon Dutzende von Malen daran vorbeigefahren war, erschien vor ihrem inneren Auge erst jetzt, was dort längst hätte stehen sollen – das höchste Gebäude der Welt. Sie wußte genau, was Howard Keller sagen würde: ›Du übernimmst dich, Lara. Das ist eine Nummer zu groß für dich.‹ Aber sie wußte auch, daß sie ihr Vorhaben gegen alle Widerstände verwirklichen würde.

Sobald Lara wieder im Büro war, bat sie Howard Keller zu sich.

»Ich habe das Grundstück zwischen Wall Street und East River besichtigt«, sagte sie. »Wir kaufen es und bauen darauf den höchsten Wolkenkratzer der Welt.«

»Lara . . .«

»Bevor du Bedenken vorbringst, Howard, möchte ich ein paar Tatsachen feststellen. Die Lage mitten im Business District ist perfekt. Wir werden uns vor Firmen, die dort Büroflächen mieten wollen, kaum retten können. Und denk daran – das wird der höchste Wolkenkratzer der Welt! Das ist bestimmt ein zusätzlicher Anreiz. Dieses Gebäude wird unser Flaggschiff. Es soll Cameron Towers heißen.«

»Woher soll das Geld dafür kommen?«

Lara legte ihm eine Aufstellung hin.

Keller runzelte die Stirn, während er die Zahlen prüfte. »Du bist viel zu optimistisch.«

»Ich bin realistisch. Wir reden nicht von irgendeinem Gebäude, Howard. Wir reden von einem Juwel!«

Er überlegte angestrengt. »Das wäre eine finanzielle Gratwanderung.«

Lara nickte lächelnd. »Nicht unsere erste, stimmt's?«

»Genau! Die Banken versuchen ständig, uns Kredite aufzudrängen. Auf diese Chance werden sie sich stürzen.«

»Schon möglich«, gab Keller zu. Er musterte Lara prüfend. »Das hast du dir wirklich in den Kopf gesetzt, was?«

»Ja.«

Howard Keller seufzte. »Gut, dann brauchen wir als erstes eine Option auf das Grundstück.«

Lara nickte lächelnd. »Die habe ich bereits. Und bei dieser Gelegenheit habe ich erfahren, daß auch Steve Murchison wegen des Grundstücks verhandelt hat.«

»Murchison? Der Mann, dem wir in Chicago das Hotelgrundstück weggeschnappt haben?«

Hier ist Steve Murchison. Ich will's Ihnen noch mal durchgehen lassen, Sie Schlampe, weil Sie vermutlich nicht wissen, mit wem Sie's zu tun haben. Aber kommen Sie mir ja nicht wieder in die Quere – das könnte ungesund sein!

»Genau.« Steve Murchison war jetzt einer der erfolgreichsten Immobilienhaie New Yorks.

»Nimm dich vor dem Kerl in acht«, warnte Keller sie. »Der geht über Leichen!«

»Du bist viel zu ängstlich, Howard.«

Die Finanzierung der Cameron Towers war unproblematisch. Lara behielt recht: Viele Banken fanden die Idee reizvoll, den höchsten Wolkenkratzer der Welt mitzufinanzieren. Und der Name Cameron war ein zusätzliches Gütesiegel. Die meisten Banken rissen sich darum, an dem neuen Projekt beteiligt zu werden.

Lara Cameron war inzwischen mehr als nur eine glanzvolle Erscheinung. Sie wurde ein Vorbild, dem viele Frauen nacheiferten. Ein Parfüm wurde nach ihr benannt. Sie wurde zu allen wichtigen gesellschaftlichen Anlässen eingeladen, und jede Gastgeberin war selig, wenn Lara ihr Erscheinen zusagte. Ihr Name an einem Gebäude schien bereits eine Erfolgsgarantie zu sein.

»Wir gründen eine eigene Baufirma«, entschied Lara eines Tages. »Facharbeiter dafür haben wir reichlich. Dann können wir auch Fremdaufträge hereinnehmen.«

»Keine schlechte Idee«, stimmte Keller zu.

»Gut, die Einzelheiten überlasse ich dir. Wann findet endlich die Zeremonie zum ersten Spatenstich für die Cameron Towers statt?«

»Die Finanzierung steht«, versicherte er ihr. »Spätestens in einem Vierteljahr, schätze ich.«

Sie lehnte sich in ihren Sessel zurück. »Kannst du dir das vorstellen, Howard? Der höchste Wolkenkratzer der Welt!«

Er fragte sich, was Sigmund Freud wohl dazu gesagt hätte.

Der erste Spatenstich für die Cameron Towers wurde in einer wahren Zirkusatmosphäre getan. Lara Cameron, Amerikas Märchenprinzessin, war die Hauptattraktion. Das in den Medien mehrfach angekündigte Ereignis hatte außer den geladenen Gästen über tausend Schaulustige angelockt, die auf Lara warteten. Die Menge jubelte und klatschte, als ihre weiße Limousine vorfuhr.

»Sie kommt! Das ist sie!«

Als Lara dann ausstieg und zum Podium ging, um den Oberbürgermeister zu begrüßen, mußten Polizisten und Wachmänner die Neugierigen zurückhalten. Gleichzeitig setzte das Blitzlichtgewitter der Fotografen ein.

Auf dem Podium waren Bankiers, die Leiter großer Werbeagenturen, Bauunternehmer, Projektmanager, Vertreter der Stadt und Architekten versammelt. Fünfzig Meter von ihnen entfernt waren zwei Dutzend Radlader und Planierraupen aufgestellt. Hinter ihnen standen dreißig Muldenkipper bereit, die den Aushub abfahren sollten.

Lara stand zwischen dem Oberbürgermeister und dem Vorsitzenden des Bezirksausschusses für Manhattan. Als es zu nieseln begann, kam Jerry Townsend, der PR-Chef von Cameron Enterprises, mit einem Schirm auf Lara zugehastet. Sie machte ihm lächelnd ein Zeichen, er solle den Schirm wieder mitnehmen.

Der Oberbürgermeister sprach in die Kameras. »Ein großer Tag für Manhattan! Mit der Grundsteinlegung für die Cameron Towers beginnt eines der größten Bauvorhaben in der Geschichte Manhattans. Auf einer Grundfläche von sechs Straßenblocks entstehen Wohngebäude, zwei Einkaufszentren, ein Kongreßzentrum und der höchste Wolkenkratzer der Welt!«

Die Menge applaudierte.

»Wohin man sieht«, fuhr der Oberbürgermeister fort, »stehen elegante Gebäude, mit denen Lara Cameron sich einen Namen gemacht hat.« Er deutete nach Norden. »Uptown erhebt sich das Cameron Center. Nicht weit entfernt stehen das Hotel Cameron Plaza und ein halbes Dutzend Wohn- und Bürogebäude. Und über das ganze Land verteilt sich die Kette von Cameron Hotels.«

Der Oberbürgermeister lächelte Lara an. »Und dabei ist sie ebenso schön wie intelligent.«

Gelächter und wieder Beifall.

»Ladies und Gentlemen . . . Lara Cameron.«

Lara blickte in die Fernsehkameras. »Vielen Dank für Ihre schmeichelhafte Einführung«, sagte sie mit einem Lächeln zum Oberbürgermeister hinüber. »Ich freue mich, einen kleinen Beitrag zur Gestaltung unserer wunderbaren Stadt geleistet zu haben. Mein Vater hat mir stets gepredigt, wir seien auf der Welt . . .« Sie zögerte kaum merklich. Aus dem Augenwinkel heraus hatte sie in der Menge ein bekanntes Gesicht entdeckt – Steve Murchison! Sie kannte ihn von Zeitungsfotos. Was hat er hier zu suchen? durchfuhr es sie. Sie sprach weiter: ». . . um sie in besserem Zustand zu verlassen, als wir sie vorgefunden haben. Nun, ich hoffe, daß es mir gelingen wird, mein bescheidenes Teil dazu zu leisten.«

Erneut rauschte Beifall auf. Ein Bauarbeiter übergab Lara einen Sicherheitshelm und einen Spaten mit verchromtem Blatt.

»Jetzt sind Sie dran, Miss Cameron.«

Wieder ein Blitzlichtgewitter.

Lara stieß den Spaten in die zuvor gelockerte Erde und hob ein kleines Loch aus.

Nach dieser Zeremonie wurden vor laufenden Kameras Erfrischungen serviert. Als Lara sich erneut umsah, war Murchison verschwunden.

Eine halbe Stunde später ließ Lara sich in ihrer Limousine ins Büro zurückfahren. Neben ihr saß Jerry Townsend.

»Hat großartig geklappt, finde ich«, sagte er. »Wirklich großartig!«

»Nicht schlecht«,meinte Lara lächelnd. »Danke, Jerry.«

Für die Verwaltung der Firma Cameron Enterprises war im Cameron Center der gesamte fünfzigste Stock reserviert. Bis Lara hinaufgefahren war, hatte sich herumgesprochen, daß sie unterwegs war. Alle Sachbearbeiter und Sekretärinnen waren fleißig bei der Arbeit.

Lara wandte sich an Jerry Townsend. »Kommen Sie bitte mit in mein Büro.«

Ihr Büro war eine riesige Ecksuite mit Blick über Manhattan.

Lara blätterte in einigen Papieren auf ihrem Schreibtisch, bevor sie zu Townsend aufsah. »Wie geht's Ihrem Vater?« fragte sie. »Hat sein Zustand sich gebessert?«

Was weiß sie von meinem Vater?

»Er... ihm geht's nicht gut.«

»Ja, ich weiß. Er hat Huntingtonsche Chorea, nicht wahr, Jerry?«

»Ja.«

Eine schreckliche progressive und degenerative Krankheit, deren Hauptmerkmale unkontrollierbare Zuckungen von Gesicht und Gliedern sowie fortschreitender geistiger Verfall waren.

»Woher wissen Sie das mit meinem Vater?« fragte Townsend weiter.

»Ich bin im Beirat des Krankenhauses, in dem er behandelt wird, und habe mitbekommen, wie die Ärzte über seinen Fall gesprochen haben.«

»Sein Leiden ist unheilbar«, sagte Townsend mit gepreßter Stimme.

»Alles ist unheilbar, bis eine Heilmethode gefunden wird«, sagte Lara. »Ich habe mich ein bißchen umgehört. In der Schweiz gibt es einen Arzt, der auf diesem Gebiet erstaunliche Erfolge erzielt hat. Er ist bereit, Ihren Vater in seiner Klinik aufzunehmen. Die Behandlungskosten übernehme ich.«

Townsend stand wie vor den Kopf geschlagen da.

»Einverstanden, Jerry?«

»Ja, vielen Dank«, brachte er mühsam heraus. Ich kenne sie nicht, dachte Jerry Townsend. Niemand kennt sie wirklich.

Weltweit wurde Geschichte gemacht, aber Lara war zu beschäftigt, um etwas davon zu merken. Ronald Reagan war wiedergewählt worden, und in der Sowjetunion war ein gewisser Michail Gorbatschow als Nachfolger Tschernenkos zum Generalsekretär der KPdSU gewählt worden.

Lara errichtete in Detroit einen Komplex von Sozialwohnungen.

1986 begann Lara im New Yorker Stadtteil Queens mit dem Bau von Eigentumswohnanlagen. Anleger rissen sich darum, an der Magie ihres Namens teilzuhaben. Eine Gruppe deutscher Bankiers kam nach New York, um mit Lara zu verhandeln. Diese Besprechung fand unmittelbar nach der Ankunft in New York statt. Die Gäste hatten dagegen protestiert, aber Lara sagte gelassen: »Tut mir leid, Gentlemen, das ist mein einziger freier Termin. Gleich danach fliege ich nach Hongkong.«

Den Deutschen wurde Kaffee serviert. Lara trank Tee. Einer der Gäste fand, der Kaffee schmecke merkwürdig. »Das ist eine eigens für mich geröstete Mischung«, erklärte Lara ihm. »An den Geschmack gewöhnt man sich rasch. Trinken Sie noch eine Tasse!«

Nach Abschluß der Verhandlungen hatte Lara alle ihre Forderungen durchgesetzt.

Ihr Leben bestand aus einer Kette glücklicher Erfolge – bis auf einen beunruhigenden Vorfall. Lara hatte es mehrmals mit Steve Murchison als Konkurrenten zu tun bekommen, aber bisher war es ihr stets gelungen, ihn zu überlisten.

»Wir sollten's nicht übertreiben, finde ich«, warnte Keller sie.

»Ich habe keine Angst vor ihm, Howard.«

Dann wurde eines Morgens eine große Schachtel in Geschenkpapier von Brendel's für sie abgegeben. Kathy stellte sie auf Laras Schreibtisch.

»Sie ist bleischwer«, sagte Kathy dabei. »Ein Hut ist jedenfalls nicht drin...«

Lara riß neugierig das Papier auf und klappte den Deckel hoch. Die Schachtel war voller Erde. Auf der beigelegten Geschäftskarte stand: *Bestattungsunternehmen Frank E. Campbell.*

Alle Bauvorhaben wurden planmäßig abgewickelt. Als Lara von einem New Yorker Kinderspielplatz las, der wegen bürokratischer Hindernisse nicht eingerichtet werden konnte, griff sie ein, ließ ihn von ihrer Firma anlegen und schenkte ihn der Stadt. Das Medienecho war gewaltig.

Paul telefonierte weiterhin täglich mit ihr, und sie traf sich ein- bis zweimal in der Woche mit ihm.

Lara kaufte sich ein Haus in Southampton und lebte in einer Märchenwelt aus teurem Schmuck, edlen Pelzen und Luxuslimousinen. Ihre Kleiderschränke quollen von Designermodellen über. *Für so was hab' ich kein Geld. Hol dir was von der Heilsarmee.*

Und Lara orderte eine neue Kollektion.

Ihre Mitarbeiter ersetzten ihr eine Familie. Sie machte sich Sorgen um sie und war großzügig zu ihnen, denn sie hatte nur diese Menschen. Sie dachte an ihre Geburts- und Hochzeitstage. Sie half ihnen, ihre Kinder in guten Schulen unterzubringen und setzte Stipendien aus. Versuchten sie, ihr dafür zu danken, war Lara verlegen. Ihr fiel es schwer, Gefühle auszudrücken, denn ihr Vater hatte sie verspottet, als sie das versucht hatte. Lara hatte sich mit einem Schutzwall umgeben. Niemand soll mir je wieder weh tun, schwor sie sich. Niemand!

Drittes Buch

17. Kapitel

»Ich fliege morgen sehr früh nach London, Howard.«

»Geschäftlich?« fragte Keller.

»Lord MacIntosh hat mich eingeladen, um mir ein Objekt zu zeigen, für das er sich interessiert. Er will mich als Partnerin dafür.«

Brian MacIntosh war einer der reichsten Bauträger Großbritanniens.

»Wann müssen wir los?« erkundigte Keller sich.

»Diesmal fliege ich allein.«

»Oh?«

»Ich möchte, daß du hier die Stellung hältst.«

Howard Keller nickte. »Gut, wird gemacht.«

»Das weiß ich. Auf dich ist immer Verlaß.«

Der Flug verlief glatt. Laras private Boeing 727 landete auf dem Flughafen Luton bei London und rollte vor dem Magec Terminal aus. Als Lara von Bord ging, ahnte sie noch nicht, wie sehr ihr Leben sich verändern würde.

In der Halle des Hotels Claridge wurde Lara von Direktor Ronald Jones empfangen. »Wie schön, Sie wieder bei uns zu haben, Miss Cameron! Ich begleite Sie gleich in Ihre Suite hinauf. Übrigens haben wir einige Nachrichten für Sie.« Es waren mehr als zwei Dutzend.

Ihre Suite war zauberhaft. Brian MacIntosh und Paul Martin hatten Blumen geschickt; die Direktion ließ Hors d'œuvres und Champagner servieren. Sobald Lara die Tür hinter sich geschlossen hatte, begann das Telefon zu klingeln. Die Anrufe kamen aus allen Teilen Amerikas.

»Der Architekt schlägt plötzlich Änderungen vor, die ein Vermögen kosten würden...«

»Die Zementlieferungen sind ins Stocken geraten...«

»Die First National Savings and Loan möchte an der Finanzierung unseres nächsten Projektes beteiligt werden...«

»Der Oberbürgermeister läßt fragen, ob Sie zur Eröffnung nach L. A. kommen. Er will eine Riesenfeier ausrichten...«

»Die Toiletten sind nicht gekommen...«

»Das schlechte Wetter hält uns auf. Der Fertigstellungstermin ist wahrscheinlich nicht zu halten...«

Jedes Problem erforderte eine Entscheidung, und als Lara endlich das letzte Gespräch geführt hatte, war sie erschöpft. Sie aß in ihrer Suite zu Abend. Als sie dann aus dem Fenster die vor dem Hotelportal vorfahrenden Limousinen beobachtete, konnte sie ein gewisses Triumphgefühl nicht unterdrücken. Das kleine Mädchen aus Glace Bay hat es weit gebracht, Daddy, dachte sie.

Am nächsten Vormittag war Lara mit Brian MacIntosh unterwegs, um das Objekt zu besichtigen: ein über drei Quadratkilometer großes Areal mit alten Gebäuden und Lagerschuppen direkt an der Themse.

»Bei diesem Projekt können wir mit großzügiger staatlicher Förderung rechnen«, erklärte Brian MacIntosh ihr, »weil dadurch ein ganzer Stadtteil aufgewertet wird.«

»Ich würde gern noch mal darüber nachdenken«, sagte Lara. In Wirklichkeit stand ihre Entscheidung bereits fest.

»Natürlich.« MacIntosh wechselte das Thema. »Übrigens habe ich für heute abend Konzertkarten – und meine Frau muß zu einer Komiteeversammlung. Mögen Sie klassische Musik?«

Lara interessierte sich nicht für klassische Musik. »Ja.«

»Philip Adler spielt Rachmaninow.« MacIntosh sah Lara an, als erwarte er irgendeine Reaktion. Aber sie hatte diesen Namen noch nie gehört.

»Wundervoll!« sagte Lara und heuchelte Begeisterung.

»Dann freue ich mich schon auf Sie. Nach dem Konzert essen wir bei Scotts. Ich hole Sie um sieben ab.«

Warum habe ich behauptet, klassische Musik zu mögen? fragte

Lara sich. Nun stand ihr ein langweiliger Abend bevor. Dabei hätte sie lieber ein heißes Bad genommen und wäre früh zu Bett gegangen. Gut, ein Abend mit MacIntosh kann nicht schaden, dachte sie. Aber morgen fliege ich nach New York zurück!

In der Royal Festival Hall drängten sich Musikliebhaber: die Herren im Smoking, die Damen in eleganten Abendkleidern. Bei dieser Gala herrschte in dem riesigen Konzertsaal eine Atmosphäre gespannter Erwartung.

Nachdem Brian MacIntosh zwei Programme gekauft hatte, nahmen sie ihre Plätze ein. Er gab eines der Programme Lara, die eher gelangweilt darin blätterte. London Philharmonic Orchestra... Schubert: Symphonie No. 9, C-dur, D 944... Pause... Rachmaninow: Klavierkonzert No. 3 in d-moll, Opus 30... Solist: Philip Adler, Klavier.

Nach der Schubert-Symphonie und der Pause, in der MacIntosh zum Glück nicht versuchte, sie in ein Gespräch über Musik zu verwickeln, herrschte im Publikum erwartungsvolle Stille. Nur Lara war in Gedanken anderswo.

Ich muß Howard anrufen und ihn daran erinnern, die Finanzierung unseres Projektes in der Fifth Avenue den geänderten Kostenvoranschlägen anzupassen, überlegte sie.

Der Dirigent kam wieder aufs Podium und wurde mit Beifall empfangen. Lara achtete nicht auf ihn. Der Baufortschritt in Boston ist unbefriedigend. Unser Vertragspartner braucht einen zusätzlichen Anreiz. Ich werde Howard anweisen, ihn mit einem Bonus zu ködern.

Dann rauschte wieder Beifall auf. Der Solist erschien und nahm seinen Platz am Flügel ein. Der Dirigent gab den Einsatz. Die Musik begann.

Philip Adlers Hände glitten über die Tasten.

Eine hinter Lara sitzende Konzertbesucherin flüsterte mit texanischem Akzent: »Ist er nicht fantastisch? Ich hab's dir gesagt, Agnes!«

Lara versuchte, sich wieder zu konzentrieren. Dieses Londoner Projekt ist gestorben, sagte sie sich. Dort will später kein Mensch wohnen. Lage. Lage. Lage. Sie dachte an ein Objekt am Columbus

Circle, das ihr vor kurzem angeboten worden war. Damit war eher etwas anzufangen.

Die Frau hinter Lara flüsterte: »Dieser Ausdruck ... einfach fabelhaft! Er ist einer der besten ...«

Lara versuchte, ihre Kommentare zu überhören.

Ein Bürogebäude in dieser Lage durfte höchstens viertausend Dollar pro Quadratmeter Mietfläche kosten. Bei Grundstückskosten von einhundertfünfundzwanzig Millionen, Baukosten von rund einhundertfünfzig Millionen und Finanzierungskosten von ...

»Herrlich!« flüsterte die Texanerin hinter ihr.

Lara schrak aus ihren Träumen auf.

»Wirklich brillant!«

Nach einem Paukenwirbel spielte der Pianist die nächsten vier Takte solo; danach steigerte sich das bis dahin schon schnelle Tempo noch mehr.

»Hör dir das an!« flüsterte die Frau hinter Lara. »Dieser unglaubliche Tempowechsel! Hast du schon mal so was Aufregendes gehört?«

Lara biß die Zähne zusammen.

Die Rentabilitätsschwelle müßte sicher zu erreichen sein, überlegte sie. Zu Herstellungskosten von dreihundertfünfzig Millionen kamen bei einem Zinssatz von zehn Prozent fünfunddreißig Millionen und zehn Millionen Betriebskosten ...

Sie wurde erneut abrupt unterbrochen, als der Beifallssturm losbrach. Bravorufe mischten sich hinein. Der Pianist war aufgestanden und verbeugte sich.

Lara klatschte anstandshalber mit. Zieht man noch etwa sechs Millionen Steuern ab, dachte sie, bleiben 58 Millionen, die ...

»Er ist unglaublich, nicht wahr?« fragte Brian MacIntosh.

»Ja.« Lara ärgerte sich über die abrupte Unterbrechung ihrer Gedanken.

»Kommen Sie, wir besuchen ihn in seiner Garderobe. Ich bin mit Philip befreundet.«

»Aber ich möchte Sie nicht ...«

Aber er zog sie bereits hinter sich her zu einem der Ausgänge.

In New York war es jetzt fünf Uhr, dachte Lara. Sie konnte Howard noch anrufen, damit er ihr eine Option sicherte.

»Er ist einmalig, nicht wahr?«

Einmal reicht mir, dachte sie. »Ja.«

Vor dem Bühneneingang hatte sich eine große Menge versammelt. Brian MacIntosh klopfte an die Tür. Ein livrierter Portier machte ihm auf.

»Ja, Sir?«

»Lord MacIntosh für Mr. Adler.«

»Gewiß, Mylord. Treten Sie bitte ein.« Er öffnete die Tür gerade so weit, daß Lara und MacIntosh eintreten konnten, und drückte sie hinter ihnen sofort wieder ins Schloß.

»Was wollen alle diese Leute?« fragte Lara.

MacIntosh sah sie überrascht an. »Sie warten auf Philip Adler.«

Weshalb? fragte Lara sich.

»Der Empfang findet im Wintergarten statt, Mylord«, sagte der Portier.

»Danke.«

Fünf Minuten, nahm Lara sich vor, dann sage ich, daß ich Kopfschmerzen habe.

Im Wintergarten drängten die Gäste sich um einen Mann, den Lara zunächst nicht deutlich sehen konnte. Dann entstand eine Lücke in der Menge, so daß er sekundenlang klar zu erkennen war. Lara blieb wie angenagelt stehen und hatte das Gefühl, ihr Herzschlag setzte aus. Das vage, schemenhafte Bild, das sie von Jugend an in ihrem Unterbewußtsein bewahrt hatte, war plötzlich lebendig geworden. Lochinvar, ihr Ritter in schimmernder Wehr, stand leibhaftig vor ihr!

Der Mann im Mittelpunkt der Menge war groß und blond, sah blendend aus und hatte feine, sensible Gesichtszüge. Er trug einen Frack, bei dessen Anblick Lara das Gefühl hatte, eine vertraute Szene wiederzuerleben: *Sie stand in der Küche des Fremdenheims am Ausguß, und der gutaussehende junge Mann im Frack trat von hinten an sie heran, umarmte sie und flüsterte: »Kann ich dir helfen?«*

Brian MacIntosh starrte Lara besorgt an. »Ist Ihnen nicht gut?«

»Doch, doch ... danke, mir fehlt nichts«, versicherte sie ihm hastig.

Philip Adler kam auf sie zu. Sein warmes Lächeln entsprach genau dem Bild, das sie sich immer von ihm gemacht hatte. Er streckte die Hand aus. »Wie schön, daß Sie im Konzert gewesen sind, Brian.«

»Das wollte ich mir auf keinen Fall entgehen lassen«, antwortete MacIntosh. »Sie haben wundervoll gespielt.«

»Vielen Dank.«

»Oh, Philip, ich möchte Sie mit Miss Lara Cameron bekannt machen.«

Lara starrte ihn an und murmelte wie in Trance: »Helfen Sie mir abtrocknen?«

»Wie bitte?«

Lara wurde rot. »Nichts. Ich ...« Sie hatte Mühe, sich ein paar höfliche Floskeln abzuringen.

Andere Gäste drängten sich um Philip Adler und überhäuften ihn mit Komplimenten.

»Sie haben nie besser gespielt ...«

»Bestimmt ist Rachmaninow heute abend an Ihrer Seite gewesen ...«

Die Komplimente nahmen kein Ende. Besonders die Frauen drängten sich um den Pianisten und versuchten, seine Aufmerksamkeit auf sich zu ziehen. Lara beobachtete ihn wie hypnotisiert. Ihr Jugendtraum war wahr geworden. Ihr Ritter stand vor ihr.

»Sollen wir gehen?» fragte Brian MacIntosh irgendwann.

Nein! Lara wünschte sich nichts mehr, als noch bleiben zu können. Sie wollte erneut mit dieser Traumgestalt reden, sie berühren und sich davon überzeugen, daß sie tatsächlich existierte. »Ja«, antwortete sie widerstrebend.

Am nächsten Morgen befand Lara sich auf dem Rückflug nach New York. Sie fragte sich, ob sie Philip Adler je wiedersehen würde.

Sie konnte ihn nicht mehr vergessen. Sie versuchte sich einzureden, es sei lächerlich, einen Jugendtraum wiederbeleben zu wollen, aber es half nichts. Sie hatte ständig sein Gesicht vor sich, bildete sich ein, seine Stimme zu hören. Ich muß ihn wiedersehen, dachte Lara.

Am Tag darauf rief Paul Martin früher an als sonst.

»Hi, Baby. Du hast mir gefehlt. Wie war's in London?«

»Schön«, antwortete Lara vorsichtig. »Sehr schön.«

Als das Gespräch beendet war, blieb Lara an ihrem Schreibtisch sitzen und dachte an Philip Adler.

»Sie werden im Konferenzraum erwartet, Miss Cameron.«

»Unser Projekt in Queens können wir vergessen«, sagte Keller.

»Wieso? Ich dachte, wir hätten es im Kasten.«

»Das hab' ich auch gedacht, aber der Bezirksausschuß weigert sich, der beantragten Änderung des Bebauungsplans zuzustimmen.«

Laras Blick glitt über die Männer und Frauen am Konferenztisch hinweg. Architekten, Anwälte, PR-Leute und Bauingenieure.

»Das verstehe ich nicht«, sagte Lara. »Die Mieter dort haben ein durchschnittliches Jahreseinkommen von neuntausend Dollar und zahlen weniger als zweihundert Dollar Monatsmiete. Wir wollen ihre Wohnungen renovieren, ohne die Mieten zu erhöhen, und darüber hinaus zusätzlichen Wohnraum für weitere Bewohner des Stadtbezirks schaffen. Wir machen ein großzügiges Angebot, und sie lehnen ab! Wo liegt das Problem?«

»Weniger beim Bezirksausschuß. Eigentlich bei seiner Vorsitzenden – einer Mrs. Edith Benson.«

»Vereinbaren Sie einen Termin mit ihr. Ich muß selbst mit ihr reden.«

Zu dieser Besprechung nahm Lara ihren Bauleiter Bill Whitman mit.

»Ehrlich gesagt, ich bin sprachlos gewesen, als ich gehört habe, daß Ihr Ausschuß unser Angebot abgelehnt hat«, begann Lara. »Wir wollen über hundert Millionen Dollar ausgeben, um die hiesigen Wohnverhältnisse zu verbessern, aber Sie weigern sich, uns . . .«

Edith Benson unterbrach sie. »Machen wir uns nichts vor, Miss Cameron. Sie geben kein Geld aus, um hier Wohnverhältnisse zu verbessern. Sie geben Geld aus, damit die Firma Cameron Enterprises weitere Gewinne erzielt.«

»Natürlich wollen wir Gewinne machen«, gab Lara zu. »Aber indem wir das tun, können wir gleichzeitig den Leuten hier helfen. Wir werden ihre Lebensbedingungen verbessern, und . . .«

»Tut mir leid, da bin ich anderer Meinung. Vorläufig ist dieses

Gebiet noch eine ruhige Wohngegend. Lassen wir Sie zum Zug kommen, wird die Bebauung erheblich verdichtet – und das bedeutet mehr Autos, mehr Verkehr, mehr Umweltbelastung. Genau das wollen wir nicht.«

»Das wollen wir auch nicht«, versicherte Lara. »Wir haben nicht vor, billige Bruchbuden hinzustellen. Uns interessieren keine Entwürfe, die den Lärmpegel erhöhen, viel Licht schlucken oder das ganze Stadtviertel verändern. Ich habe Stanton Fielding, einen der besten Architekten, den Sie bekommen können, mit der Planung beauftragt, und Andrew Burton aus Washington ist für die Gestaltung der Außenanlagen zuständig.«

Edith Benson zuckte mit den Schultern. »Tut mir leid, aber da ist nichts zu machen. Weitere Diskussionen erübrigen sich also.« Sie schien aufstehen zu wollen.

Diese Sache darf nicht schiefgehen! dachte Lara verzweifelt. Merkt sie denn nicht, daß ich ihren Leuten wirklich helfen will? Für uns bedeutet das Ganze einen ungeheuren Prestigegewinn. Und plötzlich hatte sie eine verrückte Idee.

»Augenblick, Mrs. Benson«, sagte Lara. »Soviel ich gehört habe, sind die übrigen Ausschußmitglieder für dieses Projekt, das im wesentlichen von Ihnen blockiert wird.«

»Ja, das stimmt.«

Lara holte tief Luft. »Es gibt noch einen weiteren Punkt, der angesprochen werden sollte.« Nach kurzem Zögern fuhr sie fort: »Sie glauben, daß mir die zusätzlichen Belastungen, die unser Projekt bewirken könnte, gleichgültig sind? Ich möchte Ihnen etwas anvertrauen, das Sie hoffentlich für sich behalten werden. Ich habe eine zehnjährige Tochter, die mit ihrem Vater in die neue Wohnanlage einziehen wird. Er hat das Sorgerecht für sie.«

Edith Benson starrte sie überrascht an. »Ich . . . ich wußte gar nicht, daß Sie eine Tochter haben.«

»Das weiß niemand«, erklärte Lara ihr. »Ich bin nie verheiratet gewesen. Deshalb bitte ich Sie, meine Mitteilung streng vertraulich zu behandeln. Sollte diese Tatsache bekannt werden, könnte sie mir sehr schaden. Das verstehen Sie sicher.«

»Ja, ich verstehe.«

»Ich liebe meine Tochter sehr und kann Ihnen versichern, daß ich alles für sie tun würde. Deshalb werde ich mir auch größte Mühe geben, um dieses Projekt für alle Bewohner optimal zu gestalten. Schließlich baue ich es auch für meine Tochter.«

Die Ausschußvorsitzende schwieg. »Das läßt die Sache natürlich in ganz anderem Licht erscheinen, Miss Cameron«, sagte sie schließlich. »Ich hätte gern etwas Bedenkzeit, aber ich bin sicher, daß sich ein Weg finden läßt.«

»Dafür wäre ich Ihnen sehr dankbar.« Hätte ich eine Tochter, dachte Lara, könnte ich sie mit gutem Gewissen hier wohnen lassen.

Drei Wochen später erhielt die Firma Cameron Enterprises von der städtischen Planungskommission die Genehmigung für das Projekt in Queens.

»Schön«, sagte Lara. »Jetzt müssen wir schnellstens Stanton Fielding und Andrew Burton fragen, ob sie Interesse daran haben, das Vorhaben gemeinsam mit uns zu verwirklichen.«

Howard Keller wollte seinen Ohren nicht trauen. »Ich hab' gehört, was passiert ist«, sagte er. »Du hast sie reingelegt! Unglaublich! Du hast gar keine Tochter!«

»Sie haben dieses Projekt gebraucht, genauso wie wir«, stellte Lara gelassen fest. »Und mir ist nichts anderes eingefallen, um einen Meinungsumschwung zu bewirken.«

Bill Whitman, der zugehört hatte, schüttelte besorgt den Kopf. »Wenn das rauskommt, ist der Teufel los!«

Im Januar wurde ein fünfundvierzigstöckiges Apartmentgebäude auf der East Side in der dreiundsechzigsten Straße fertiggestellt. Lara hatte das Duplex-Penthouse für sich selbst reserviert. Alle Räume waren sehr großzügig geschnitten, und die Dachterrassen nahmen beinahe einen halben Straßenblock ein. Ausgestattet und eingerichtet wurde Laras Wohnung von der bekanntesten Innenarchitektin New Yorks. Zur Einweihungsparty kamen über hundert Gäste.

»Hier fehlt bloß noch ein Mann«, meinte eine der Eingeladenen boshaft.

Und Lara dachte an Philip Adler und fragte sich, wo er gerade sein und was er tun mochte.

Lara Cameron saß mit Howard Keller in einer Besprechung, als Bill Whitman in ihr Büro kam.

»Hi, Boss. Haben Sie 'ne Minute Zeit für mich?«

Lara sah von ihren Unterlagen auf. »Wo liegt das Problem?«

»Bei meiner Frau.«

»Wenn's in Ihrer Ehe kriselt...«

»Nein, nein, darum geht's nicht. Sie findet, wir sollten eine Zeitlang Urlaub machen. Vielleicht ein paar Wochen nach Paris fliegen.«

Lara runzelte die Stirn. »Nach Paris? Ausgerechnet jetzt, wo wir mitten in einem halben Dutzend Projekte stecken?«

»Ich weiß, aber ich hab' in letzter Zeit oft Überstunden gemacht und meine Frau kaum noch zu Gesicht bekommen. Wissen Sie, was sie heute morgen zu mir gesagt hast? ›Bill‹, hat sie gesagt, ›wenn du befördert würdest und eine hübsche Gehaltserhöhung bekämst, könntest du's langsamer angehen lassen.‹« Er lächelte gewinnend.

Lara lehnte sich in ihren Sessel zurück und musterte ihn prüfend. »Eine Gehaltserhöhung steht Ihnen eigentlich erst nächstes Jahr zu.«

Er zuckte mit den Schultern. »Wer weiß, was bis dahin alles passiert? Zum Beispiel könnte es mit unserem Bauvorhaben in Queens Probleme geben. Die alte Edith Benson könnte etwas erfahren und daraufhin ihre Meinung ändern. Nicht wahr?«

Lara verzog keine Miene. »Ja, ich verstehe.«

Bill Whitman stand auf. »Denken Sie darüber nach, und lassen Sie mich wissen, wofür Sie sich entschieden haben.«

Lara rang sich ein Lächeln ab. »Wird gemacht.«

Sie starrte ihm grimmig nach, als er das Büro verließ.

»Jesus!« sagte Keller. »Was war das denn?«

»Eine Erpressung, Howard.«

Am nächsten Tag traf Lara sich mit Paul Martin zum Lunch.

»Paul, ich habe ein Problem«, vertraute sie sich ihm an. »Ich weiß nicht, was ich dagegen tun soll.« Sie erzählte ihm von ihrem Gespräch mit Bill Whitman.

»Glaubst du wirklich, daß er damit zu der alten Dame gehen würde?« fragte Paul Martin.

»Keine Ahnung. Aber falls er's tut, macht die Baukommission mir bestimmt größte Schwierigkeiten.«

Paul zuckte mit den Schultern. »Mach' dir seinetwegen keine Sorgen. Wahrscheinlich blufft er nur.«

Lara seufzte. »Hoffentlich!«

»Was hältst du davon, mit nach Reno zu kommen?« fragte er.

»Ich würde gern, aber ich habe wirklich keine Zeit!«

»Ich rede nicht von einer Urlaubsreise. Ich frage dich, ob du Lust hättest, dort ein Hotel mit Spielkasino zu kaufen.«

Lara starrte ihn an. »Ist das dein Ernst?«

»Ich habe erfahren, daß eines der Hotels seine Lizenz verlieren wird. Das Spielkasino ist die reinste Goldmine. Sobald das bekannt wird, sind alle dahinter her. Das Hotel soll versteigert werden, aber ich denke, daß ich dir den Zugschlag verschaffen kann.«

Lara zögerte. »Ach, ich weiß nicht recht. Ich habe meinen Kreditrahmen ziemlich ausgeschöpft. Howard sagt, daß die Banken uns kein Geld mehr leihen, bevor wir nicht einige Darlehen zurückgezahlt haben.«

»Dazu brauchst du keine Bank.«

»Aber woher soll ich . . .?«

»Den Kauf finanzierst du ganz einfach mit Junk Bonds, wie sie von vielen Wall-Street-Firmen angeboten werden. Du hast fünf Prozent Eigenkapital, und eine Sparbank gibt hochverzinsliche Schuldverschreibungen für weitere fünfundsechzig Prozent aus. Danach fehlen dir noch dreißig Prozent, die du von einer ausländischen Bank bekommst, die in Spielkasinos investiert. Du hast sogar die Wahl zwischen der Schweiz, Deutschland und Japan. Dort gibt es ein halbes Dutzend auf Spielkasinos spezialisierte Banken, die dir diese restlichen dreißig Prozent finanzieren.«

»Das klingt großartig!« sagte Lara aufgeregt. »Glaubst du wirklich, daß du mir das Hotel verschaffen kannst?«

Paul nickte grinsend. »Das wird dein Weihnachtsgeschenk.«

»Du bist wunderbar. Warum bist du so gut zu mir?«

»Keine Ahnung«, behauptete er neckend. Aber er wußte genau,

daß er ihr verfallen war. Durch sie fühlte er sich wieder jung; sie hatte sein Leben wieder aufregend gemacht. Ich will dich nie verlieren, dachte er.

Keller wartete auf Lara, als sie ins Büro zurückkam.

»Wo hast du gesteckt?« fragte er vorwurfsvoll. »Um vierzehn Uhr war eine Besprechung angesetzt, zu der ...«

»Erzähl' mir was über Junk Bonds, Howard. Damit haben wir noch nie gearbeitet. Wie werden Schuldverschreibungen bewertet?«

»Ganz oben stehen Schuldverschreibungen erster Adressen – AT & T, DuPont, General Motors und dergleichen –, die mit AAA bewertet werden. Darunter gibt's AA, A, BAA und so weiter bis hinunter zu BB – das sind Junk Bonds. Für mit AAA bewertete Schuldverschreibungen gibt es neun Prozent Zinsen; Junk Bonds bringen vierzehn Prozent. Warum interessiert dich das?«

Lara sagte es ihm.

»Ein *Spielkasino*, Lara?« fragte Keller entgeistert. »Dahinter steckt Paul Martin, stimmt's?«

»Nein, Howard. Falls ich mich dazu entschließe, stehe *ich* dahinter.« Sie wechselte das Thema. »Was ist mit unserem Angebot für das Objekt am Battery Park? Hast du schon eine Antwort bekommen?«

»Ja. Sie will nicht an uns verkaufen.«

»Aber das Objekt ist zu verkaufen?«

»In gewisser Weise schon.«

»Kannst du dich nicht deutlicher ausdrücken?«

»Es gehört einer Arztwitwe namens Eleanor Royce. Sämtliche Bauträger New Yorks haben ihr schon Angebote unterbreitet.«

»Sind wir überboten worden?«

»Daran liegt's nicht. Die alte Dame hat kein Interesse an Geld. Sie ist stinkreich.«

»Woran hat sie dann Interesse?«

»An einer Art Denkmal für ihren Mann. Sie bildet sich anscheinend ein, mit Albert Schweitzer verheiratet gewesen zu sein. Sein Andenken soll bewahrt werden. Deshalb will sie nicht, daß ihr Objekt kommerziell verwertet wird. Angeblich soll Steve Murchison versucht haben, ihr das Grundstück abzuschwatzen.«

»Oh?« Lara saß etwa eine Minute lang nachdenklich schweigend da. Dann fragte sie: Wer ist dein Arzt, Howard?«

»Wie bitte?«

»Wer ist dein Arzt?«

»Seymor Bennett, der Chefarzt vom Midtown Hospital.«

Am nächsten Morgen saß Terry Hill, Laras Anwalt, in Dr. Bennetts Sprechzimmer.

»Meine Sprechstundenhilfe sagt mir, daß Sie kein medizinisches Problem haben, mich aber trotzdem dringend sprechen wollen.«

»In gewisser Beziehung ist es doch ein medizinisches Problem, Dr. Bennett«, antwortete Terry Hill. »Ich vertrete eine Investorengruppe, die eine Sozialklinik errichten möchte. Uns geht es darum, den vielen Armen, die sich keine Behandlung leisten können, wirkungsvoll zu helfen.«

»Eine ausgezeichnete Idee!« sagte Dr. Bennett. »Was kann ich tun, um Ihnen zu helfen?«

Terry Hill sagte es ihm.

Am übernächsten Nachmittag war Dr. Bennett bei Eleanor Royce zum Tee eingeladen.

»Ich bin gebeten worden, im Auftrag einer Investorengruppe an Sie heranzutreten, Mrs. Royce. Die Geldgeber wollen eine Klinik bauen und nach Ihrem verstorbenen Gatten benennen. Sie stellen sich diese Klinik als eine Art Denkmal für ihn vor.«

Die Arztwitwe lächelte entzückt. »Tatsächlich?«

Sie sprachen lang über das geplante Bauvorhaben. Danach sagte Mrs. Royce: »Davon wäre George sicher begeistert gewesen. Sie können Ihren Leuten sagen, daß das Geschäft perfekt ist.«

Ein halbes Jahr später wurde mit dem Bau begonnen. Der fertiggestellte Gebäudekomplex war gigantisch. Ein ganzer Straßenblock war mit einem riesigen Apartmentgebäude, einer weitläufigen Ladenpassage und einem Theater bebaut. In einer Ecke des Grundstücks stand ein bescheidener einstöckiger Klinkerbau, über dessen Eingang ein schlichtes Schild verkündete: GEORGE ROYCE MEDICAL CLINIC.

18. Kapitel

Am ersten Weihnachtsfeiertag blieb Lara zu Hause. Sie war zu einem Dutzend Parties eingeladen, aber Paul wollte vorbeikommen. »Ich muß heute bei Nina und den Kindern bleiben«, hatte er ihr erklärt, »aber ich möchte vorbeikommen, um dich wenigstens kurz zu sehen.«

Lara fragte sich, was Philip Adler an diesem ersten Weihnachtstag tun mochte.

Draußen herrschte Weihnachtswetter wie auf einer Ansichtskarte. Ganz New York lag bei strahlendem Sonnenschein unter einer glitzernden Neuschneedecke. Als Paul Martin kam, brachte er eine ganze Tragetasche mit Geschenken für Lara mit.

»Ich mußte im Büro vorbeifahren, um sie abzuholen«, sagte er entschuldigend. Damit seine Frau nichts merkt, dachte sie.

»Du bedeutest mir so viel, Paul. Du brauchst mir nichts zu schenken.«

»Es macht mir aber Freude. Komm, mach' sie auf!«

Lara fand seine Vorfreude auf ihre Freude rührend.

Die Geschenke waren teuer und geschmackvoll: Ein Armband von Cartier, ein Seidentuch von Hermès, ein schwerer Bildband über Schottland, eine kostbare alte Uhr und ein kleiner weißer Umschlag. Lara riß ihn auf. Er enthielt ein Kärtchen, auf dem in Druckschrift lediglich stand: CAMERON RENO HOTEL & CASINO. Sie blickte überrascht zu Paul auf. »Ich habe das Hotel?«

Er nickte zuversichtlich. »Du bekommst es. Die Versteigerung findet nächste Woche statt. Viel Vergnügen damit!«

»Aber ich verstehe nichts von der Leitung eines Spielkasinos«, wandte Lara ein.

»Mach' dir deswegen keine Sorgen. Ich stelle ein paar Profis ein, die es für dich managen. Das Hotel kannst du selbst führen.«

»Ich weiß gar nicht, wie ich dir danken soll. Du tust so viel für mich!«

Paul Martin nahm ihre Hände in seine. »Es gibt nichts, was ich nicht für dich täte. Daran mußt du immer denken.«

»Das tue ich«, versprach Lara ihm ernst.

Er sah auf seine Uhr. »Tut mir leid, ich muß nach Hause. Ich wollte, ich ...« Er zögerte.

»Ja?«

»Schon gut. Fröhliche Weihnachten, Lara.«

»Fröhliche Weihnachten, Paul.«

Als er gegangen war, trat sie ans Fenster. Der Himmel hatte sich mit grauen Wolken überzogen, aus denen es leicht zu schneien begann. Lara stellte ruhelos das Radio an und hörte die Stimme eines Ansagers: »... und nun als Festtagsprogramm das Boston Symphony Orchestra mit Beethovens Klavierkonzert Nummer fünf in E-dur. Der Solist ist Philip Adler, Klavier.«

Lara hörte mit geschlossenen Augen zu und stellte sich ihn am Klavier vor, konzentriert und souverän. Als der Schlußakkord verklungen war, dachte sie: Ich muß ihn wiedersehen.

Bill Whitman war ein ausgezeichneter, sehr gesuchter Bauleiter. Er hatte sich vom Maurer hochgearbeitet, arbeitete fleißig und verdiente gutes Geld. Trotzdem war er unzufrieden. Er beobachtete seit Jahren, wie die Unternehmer Millionen scheffelten, während er mit seinem Gehalt abgespeist wurde. In gewisser Weise verdienen sie an mir, sagte er sich. Der Kuchen für die Unternehmer; die Krümel für mich ...

Aber seit jenem Tag, an dem Lara Cameron der Bezirksausschußvorsitzenden die rührende Geschichte von ihrer Tochter erzählt hatte, war alles anders. Sie hatte gelogen, um Mrs. Benson für ihr Vorhaben zu gewinnen – und diese Lüge konnte ihr das Genick brechen. Würde ich jetzt hingehen und auspacken, könnte sie ihren Laden zumachen, dachte er.

Genau das hatte Bill Whitman jedoch nicht vor. Er hatte einen besseren Plan. Er wollte die Sache zu seinem eigenen Vorteil nutzen. Lara Cameron würde ihm alles geben, was er verlangte. Schon ihr erstes Gespräch, bei dem er eine Beförderung und eine Gehaltserhöhung verlangt hatte, hatte ihm gezeigt, daß sie nachgeben würde. Ihr blieb gar nichts anderes übrig. Ich fange klein an, dachte er zufrieden, und setze sie allmählich unter Druck.

In der letzten Dezemberwoche begannen die Aushubarbeiten für das neue Eastside Plaza. Whitman sah sich auf der riesigen Baustelle um und dachte: Hier wird eines Tages 'ne Menge Geld verdient. Aber diesmal bin ich auch daran beteiligt.

Überall auf dem Gelände waren schwere Baumaschinen im Einsatz. Riesige Schaufelbagger gruben das Erdreich auf, drehten sich und kippten ihre tonnenschwere Ladung in bereitstehende Muldenkipper. Einer der Bagger schien jedoch irgendein technisches Problem zu haben: Seine Schaufel hing unbeweglich in halber Höhe fest. Whitman ging hinüber und stellte sich unter den Schürfkübel, um sich die Sache genauer anzusehen.

»He, Jesse«, rief er laut, um den Motorenlärm zu übertönen, »was ist los dort oben?«

Der Baggerführer murmelte etwas Unverständliches.

Whitman trat näher heran. »Was sagst du?«

Dann passierte alles blitzschnell. Der schwere Schürfkübel krachte auf Whitman herab und zerschmetterte ihn. Männer kamen herbeigerannt, aber der Verunglückte konnte nur noch tot geborgen werden.

»Die Hydraulik ist ausgefallen«, erklärte der Baggerführer später. »Gott, ich fühle mich schrecklich. Ich hab' Bill echt gerngehabt.«

Als Lara von dem Unglück hörte, rief sie sofort Paul Martin an. »Hast du von Bill Whitman gehört?«

»Ja. Das Fernsehen hat über den Unfall berichtet.«

»Paul, hast du etwa ...?«

»Komm ja nicht auf verrückte Ideen!« wehrte er lachend ab. »Du hast anscheinend zu viele Filme gesehen. Du weißt doch – zuletzt siegen immer die Guten.«

Und Lara fragte sich, ob sie zu den Guten gehörte.

Für das Hotel in Reno wurden über ein Dutzend Gebote abgegeben.

»Wann biete ich?« wollte Lara von Paul wissen.

»Erst mal gar nicht. Du wartest, bis ich's dir sage. Laß den anderen den Vortritt.«

Die Gebote mußten im verschlossenen Umschlag abgegeben werden und sollten am kommenden Freitag eröffnet werden. Am Mittwoch hatte Lara noch immer kein Gebot abgegeben. Sie rief nochmals Paul Martin an.

»Immer mit der Ruhe«, sagte er. »Ich melde mich rechtzeitig.«

Sie telefonierten jeden Tag mehrmals miteinander.

Freitag um siebzehn Uhr, eine Stunde vor Ablauf der Gebotsfrist, bekam Lara einen Anruf.

»Jetzt! Das Höchstgebot sind hundertzwanzig Millionen. Ich möchte, daß du drei Millionen mehr bietest.«

Lara holte erschrocken Luft. »Aber soviel ist das Hotel nie wert!«

»Keine Angst«, beruhigte Paul sie, »bei der vorgeschriebenen Renovierung gibt's tausend Möglichkeiten, Geld zu sparen. Du brauchst nur einen Baukontrolleur, der dir alles abzeichnet. Dadurch kannst du mindestens fünf Millionen rausholen.«

Am nächsten Tag erhielt Lara die Mitteilung, ihr Höchstgebot sei akzeptiert worden.

Jetzt war sie mit Howard Keller nach Reno unterwegs.

Das Hotel Reno Palace hatte eintausendfünfhundert luxuriös eingerichtete Zimmer und ein riesiges glitzerndes Spielkasino, das jetzt menschenleer war. Ein gewisser Tony Wilkie, der das leerstehende Haus verwaltete, führte die Besucher aus New York.

»Der vorige Besitzer hat verdammtes Pech gehabt«, behauptete er unterwegs.

»Wieso Pech?« fragte Howard Keller.

»Nun, offenbar haben einige der Jungens etwas Geld für sich selbst abgezweigt...«

»Den Rahm abgeschöpft«, warf Keller ein.

»Yeah. Der Besitzer hat natürlich nichts davon gewußt.«

»Natürlich nicht.«

»Aber irgend jemand hat ihn angezeigt, und die Kontrollkommission hat ihm prompt die Lizenz entzogen. Wirklich schade! Dabei hat das Kasino schöne Gewinne abgeworfen.«

»Ja, ich weiß.« Keller hatte die Bilanzen bereits eingesehen.

Als Lara nach ihrem Rundgang wieder mit Howard allein war, sagte sie zufrieden: »Paul hat recht gehabt. Dieser Laden ist eine Goldgrube!« Sie bemerkte Kellers Gesichtsausdruck. »Was hast du?«

Er zuckte mit den Schultern. »Ach, ich weiß nicht. Mir gefällt nicht, daß wir uns auf so was einlassen.«

»Was willst du damit sagen? Damit ist viel Geld zu verdienen, Howard!«

»Aber wer soll das Kasino führen?«

»Dafür finden wir schon die richtigen Leute«, antwortete Lara ausweichend.

»Wo denn? Bei den Pfadfindern? Ein Spielkasino können nur Profis führen. Kennst du etwa Berufsspieler? Ich nicht!«

Lara blieb stumm.

»Aber ich möchte wetten, daß Paul Martin welche kennt.«

»Laß Paul da bitte raus!« verlangte Lara.

»Das täte ich gern – und mir wär's lieber, wenn du auch nichts damit zu schaffen hättest. Ich halte das alles für keine allzu gute Idee.«

»Das Projekt in Queens hast du auch abgelehnt. Und das Einkaufszentrum in der Houston Street. Aber mit beiden verdienen wir Geld, nicht wahr?«

»Lara, ich habe nie behauptet, das seien unrentable Projekte. Trotzdem finde ich unser Expansionstempo beängstigend hoch. Wir verschlingen alles, was wir kriegen können – aber wir haben noch nichts davon verdaut.«

Lara tätschelte seine Wange. »Schon gut, Howard.«

Die Mitglieder der für Lizenzen zuständigen Kontrollkommission empfingen Lara Cameron ausgesucht höflich.

»Wir bekommen nicht oft Besuch von attraktiven jungen Damen«, stellte der Vorsitzende fest. »Ihr Besuch verschönt uns den ganzen Tag.«

Lara sah blendend aus. Sie trug ein beiges Wollkostüm von Donna

Karan, eine cremefarbene Seidenbluse und als Talisman das Hermès-Tuch, das Paul ihr zu Weihnachten geschenkt hatte. »Danke«, sagte sie lächelnd.

»Was können wir für Sie tun?« fragte ein Kommissionsmitglied. Dabei wußten sie alle recht gut, was sie für sie tun konnten.

»Ich bin hier, weil ich etwas für Reno tun möchte«, sagte Lara ernsthaft. »Ich möchte, daß es das größte und schönste Hotel Nevadas bekommt. Ich möchte das Reno Palace um fünf Geschosse aufstocken und um ein Kongreßzentrum erweitern, das zusätzliche Gäste anlocken wird, von denen viele hier spielen werden.«

Die Kommissionsmitglieder sahen sich an. »Etwas in dieser Art könnte unserer Stadt nur nützen, glaube ich«, sagte der Vorsitzende. »Wir haben natürlich den Auftrag, dafür zu sorgen, daß die geltenden Bestimmungen strikt eingehalten würden.«

»Ich verfüge nicht gerade über ein langes Vorstrafenregister«, stellte Lara lächelnd fest.

Sie schmunzelten über ihren kleinen Scherz. »Ihre bisherigen Leistungen sind bekannt, Miss Cameron, und in der Tat bewundernswert. Aber Sie verstehen nichts von der Führung eines Spielkasinos.«

»Ja, das stimmt«, gab Lara zu. »Andererseits ist es sicher einfach, qualifizierte Angestellte zu finden, mit denen Ihre Kommission einverstanden wäre. Für Ihre Unterstützung in dieser Sache wäre ich Ihnen natürlich dankbar.«

Ein Kommissionsmitglied meldete sich zu Wort. »Eine Frage zur Finanzierung: Können Sie garantieren, daß . . .?«

Der Vorsitzende unterbrach ihn. »Schon gut, Tom. Miss Cameron hat die finanzielle Seite eingehend schriftlich dargelegt. Ich sorge dafür, daß jeder von euch eine Fotokopie bekommt.«

Lara saß wartend da.

»Ich kann Ihnen vorerst natürlich nichts versprechen, Miss Cameron«, sagte der Vorsitzende, »aber aus meiner Sicht spricht eigentlich nichts dagegen, Ihnen die Lizenz zu erteilen.«

Lara lächelte strahlend. »Wundervoll! Ich möchte so rasch wie möglich mit der Renovierung beginnen.«

»Bei uns geht so etwas nicht ganz so schnell, fürchte ich. Sie müssen einen Monat warten, bevor wir Ihnen eine definitive Antwort geben können.«

»Einen Monat?« fragte Lara enttäuscht.

»Ja. Wir müssen ein paar Erkundigungen einziehen.«

»Natürlich«, sagte Lara. »Das verstehe ich gut.«

Eines der Geschäfte in der Ladenpassage ihres Hotels war ein Schallplattenladen. Im Schaufenster hing ein großes Plakat von Philip Adler, das für seine neueste CD warb.

Die Musik interessierte Lara nicht. Sie kaufte die CD wegen Philips Bild auf dem Umschlag.

Auf dem Rückflug nach New York erkundigte Lara sich: »Howard, was weißt du über Philip Adler?«

»Ungefähr das, was alle wissen. Er spielt mit den berühmtesten Dirigenten und Orchestern und ist unbestreitbar einer der besten Pianisten der Gegenwart. Neulich habe ich irgendwo gelesen, daß er eine Stiftung zur Förderung junger Musiker in Großstädten gegründet hat – vor allem für Angehörige benachteiligter Minderheiten.«

»Wie heißt die Stiftung?«

»Philip Adler Foundation, glaube ich.«

»Ich möchte etwas spenden«, sagte Lara. »Schick' ihnen morgen in meinem Namen einen Scheck über zehntausend Dollar.«

Keller starrte sie überrascht an. »Ich dachte, du hättest nichts übrig für klassische Musik?«

»Allmählich interessiert sie mich«, sagte Lara.

Die Schlagzeile lautete:

STAATSANWALTSCHAFT ERMITTELT GEGEN PAUL MARTIN
RECHTSANWALT SOLL VERBINDUNGEN ZUR MAFIA HABEN

Lara las die Meldung und griff erschrocken nach dem Telefonhörer.

»Was hat das zu bedeuten?« fragte sie Paul.

»Nichts«, antwortete er lachend. »Der Staatsanwalt fischt nur mal wieder im trüben. Seine Leute bemühen sich seit Jahren, mir Verbindungen zur Mafia anzuhängen – immer ohne Erfolg. Vor jeder Wahl versuchen sie, mich als Prügelknaben zu benützen. Aber mach' dir deswegen keine Sorgen. Gehst du heute abend mit mir essen?«

»Gern«, sagte Lara.

»Ich kenne ein kleines Restaurant in der Mulberry Street, in dem wir ganz ungestört sind.«

Beim Abendessen sagte Paul Martin: »Wie ich höre, ist das Gespräch mit der Kontrollkommission in Reno gut verlaufen.«

»Ja, das glaube ich auch. Alle sind sehr freundlich gewesen, aber ich habe natürlich keiner Erfahrung auf diesem Gebiet.«

»Da sehe ich eigentlich keine Probleme auf dich zukommen. Für das Kasino besorge ich dir ein paar gute Leute. Der Vorbesitzer ist einfach zu geldgierig geworden.« Er wechselte das Thema. »Wie steht's mit deinen Bauvorhaben?«

»Alles bestens. Wir arbeiten an drei Projekten gleichzeitig, Paul.«

»Mutest du dir nicht ein bißchen viel zu, Lara?«

Er redete schon fast wie Howard Keller. »Nein. Meine Vorhaben liegen zeitlich und finanziell genau im Plan.«

»Das freut mich, Baby. Ich möchte nicht erleben, daß dir irgendwas mißglückt.«

»Nein, mir glückt alles.« Sie legte ihre Hand auf seine. »Du bist mein Sicherheitsnetz.«

»Ich bin immer für dich da.« Er drückte ihre Hand.

Zwei Wochen vergingen, ohne daß Philip Adler etwas von sich hören ließ. Bei einer Besprechung mit Keller fragte Lara ihn: »Hast du der Adler Foundation einen Scheck über zehntausend Dollar geschickt?«

»Ja, gleich am nächsten Morgen.«

»Eigenartig. Ich hätte gedacht, daß er mal anrufen würde.«

Keller zuckte mit den Schultern. »Vermutlich ist er gerade auf Tournee.«

»Wahrscheinlich.« Sie bemühte sich, ihre Enttäuschung zu verbergen. »Reden wir lieber über den Neubau in Queens.«

»Der wird uns eine schöne Stange Geld kosten«, sagte Keller.

»Aber nur als unvermietetes Objekt. Am liebsten würde ich einen Vertrag mit einem einzigen Mieter abschließen.«

»Hast du schon einen im Visier?«

»Ja, eine Versicherungsgesellschaft – die Mutual Security Insurance. Ihr Präsident ist ein gewisser Horace Guttman. Ich habe gehört, daß sie auf der Suche nach einem neuen Verwaltungsgebäude sind. Warum sollten sie nicht unseren Neubau mieten?«

»Okay, ich kümmere mich darum«, sagte Keller.

Lara fiel auf, daß er sich keine Notizen machte. »Ich bewundere dein Gedächtnis. Du vergißt nie was, stimmt's?«

Keller nickte grinsend. »Ich habe ein fotografisches Gedächtnis. Früher habe ich mir vor allem Baseball-Statistiken gemerkt.« Wie lange das schon zurückliegt! dachte er. Howard Keller, das große Talent ... der zukünftige Star der Chicago Cubs. Ein anderer Mensch in einer anderen Zeit. »Aber manchmal ist das ein Fluch. In meinem Leben gibt's ein paar Dinge, die ich lieber vergessen würde.«

»Die Architekten sollen schon mal mit der Planung für den Neubau anfangen, Howard. Und du stellst fest, welchen Raumbedarf die Mutual Security hätte.«

Zwei Tage später kam Keller in Laras Büro. »Tut mir leid, ich habe schlechte Nachrichten.«

»Oh?«

»Ich hab' mich umgehört. Das mit der Mutual Security Insurance stimmt. Sie sind wirklich auf der Suche nach einem Verwaltungsgebäude – aber Guttman denkt an ein Gebäude am Union Square. Es gehört unserem alten Freund Steve Murchison.«

Schon wieder Murchison! Lara war überzeugt, daß er ihr die Schachtel Friedhofserde geschickt hatte. Von dem würde sie sich nicht bluffen lassen!

»Hat Guttman schon unterschrieben?«

»Noch nicht.«

»Okay, ich nehme die Sache selbst in die Hand.«

An diesem Nachmittag führte Lara über ein Dutzend Telefongespräche, bevor sie endlich bei ihrer Freundin Barbara Roswell fündig wurde.

»Horace Guttman? Klar kenne ich den, Lara. Warum interessiert er dich?«

»Ich möchte ihn bloß mal kennenlernen. Tust du mir einen großen

Gefallen, Barbara? Lädst du ihn für kommenden Samstag zum Abendessen ein? Ganz zwanglos?«

»Wird gemacht.«

Zu ihrer Abendgesellschaft konnten die Roswells zwölf Gäste begrüßen. Da Alice Guttman sich an diesem Abend nicht sonderlich fühlte, kam Horace Guttman allein – und erhielt Lara als Tischdame. Obwohl Guttman erst Anfang sechzig war, wirkte er mit seinem von Runzeln und Falten durchzogenen Gesicht viel älter. Lara sah bezaubernd aus. Zu ihrem tief ausgeschnittenen schwarzen Abendkleid von Halston trug sie als einzigen Schmuck eine mattglänzende Perlenkette.

»Ich habe mir schon lange gewünscht, Sie kennenzulernen«, gestand Lara ihrem Tischherrn. »Ich habe schon viel über Sie gehört.«

»Und ich über Sie, junge Dame. Sie haben hier großen Eindruck gemacht, muß ich sagen.«

»Ich hoffe, daß ich dazu beitragen kann, diese Stadt lebenswerter zu machen«, sagte Lara bescheiden. »Ich liebe New York!«

»Woher stammen Sie?«

»Gary, Indiana.«

»Tatsächlich?« Er starrte sie überrascht an. »Das ist nämlich auch meine Heimatstadt. Dann sind wir also Landsleute, was?«

Lara nickte lächelnd. »Ganz recht. Ich habe so schöne Erinnerungen an Gary. Mein Vater ist dort bei der *Post-Tribune* gewesen. Ich habe die Roosevelt High-School besucht. Am Wochenende sind wir zu Picknicks und Konzerten im Gleason Park gewesen – oder zum Bowling ins Twelve and Twenty gefahren. Ich bin wirklich ungern von dort fortgegangen.«

»Sie haben's weit gebracht, Miss Cameron.«

»Lara.«

»Lara. Woran arbeiten Sie im Augenblick?«

»Mein Lieblingsprojekt ist unser Neubau drüben in Queens«, berichtete Lara. »Mehr als zwanzigtausend Quadratmeter Bürofläche in dreißig Stockwerken.«

»Interessant«, meinte Guttman nachdenklich.

»Oh?« fragte Lara unschuldig. »Weshalb?«

»Wir sind zufällig auf der Suche nach einem Gebäude etwa in dieser Größe für unsere neue Zentrale.«

»Tatsächlich? Haben Sie sich schon für eines entschieden?«

»Noch nicht definitiv, aber . . .«

»Wenn Sie möchten, kann ich Ihnen die Pläne unseres Neubaus zeigen. Sie sind schon fertig.«

Er musterte sie einen Augenblick. »Ja, ich würde sie mir gern ansehen.«

»Dann bringe ich sie Ihnen am Montagmorgen vorbei.«

»Gut, ich erwarte Sie.«

Der Rest des Abends verlief in harmonischer Atmosphäre.

Als Horace Guttman nach Hause kam, ging er ins Schlafzimmer seiner Frau.

»Na, wie fühlst du dich?« fragte er.

»Besser, Darling. Wie war die Party?«

Er setzte sich zu ihr auf die Bettkante. »Alle haben bedauert, daß du nicht mitkommen konntest, aber ich habe einen interessanten Abend erlebt. Hast du schon mal von Lara Cameron gehört?«

»Natürlich. Lara Cameron kennt jeder.«

»Eine sehenswerte Erscheinung. Aber ein bißchen merkwürdig. Angeblich stammt sie aus Gary, Indiana – genau wie ich. Sie kennt sich dort aus und hat mir von Gleason Park und dem Twelve and Twenty erzählt.«

»Was ist daran merkwürdig?«

Horace Guttman grinste. »In Wirklichkeit stammt die kleine Lady aus Neu-Schottland.«

Am Montagmorgen erschien Lara Cameron in aller Frühe mit den Plänen für das neue Bürogebäude in Queens unter dem Arm in Guttmans Vorzimmer. Der Präsident der Mutual Security Insurance nahm sich sofort Zeit für sie.

»Freut mich, Sie zu sehen, Lara. Nehmen Sie bitte Platz.«

Sie legte die Baupläne auf seinen Schreibtisch und sank in den Besuchersessel.

»Bevor Sie sich die Pläne ansehen«, begann Lara, »muß ich Ihnen etwas gestehen, Horace.«

Guttman lehnte sich in seinen Sessel zurück. »Ja?«

»Die Geschichte über Gary, Indiana, die ich Ihnen am Samstagabend erzählt habe...«

»Ja?«

»Ich bin noch nie in Gary, Indiana, gewesen. Damit wollte ich mich bei Ihnen einschmeicheln.«

Er lachte. »Jetzt haben Sie's geschafft, mich zu verblüffen! Ich bin gespannt, ob ich mit Ihnen Schritt halten kann, junge Dame. Schön, sehen wir uns die Pläne mal an.«

Eine halbe Stunde später hatte er sie eingehend begutachtet.

»Wissen Sie«, meinte Guttman nachdenklich, »an sich hatte ich schon ein anderes Gebäude im Auge.«

»Wirklich?«

»Warum sollte ich mir die Sache anders überlegen und bei Ihnen einziehen?«

»Weil Sie dort zufriedener sein werden. Ich sorge persönlich dafür, daß Sie alles bekommen, was Sie brauchen.« Lara machte eine Pause. »Außerdem ist die Miete dort zehn Prozent niedriger.«

»Tatsächlich? Sie wissen doch gar nicht, was ich anderswo zahlen müßte!«

»Das spielt keine Rolle. Ihr Wort genügt mir.«

»*So* spricht man in Gary, Indiana!« sagte Guttman erfreut. »Abgemacht!«

Als Lara ins Büro zurückkam, hörte sie, daß Philip Adler sie zu erreichen versucht hatte und nochmals anrufen würde.

19. Kapitel

Im Ballsaal des Waldorf-Astoria drängten sich Musikliebhaber, die sonst die Carnegie Hall bevölkerten. Lara war mitten im Gedränge auf der Suche nach Philip. Sie erinnerte sich an ihr Telefongespräch vor einigen Tagen.

»Miss Cameron, hier ist Philip Adler.«

Ihre Kehle war plötzlich wie ausgetrocknet.

»Tut mir leid, daß ich Ihnen nicht schon früher für Ihre großzügige Spende für meine Stiftung danken konnte. Ich komme gerade aus Europa zurück und habe erst heute davon erfahren.«

»Es war mir ein Vergnügen«, sagte Lara. Sie mußte irgendwie erreichen, daß er nicht gleich wieder auflegte. »Ich ... ich wüßte gern mehr über die Stiftung. Vielleicht können wir uns mal treffen, um darüber zu reden.«

Am anderen Ende entstand eine Pause. »Am Freitagabend gebe ich im Waldorf ein Benefizkonzert mit anschließendem Empfang. Das wäre eine Gelegenheit. Hätten Sie zufällig Zeit?«

Lara warf einen raschen Blick in ihren Terminkalender. An diesem Freitag sollte sie mit einem texanischen Bankier zum Abendessen ausgehen.

Sie entschied sich rasch. »Ja. Ich komme gern.«

»Wunderbar! Ich lasse Ihnen eine Einladung schicken.«

Als Lara den Hörer auflegte, strahlte sie.

Philip Adler war nirgends zu sehen. Nach seinem Konzert ging Lara durch den riesigen Ballsaal und fing nichts als einzelne Gesprächsfetzen auf.

».. . daraufhin sagt der Tenor ganz ruhig: ›Dr. Klemperer, mir bleiben nur noch zwei hohe Cs. Wollen Sie die jetzt hören – oder heute abend in der Vorstellung?‹ . . .«

». . . oh, ich gebe zu, daß seine Stabführung gut ist. Sie ist dynamisch und ausdrucksvoll – aber die *tempi*! Du lieber Himmel, seine *tempi*! . . .«

». . . du spinnst wohl? Strawinsky ist viel zu konstruiert. Seine Musik könnte von einem Roboter stammen. Er hält seine Gefühle viel zu sehr zurück. Aber Bartók öffnet alle Schleusen und überflutet uns mit Gefühlen . . .«

». . . ich halt's einfach nicht aus, sie spielen zu hören. Ihr Chopin ist ein Gemenge aus gequältem Rubato, mißverstandenen Strukturen und rosaroter Gefühlssauce . . .«

Lara, die von diesen Fachsimpeleien nichts verstand, begann sich zu langweilen. Aber dann sah sie plötzlich Philip, der von Verehrerinnen umschwärmt wurde, und drängte sich zu ihm vor. Eine attraktive junge Frau himmelte ihn an: »Bei Ihrer Interpretation der b-moll-Sonate habe ich das Gefühl gehabt, Rachmaninow lächle Ihnen zu. Diese Ausdruckskraft . . . wundervoll!«

Philip erkannte Lara. »Ah! Bitte entschuldigen Sie mich«, sagte er hastig.

Er bahnte sich einen Weg zu ihr und ergriff ihre Hand. Von der bloßen Berührung bekam sie eine Gänsehaut. »Hallo. Ich freue mich, daß Sie kommen konnten, Miss Cameron.«

»Danke.« Lara sah sich um. »Die Veranstaltung scheint ein voller Erfolg zu sein.«

Er nickte. »Ja. Sie sind wohl auch eine Anhängerin klassischer Musik?«

Lara dachte an die Musik, mit der sie aufgewachsen war – »Annie Laurie«, »Comin' through the Rye«, »The Hills of Home« . . .

»O ja!« sagte Laura. »Mein Vater hat mich mit klassischer Musik aufgezogen.«

»Ich möchte Ihnen nochmals für Ihre Spende danken. Damit haben Sie uns sehr geholfen.«

»Ihre Stiftung klingt so interessant. Ich würde gern mehr darüber hören. Sollten Sie . . .«

»Philip, Darling! Mir fehlen die Worte! Himmlisch, einfach himmlisch!« Schon war er wieder von Verehrerinnen umringt.

Lara verschaffte sich noch einmal Gehör. »Sollten Sie sich nächste Woche einen Abend freimachen können...«

Philip schüttelte den Kopf. »Tut mir leid, aber ich fliege morgen nach Rom.«

»Oh«, sagte Lara enttäuscht.

»Aber in drei Wochen bin ich wieder da. Vielleicht können wir uns dann...«

»Wunderbar!« strahlte Lara.

»... einen Abend lang über Musik unterhalten.«

Sie nickte lächelnd. »Gern. Ich freue mich schon darauf.«

Im nächsten Augenblick wurden sie von zwei Männern mittleren Alters unterbrochen. Der eine trug eine Pferdeschwanzfrisur; der andere hatte einen Silberring im rechten Ohr.

»Philip! Du mußt eine Streitfrage schlichten. Was ist deiner Auffassung nach hilfreicher, wenn du Liszt spielst – ein Flügel mit schwerem Anschlag, der einen volleren Ton erzeugt, oder ein Instrument mit leichtem Anschlag, der farbigere Phrasierung zuläßt?«

Lara hatte keine Ahnung, wovon die beiden redeten. Aus ihrer Frage entwickelte sich eine Diskussion über neutrale Sonorität, Klangfarben und Transparenz. Als Lara sah, wie lebhaft Philip mitdiskutierte, dachte sie: Dies ist seine Welt. Ich muß irgendwie Zugang dazu bekommen.

Am Montagmorgen erschien Lara in der Manhattan School of Music. Der Empfangsdame erklärte sie: »Ich möchte bitte einen Ihrer Professoren sprechen.«

»Welchen denn?«

»Irgendeinen.«

»Augenblick, bitte.« Sie verschwand nach nebenan.

Einige Minuten später kam ein kleiner grauhaariger Mann auf Lara zu.

»Guten Morgen. Ich bin Leonard Myers. Was kann ich für Sie tun?«

»Ich interessiere mich für klassische Musik.«

»Ah, Sie möchten sich hier einschreiben. Welches Instrument spielen Sie denn?«

»Keines. Ich möchte nur möglichst viel über klassische Musik erfahren.«

»Da sind Sie hier am falschen Ort, fürchte ich. Dies ist keine Schule für Anfänger.«

»Ich zahle Ihnen fünftausend Dollar für zwei Wochen Privatunterricht.«

Professor Myers blinzelte. »Augenblick, Miss ... entschuldigen Sie, aber ich habe Ihren Namen nicht verstanden.«

»Cameron, Lara Cameron.«

»Sie wollen fünftausend Dollar dafür zahlen, daß ich zwei Wochen lang mit Ihnen über klassische Musik diskutiere?« Er brachte die Worte nur mühsam heraus.

»Richtig. Ich kann das Geld auch der Schule spenden, wenn Ihnen das lieber ist.«

»Nein, nein, das ist nicht nötig!« versicherte der Professor hastig. »Eine private Vereinbarung genügt völlig.«

»Gut, einverstanden.«

»Wann ... äh ... möchten Sie anfangen?«

»Sofort.«

»Ich habe gerade Unterricht, aber wenn Sie mir fünf Minuten Zeit lassen ...«

Lara Cameron und Professor Myers saßen allein in einem Unterrichtsraum.

»Am besten fangen wir ganz von vorn an. Was wissen Sie über klassische Musik?«

»Sehr wenig.«

»Aha«, sagte Myers. »Nun, es gibt zwei Möglichkeiten, Musik zu verstehen. Emotional und intellektuell. Irgend jemand hat einmal gesagt, Musik enthülle dem Menschen seine verborgene Seele. Die großen Komponisten sind alle imstande gewesen, diese Wirkung zu erzielen.«

Lara hörte aufmerksam zu.

»Kennen Sie *irgendwelche* Komponisten, Miss Cameron?«

Sie lächelte. »Nicht allzu viele.«

Der Professor runzelte die Stirn. »Entschuldigen Sie, ich verstehe wirklich nicht, welches Interesse Sie an ...«

»Ich möchte soviel lernen, daß ich mich mit einem Berufsmusiker über klassische Musik unterhalten kann. Dabei interessiert mich vor allem Klaviermusik.«

»Ich verstehe.« Myers dachte kurz nach. »Am besten beginnen wir mit praktischen Beispielen. Ich gebe Ihnen einige CDs mit, die Sie sich zu Hause anhören können.«

Lara beobachtete, wie er an einen CD-Ständer trat und mit mehreren Kassetten in der Hand zurückkam.

»Mit diesen hier fangen wir an. Ich möchte, daß Sie sich folgende Stücke aufmerksam anhören: das Allegro in Mozarts Klavierkonzert Nummer einundzwanzig, das Adagio in Brahms' Klavierkonzert Nummer eins, das Moderato in Rachmaninows Klavierkonzert Nummer zwei und die Romanze in Chopins Klavierkonzert Nummer eins. Alle Stücke sind gekennzeichnet.«

»Danke, Professor.«

»Wenn Sie sich diese Stücke anhören und in ein paar Tagen wiederkommen wollen ...«

»Ich bin morgen früh wieder da.«

Am nächsten Morgen erschien Lara mit einem ganzen Stapel von Konzertmitschnitten Philip Adlers auf CDs.

»Ah, wunderbar!« sagte Professor Myers. »Nichts geht über Maestro Adler. Seine Aufnahmen interessieren Sie wohl besonders?«

»Ja.«

»Der Maestro hat viele schöne Sonaten eingespielt.«

»Sonaten?«

Er seufzte. »Sie wissen nicht, was eine Sonate ist?«

»Leider nein«, gab Lara zu.

»Unter Sonate versteht man eine im allgemeinen mehrsätzige Instrumentalkomposition in kleiner oder solistischer Besetzung – zum Beispiel für Klavier oder Violine. Ihr Schema hat sich auch für Ouvertüren, Symphonien und kammermusikalische Werke durchgesetzt. Eine Symphonie ist eigentlich eine Sonate für Orchester.«

»Ja, ich verstehe.« Das müßte sich zwanglos in irgendein Gespräch einflechten lassen, dachte sie.

Die nächsten Tage verbrachten sie damit, Philips Aufnahmen zu besprechen: Beethoven, Liszt, Bartók, Mozart, Chopin, Schubert...

Lara hörte aufmerksam zu, nahm jedes Wort in sich auf und merkte sich alles.

»Er mag Liszt. Erzählen Sie mir von ihm.«

»Aus dem Wunderknaben Franz Liszt wurde ein allgemein bewunderter Komponist. Die Aristokratie hat ihn jedoch wie ein Schoßhündchen behandelt, so daß er später klagte, er stehe auf einer Stufe mit Jongleuren oder dressierten Hunden...«

»Erzählen Sie mir von Beethoven.«

»Ein unglücklicher, schwieriger Mensch. Auf dem Höhepunkt seiner großen Erfolge fand er keinen Gefallen mehr an seinen bisherigen Werken. Danach schrieb er emotionalere Kompositionen wie die *Eroica* und die *Pathétique*...«

»Chopin?«

»Chopin wurde kritisiert, weil er nur fürs Klavier komponierte. Zeitgenössische Kritiker haben ihm sogar vorgeworfen, beschränkt zu sein...«

Und später: »Liszt konnte Chopin besser spielen als Chopin selbst...«

Ein andermal: »Es gibt Unterschiede zwischen französischen und amerikanischen Pianisten. Die Franzosen bevorzugen Klarheit und Eleganz. Ihre Ausbildung basiert traditionellerweise auf dem *jeu perlé* – der perlend gleichmäßigen Artikulation mit relativ festem Handgelenk...«

Sie spielten jeden Tag eine Aufnahme von Philip Adler und diskutierten darüber.

Nach den zwei Wochen sagte Professor Myers: »Ich gestehe, ich bin beeindruckt, Miss Cameron. Sie sind eine ausnehmend fleißige Schülerin gewesen. Vielleicht sollten Sie daran denken, selbst ein Instrument zu lernen.«

Lara schüttelte lachend den Kopf. »Das wäre des Guten zuviel!« Sie legte ihm den Scheck hin. »Bitte sehr!«

Sie konnte es kaum noch erwarten, daß Philip zurückkam.

20. Kapitel

Der Tag begann mit einer guten Nachricht. Terry Hill meldete sich telefonisch.

»Lara?«

»Ja?«

»Wir haben eben von der Kontrollkommission in Reno gehört. Sie hat Ihnen die Lizenz erteilt.«

»Das ist wunderbar, Terry!«

»Die Einzelheiten können wir später besprechen, aber damit haben Sie erst mal grünes Licht. Sie scheinen die alten Knaben ganz schön beeindruckt zu haben.«

»Ich lasse sofort alles anlaufen«, sagte Lara. »Danke.«

Sie erzählte Keller, was sie erfahren hatte.

»Großartig. Die Spielbankeinnahmen können uns vor finanziellen Engpässen bewahren, die sonst . . .«

Lara blätterte in ihrem Terminkalender. »Am besten fliegen wir gleich übermorgen hin und sorgen dafür, daß alles in Gang kommt.«

Aus der Gegensprechanlage kam Kathys Stimme. »Am Apparat zwei ist ein Mr. Adler. Soll ich ihm sagen, daß Sie . . . ?«

Lara war plötzlich nervös. »Nein, geben Sie ihn mir.« Sie nahm den Hörer ab. »Philip?«

»Hallo. Ich bin wieder da.«

»Das freut mich.« Du hast mir gefehlt, dachte sie.

»Ich weiß, daß das sehr kurzfristig ist, aber ich wollte fragen, ob Sie zufällig Zeit hätten, heute abend mit mir essen zu gehen.«

Sie hatte Paul Martin versprochen, mit ihm zu Abend zu essen. »Ja, ich habe Zeit.«

»Wunderbar! Wo möchten Sie essen?«

»Das überlasse ich ganz Ihnen.«

»Vielleicht im La Côte Basque?«

»Gern.«

»Sollen wir uns gleich dort treffen? Um zwanzig Uhr?«

»Einverstanden.«

»Gut, dann bis heute abend.«

Als Lara auflegte, lächelte sie.

»Ist das *Philip* Adler gewesen?« fragte Keller.

»Mhm. Ich werde ihn heiraten.«

Keller starrte sie verblüfft an. »Ist das dein Ernst?«

»Ja.«

Das war ein Schock. Ich werde sie verlieren, dachte Keller. Und dann: Mach' dir nichts vor. Du hättest sie nie bekommen.

»Lara, du ... du kennst ihn doch kaum!«

Ich habe ihn mein Leben lang gekannt, dachte sie.

»Ich möchte nicht, daß du einen Fehler machst.«

»Ich mache keinen! Ich weiß genau, was ...« Dann klingelte das Telefon, dessen Nummer nur Paul Martin kannte. Lara nahm den Hörer ab. »Hallo, Paul.«

»Hallo, Lara. Wann treffen wir uns heute abend? Um acht?«

Sie hatte plötzlich ein schlechtes Gewissen. »Ich ... tut mir leid, Paul, aber ich kann heute abend nicht. Mir ist was dazwischengekommen. Ich wollte dich gerade anrufen.«

»Oh? Sonst alles in Ordnung?«

»Ja. Aber aus Rom sind Leute gekommen« – zumindest das war nicht gelogen – »mit denen ich mich treffen muß.«

»Pech für mich. Schön, dann ein andermal.«

»Natürlich.«

»Wie ich hörte, hast du die Lizenz für dein Hotel in Reno bekommen.«

»Ja.«

»Das wird uns noch viel Spaß machen.«

»Ich freue mich schon darauf. Tut mir leid, daß es heute abend nicht klappt. Ich rufe dich morgen wieder an.«

Am anderen Ende wurde aufgelegt.

Lara ließ langsam den Hörer sinken.

Keller beobachtete sie. Aus seiner Miene sprach deutliche Mißbilligung.

»Stört dich irgendwas?«

»Yeah. Das ganze moderne Zeug in deinem Büro.«

»Was soll das heißen?«

»Auf deinem Schreibtisch stehen zu viele Telefone, finde ich. Dieser Kerl ist gefährlich, Lara.«

Lara setzte sich ruckartig auf. »Der ›Kerl‹ hat uns schon ein paarmal gerettet, Howard. Sonst noch was?«

Keller schüttelte den Kopf. »Nein.«

»Gut, dann an die Arbeit!«

Philip war schon da, als Lara ins La Côte Basque kam. Viele Gäste sahen sich nach ihr um, als sie das Restaurant betrat. Als Philip aufstand, um sie zu begrüßen, hatte Lara schon wieder das Gefühl, ihr Herz setze einen Schlag aus.

»Ich komme hoffentlich nicht zu spät«, sagte sie.

»Nein, keineswegs.« Aus Philips Blick sprach Bewunderung. »Sie sehen wundervoll aus.«

Lara hatte sich fünf- oder sechsmal umgezogen. Sie hatte sich nicht entscheiden können – schlicht, elegant oder sexy? Zuletzt hatte sie sich für ein einfaches Dior-Kleid entschieden. »Danke, Philip.«

Als sie saßen, fuhr er fort: »Ich komme mir wie ein Idiot vor, Lara.«

»Oh? Warum denn?«

»Ich habe Ihren Namen nie damit in Verbindung gebracht. Dabei sind Sie *die* Cameron.«

Sie lachte. »Ich bekenne mich schuldig.«

»Großer Gott! Ihnen gehören Hotelketten, Wohnanlagen und Verwaltungskomplexe. Auf Reisen sehe ich in ganz Amerika Ihren Namen.«

»Um so besser«, sagte Lara lächelnd. »Dann erinnert er Sie an mich.«

Philip schüttelte den Kopf. »Das wäre überflüssig. Hören Sie überhaupt noch hin, wenn Männer Ihnen sagen, daß Sie sehr schön sind?«

»Ich freue mich, daß Sie es mir sagen«, wollte Lara sagen, aber statt dessen fragte sie: »Sind Sie verheiratet?« Am liebsten hätte sie sich die Zunge abgebissen.

»Nein«, antwortete er lächelnd. »Ich könnte unmöglich heiraten.«

»Warum nicht?« Sie hielt einen Augenblick den Atem an. Er war doch nicht etwa...?

»Weil ich fast das ganze Jahr auf Tournee bin. Eine Nacht in Budapest, die nächste in London, Paris oder Tokio.«

Sie atmete erleichtert auf. »Ah. Erzählen Sie mir mehr von sich, Philip.«

»Was möchten Sie wissen?«

»Alles!«

Er lachte. »Das würde mindestens fünf Minuten dauern.«

»Nein, das ist mein Ernst. Ich möchte wirklich alles über Sie wissen.«

Er holte tief Luft. »Nun, meine Eltern stammen aus Wien. Mein Vater war Dirigent, meine Mutter Klavierlehrerin. Sie mußten vor den Nazis aus Wien flüchten und sind nach Boston ausgewandert. Ich bin dort geboren.«

»Wollten Sie schon immer Pianist werden?«

»Ja.«

Er war sechs Jahre alt. Während er Klavier übte, kam sein Vater hereingestürmt. »Nein, nein, nein! Kannst du keinen Durakkord von einem Mollakkord unterscheiden?« Sein plumper behaarter Finger tippte aufs Notenblatt. »Das ist ein Mollakkord. Moll! Hast du verstanden?«

»Vater, darf ich bitte zum Spielen rausgehen? Meine Freunde warten auf mich.«

»Nein! Du übst weiter, bis du's kannst.«

Er war acht Jahre alt. Er hatte an diesem Vormittag schon vier Stunden lang geübt und sich deswegen mit seinen Eltern gestritten. »Ich hasse mein Klavier!« rief er weinend. »Ich will nie wieder darauf spielen!«

»Schön«, sagte seine Mutter. »Jetzt will ich noch mal das Andante hören.«

Er war zehn Jahre alt. In der Wohnung drängten sich Gäste, hauptsächlich Freunde seiner Eltern. Alle waren Musiker.

»Philip spielt jetzt etwas für uns«, kündigte seine Mutter an.

»Ja, wir würden gern hören, wie der kleine Philip spielt«, sagten sie gönnerhaft.

»Spiel' den Mozart, Philip.«

Philip starrte in ihre gelangweilten Gesichter und setzte sich ärgerlich ans Klavier. Ihre angeregte Unterhaltung ging in unverminderter Lautstärke weiter.

Er begann zu spielen. Plötzlich verstummten die Gespräche. Er spielte eine Mozart-Sonate, und die Musik erwachte zum Leben. In diesem Augenblick war er Mozart und erfüllte den Raum mit dem Zauber des Meisters.

Nach dem letzten Ton herrschte ehrfürchtiges Schweigen. Dann drängten die Freunde seiner Eltern sich ums Klavier, um ihn aufgeregt und überschwenglich zu beglückwünschen. Während er den Beifall und ihre Bewunderung genoß, erlebte er eine Erleuchtung: In diesem Augenblick wußte er, wer er war und was er sein Leben lang tun wollte.

»Ja, ich habe schon immer gewußt, daß ich Pianist werden wollte«, wiederholte Philip.

»Wo haben Sie Ihre Ausbildung bekommen?« fragte Lara.

»Bis ich vierzehn war, hat meine Mutter mich unterrichtet. Dann habe ich einen Studienplatz am Curtis Institute in Philadelphia bekommen.«

»Hat es Ihnen gefallen?«

»Ja, sehr.«

Er war mit vierzehn Jahren allein in einer fremden Stadt, in der er keine Freunde hatte. Das Curtis Institute of Music befand sich in vier um die Jahrhundertwende erbauten Villen und lag nur wenige Straßen vom Rittenhouse Square in Philadelphia entfernt. Es war eine Art amerikanisches Gegenstück zum Moskauer Konservatorium mit Viardo, Eqorow und Toradse. Zu seinen Absolventen gehörten Samuel Barber, Leonard Bernstein, Gian Carlo Menotti, Peter Serkin und Dutzende von weiteren international bekannten Künstlern.

»Sind Sie dort nicht einsam gewesen?«

»Nein, gar nicht.«

Er war krank vor Heimweh, denn er war noch nie von daheim fort gewesen. Als das Curtis Institute ihn nach dem Vorspielen aufnahm, wurde ihm bewußt, daß damit ein neuer Lebensabschnitt begann – und daß er nie wieder bei seinen Eltern leben würde. Die Lehrer erkannten das Talent des Jungen sofort. Seine Klavierlehrer waren Isabelle Wengerowa und Rudolf Serkin. Daneben studierte Philip Komposition und Dirigieren. Außerhalb des Unterrichts spielte er mit anderen Studenten Kammermusik. Das Klavier, auf dem er schon als Dreijähriger hatte üben müssen, war jetzt der Mittelpunkt seines Lebens. Für ihn war es zu einem Zauberinstrument geworden, dem seine Finger zarte Gefühle, Gewitter und Leidenschaft entlocken konnten.

»Mein erstes großes Konzert habe ich als Achtzehnjähriger mit dem Detroit Symphony Orchestra gegeben.«

»Hatten Sie nicht schreckliches Lampenfieber?«

Er hatte vor Angst weiche Knie. Dieser riesige Saal, das erwartungsvolle Publikum, das Eintritt bezahlt hatte, um ihn zu hören! Er lief nervös in seiner Garderobe auf und ab, als an die Tür geklopft wurde. »Ihr Auftritt, Mr. Adler!« sagte eine Männerstimme. Das Gefühl, aufs Podium zu kommen und mit Beifall begrüßt zu werden, würde er nie vergessen. Und sobald er sich ans Klavier setzte, verschwand seine Nervosität schlagartig.

Danach wurde sein Leben zu einem regelrechten Konzertmarathon. Er war in Europa, Asien und Australien auf Tournee, und sein Ruf vermehrte sich mit jeder dieser Konzertreisen. William Ellerbee, ein bedeutender Agent, erklärte sich bereit, ihn unter seine Fittiche zu nehmen. Nach nur zwei Jahren war Philip Adler bereits ein gefragter Star.

Philip nickte lächelnd. »Natürlich. Das habe ich noch heute vor jedem Konzert.«

»Auf Ihren Reisen erleben Sie wohl viel?«

»Langweilig sind sie nie. Ich erinnere mich an eine Tournee mit dem Philadelphia Symphony Orchestra. Wir sollten von Brüssel aus zu einem Konzert in London fliegen. Da der Flughafen wegen Nebels geschlossen war, wurden wir mit einem Bus zum Amsterdamer

Flughafen Schiphol gebracht. Die dort bereitstehende Chartermaschine war jedoch so klein, daß die Musiker nur ihr Gepäck *oder* ihre Instrumente mitnehmen konnten. Natürlich haben sie sich für die Instrumente entschieden. Wir sind gerade noch rechtzeitig angekommen und haben das Konzert in Jeans und Tennisschuhen gegeben.«

Sie lachte. »Mal etwas anderes ...«

»Richtig. Ein andermal sollte ich ein Konzert in Indianapolis geben, aber der Flügel stand in einem Nebenraum, zu dem niemand den Schlüssel hatte. Zuletzt mußten wir die Tür aufbrechen.«

Lara kicherte.

»Voriges Jahr sollte ich in Rom einen Beethovenabend geben, über den ein Musikkritiker danach berichtete: ›Adlers Spiel war schwerfällig, seine Phrasierung im Finale völlig verfehlt. Wegen seines allzu breit angelegten Tempos wurde der jugendliche Elan dieses Stücks nie spürbar.‹«

»Wie schrecklich!« sagte Lara mitfühlend.

»Schrecklich war nur, daß ich das Konzert überhaupt nicht gegeben hatte. Ich hatte mein Flugzeug verpaßt!«

Lara beugte sich nach vorn. »Erzählen Sie mir mehr.«

»Nun, in São Paulo sind mal mitten in einem Chopinkonzert die Pedale vom Flügel abgefallen.«

»Was haben Sie da gemacht?«

»Ich habe das Konzert ohne Pedale zu Ende gespielt. In einem anderen Saal ist mir der Flügel quer übers Podium davongerollt.«

Mit hörbarer Begeisterung in der Stimme sprach Philip Adler über seine Arbeit.

»Ich habe wirklich Glück mit meinem Beruf. Es ist wundervoll, Menschen anrühren und in eine andere Welt versetzen zu können. Die Musik schenkt jedem von ihnen einen Traum. Manchmal glaube ich, daß Musik das einzig Gesunde in unserer verrückten Welt ist.« Er lachte verlegen. »Entschuldigung, das sollte nicht eingebildet klingen.«

»Aber das tut es nicht, Philip. Sie machen Millionen von Menschen glücklich. Ich kenne nichts Schöneres, als Sie spielen zu hören.« Sie holte tief Luft. »Wenn Sie Debussys *Voiles* spielen, stehe ich an einem einsamen Strand und sehe in der Ferne die Masten eines vorbeisegelnden Schiffs ...«

Er lächelte. »Ja, die sehe ich auch.«

»Und wenn Sie Scarlatti spielen, flaniere ich durch Neapel, höre die Hufe von Droschkenpferden klappern und sehe die Menschen auf den Straßen ...«

Lara merkte, daß Philip ihr mit aufrichtigem Vergnügen zuhörte, und rief sich alles ins Gedächtnis zurück, was sie bei Professor Myers über Komponisten gehört hatte.

»Mit Béla Bartóks Musik entführen Sie mich in ungarische Bauerndörfer. Sie malen mit Tönen Bilder, in denen ich mich verliere.«

»Sie schmeicheln mir«, wehrte Philip ab.

»Nein, das ist mein Ernst!«

Das Dinner wurde serviert: Terrine beaujolaise, Selleriesalat und Buttertoast, Basilikumschaumsuppe mit Lachsstreifen, Châteaubriand mit Kartoffelkroketten und jungem Gemüse, frische Heidelbeeren auf Eis. Sie tranken französische Weine.

»Wir reden immer nur über mich, Lara«, sagte Philip, während sie aßen. »Erzählen Sie mir etwas über sich. Wie ist es, in ganz Amerika riesige Gebäude zu errichten?«

Lara schwieg einen Augenblick. »Das ist gar nicht leicht zu erklären. *Sie* sind schöpferisch mit den Händen tätig. *Ich* schöpfe auch etwas, zunächst in meinem Kopf. Ich baue nicht selbst, aber ich mache es möglich, daß Gebäude entstehen. Ich träume einen Traum aus Ziegeln, Beton und Stahl – und verwirkliche ihn. Ich schaffe Arbeitsplätze für Hunderte von Menschen: Architekten und Maurer und Designer und Kranführer und Installateure. Weil ich ihnen Arbeit gebe, können sie ihre Familien ernähren. Ich sorge dafür, daß Menschen angenehm und behaglich wohnen können. Ich baue attraktive Einkaufszentren, in denen sie ihren täglichen Bedarf decken können. Damit investiere ich in die Zukunft.« Diesmal lächelte Lara etwas verlegen. »Tut mir leid, ich wollte keine Rede halten.«

»Sie sind eine bemerkenswerte Frau, wissen Sie das?«

»Ich möchte, daß Sie das von mir denken.«

Es war ein zauberhafter Abend, und als er zu Ende ging, wußte Lara, daß sie zum ersten Mal in ihrem Leben verliebt war. Dabei hatte sie Angst gehabt, sie könnte enttäuscht werden, weil kein Mann an ihre Traumgestalt heranreichen würde. Aber ihr Lochinvar lebte, und diese Begegnung ließ ihr das Herz im Halse schlagen.

Als Lara nach Hause kam, war sie zu aufgeregt, um gleich schlafen zu können. Statt dessen dachte sie an den Abend zurück und erinnerte sich wieder und wieder an alles, worüber sie gesprochen hatten. Philip Adler war der faszinierendste Mann, den sie jemals kennengelernt hatte. Dann klingelte ihr Telefon. Lara griff lächelnd nach dem Hörer. Aber bevor sie »Philip!« sagen konnte, hörte sie Paul Martins Stimme: »Ich wollte bloß hören, ob du gut nach Hause gekommen bist.«

»Ja«, antwortete Lara.

»Wie hat die Besprechung geklappt?«

»Gut.«

»Schön. Gehst du morgen abend mit mir essen?«

Lara zögerte kaum merklich. »Gern«, antwortete sie dann. Sie fühlte sich nicht ganz wohl in ihrer Haut.

21. Kapitel

Am nächsten Morgen brachte ihr ein Bote ein Dutzend rote Rosen in die Wohnung. Also hat er unseren Abend auch genossen, dachte Lara glücklich. Sie zog hastig die beiliegende Karte aus dem Umschlag. Der Text lautete: »Baby, ich freue mich auf unser Dinner heute abend – Paul.«

Lara war maßlos enttäuscht. Sie wartete den ganzen Vormittag auf einen Anruf von Philip. Obwohl sie einen übervollen Terminkalender hatte, war sie kaum imstande, sich auf die Arbeit zu konzentrieren.

Um zehn Uhr meldete Kathy: »Die neuen Sekretärinnen sind zum Einstellungsgespräch da.«

»Gut, schicken Sie sie nacheinander rein.«

An diesem Morgen stellten sich fünf hochqualifizierte Bewerberinnen vor. Das Rennen machte eine Frau Anfang dreißig namens Gertrude Meeks. Sie wirkte lebhaft und intelligent – und hatte offenbar großen Respekt vor Lara Cameron.

Lara überflog ihren Lebenslauf. »Wie ich sehe, bringen Sie schon Erfahrungen aus der Bauträgerbranche mit.«

»Ja, Ma'am. Aber für jemanden wie Sie habe ich noch nie gearbeitet. Ganz ehrlich, hier würde ich auch ohne Gehalt anfangen!«

Lara lächelte. »Das wird nicht nötig sein. Sie haben erstklassige Referenzen. Gut, ich will's mit Ihnen versuchen.«

»Oh, vielen Dank!« Die neue Sekretärin strahlte.

»Bei uns müssen Sie sich schriftlich verpflichten, keine Interviews zu geben und keine Informationen aus der Firma an Außenstehende gelangen zu lassen. Sind Sie damit einverstanden?«

»Natürlich.«

»Gut, dann zeigt Kathy Ihnen jetzt Ihren Schreibtisch.«

Um vierzehn Uhr hatte Lara eine kurze Besprechung mit ihrem PR-Mann Jerry Townsend.

»Wie geht's Ihrem Vater?« fragte sie danach.

»Er ist in der Schweizer Klinik. Der Arzt sagt, daß er unter Umständen eine Chance hat.« Seine Stimme klang plötzlich heiser. »Aber dann nur Ihretwegen!«

»Jeder hat eine Chance verdient, Jerry. Ich wünsche Ihrem Vater gute Besserung.«

»Danke.« Er räusperte sich. »Ich ... ich weiß nicht, wie ich Ihnen sagen soll, wie dankbar ich ...«

Lara stand auf. »Tut mir leid, ich muß zu einem Termin.«

Und sie ging hinaus und ließ den verdutzten Townsend stehen.

Lara Cameron befand sich in einer Besprechung, in der es um ein Neubauprojekt in New Jersey ging. »Sie haben gute Arbeit geleistet«, lobte sie die Architekten, »aber ich hätte gern ein paar Änderungen. Mir schwebt eine elliptische Marmorarkade vor, die zu drei Vierteln von Ausstellungsräumen umgeben ist. Und das Dach sollte eine Kupferpyramide mit aufgesetztem Leuchtfeuer werden. Irgendwelche Probleme damit?«

»Ich sehe keine, Miss Cameron.«

Die Besprechung war eben zu Ende, als die Gegensprechanlage summte.

»Miss Cameron, Raymond Duffy ruft an und möchte Sie dringend sprechen. Auf Apparat eins.«

Lara nahm den Hörer ab. »Hallo, Raymond.«

»Wir haben ein Problem, Miss Cameron«, berichtete der Bauleiter eines ihrer New Yorker Projekte.

»Ja?«

»Wir haben eben eine Lieferung Betonpfeiler für die Gründungsarbeiten bekommen. Diese Pfeiler sind nicht in Ordnung – sie haben Risse. Ich schicke sie zurück, aber ich wollte Ihnen vorher Bescheid sagen.«

Lara überlegte kurz. »Wie schlimm sind die Risse?«

»Schlimm genug. Die Pfeiler entsprechen nicht unseren Anforderungen und ...«

»Könnten Sie sie auf der Baustelle instandsetzen?«

»Ja, aber das wäre verdammt teuer.«

»Tun Sie's«, entschied Lara.

Am anderen Ende entstand eine Pause.

»Okay. Sie sind der Boss.«

Lara legte auf. In ganz New York gab es nur zwei Firmen, die solche Fertigteile lieferten, und es wäre Selbstmord gewesen, sie zu verärgern.

Als Philip um siebzehn Uhr noch immer nicht angerufen hatte, wählte Lara die Nummer der Philip Adler Foundation. »Philip Adler, bitte.«

»Mr. Adler ist auf Konzertreise. Kann ich ihm irgend etwas ausrichten?«

Er hatte mit keinem Wort erwähnt, daß er wieder verreisen würde. »Nein, vielen Dank.«

Das war's also, dachte Lara. Vorläufig jedenfalls.

Ihr Arbeitstag endete mit einem Besuch von Steve Murchison, der wie ein gereizter Stier in Laras Büro stürmte, obwohl Kathy ihn zurückzuhalten versuchte.

»Was kann ich für Sie tun, Mr. Murchison?« fragte Lara.

»Sie können aufhören, Ihre verdammte Nase in meine Angelegenheiten zu stecken!« schnaubte Murchison.

Lara zog die Augenbrauen hoch. »Wo liegt das Problem?«

»Sie sind mein Problem! Ich kann's nicht leiden, wenn andere Leute mir Geschäfte verderben.«

»Falls Sie auf unseren Vertrag mit Mr. Guttman anspielen ...«

»Allerdings tue ich das.«

»... mein Gebäude hat ihm einfach besser gefallen als Ihres.«

»Sie haben ihn irgendwie bequatscht, Lady. Das lasse ich mir nicht noch mal bieten! Ich hab' Sie schon in Chicago gewarnt. Kommen Sie mir bloß nicht noch mal in die Quere, sonst mach' ich Hackfleisch aus Ihnen!« Er stürmte hinaus und knallte die Tür hinter sich zu.

Das Abendessen mit Paul in ihrem Penthouse fand in gespannter Atmosphäre statt.

»Du bist geistesabwesend, Baby«, stellte Paul fest. »Irgendwelche Probleme?«

Lara rang sich ein Lächeln ab. »Nein, nein, alles in bester Ordnung.«

Warum hatte Philip ihr nicht gesagt, daß er auf Tournee gehen würde?

»Wann fängst du mit dem Umbau in Reno an?«

»Howard und ich fliegen nächste Woche wieder hin. Die Eröffnung müßte in etwa neun Monaten stattfinden können.«

»In neun Monaten könntest du ein Baby kriegen.«

Lara starrte ihn verblüfft an. »Was?«

Paul Martin ergriff ihre Hand. »Du weißt, daß ich verrückt nach dir bin, Lara. Du hast mein ganzes Leben verändert. Ich wollte, manches wäre anders gekommen. Ich wollte, wir hätten Kinder haben können.«

Lara schwieg. Was hätte sie dazu sagen sollen?

»Ich habe eine kleine Überraschung für dich.« Er zog ein blaues Etui aus der Jackentasche.

»Mach's auf.«

»Paul, du hast mir schon soviel geschenkt...«

»Mach's auf.«

Das Etui enthielt ein prachtvolles Brillanthalsband.

»Paul!«

Er stand auf, und Lara fühlte seine Hände auf ihrer Haut, als er ihr das Halsband umlegte. Dann glitten die Hände tiefer und umfaßten ihre Brüste, während er heiser sagte: »Mal sehen, wie's dir steht, wenn du nackt bist.«

Laras Gefühle befanden sich in wildem Aufruhr, als er sie ins Schlafzimmer führte. Sie hatte ihn nie geliebt, aber mit ihm ins Bett zu gehen, war ihr leichtgefallen – als Belohnung für alles, was er für sie getan hatte. Doch jetzt war alles anders. Sie war verliebt. Du bist ein Dummkopf, sagte Lara sich. Wahrscheinlich sah sie Philip nie wieder.

Sie zog sich langsam und widerstrebend aus. Dann waren sie im

Bett, und Paul lag auf ihr, war in ihr und keuchte: »Baby, ich bin verrückt nach dir!« Und sie sah auf und bildete sich ein, Philips Gesicht über sich zu sehen.

Alles klappte planmäßig. Der Hotelumbau in Reno kam rasch voran, der Zeitplan für die Cameron Towers wurde eingehalten, und Laras Ruf in der Branche festigte sich weiter. Sie hatte in den vergangenen Monaten mehrmals versucht, Philip Adler telefonisch zu erreichen, aber er war ständig auf Konzertreisen.

»Mr. Adler ist in Peking...«

»Mr. Adler ist in Paris...«

»Mr. Adler ist in Sydney...«

Zum Teufel mit ihm, dachte Lara.

Im folgenden halben Jahr gelang es Lara Cameron dreimal, Steve Murchison lohnende Objekte vor der Nase wegzuschnappen.

Keller kam deswegen besorgt zu ihr. »Ich habe von mehreren Seiten gehört, daß Murchison Drohungen gegen dich ausstößt. Vielleicht solltest du dich ein bißchen zurückhalten. Er ist ein gefährlicher Feind, Lara.«

»Das bin ich auch«, stellte sie fest. »Vielleicht sollte er lieber die Branche wechseln.«

»Nimm die Sache nicht auf die leichte Schulter, Lara. Murchison ist...«

»Schon gut, Howard. Ich hab' gerade einen Tip wegen eines Objekts in Los Angeles bekommen, das noch nicht auf dem Markt ist. Wenn wir uns beeilen, können wir's der Konkurrenz wegschnappen. Wir fliegen morgen früh hin.«

Das Objekt in Los Angeles war der ehemalige Standort des abgebrochenen Hotels Biltmore. Ein Immobilienmakler führte Lara und Howard über das zwei Hektar große Grundstück.

»Die Lage ist erstklassig«, versicherte er ihnen. »Ein Filetstück, bei dem nichts schiefgehen kann. Auf diesem Gelände können Sie eine richtige kleine Stadt bauen... Apartmenthäuser, Einkaufszentrum, Filmtheater, Einkaufspassagen...«

»Nein.«

Er starrte Lara überrascht an. »Wie bitte?«

»Dieses Grundstück interessiert mich nicht.«

»Nein? Und warum nicht?«

»Es liegt falsch«, sagte Lara. »Ich glaube nicht, daß man Leute dazu bringen kann, in diese Gegend zu ziehen. Los Angeles strebt nach Westen. Die Menschen sind wie Lemminge. Ihre Zugrichtung kann niemand umkehren.«

»Aber...«

»Ich will Ihnen sagen, woran ich interessiert bin. Eigentumswohnungen. Suchen Sie mir Grundstücke in guter Lage.«

Lara wandte sich an Howard. »Tut mir leid, daß ich deine Zeit vergeudet habe. Wir fliegen heute nachmittag zurück.«

Bei ihrer Rückkehr ins Hotel kaufte Keller eine Zeitung. »Mal sehen, was sich an der Börse tut.«

Sie blätterten die Zeitung gemeinsam durch. Im Veranstaltungsteil fiel Lara eine Großanzeige auf: HEUTE ABEND IN DER HOLLYWOOD BOWL – PHILIP ADLER. Ihr Herz machte einen kleinen Sprung.

»Vielleicht fliegen wir doch lieber erst morgen«, meinte sie.

Keller musterte sie prüfend. »Interessiert dich die Musik oder der Musiker?«

»Besorg' uns zwei Karten.«

Lara war noch nie in der Hollywood Bowl gewesen. Die achtzehntausend Sitzplätze dieses größten natürlichen Amphitheaters waren ausverkauft, und Lara glaubte, die Vorfreude des Publikums fast körperlich zu spüren. Schon die aufs Podium kommenden Musiker wurden mit erwartungsvollem Beifall empfangen. Dieser Applaus steigerte sich, als der Dirigent André Previn erschien, und wurde zu einem Beifallssturm, als Philip Adler – groß und elegant im Frack – das Podium betrat.

Lara stieß Keller an. »Sieht er nicht blendend aus?« flüsterte sie.

Keller gab keine Antwort.

Philip setzte sich an den Flügel, und der Dirigent gab den Einsatz. Der Zauber seiner Musik und der geheimnisvolle Reiz dieser Nacht schlugen das Publikum sofort in ihren Bann. Die dunklen Hügel, von denen die Hollywood Bowl eingerahmt war, lagen im Sternenschein.

Viele tausend Menschen saßen, von der Majestät der Musik überwältigt, schweigend da. Aber sowie der letzte Ton des Konzerts verhallt war, sprangen die Menschen begeistert auf, um jubelnd zu applaudieren. Vorn auf dem Podium stand Philip neben dem Flügel und verbeugte sich immer wieder.

»Komm, wir besuchen ihn in der Garderobe«, sagte Lara.

Keller musterte sie erstaunt. Hatte ihre Stimme wirklich vor Aufregung gezittert?

Der Bühneneingang befand sich an der Seite des muschelförmig überdachten Podiums. An der Tür stand ein Wachmann, um zu verhindern, daß Autogrammjäger sich Zutritt verschafften. »Miss Cameron ist hier für Mr. Adler«, erklärte Keller ihm.

»Erwartet er Sie?« fragte der Uniformierte.

»Ja«, sagte Lara.

»Augenblick, ich frage nach.« Eine Minute später war der Mann wieder da und hielt ihr die Tür auf. »Bitte sehr, Miss Cameron.«

Lara und Keller betraten den Salon, von dem die Künstlergarderoben abgingen. Philip stand im Mittelpunkt der Menge, die ihm gratulierte.

Dann sah er auf, erkannte Lara und lächelte ihr zu. »Entschuldigung«, sagte er hastig und drängte sich durch die Menschen. »Ich habe nicht gewußt, daß Sie in Los Angeles sind.«

»Wir sind erst heute morgen angekommen. Das hier ist mein Mitarbeiter, Howard Keller.«

»Hallo«, sagte Keller knapp.

Philip drehte sich nach einem kleinen, stämmigen Mann um, der ihm gefolgt war. »Das ist William Ellerbee, mein Agent.« Sie nickten einander zu.

»Heute abend geben wir im Beverly Hilton eine Party«, fuhr Philip fort. Er warf Lara einen fragenden Blick zu. »Wenn Sie Lust hätten . . .«

»Wir kommen gern«, versicherte sie ihm.

Als Lara und Keller den Ballsaal im Beverly Hilton betraten, drängten sich dort wieder einmal Musiker und Musikfreunde, die über nichts als Musik sprachen.

»... auffällig ist übrigens auch, daß das Publikum um so heißblütiger und enthusiastischer wird, je mehr man sich dem Äquator nähert...«

»... wenn Franz Liszt spielte, wurde ihm das Klavier zum Orchester...«

»... nein, da bin ich anderer Meinung! De Grootes Stärke liegt nicht bei Werken der Wiener Klassik, sondern ganz eindeutig bei Schumann...«

»... es kommt darauf an, die emotionale Landschaft eines Konzerts zu dominieren...«

Musiker, die in Zungen sprechen, dachte Lara.

Auch hier war Philip von Bewunderern umringt, die ihn anhimmelten. Allein ihn zu sehen, machte Lara Freude.

Philip Adler begrüßte sie lächelnd. »Ich freue mich sehr, daß Sie kommen konnten.«

»Diese Gelegenheit hätte ich mir um keinen Preis der Welt entgehen lassen.«

Howard Keller beobachtete, wie die beiden sich unterhielten und dachte: Vielleicht hätte ich Klavierunterricht nehmen sollen. Oder vielleicht sollte ich endlich der Realität ins Auge sehen. Seine erste Begegnung mit dem intelligenten, lernbegierigen, ehrgeizigen Mädchen von damals schien endlos lange zurückzuliegen. Die Zeit hatte es gut mit ihr gemeint – und für ihn hatte sie stillgestanden.

»Ich muß morgen nach New York zurück«, sagte Lara gerade, »aber vielleicht können wir miteinander frühstücken.«

»Das wäre schön, aber ich muß leider sehr früh zum Flughafen. Ich fliege nach Tokio.«

Sie machte ein enttäuschtes Gesicht. »Weshalb?«

Er lachte. »Weil das mein Beruf ist, Lara. Ich gebe einhundertfünfzig Konzerte im Jahr. Manchmal fast zweihundert.«

»Wie lange sind Sie diesmal fort?«

»Acht Wochen.«

»Sie werden mir fehlen«, sagte Lara leise. Du ahnst nicht, wie sehr, dachte sie.

22. Kapitel

In den folgenden Wochen flogen Lara und Keller nach Atlanta, um zwei Grundstücke in Ainsley Park und Dunwoody zu besichtigen.

»Dunwoody ist interessant«, entschied Lara. »Dort könnten wir Eigentumswohnungen bauen.«

Von Atlanta aus flogen sie nach New Orleans weiter. Dort verbrachten sie zwei Tage damit, das Geschäftsviertel zu erkunden, bevor sie am dritten Tag zum Lake Pontchartrain hinausfuhren. Lara fand zwei Objekte, die ihr zusagten.

Am Tag nach ihrer Rückkehr kam Keller in Laras Büro. »Das Projekt in Atlanta können wir vergessen«, sagte er.

»Was soll das heißen?«

»Irgend jemand ist uns zuvorgekommen.«

Lara starrte ihn überrascht an. »Wie ist das möglich? Die Grundstücke sind noch gar nicht auf dem Markt gewesen!«

»Ja, ich weiß. Trotzdem muß jemand davon erfahren haben.«

Lara zuckte mit den Schultern. »Na ja, man kann nicht alles haben.«

Nachmittags brachte Keller erneut schlechte Nachrichten. »Aus unserem Vorhaben am Lake Pontchartrain wird leider auch nichts.«

Am nächsten Tag flogen sie nach Seattle und sahen sich in Kirkland und auf Mercer Island um. Ein Objekt interessierte Lara besonders, und als sie wieder in New York waren, sagte sie zu Keller: »Dieses Objekt in Kirkland sollten wir uns sichern.«

»Wird gemacht.«

Als sie sich am nächsten Tag sahen, fragte Lara: »Hast du ein Gebot für Kirkland abgegeben?«

Keller schüttelte den Kopf. »Irgend jemand ist uns zuvorgekommen.«

Lara zog die Augenbrauen hoch. »Schon wieder? Howard, stell bitte fest, wer uns dauernd ausbootet.«

Dafür brauchte er keine vierundzwanzig Stunden. »Steve Murchison.«

»In jedem dieser Fälle?«

»Ja.«

»Dann muß es hier im Büro eine undichte Stelle geben.«

»Sieht so aus.«

Lara Cameron nickte grimmig. Am nächsten Morgen engagierte sie einen Privatdetektiv, um der Sache auf den Grund zu gehen. Aber die Ermittlungen blieben erfolglos.

»Soweit sich feststellen läßt, ist keiner Ihrer Angestellten verdächtig, Miss Cameron. In Ihrem Büro gibt es keine Abhöranlagen, und auch Ihr Telefon ist nicht angezapft worden.«

Sie waren in eine Sackgasse geraten.

Vielleicht sind das alles Zufälle gewesen, dachte Lara. Aber sie glaubte selbst nicht daran.

Ihr Wohnturm in Queens war im Rohbau fertig, und Lara lud Vertreter der an der Finanzierung beteiligten Banken zur Besichtigung ein. Je höher die Etagennummer, desto teurer die Wohnung. In Wirklichkeit hatte Laras achtundsechzigstöckiger Bau nur neunundfünfzig Geschosse. Diesen Trick hatte sie von Paul Martin gelernt.

»So machen's alle«, hatte Paul ihr lachend erklärt. »Dazu brauchst du nur die Etagennummern zu ändern.«

»Wie macht man das?«

»Ganz einfach! Die ersten Aufzüge fahren vom Erdgeschoß in den vierundzwanzigsten Stock. Und die zweiten Aufzüge verkehren vom vierunddreißigsten bis zum achtundsechzigsten Stock. Mit diesem Trick arbeiten viele.«

Um die Gewerkschaften zufriedenzustellen, standen auf jeder Baustelle ein halbes Dutzend Phantome auf den Lohnlisten – Leute, die gar nicht existieren. Es gab einen Sicherheitsbeauftragten, einen Baukoordinator, einen Materialüberwacher und noch ein paar andere imposant klingende Titel. Anfangs hatte Lara sich nicht darauf einlassen wollen.

»Mach' dir nichts daraus, Baby«, hatte Paul ihr geraten. »Das sind einfach Betriebsausgaben.«

Howard Keller hatte ursprünglich in einem winzigen Apartment am Washington Square gehaust – bis Lara ihn einmal dort besucht hatte. Sie hatte sich umgesehen und energisch festgestellt: »In diesem Loch kannst du keinen Tag länger bleiben! Versprich mir, daß du schnellstens ausziehst!« Auf ihr Drängen war er in eine hübsche kleine Wohnanlage umgezogen.

Eines Abends arbeiteten Lara und er bis tief in die Nacht hinein, und als sie endlich fertig waren, meinte Lara: »Du siehst völlig erschossen aus. Willst du nicht heimfahren und dich ausschlafen, Howard?«

»Gute Idee«, sagte Keller gähnend. »Schön, dann bis heute früh.«

»Komm lieber etwas später«, forderte sie ihn auf.

Keller setzte sich in seinen Wagen und fuhr nach Hause. Unterwegs dachte er an das Geschäft, das sie vorhin abgeschlossen hatten, und bewunderte wieder einmal Laras Verhandlungsgeschick. Es war aufregend, mit ihr zusammenzuarbeiten. Aufregend und frustrierend. Wider besseres Wissen hoffte er noch immer, eines Tages werde ein Wunder geschehen. *Verzeih mir, ich muß blind gewesen sein, Darling. Paul Martin oder Philip Adler interessieren mich nicht. Ich hab' immer nur dich geliebt!*

Verdammt unwahrscheinlich.

Vor der Wohnungstür holte Keller seinen Schlüssel heraus und wollte aufsperren. Aber der Schlüssel paßte nicht ins Schloß. Als er leicht verwirrt einen zweiten Versuch unternahm, wurde plötzlich die Tür von innen aufgerissen. Vor ihm auf der Schwelle stand ein Unbekannter. »Was machen Sie da, verdammt noch mal?« knurrte der Mann.

Keller starrte ihn verständnislos an. »Ich wohne hier.«

»Erzählen Sie keine Märchen!«

»Aber ich ...« Dann fiel es ihm wie Schuppen von den Augen. »Ich ... oh, entschuldigen Sie!« stammelte er und wurde rot. »Ich *habe* hier gewohnt. Ich ...«

Der Mann knallte ihm die Tür vor der Nase zu. Keller wandte sich verwirrt ab. Wie konnte er vergessen, daß er umgezogen war? Er hatte in letzter Zeit zuviel gearbeitet.

Lara Cameron war in einer Besprechung, als ihr Privattelefon klingelte. »Du bist in letzter Zeit sehr beschäftigt, Baby. Du fehlst mir sehr.«

»Ich bin ziemlich viel unterwegs, Paul.« Lara brachte es nicht über sich, ihm zu versichern, daß er ihr ebenfalls gefehlt habe.

»Gehst du heute mittag mit mir essen?«

Lara dachte an alles, was er für sie getan hatte.

»Gern«, sagte sie, denn sie wollte Paul auf keinen Fall verletzen.

Sie trafen sich zum Mittagessen in Mr. Chow's Restaurant.

»Du siehst wundervoll aus«, sagte Paul. »Was immer du getan hast, bekommt dir gut. Wie läuft der Umbau in Reno?«

»Viel besser als erwartet«, antwortete Lara. Sie verbrachte die nächste Viertelstunde damit, ihm den Baufortschritt zu schildern. »Voraussichtlich können wir schon in zwei Monaten eröffnen.«

An einem der anderen Tische stand ein Paar auf, um zu gehen. Obwohl der Mann Lara den Rücken zukehrte, kam er ihr irgendwie bekannt vor. Dann sah sie flüchtig sein Gesicht. Steve Murchison! Auch die Frau kam ihr bekannt vor. Als sie sich jetzt nach vorn beugte, um ihre Handtasche aufzuheben, bekam Lara plötzlich große Augen. Gertrude Meeks, ihre Sekretärin!

»Aha!« sagte sie leise.

»Irgendwas nicht in Ordnung?« fragte Paul.

»Nein, nein. Ganz im Gegenteil!«

Lara erzählte weiter von ihrem Hotel in Reno.

Sobald Lara wieder in ihrem Büro war, bat sie Keller zu sich. »Erinnerst du dich an das Grundstück in Phoenix, das wir vor ein paar Monaten besichtigt haben?«

»Yeah, wir haben's abgelehnt. Du hast gesagt, es sei maßlos überteuert.«

»Ich hab's mir anders überlegt.« Sie drückte eine Sprechtaste der Gegensprechanlage. »Gertrude, kommen Sie bitte zu mir?«

»Ja, Miss Cameron.«

Gertrude Meeks kam herein.

»Ich möchte Ihnen einen Brief diktieren«, sagte Lara. »An die Baron Brothers in Phoenix.«

Gertrude klappte ihren Stenoblock auf.

»›Gentlemen, ich habe mir die Sache mit dem Grundstück in Scottsdale anders überlegt und habe mich entschlossen, es sofort zu kaufen. Ich glaube, daß es das Potential hat, eines meiner wertvollsten Grundstücke zu werden.‹« Lara ignorierte alle Versuche Kellers, ihre Aufmerksamkeit zu erregen. »›Was den Kaufpreis betrifft, setze ich mich nächste Woche wieder mit Ihnen in Verbindung. Mit freundlichen Grüßen ...‹ Bringen Sie mir den Brief bitte gleich zur Unterschrift.«

»Ja, Miss Cameron.«

Keller wartete, bis die Sekretärin gegangen war, bevor er sich aufgebracht an Lara wandte. »Was soll der Unsinn, Lara? Wir haben das Grundstück begutachten lassen. Es ist wertlos! Wenn du ...«

»Beruhig' dich, Howard. Wir kaufen es nicht.«

»Aber warum ...«

»Wenn mich nicht alles täuscht, schnappt Steve Murchison es uns vor der Nase weg. Ich habe ihn heute mittag mit Gertrude in einem Restaurant gesehen.«

Keller starrte sie verblüfft an. »Unglaublich!«

»Ich möchte, daß du bis übermorgen wartest, bevor du Baron anrufst, um ihn nach dem Grundstück zu fragen.«

Zwei Tage später kam Keller übers ganze Gesicht grinsend herein. »Du hast recht gehabt!« bestätigte er. »Murchison hat prompt angebissen. Er ist jetzt stolzer Besitzer von zwanzig Hektar Ödland.«

Lara bestellte Gertrude Meeks zu sich.

»Ja, Miss Cameron?«

»Sie sind entlassen«, sagte Lara.

Gertrude starrte sie überrascht an. »Entlassen? Warum?«

»Mir gefällt Ihr Umgang nicht. Das können Sie Steve Murchison von mir ausrichten.«

Gertrude wurde blaß. »Aber ich ...«

»Danke, das war's. Ich lasse Sie hinausbegleiten.«

Gegen Mitternacht klingelte Lara nach Max, ihrem Chauffeur. »Fahren Sie den Wagen vor«, wies sie ihn an.

»Ja, Miss Cameron.«

Der Wagen stand für sie bereit.

»Wohin, Miss Cameron?« fragte Max.

»Wir machen eine Rundfahrt durch Manhattan. Ich möchte sehen, was ich geleistet habe.«

Er starrte sie an. »Wie bitte?«

»Ich möchte mir meine Gebäude ansehen.«

Sie fuhren durch die nächtliche Stadt und hielten vor allen Gebäuden, die Lara errichtet hatte: Cameron Square, Cameron Plaza, Cameron Center, die noch nicht fertiggestellten Cameron Towers. Lara saß in ihrer Limousine, starrte auf die Fassaden und dachte an die Menschen, die dort wohnten und arbeiteten. Sie hatte ihrer aller Leben verändert.

Ich habe diese Stadt besser gemacht, dachte sie. Ich habe alles erreicht, was ich wollte. Warum bin ich trotzdem so ruhelos? Was fehlt mir? Aber sie wußte es genau.

Am nächsten Morgen rief sie William Ellerbee an, der Philips Agent war.

»Guten Morgen, Mr. Ellerbee.«

»Guten Morgen, Miss Cameron. Was kann ich für Sie tun?«

»Ich wüßte gern, wo Philip Adler diese Woche spielt.«

»Philip ist auf Europatournee. Morgen abend spielt er in Amsterdam, dann reist er nach Mailand, Venedig und ... Wollen Sie das wirklich alles genau hören?«

»Nein, nein, das genügt mir. Ich wollte nur wissen, wo er gerade ist. Vielen Dank.«

»Kein Problem.«

Lara erschien in Kellers Büro. »Howard, ich muß nach Amsterdam.«

Er sah überrascht auf. »Wo haben wir uns dort engagiert?«

»Vorläufig noch gar nicht«, antwortete Lara ausweichend. »Sollte etwas daraus werden, erfährst du's rechtzeitig. Läßt du den Jet für mich bereitstellen?«

»Damit hast du Bert nach London geschickt. Aber ich kann die Maschine zurückbeordern, damit du morgen . . .«

»Nein, ich möchte noch heute abreisen.« Auf für sie selbst unerklärliche Weise stand Lara wie unter einem inneren Zwang. »Ich fliege mit einer Linienmaschine.« Sie ging in ihr Büro zurück und sagte zu Kathy: »Reservieren Sie mir einen Platz in der nächsten KLM-Maschine nach Amsterdam.«

»Ja, Miss Cameron.«

»Bleibst du lange fort?« fragte Keller, der Lara gefolgt war. »In nächser Zeit finden ein paar wichtige Besprechungen statt, die . . .«

»Ich bin in zwei, drei Tagen wieder da.«

»Soll ich mitkommen?«

»Danke, Howard. Diesmal nicht.«

»Ich habe mit einem Freund gesprochen, der in Washington Senator ist. Er hält es für möglich, daß ein Gesetz zur Abschaffung der steuerlichen Hauptanreize im Wohnungsbau verabschiedet wird. Sollte es wie geplant durchkommen, würde die Kapitalertragsteuer erhöht und die höhere Abschreibung gestrichen.«

»Das wäre dumm«, stellte Lara fest. »Das würde die gesamte Immobilienbranche lahmlegen.«

»Das weiß er auch. Deshalb ist er gegen dieses Gesetz.«

»Dagegen werden viele sein«, sagte Lara. »Ich möchte wetten, daß es nicht durchkommt. Erstens . . .«

Das private Telefon auf ihrem Schreibtisch klingelte. Lara starrte es an. Es klingelte erneut.

»Willst du nicht drangehen?« fragte Keller.

Lara schüttelte den Kopf. »Nein.«

Paul Martin ließ es zehn-, zwölfmal klingeln, bevor er langsam den Hörer auflegte. Er blieb in seinem Sessel zurückgelehnt sitzen und dachte über Lara nach. In letzter Zeit hatte er den Eindruck, sie sei zurückhaltender, manchmal fast abweisend. Ob sie einen anderen hatte? Nein, dachte Paul Martin, sie gehört mir! Sie würde immer ihm gehören.

Der Flug mit der KLM war angenehm. Die Sessel in der ersten Klasse der Boeing 747 waren breit und bequem, und das Kabinenpersonal sehr aufmerksam.

Lara Cameron war zu nervös, um einen Bissen herunterbringen zu können. Was tust du bloß? fragte sie sich. Du fliegst uneingeladen nach Amsterdam, und er hat wahrscheinlich überhaupt keine Zeit für dich. Indem du ihm nachrennst, bringst du dich um deine einzige Chance.

Aber es war zu spät, ihre Entscheidung noch zu ändern.

Sie wohnte im Grand Hotel am Oudezijds Voorburgwal, einem der schönsten Hotels Amsterdams.

»Wir haben eine ganz entzückende Suite für Sie, Miss Cameron«, sagte der Empfangschef.

»Danke. Wie ich höre, gibt Philip Adler heute abend hier in Amsterdam ein Konzert. Wissen Sie zufällig, wo er spielt?«

»Natürlich, Miss Cameron – im Concertgebouw.«

»Könnten Sie mir eine Karte besorgen?«

»Mit Vergnügen, Miss Cameron.«

Als Lara ihre Suite betrat, klingelte das Telefon. Am Apparat war Howard Keller.

»Hast du einen angenehmen Flug gehabt?«

»Ja, danke.«

»Ich wollte dir nur sagen, daß ich mit zwei Banken wegen der Finanzierung des Neubaus auf der Seventh Avenue gesprochen habe.«

»Und?«

Seine Stimme klang triumphierend. »Sie machen beide mit!«

»Siehst du, ich hab's dir gesagt!« rief Lara aus. »Howard, das ist ein Riesenerfolg. Ich möchte, daß du sofort anfängst, ein Team für die Planung zusammenzustellen.«

»Wird gemacht. Ich rufe dich morgen wieder an«, sagte Keller und legte auf.

Nachdem Lara aufgelegt hatte, dachte sie über Howard Keller nach. Er war ein lieber Kerl. Ein Glück, daß sie ihn hatte! Er war immer für sie da. Sie mußte versuchen, eine nette Frau für ihn zu finden.

Philip Adler war vor jedem Konzert nervös. Nach einer Probe mit dem Orchester hatte er eine Kleinigkeit zu Mittag gegessen und war danach in ein Kino gegangen, um sich abzulenken. Auch während der Vorstellung ließ die Musik, die er abends spielen würde, ihn nicht los. Philip merkte erst, daß er mit den Fingern auf seine Armlehne trommelte, als sein Sitznachbar ihn aufforderte: »Lassen Sie bitte dieses gräßliche Getrommel!«

»Oh, Entschuldigung!« sagte Philip höflich.

Er stand auf, verließ das Kino und wanderte ziellos durch die Straßen Amsterdams. Nach einem Abstecher ins Rijksmuseum schlenderte er durch den botanischen Garten der Freien Universität und schaute zerstreut in die Schaufenster entlang der P. C. Hooftstraat. Gegen vier Uhr nachmittags kehrte er in sein Hotel zurück, um ein Nickerchen zu machen – und ohne zu ahnen, daß Lara Cameron die Suite direkt über ihm hatte.

Kurz nach neunzehn Uhr stieg Philip Adler vor dem Bühneneingang des altehrwürdigen Concertgebouw aus einem Taxi. In der Eingangshalle drängten sich bereits erwartungsvolle Konzertbesucher.

Philip war eben dabei, seine Frackschleife zu binden, als der Direktor geschäftig in seine Garderobe kam.

»Wir sind restlos ausverkauft, Mr. Adler! Wir haben massenhaft Leute abweisen müssen. Wenn Sie noch ein, zwei Tage bleiben könnten, würden wir ... Ich weiß, daß Sie völlig ausgebucht sind ... Ich rede mit Mr. Ellerbee über Ihr Engagement im kommenden Jahr, um vielleicht ...«

Aber Philip hörte kaum, was er sagte. Er war in Gedanken schon mitten im Konzert. Der Direktor zuckte endlich verlegen mit den Schultern und ging mit einer knappen Verbeugung. Philip spielte in

Gedanken seine Musik weiter, bis ein Page an die Garderobentür klopfte.

»Das Orchester wartet auf Sie, Mr. Adler.«

»Danke.«

Es war soweit. Philip stand auf und betrachtete kurz seine Hände, deren gespreizte Finger leicht zitterten. Die Nervosität vor dem Spielen legte sich niemals. Alle großen Pianisten hatten darunter gelitten – Horowitz, Rubinstein, Serkin. Philips Magennerven waren verkrampft, und sein Herz hämmerte. Warum tue ich mir das immer wieder an? fragte er sich. Aber er kannte die Antwort.

Nach einem letzten Blick in den Spiegel verließ er seine Garderobe, ging den Korridor entlang und stieg die dreiunddreißig Stufen zur Bühne hinunter. Beifall rauschte auf und begleitete ihn, bis er sich am Flügel stehend verbeugte. Als er Platz nahm, war seine Nervosität auf wunderbare Weise wie weggeblasen. Er begann zu spielen.

Lara Cameron, die im Parkett saß, starrte Philip wie gebannt an. Sein Auftreten hatte etwas beinahe Hypnotisches an sich. Ich werde ihn heiraten, dachte Lara. Das weiß ich genau! Sie lehnte sich in ihren Sessel zurück und ließ sich von seinem Spiel verzaubern.

Nach dem Konzert war der Künstlersalon wie immer überfüllt. Philip hatte längst gelernt, die zu solchen Empfängen geladenen Gäste in zwei Gruppen zu unterteilen: in Fans und Musikerkollegen. Seine Fans waren immer begeistert. Und was die zweite Gruppe betraf – hatte man gut gespielt, gratulierten die Musikerkollegen einem herzlich. Hatte man schlecht gespielt, waren ihre Gratulationen *sehr* herzlich.

In Amsterdam hatte Philip Adler eine große Gemeinde, die an diesem Abend zahlreich vertreten war. Er stand mitten im Salon, lächelte, gab Autogramme und war zu hundert Unbekannten höflich. Dabei konnte es nicht ausbleiben, daß irgend jemand fragte: »Erinnern Sie sich an mich?« Und dann mußte Philip vorgeben, sich zu erinnern. »Ihr Gesicht kommt mir so bekannt vor...«

Er dachte an Sir Thomas Beecham, der sein miserables Personengedächtnis zu kaschieren pflegte. Auf die Frage »Erinnern Sie sich an mich?« antwortete der große Dirigent immer: »Natürlich! Wie geht es Ihnen, und wie geht es Ihrem Herrn Vater, und was macht er?«

Dieser Trick funktionierte, bis Sir Thomas auf einem Empfang nach einem Konzert in London von einer jungen Dame angesprochen wurde: »Sie haben wunderbar dirigiert, Maestro. Erinnern Sie sich an mich?« Beecham antwortete ritterlich: »Gewiß, meine Liebe. Wie geht es Ihrem Herrn Vater, und was macht er?« Worauf die junge Dame sagte: »Danke, Vater geht es gut. Und er ist immer noch König von England.«

Philip war damit beschäftigt, die ständig gleichen Komplimente freundlich nickend zu quittieren, als irgend etwas ihn dazu veranlaßte, den Kopf zu heben. Am Eingang stand Lara und beobachtete ihn. Er starrte sie sekundenlang verwundert an. »Pardon«, sagte er abwesend.

Er bahnte sich einen Weg durch die Menge, um zu ihr zu gelangen, und ergriff ihre Hand. »Was für eine wunderbare Überraschung! Was tun Sie in Amsterdam?«

Vorsicht, Lara, dachte sie. »Ich bin geschäftlich hier, und als ich gesehen habe, daß Sie ein Konzert geben, mußte ich kommen.« Das war unverfänglich. »Sie haben herrlich gespielt, Philip.«

»Danke ... ich ...« Er machte eine Pause, um ein weiteres Autogramm zu geben. »Wenn Sie Zeit hätten, mit mir zu Abend zu essen ...«

»Ich habe Zeit«, versicherte Lara ihm rasch.

Sie fuhren ins Bali-Restaurant in der Leidsestraat. Als sie das Restaurant betraten, standen die Gäste auf und klatschten. In den Vereinigten Staaten, dachte Lara, wäre die Aufregung meinetwegen entstanden. Aber sie genoß das Glück, an Philips Seite zu sein.

»Ihr Besuch ist eine große Ehre für uns, Mr. Adler«, sagte der Geschäftsführer, während er sie zu ihrem Tisch geleitete.

Als sie Platz genommen hatten, nickte Lara zu einigen Gästen hinüber, die Philip bewundernd anstarrten. »Diese Leute lieben Sie wirklich, nicht wahr?«

Er schüttelte den Kopf. »In Wahrheit lieben sie die Musik. Ich bin nur der Vermittler. Das habe ich frühzeitig gelernt. Als junger, vielleicht etwas arroganter Pianist habe ich mich einmal nach einem Konzert viel zu lange verbeugt. Daraufhin hat der Dirigent sich umgedreht und die Partitur hochgehalten, um daran zu erinnern, daß der Beifall eigentlich Mozart galt. Diese Lektion werde ich mein Leben lang nicht vergessen.«

»Wird es nicht irgendwann langweilig, Abend für Abend dieselbe Musik zu spielen?«

»Nein, denn jedes Konzert ist anders. Die Musik mag sich wiederholen, aber der Dirigent, das Orchester und nicht zuletzt das Publikum sind völlig verschieden.«

Nachdem sie bestellt hatten, fuhr Philip fort: »Wir bemühen uns bei jedem Konzert um Perfektion, aber keines kann ganz erfolgreich sein, denn wir gehen mit Musik um, die immer besser ist als wir selbst. Um den Klang des Komponisten zu treffen, müssen wir die Komposition jedesmal nachvollziehen.«

»Sie sind nie zufrieden?«

»Niemals. Jeder Komponist hat seinen unverwechselbaren charakteristischen Klang. Ob wir Debussy, Brahms, Haydn, Reger oder Beethoven spielen . . . unser Ziel ist immer, seinen Klang zu reproduzieren.«

Ihr Essen wurde serviert. Die Reistafel war eine indonesische Spezialität mit einundzwanzig Gängen, zu denen Fleisch, Fisch, Huhn, Nudeln und zwei Nachspeisen gehörten.

»Wie kann jemand das alles essen?« fragte Lara lachend.

»Die Holländer haben einen herzhaften Appetit.«

Philip fiel es schwer, Lara nicht dauernd anzustarren. Mit ihr zusammen zu sein, bereitete ihm ungeahntes Vergnügen. Er war stets von schönen Frauen umgeben gewesen – aber Lara war anders als alle anderen. Sie war stark, trotzdem sehr feminin und weit davon entfernt, mit ihrer Schönheit zu kokettieren. Besonders gut gefiel ihm ihre leicht rauchige Stimme, die so sexy klang. Eigentlich gefällt mir alles an ihr, gestand Philip sich ein.

»Wohin reisen Sie von hier aus?« fragte Lara ihn.

»Morgen bin ich in Mailand. Danach spiele ich in Venedig, Wien, Paris und London, bevor ich nach New York zurückkomme.«

»Das klingt so romantisch . . .«

Philip lachte. »Ich weiß nicht, ob romantisch das richtige Wort ist. Ich muß mich mit unpünktlichen Flugverbindungen, schlechten Hotels und Abendessen in fremden Restaurants abfinden. Aber das ertrage ich alles, weil das Spielen so wundervoll ist. Es ist nur manchmal verdammt lästig, dauernd grinsen zu müssen.«

»Warum müssen Sie das?«

»Weil ich ständig angegafft werde, wildfremden Leuten zulächeln muß, die mir nichts bedeuten, und den größten Teil meines Lebens unter Fremden verbringe.«

»Ich weiß, wie das ist«, sagte Lara langsam.

Als sie beim Kaffee waren, sagte Philip: »Nach einem Konzert bin ich immer zu aufgedreht, um schlafen zu können. Wie wär's mit einer nächtlichen Kanalrundfahrt?«

»Gern.«

Sie bestiegen einen der Kanalbusse, die auf der Amstel verkehrten. Die Nacht war mondlos, aber die Lichter der Großstadt leuchteten um sie her. Die Kanalrundfahrt verzauberte sie, trotz der Informationen, die in vier Sprachen aus den Lautsprechern drangen:

»Wir passieren jetzt einige jahrhundertealte Kaufmannshäuser mit reichverzierten Giebeln. Zwölfhundert Brücken überspannen die Kanäle, die alle im Schatten herrlicher Ulmen liegen...«

Sie bestaunten das Smalste Huis – das schmalste Haus Amsterdams –, das gerade so breit wie die Haustür war, fuhren an der Westerkerk mit der Krone des Habsburger Kaisers Maximilian vorbei, glitten unter einer hölzernen Hebebrücke hindurch, passierten die Magere Brug und sahen unzählige Hausboote, auf denen ganze Familien lebten.

»Eine wunderschöne Stadt«, sagte Lara.

»Sind Sie schon einmal hier gewesen?«

»Nein.«

»Und Sie haben hier geschäftlich zu tun?«

Lara holte tief Luft. »Nein.«

Philip zog die Augenbrauen hoch. »Ich dachte, Sie hätten gesagt...«

»Ich bin nach Amsterdam gekommen, um Sie wiederzusehen.«

Sein Herz schlug rascher. »Ich... ich fühle mich sehr geschmeichelt.«

»Und ich muß Ihnen noch etwas gestehen. Ich habe vorgegeben, mich für klassische Musik zu interessieren. Aber das stimmt nicht.«

Philip lächelte kaum merklich. »Ja, ich weiß.«

Lara starrte ihn überrascht an. »Das wissen Sie?«

»Professor Myers ist ein alter Freund von mir«, antwortete er behutsam. »Er hat mich angerufen, um mir zu sagen, daß Sie bei ihm einen Schnellkurs über Philip Adler nehmen. Er befürchtete, Sie könnten es auf mich abgesehen haben.«

»Da hat er recht gehabt«, bestätigte Lara. »Sind Sie etwa schon vergeben?«

»Sie meinen, ob ich in festen Händen bin?«

Lara war plötzlich verlegen. »Wenn es Ihnen lieber ist, reise ich ab und ...«

Er griff nach ihrer Hand. »Kommen Sie, wir steigen an der nächsten Anlegestelle aus.«

Als sie ins Hotel zurückkamen, lagen am Empfang mehrere Faxe von Howard Keller. Lara stopfte sie achtlos in ihre Handtasche. Im Augenblick erschien ihr das alles unwichtig.

»Dein Zimmer oder meines?« fragte Philip leichthin.

»Deines.«

Lara konnte ihre Ungeduld kaum noch bezähmen.

Sie hatte das Gefühl, ihr ganzes Leben lang auf diesen Augenblick gewartet zu haben. Endlich hatte sie den Unbekannten gefunden, den sie liebte! Auch Philip konnte es kaum noch erwarten, bis die Tür seines Zimmers hinter ihnen ins Schloß fiel. Er nahm Lara in die Arme und küßte sie sanft und zärtlich, bevor sie begannen, einander auszuziehen.

Die Stille des Hotelzimmers wurde durch einen plötzlichen Donnerschlag durchbrochen. Der wolkenverhangene Nachthimmel öffnete seine Schleusen, und es begann zu regnen – erst nur leicht, sanft und sinnlich, bis das Tempo sich steigerte und der Regen zu einer wahren Sintflut wurde, die in stetigem, wilden Rhythmus herabprasselte, bis sie ihren Höhepunkt mit einem Finale aus Blitzen und Donnerschlägen erreichte. Dann war das Gewitter so plötzlich vorbei, wie es begonnen hatte.

Lara und Philip hielten sich erschöpft in den Armen. Philip drückte Lara an sich. Er konnte ihren Herzschlag fühlen. Wäre sie Musik, dachte Philip, wäre sie Chopins *Barcarolle* oder Schumanns *Phantasie*.

Er fühlte die sanften Kurven des Körpers, der sich an ihn schmiegte, und spürte eine neue Erregung.

»Philip . . .« Ihre Stimme klang heiser.

»Ja?«

»Möchtest du, daß ich nach Mailand mitkomme?«

Er richtete sich auf den Ellbogen auf. »Ja, natürlich!«

»Gut«, murmelte Lara. Sie beugte sich über Philip, und ihr weiches Haar fiel über seinen schlanken, muskulösen Körper.

Es begann wieder zu regnen.

Als Lara endlich in ihre Suite zurückkam, rief sie Keller an. »Habe ich dich geweckt, Howard?«

»Nein.« Seine Stimme klang schlaftrunken. »Um vier Uhr bin ich immer schon wach. Was ist los dort drüben?«

Lara hätte es ihm am liebsten erzählt, aber statt dessen sagte sie nur: »Nichts. Ich fliege nach Mailand weiter.«

»Wie bitte? Dort haben wir keine Interessen.«

Doch, doch, wir haben welche! dachte Lara glücklich.

»Hast du meine Faxe gelesen?«

Die hatte sie ganz vergessen. »Noch nicht«, antwortete Lara schuldbewußt.

»Ich habe Gerüchte gehört, was das Kasino betrifft.«

»Wo gibt's Probleme?«

»Es scheint einige Beschwerden wegen des Ablaufs der Versteigerung gegeben zu haben.«

»Mach' dir deswegen keine Sorgen. Das bringt Paul Martin wieder in Ordnung.«

»Du bist der Boß.«

»Hör zu, Howard, ich möchte, daß du den Jet nach Mailand schickst. Die Piloten sollen dort auf mich warten. Ich möchte, daß sie auf dem Flughafen erreichbar sind.«

»Okay, aber . . .«

Um vier Uhr morgens war Paul Martin hellwach. Er hatte mehrmals auf Laras Anrufbeantworter in ihrem Penthouse gesprochen, aber sie hatte nicht zurückgerufen. Bisher hatte sie ihn stets informiert, wenn sie für ein paar Tage verreiste. Was hatte dieses plötzliche Schweigen zu bedeuten? Irgend etwas stimmte nicht. »Sei vorsichtig, Darling«, flüsterte er. »Sei ja vorsichtig!«

23. Kapitel

In Mailand quartierten Lara und Philip sich in der Antica Locanda Solferino ein, einem bezaubernden Hotel mit nur zwölf Zimmern, und verbrachten den Rest des Vormittags damit, sich leidenschaftlich zu lieben. Danach fuhren sie nach Cernobbia hinaus und aßen am Comersee in der Villa d'Este zu Mittag.

Das Konzert an diesem Abend war ein triumphaler Erfolg, und im Künstlersalon in der Scala drängten sich ausgesuchte Gäste, um Philip zu beglückwünschen.

Lara beobachtete aus dem Hintergrund, wie sie Philip umringten, ihm Komplimente machten, ihn um Autogramme baten, ihm kleine Geschenke überreichten. Es fiel ihr schwer, ihre Eifersucht zu beherrschen. Viele der Frauen waren jung und schön, und Lara hatte den Eindruck, daß ihm alle Avancen machten. Gerade sagte eine Amerikanerin in einem eleganten Fendi-Abendkleid lächelnd: »Falls Sie Lust haben, Mr. Adler, ich gebe morgen in meiner Villa ein intimes kleines Essen. Ein *sehr* intimes Dinner.«

Lara hätte die Schlampe am liebsten erwürgt.

Philip lächelte höflich. »Äh . . . vielen Dank, aber ich habe leider keine Zeit.«

Eine andere versuchte, ihm ihren Hotelschlüssel zuzustecken. Er schüttelte den Kopf.

Philip sah zu Lara hinüber und grinste. Die eleganten Damen umdrängten ihn weiter.

»Lei era magnifico, maestro!«

»Molto gentile da parte sua«, antwortete Philip.

»L'ho sentita suonare il anno scorso. Bravo!«

»Grazie«, antwortete Philip lächelnd.

Lara hatte das Gefühl, schon endlos lange gewartet zu haben. Zuletzt drängte Philip sich durch die Schar seiner Bewunderer und flüsterte Lara zu: »Komm, wir verschwinden!«

»Si!« antwortete sie lächelnd.

Zum Abendessen gingen sie ins Biffy, das Restaurant im Opernhaus. Als sie hereinkamen, erhoben sich die Gäste – die meisten von ihnen nach dem Konzert in Abendkleidung – und begannen zu applaudieren. Der Maître d'hôtel führte Philip und Lara zu einem Tisch in der Mitte des Restaurants. »Wir freuen uns, daß Sie uns die Ehre geben, Mr. Adler.«

Ein Ober servierte eine Flasche Champagner auf Kosten des Hauses, und die beiden stießen miteinander an.

»Auf uns«, sagte Philip liebevoll.

»Auf uns!«

Philip bestellte Osso buco und Penne all'arrabbiata, zwei der Spezialitäten des Hauses. Während sie aßen, unterhielten sie sich angeregt. Es war, als hätten sie sich schon immer gekannt.

Dabei wurden sie ständig von Leuten unterbrochen, die an ihren Tisch kamen, um Philip zu beglückwünschen oder um ein Autogramm zu bitten.

»So ist es immer, nicht wahr?« fragte Lara.

Philip zuckte mit den Schultern. »Das sind unvermeidliche Begleiterscheinungen. Auf je zwei Stunden auf dem Konzertpodium kommen unzählige weitere, in denen man Autogramme gibt, Bücher signiert oder Interviews gibt.«

Wie zur Illustration des Gesagten machte er eine Pause, um eine weitere Unterschrift zu leisten.

»Durch dich ist diese Tournee wundervoll geworden«, sagte Philip seufzend. »Aber das Schlimme ist, daß ich morgen nach Venedig muß. Du wirst mir sehr fehlen.«

»Ich bin noch nie in Venedig gewesen«, sagte Lara leise.

Lara Camerons Boeing 727 stand auf dem Flughafen Linate für sie bereit. Als sie dort ankamen, starrte Philip die riesige Maschine erstaunt an.

»Das ist *dein* Flugzeug?«

»Ja. Es bringt uns nach Venedig.«

»Du verwöhnst mich, Lady!«

»Genau das habe ich vor«, sagte sie lächelnd.

Nach einem halbstündigen Flug landeten sie auf dem Flughafen Marco Polo in Venedig. Von dort fuhren sie mit einem Motorboot auf die Insel La Giudecca, auf der das Hotel Cipriani stand.

»Ich habe zwei Suiten für uns bestellt«, sagte Lara. »Das ist diskreter, finde ich.«

Auf der Bootsfahrt ins Hotel fragte Lara: »Wie lange bleiben wir übrigens hier?«

»Leider nur eine Nacht. Ich gebe ein Konzert im Teatro Fenice, und dann reisen wir nach Wien weiter.«

Das »wir« jagte Lara einen wohligen kleinen Schauder über den Rücken. Diese Frage hatten sie am Abend zuvor besprochen. »Ich möchte natürlich, daß du mich so lange wie möglich begleitest«, hatte Philip gesagt. »Aber weißt du bestimmt, daß ich dich nicht von wichtigeren Dingen abhalte?«

»*Du* bist mir wichtiger als alles andere.«

»Heute nachmittag kommst du wohl allein zurecht? Ich muß nämlich zur Probe.«

»Keine Angst, ich langweile mich bestimmt nicht«.

Nachdem sie ihre Suiten bezogen hatten, nahm Philip Lara in die Arme. »Ich muß jetzt ins Fenice, aber hier gibt es genug zu besichtigen. Venedig wird dir gefallen! Am Spätnachmittag bin ich wieder da.« Sie küßten sich. Der kurze Abschiedskuß wurde lang und leidenschaftlich. »Jetzt verschwinde ich lieber«, murmelte Philip, »sonst fällt meine Probe noch ins Wasser.«

»Viel Spaß!« wünschte Lara ihm lachend.

Philip lief hinaus.

Lara rief Howard Keller an.

»Wo steckst du?« wollte er wissen. »Ich habe dauernd versucht, dich zu erreichen.«

»Ich bin in Venedig.«

Am anderen Ende entstand eine Pause. »Kaufen wir jetzt einen Kanal?«

Lara mußte lachen. »Vielleicht«, sagte sie.

»Du wirst hier gebraucht«, stellte er vorwurfsvoll fest. »Wir stecken bis über beide Ohren in Arbeit. Der junge Frank Rose hat die neuen Pläne abgeliefert. Sie gefallen mir, aber ich brauche dein Einverständnis, damit wir . . .«

»Wenn du sie gut findest«, unterbrach Lara ihn, »bin ich auch einverstanden.«

»Du willst sie nicht sehen?« fragte Keller überrascht.

»Nicht im Augenblick, Howard.«

»Na gut. Was die Kaufverhandlungen wegen des Objektes auf der West Side betrifft, brauche ich deine Zustimmung, um . . .«

»Die hast du.«

»Lara . . . bist du etwa krank?«

»Ich habe mich noch nie besser gefühlt.«

»Wann kommst du zurück?«

»Keine Ahnung. Ich melde mich mal wieder. Mach's gut, Howard.«

Venedig schlug sie in Bann. Lara spazierte über den Markusplatz, besichtigte den Campanile und den Dogenpalast und schlenderte das belebte Riva degli Schiavoni entlang. Wo sie auch ging und stand, dachte sie an Philip. Als sie bei einem Juwelier vorbeikam, betrat sie impulsiv das Geschäft, um Philip eine Piaget mit goldenem Armband zu kaufen.

»Gravieren Sie bitte die Widmung ›Für Philip in Liebe von Lara‹ ein?« Allein die Nennung seines Namens genügte, um wieder Sehnsucht nach ihm zu bekommen.

Nach Philips Rückkehr tranken sie im parkartigen Garten des Hotels Tee.

Lara sah zu Philip hinüber und dachte: *Für Flitterwochen wäre dies der ideale Ort.*

»Ich habe ein Geschenk für dich«, sagte sie und legte ihm das Etui mit der Armbanduhr hin.

Er klappte es auf und bekam große Augen. »Mein Gott, die muß ein

Vermögen gekostet haben! Soviel Geld hättest du nicht ausgeben dürfen, Lara.«

»Gefällt sie dir nicht?«

»Natürlich gefällt sie mir. Sie ist wunderschön, aber . . .«

»Pst! Trag sie und denk dabei an mich.«

»Ich brauche dafür keine Gedächtnisstütze, aber trotzdem vielen Dank.«

»Wann müssen wir aufbrechen?« erkundigte Lara sich.

»Gegen sieben Uhr.«

Sie warf einen Blick auf Philips neue Uhr und bemerkte unschuldig: »Dann bleiben uns noch zwei Stunden.«

Das Teatro Fenice war ausverkauft. Das Publikum ging begeistert mit und klatschte und jubelte nach jedem Satz.

Nach dem Konzert ging Lara in den Salon hinter der Bühne, wo Philip Hof hielt. Was sie schon in London, Amsterdam und Mailand beobachtet hatte, spielte sich auch hier wieder ab – nur daß die Venezianerinnen ihn noch feuriger umwarben. Lara beobachtete ein halbes Dutzend Schönheiten, die den Star des Abends umschwärmten, und fragte sich, mit welcher Philip die Nacht verbracht hätte, wenn sie nicht hier wäre.

Zum Essen gingen sie in Harry's Bar, wo Arrigo Cipriani, der liebenswürdige Besitzer, sie herzlich begrüßte.

»Welch Vergnügen, Sie zu sehen, Signore! Und Sie, Signorina. Bitte!«

Er führte sie zu einem Ecktisch. Sie bestellten Bellinis, eine Spezialität des Hauses. »Am besten fängst du mit Pasta e fagoli an«, empfahl Philip Lara. »Hier gibt's die beste Pasta der Welt.«

Später wußte Philip nicht mehr, was er an diesem Abend gegessen hatte. Lara hatte ihn verzaubert. Er wußte, daß er dabei war, sich in sie zu verlieben, und diese Vorstellung erschreckte ihn. Ich darf mich auf keine feste Beziehung einlassen, dachte er. Das ist unmöglich! Ich führe ein Nomadenleben. Andererseits mochte er nicht an den Augenblick denken, in dem sie ihn verlassen würde, um nach New York zurückzukehren. Er wollte diesen Abend so lange wie irgend möglich genießen.

»Draußen am Lido gibt es eine Spielbank«, sagte Philip nach dem Essen. »Spielst du gern?«

Lara mußte laut lachen.

»Was findest du so komisch?«

Lara dachte an die Hunderte von Millionen Dollar, die sie bei ihren Bauvorhaben aufs Spiel setzte. »Nichts«, sagte sie. »Eine gute Idee.«

Sie fuhren mit einem Motorboot zum Lido hinaus, schlenderten Hand in Hand am Hotel Excelsior vorbei und betraten den weißen Palast der Spielbank, in deren Sälen sich Glücksspieler drängten.

»Träumer«, sagte Philip.

Philip spielte Roulette und gewann in einer halben Stunde fast zweitausend Dollar. Er lächelte Lara zu. »Soviel habe ich noch nie gewonnen! Du bringst mir Glück.«

Sie spielten bis kurz nach drei Uhr und waren dann wieder hungrig.

Ein Motorboot brachte sie zum Markusplatz, von wo aus sie durch enge Gassen zur Cantina da Mori schlenderten.

»Das vermutlich beste *bacaro* Venedigs«, sagte Philip, bevor sie das Lokal betraten.

»Das glaube ich dir«, antwortete Lara. »Aber was ist ein *bacaro*?«

»Eine Weinbar, in der *cicchetti* serviert werden – kleine einheimische Leckereien.«

Eine Tür mit Butzenscheiben führte in einen langen halbdunklen Raum, in dem Kupferkessel an der Decke hingen und die Schalen auf der Theke im Lampenlicht glänzten.

Es wurde schon hell, als sie ins Hotel zurückkamen. Als sie sich auszogen, sagte Lara: »Wo wir gerade von Leckereien reden . . .«

Am späten Vormittag flogen Lara und Philip nach Wien weiter.

»Eine Reise nach Wien gleicht einer Reise in die Vergangenheit«, erklärte Philip Lara. »Vor der Landung sagen die Flugkapitäne angeblich: ›Meine Damen und Herrn, wir befinden uns im Anflug auf Wien-Schwechat. Stellen Sie bitte Ihre Lehnen senkrecht, klappen Sie die Tische hoch, rauchen Sie nicht mehr, und stellen Sie Ihre Uhren hundert Jahre zurück.‹«

Lara mußte lachen.

»Meine Eltern stammen von hier«, fuhr er fort. »Sie haben oft von der guten alten Zeit gesprochen und mich damit neidisch gemacht.«

Als sie die Ringstraße entlangfuhren, war Philip aufgeregt wie ein kleiner Junge.

»Wien ist die Stadt von Haydn, Mozart, Beethoven und Brahms.« Er sah zu Lara hinüber und grinste. »Oh, das hätte ich beinahe vergessen – *du* bist schließlich die Expertin für Wiener Klassik!«

Sie wohnten im Hotel Imperial.

»Ich muß zur Probe«, sagte Philip, »aber dafür nehme ich mir morgen den ganzen Tag frei, um dir Wien zu zeigen.«

»Darauf freue ich mich jetzt schon.«

Er schloß sie in die Arme. »Ich wollte, wir hätten mehr Zeit«, murmelte er bedauernd.

»Ja, das wäre schön.«

Philip küßte sie leicht auf die Stirn. »Heute abend holen wir alles nach.«

Sie hielt ihn an sich gedrückt. »Versprechungen, Versprechungen!«

Der Klavierabend fand im Saal des Musikvereins statt. Philip Adler, der Chopin, Schumann und Prokofjew spielte, wurde erneut begeistert gefeiert.

Der Künstlersalon war wieder überfüllt, aber diesmal wurde Deutsch gesprochen.

»Sie waren wunderbar, Herr Adler!«

Philip lächelte geschmeichelt. »Vielen Dank, sehr freundlich von Ihnen.«

»Ich bin ein großer Bewunderer Ihrer Kunst.«

Philip lächelte erneut. »Danke, das freut mich.«

Obwohl er mit vielen Menschen sprach, konnte er den Blick nicht von Lara wenden.

Nach dem Empfang fuhren Philip und Lara zu einem späten Souper ins Imperial, wo der Maître d'hôtel sie überschwenglich begrüßte.

»Ah, diese Ehre!« rief er aus. »Ich bin heut' abend auch im Konzert gewesen. Herrlich, einfach herrlich!«

»Vielen Dank«, sagte Philip bescheiden.

Das Souper war ausgezeichnet, aber Philip und Lara fanden einander zu erregend, um wahrzunehmen, was sie aßen. Als der Ober fragte: »Wünschen die Herrschaften ein Dessert?«, antwortete Philip hastig: »Ja.« Aber er sah dabei Lara an.

Sein Instinkt sagte ihm, daß hier irgend etwas nicht in Ordnung war. Sie war noch nie so lange auf Reisen gewesen, ohne ihm mitzuteilen, wo sie war. Wich sie ihm bewußt aus? Dafür konnte es nur eine Erklärung geben. Und das werde ich nicht zulassen, dachte Paul Martin.

Am nächsten Morgen sagte Philip: »Wir haben einen ganzen Tag und den Abend in Wien. Ich habe dir viel zu zeigen!«

Nach dem Frühstück begannen sie den Tag mit einem Spaziergang durch die Kärntnerstraße mit ihren eleganten Boutiquen, Juwelieren und Antiquitätengeschäften.

Philip nahm einen Fiaker, mit dem sie eine langsame Rundfahrt durch den ersten Bezirk machten. Dann besuchten sie Schloß Schönbrunn. Nachmittags kauften sie Karten für die Spanische Reitschule und bewunderten die Vorführungen der Lippizaner. Nachdem sie mit dem Riesenrad im Prater gefahren waren, kündigte Philip an: »So, jetzt wird gesündigt!«

»Ohhh!«

»Nein, nein«, wehrte Philip ab. »Ich habe an etwas anderes gedacht.«

Er führte Lara ins Demel, wo es den besten Kaffee und die unvergleichlich gute Sachertorte gab.

Lara war von der Wiener Mischung aus Altem und Neuem fasziniert: prachtvolle Barockpalais standen unmittelbar neben postmodernen Zweckbauten.

Philips Interesse galt den Komponisten. »Hast du gewußt, daß Franz Schubert hier als Chorknabe angefangen hat, Lara? Er hat im Knabenchor der Hofkapelle gesungen und ist natürlich rausgeflogen, als er in den Stimmbruch kam. Daraufhin beschloß er, Komponist zu werden.«

Nach dem Abendessen besuchten sie ein Heurigenlokal in Grinzing. Danach fragte Philip: »Hättest du Lust zu einer Rundfahrt auf der Donau?«

»Oh, das wäre schön!«

Es war eine Bilderbuchnacht mit Vollmond und lauer Sommerbrise. Über der im Mondschein silbern glänzenden Donau leuchteten die Sterne. Sie leuchten für uns, dachte Lara, weil wir so glücklich sind. In der Ferne sahen sie eine Sternschnuppe fallen.

»Schnell!« rief Philip. »Wünsch dir etwas!«

Lara schloß die Augen.

»Hast du dir etwas gewünscht?«

»Ja.«

»Was denn?«

Lara sah zu ihm auf. »Das darf ich nicht verraten«, sagte sie ernsthaft, »sonst geht es nicht in Erfüllung.« Ich werde dafür sorgen, daß es in Erfüllung geht, dachte sie dabei.

Philip lächelte sie an. »Herrlich, nicht wahr?«

»So schön könnte es immer sein, Philip.«

»Wie meinst du das?«

»Wir könnten heiraten.«

Nun war es heraus! Philip Adler hatte schon seit Tagen an nichts anderes mehr denken können. Er liebte Lara – aber er war sich zugleich bewußt, daß er keine feste Bindung eingehen durfte.

»Lara, das ist unmöglich!«

»Unmöglich? Warum?«

»Das habe ich dir schon erklärt, Liebling. Ich bin das ganze Jahr über auf Konzertreisen. Du könntest mich nicht ständig begleiten, oder?«

»Nein«, sagte Lara, »aber...«

»Da hast du's! Es würde niemals klappen. Morgen in Paris zeige ich dir...«

»Ich komme nicht mit nach Paris.«

Er glaubte, nicht richtig gehört zu haben. »Wie bitte?«

Sie holte tief Luft. »Wir sehen uns nicht wieder, Philip.«

Das traf ihn wie ein Schlag in die Magengrube. »Aber warum nicht? Ich liebe dich, Lara! Ich...«

»Und ich liebe dich. Aber ich bin kein Groupie. Ich habe keine Lust, nur eine deiner zahlreichen Anbeterinnen zu sein, die dir nachstellen. Von denen kannst du Dutzende haben.«

»Lara, ich will nur dich. Aber du mußt einsehen, Liebling, daß unsere Ehe nie funktionieren würde. Wir haben beide einen Beruf, der uns ausfüllt. Ich würde mir wünschen, ständig mit dir zusammen zu sein, aber das wäre unmöglich.«

»Schön, das war's dann also«, sagte Lara mit gepreßter Stimme. »Wir sehen uns nicht wieder, Philip.«

»Nicht so schnell! Bitte! Laß uns vernünftig miteinander reden, anstatt...«

»Nein, Philip. Ich liebe dich sehr, aber so kann es nicht weitergehen. Wir sehen uns nicht wieder.«

»Ich will dich aber wiedersehen«, beteuerte Philip. »Das kann nicht dein letztes Wort sein!«

»Es geht nicht anders. Ich will alles oder nichts.«

Bis das Schiff wieder anlegte und später auf der Rückfahrt ins Hotel sprachen sie kaum ein Wort miteinander. In der Hotelhalle schlug Philip vor: »Soll ich nicht noch mit hinaufkommen? Wir könnten über alles reden und...«

»Nein, mein Liebling. Wir haben nichts mehr zu besprechen.«

Er sah ihr nach, als sie in den Aufzug trat und verschwand.

Als Lara die Tür zu ihrer Suite aufschloß, klingelte das Telefon. Sie griff hastig nach dem Hörer. »Philip...«

»Hier ist Howard. Ich habe schon den ganzen Tag versucht, dich zu erreichen.«

Sie bemühte sich, ihre Enttäuschung zu verbergen. »Ist irgendwas nicht in Ordnung?«

»Nein, ich wollte mich bloß mal wieder melden. Hier ist ziemlich viel los. Wann kommst du voraussichtlich zurück?«

»Morgen«, antwortete Lara. »Ich bin morgen wieder in New York.« Sie legte langsam auf.

Lara saß da und starrte das Telefon an, als könnte sie es durch reine Willenskraft dazu bewegen, noch einmal zu klingeln. Zwei Stunden später war es noch immer stumm. Ich habe einen Fehler gemacht, sagte sie sich verzweifelt. Ich habe ihm ein Ultimatum gestellt und ihn dadurch verloren. Hätte ich bloß gewartet... Wäre ich nur mit ihm nach Paris gereist... Sie versuchte, sich ein Leben ohne Philip vorzustellen. Aber der Gedanke war zu schmerzhaft. Trotzdem könnte es nicht so weitergehen, überlegte sie. Ich möchte, daß wir zusammengehören. Morgen würde sie nach New York zurückfliegen.

Lara streckte sich auf dem Sofa aus – vollständig angezogen, das Telefon neben sich. Sie fühlte sich ausgelaugt. Sie wußte, daß sie auch für den Rest der Nacht kein Auge zutun würde.

Sie schlief ein.

In seiner Suite lief Philip wie ein gefangenes Raubtier auf und ab. Er war wütend auf Lara, wütend auf sich selbst. Die Vorstellung, sie nie wiederzusehen, sie nie wieder in den Armen halten zu können, war ihm unerträglich. Zum Teufel mit den Frauen! Seine Eltern hatten ihn gewarnt: *Die Musik ist dein Leben. Wenn du der Beste sein willst, darf es keine Ablenkungen geben.* Und bis er Lara begegnet war, hatte er sich daran gehalten. Aber jetzt war alles anders. Verdammt noch mal! Ihre Beziehung war wunderbar und verheißungsvoll. Warum hatte Lara alles zerstören müssen? Er liebte sie, aber er war sich darüber im klaren, daß er sie niemals heiraten konnte.

Das leise Klingeln des Telefons weckte Lara. Sie setzte sich schlaftrunken auf und sah auf ihre Uhr. Es war kurz vor fünf. Sie griff verschlafen nach dem Telefonhörer.

»Howard?«

Aber sie hörte Philips Stimme. »Würde es dir gefallen, in Paris zu heiraten?«

24. Kapitel

Die Hochzeit Lara Camerons mit Philip Adler machte weltweit Schlagzeilen. Als Howard Keller davon hörte, zog er los und betrank sich zum ersten Mal in seinem Leben. Er hatte sich unablässig eingeredet, Laras Verliebtheit in diesen Pianisten werde sich wieder legen. Lara und er waren ein Team. Sie gehörten zusammen. Niemand konnte sich zwischen sie drängen. Als er wieder nüchtern war, rief er Lara in Paris an.

»Wenn wahr ist, was die Zeitungen schreiben«, sagte er, »kannst du Philip bestellen, daß er der größte Glückspilz der Welt ist.«

»Es ist wahr!« versicherte Lara ihm fröhlich.

»Deine Stimme klingt glücklich.«

»Ich bin niemals glücklicher gewesen!«

»Ich . . . das freut mich für dich, Lara. Wann kommst du zurück?«

»Philip spielt morgen abend in London, und danach fliegen wir zurück.«

»Hast du vor der Hochzeit mit Paul Martin gesprochen?«

Sie zögerte. »Nein.«

»Findest du nicht, daß du es jetzt besser tun solltest?«

»Ja, natürlich.« Dieses Gespräch, das sich nicht vermeiden ließ, hatte ihr mehr Sorgen gemacht, als sie sich eingestehen wollte. Sie wußte nicht, wie er die Tatsache, daß sie geheiratet hatte, aufnehmen würde. »Ich rede mit ihm, sobald ich zurück bin.«

»Ich freue mich, dich wiederzusehen. Du hast mir gefehlt.«

»Du mir auch, Howard.« Und das stimmte. Sie hatte ihn sehr gern. Er war immer ein guter und loyaler Freund gewesen. Ich weiß nicht, wie ich es ohne ihn hätte schaffen sollen, dachte Lara.

Als Laras Boeing 727 auf dem New Yorker Flughafen La Guardia vor dem Butler Aviation Terminal ausrollte, hatten sich dort Dutzende von Reportern und Fernsehteams eingefunden.

Der Flughafendirektor holte Lara und Philip auf dem Rollfeld ab. »Ich könnte Sie ungesehen wegbringen lassen«, sagte er, »oder ...«

Lara wandte sich an Philip. »Am besten bringen wir's sofort hinter uns, Liebling. Sonst haben wir niemals Ruhe.«

»Wahrscheinlich hast du recht.«

Ihre Pressekonferenz dauerte fast zwei Stunden.

»Wo haben Sie sich kennengelernt ...?«

»Haben Sie sich schon immer für klassische Musik interessiert, Mrs. Adler?«

»Wie lange kennen Sie sich schon ...?«

»Werden Sie in New York leben ...?«

»Verzichten Sie in Zukunft auf Tourneen, Mr. Adler ...?«

Dann war endlich auch die letzte Frage beantwortet.

Vor dem Terminal standen zwei Limousinen für sie bereit. Die zweite beförderte das Gepäck.

»Solchen Aufwand auf Reisen bin ich nicht gewöhnt«, stellte Philip fest.

»Du wirst dich daran gewöhnen!« versicherte Lara ihm lachend.

»Wohin fahren wir?« fragte Philip, als der Wagen anrollte. »Ich habe ein Apartment in der siebenundfünfzigsten Straße ...«

»Ich glaube, daß es bei mir gemütlicher wäre, Liebling. Sieh dir die Wohnung mal an – und wenn's dir gefällt, lassen wir deine Sachen holen.«

Die Limousinen hielten vor dem Cameron Plaza. Philip sah zu dem riesigen Gebäude auf.

»Das gehört *dir*?«

»Ein paar Banken und mir.«

»Ich bin beeindruckt!«

Lara drückte seinen Arm. »Um so besser. Das gefällt mir.«

Die Eingangshalle war ein Blumenmeer. Ein halbes Dutzend von Laras Angestellten hatte sich zum Empfang aufgebaut.

»Willkommen daheim, Mrs. Adler, Mr. Adler.«

Philip sah sich um. »Großer Gott, das gehört alles dir?«

»*Uns*, mein Liebling.«

Der Aufzug brachte sie zum Penthouse hinauf. Der Butler öffnete die Tür.

»Willkommen daheim, Mrs. Adler . . . Mr. Adler.«

»Danke, Simms.«

Lara stellte Philip das übrige Hauspersonal vor und führte ihn dann durch ihr Duplex-Penthouse. Sie besichtigten die Dachterrassen, das Speisezimmer, die vier Schlafzimmer – jedes mit eigenem Bad –, die Bibliothek, Laras Arbeitszimmer und den mit kostbaren Antiquitäten eingerichteten riesigen Wohnraum, die Küche und die drei Personalzimmer.

»Glaubst du, daß du dich hier wohl fühlen wirst, Liebling?« fragte Lara.

Philip grinste. »Etwas beengt – aber ich komme schon zurecht.«

Mitten im Wohnraum stand ein glänzend schwarzer Bechstein-Flügel. Philip blieb davor stehen und schlug einige Töne an.

»Ein wundervolles Instrument!« sagte er.

Lara trat neben ihn. »Das ist dein Hochzeitsgeschenk.«

»Wirklich?« fragte Philip gerührt. Er setzte sich an den Flügel und begann zu spielen.

»Ich habe ihn heute stimmen lassen.« Lara wartete eine Pause ab. »Gefällt er dir?«

»Und wie! Ich danke dir, Lara.«

»Hier kannst du spielen, soviel du willst.«

Philip stand von der Klavierbank auf. »Ich müßte Ellerbee anrufen«, sagte er. »Er hat bestimmt schon versucht, mich zu erreichen.«

»In der Bibliothek steht ein Telefon, Darling.«

Lara ging in ihr Arbeitszimmer und hörte den Anrufbeantworter ab. Auf dem Tonband waren mehrere Anrufe von Paul Martin. »Lara, wo bist du? Du fehlst mir, Baby.« . . . »Lara, ich nehme an, daß du im Ausland bist, sonst hättest du mich bestimmt angerufen.« . . . »Ich mache mir Sorgen um dich, Lara. Ruf mich bitte an!« . . . Dann änderte sich der Tonfall. »Ich habe gerade von deiner Hochzeit gehört. Stimmt das? Wir müssen unbedingt miteinander reden.«

Philip war unbemerkt hereingekommen. »Wer ist der geheimnisvolle Anrufer?« fragte er.

Lara drehte sich nach ihm um. »Ein ... ein alter Freund.«

Er umarmte Lara. »Habe ich Grund, auf ihn eifersüchtig zu sein?«

»Du brauchst auf niemanden eifersüchtig zu sein«, antwortete sie leise. »Du bist der einzige Mann, den ich je geliebt habe.«

Philip drückte sie an sich. »Und du bist die einzige Frau, die ich je geliebt habe.«

Als Philip spätnachmittags am Flügel saß, ging Lara in ihr Arbeitszimmer, um endlich Paul Martin anzurufen.

Er meldete sich fast augenblicklich. »Du bist wieder da?« Seine Stimme klang gepreßt.

»Ja.« Sie hatte sich vor diesem Gespräch gefürchtet.

»Ich will dir nicht verheimlichen, daß die Nachricht von deiner Hochzeit ein ziemlicher Schock gewesen ist, Lara.«

»Tut mir leid, Paul ... ich ... alles hat sich ganz plötzlich ergeben.«

»Offenbar.«

»Ja.« Sie versuchte, seine Stimmung zu erraten.

»Ich dachte, wir hätten eine ziemlich gute Beziehung. Ich dachte, wir hätten ein besonderes Verhältnis zueinander.«

»Das stimmt auch, Paul, aber ...«

»Darüber sollten wir reden, finde ich.«

»Nun, ich ...«

»Wir treffen uns morgen zum Mittagessen – um dreizehn Uhr bei Vitello.« Das war ein Befehl.

Lara zögerte kurz. Aber es wäre töricht gewesen, ihn noch weiter zu reizen. »Gut, Paul, ich komme.«

Er legte wortlos auf. Lara starrte sorgenvoll das Telefon an. Wie wütend war Paul? Und wozu würde er sich in seinem Zorn hinreißen lassen?

25. Kapitel

Als Lara am nächsten Morgen in die Firma kam, warteten sämtliche Angestellten darauf, ihr gratulieren zu können.

»Was für eine Überraschung!«

»Wie romantisch!«

»Wir sind alle völlig verblüfft gewesen...!«

»Sie sind bestimmt überglücklich...«

Und so ging es weiter.

Howard Keller erwartete sie in ihrem Büro. Er umarmte sie. »Für eine Lady, die nichts für klassische Musik übrig hat, hast du dich ganz schön reingehängt!«

Sie lächelte. »Ja, das stimmt.«

»Ich muß mich erst daran gewöhnen, daß du jetzt Mrs. Adler heißt.«

Ihr Lächeln verblaßte. »Wahrscheinlich ist's besser, wenn ich im Geschäftsleben weiter den Namen Cameron benütze, oder?«

»Wie du meinst. Jedenfalls bin ich froh, daß du wieder da bist. Hier hat sich einiges angehäuft.«

Lara ließ sich in ihren Schreibtischsessel fallen. »Okay, was gibt's Neues?«

»Nun, das Hotel auf der West Side dürfte ein Verlustgeschäft werden. Wir haben einen Interessenten aus Texas dafür gefunden, aber ich habe mir das Hotel gestern angesehen. Es ist völlig heruntergewirtschaftet. Es muß von Grund auf renoviert werden – und das dürfte fünf bis sechs Millionen kosten.«

»Hat der Käufer es schon besichtigt?«

»Nein. Wir haben vereinbart, daß ich es ihm morgen zeige.«

»Zeig's ihm nächste Woche. Laß es bis dahin frisch streichen und gründlich putzen. Und sorg' dafür, daß die Hotelhalle voll ist, wenn ihr kommt.«

Keller nickte grinsend. »Wird gemacht. Frank Rose ist mit neuen Entwürfen da. Er wartet in meinem Büro.«

»Gut, ich sehe sie mir gleich an.«

»Die Mutual Security Insurance, die nach Queens ziehen wollte...«

»Ja?«

»Sie haben den Mietvertrag noch immer nicht unterschrieben. Hoffentlich bedeutet das keinen Rückzieher!«

Lara machte sich eine Notiz. »Darüber muß ich mit Guttman persönlich reden. Sonst noch was?«

»Die fünfundsiebzig Millionen, die wir bei der Gotham Bank für das neue Projekt aufnehmen wollten...«

»Ja?«

»Die Bank hat ihre Kreditzusage zurückgezogen. Sie glaubt, daß unsere Eigenkapitaldecke zu dünn wird.«

»Wie hoch war der vereinbarte Zinssatz?«

»Siebzehn Prozent.«

»Ich weiß, was wir machen, Howard: Wir bieten ihnen zwanzig Prozent.«

Keller starrte sie entgeistert an. »*Zwanzig* Prozent? Mein Gott, Lara, kein Mensch zahlt zwanzig Prozent!«

»Lieber lebendig mit zwanzig Prozent als tot mit siebzehn Prozent. Tu's einfach, Howard.«

»Schön, wie du meinst.«

Der Vormittag verging rasch. Um halb eins sagte Lara: »Ich bin mit Paul Martin zum Mittagessen verabredet.«

Keller machte ein besorgtes Gesicht. »Paß bloß auf, daß *du* nicht auf der Speisekarte stehst!«

»Wie meinst du das?«

»Nun, schließlich ist er Sizilianer. Die vergeben und vergessen nicht.«

»Sei nicht so melodramatisch! Paul würde mir niemals schaden.«

»Hoffentlich hast du recht.«

Paul Martin saß bereits im Restaurant, als sie hereinkam. Er wirkte hager und sorgenvoll und hatte dunkle Ringe unter den Augen, als schlafe er in letzter Zeit schlecht.

»Hallo, Lara.« Er stand nicht auf.

»Paul.« Sie setzte sich ihm gegenüber.

»Ich habe ein paar dumme Mitteilungen auf deinem Anrufbeantworter hinterlassen. Tut mir leid. Ich konnte nicht ahnen, daß du . . .« Er zuckte mit den Schultern.

»Ich hätte mit dir reden sollen, Paul, aber alles ist so schnell passiert.«

»Yeah.« Er musterte sie prüfend. »Du siehst blendend aus.«

»Danke, Paul.«

»Wo hast du Adler kennengelernt?«

»In London.«

»Und du hast dich einfach so in ihn verliebt?« fragte er hörbar verbittert.

»Paul, wir beide haben uns wundervoll verstanden, aber das hat mir nicht genügt. Ich brauche mehr. Ich brauche jemanden, zu dem ich jeden Abend nach Hause kommen kann.«

Er äußerte sich nicht dazu.

»Ich würde nie etwas tun, das dich verletzen könnte, aber diese Sache ist . . . einfach passiert.«

Wieder nur Schweigen.

»Das mußt du bitte verstehen.«

»Yeah.« Er lächelte frostig. »Mir bleibt gar nichts anderes übrig, stimmt's? Daran ist jetzt nichts mehr zu ändern. Aber es ist ein Schock gewesen, die Nachricht in der Zeitung zu lesen und aus dem Fernsehen zu erfahren. Ich habe mir eingebildet, wir stünden uns doch etwas näher.«

»Du hast recht«, gab Lara zu. »Ich hätte es dir sagen sollen.«

Er streckte eine Hand aus und tätschelte ihre Wange. »Ich bin verrückt nach dir gewesen, Lara. Wahrscheinlich bin ich's noch immer. Du bist mein *miracolo* gewesen. Ich hätte dir jeden Wunsch erfüllen können; ich hätte dir alles auf der Welt schenken können – nur keinen Ehering wie er. Ich liebe dich genug, um dir zu wünschen, daß du glücklich wirst.«

Lara fühlte eine Woge der Erleichterung über sich hinwegfluten. »Danke, Paul.«

»Wann lerne ich deinen Mann kennen?«

»Nächste Woche geben wir eine Party für unsere Freunde«, antwortete sie. »Kommst du auch?«

»Ja, ich komme. Deinem Mann kannst du von mir ausrichten, daß er dich gut behandeln soll – sonst bekommt er's mit mir zu tun!«

Sie lächelte. »Gut, ich werd's ihm ausrichten.«

Als Lara ins Büro zurückkam, wartete Howard Keller dort auf sie. »Na, wie war's beim Lunch?« fragte er nervös.

»Kein Problem. Du hast Paul völlig falsch eingeschätzt. Er hat sich wunderbar verhalten.«

»Gut! Freut mich, daß ich mich getäuscht habe. Für morgen sind einige Besprechungen angesetzt, bei denen du ...«

»Die kannst du gleich absagen«, unterbrach Lara ihn. »Morgen bleibe ich mit meinem Mann zu Hause. In den nächsten Tagen holen wir unsere Flitterwochen nach.«

»Ich freue mich, daß du so glücklich bist«, murmelte Keller.

»Howard, ich bin so glücklich, daß es mich ängstigt. Ich fürchte manchmal, ich könnte aufwachen und erkennen, daß alles nur ein Traum gewesen ist. Ich habe nie geahnt, daß man so glücklich sein kann!«

Er lächelte. »Okay, ich sage dir dann, was bei den Besprechungen rausgekommen ist.«

»Danke.« Sie küßte ihn auf die Wange. »Philip und ich geben nächste Woche eine Party. Wir rechnen natürlich mit dir.«

Die Party fand am Samstag der folgenden Woche in Laras Penthouse statt – mit einem üppigen kalten Büfett und über hundert Gästen. Lara hatte die Männer und Frauen eingeladen, mit denen sie zusammenarbeitete: Bankiers, Architekten, Bauunternehmer, Stadtplaner und Gewerkschaftsbosse. Philip hatte befreundete Musiker, Kritiker, Musikfreunde und Sponsoren eingeladen. Die Kombination erwies sich als katastrophal.

Das lag keineswegs daran, daß beide Gruppen nicht *versucht* hätten, mit der jeweils anderen ins Gespräch zu kommen. Das Problem war vielmehr, daß sie absolut nichts gemeinsam hatten. Die Leute vom Bau redeten über Architektur, Immobiliengeschäfte und Finanzierungsprobleme; die Musiker kannten dagegen nur ein Thema – ihre Musik.

Lara machte einen Stadtplaner mit einer Gruppe von Musikern bekannt. Der städtische Beamte stand da und hatte Mühe, der Unterhaltung zu folgen.

»Wissen Sie, was Rossini von Wagners Musik gehalten hat? Eines Tages hat er sich mit dem Hintern auf die Klaviertastatur gesetzt und dabei gesagt: ›So klingt Wagner für mich.‹«

Der Stadtplaner ging hastig weiter.

Lara stellte ein paar von Philips Freunden einer Gruppe von Männern aus der Immobilienbranche vor.

»Das große Problem ist eben«, sagte einer von ihnen, »daß fünfunddreißig Prozent der Mieter unterschrieben haben müssen, bevor man mit der Umwandlung in Eigentumswohnungen anfangen kann.«

»Eine unsinnige Bestimmung, finde ich.«

»Allerdings. Ich investiere jetzt mehr in Hotels. Ist Ihnen klar, daß der Durchschnittspreis pro Zimmer und Nacht in Manhattan schon bei knapp zweihundert Dollar liegt? Nächstes Jahr dürfte er ...«

Die Musiker zogen weiter.

Die Unterhaltungen schienen in zwei verschiedenen Sprachen stattzufinden.

»Das Problem bei den Wienern ist, daß sie nur tote Komponisten lieben ...«

»Zwischen der siebenundvierzigsten und achtundvierzigsten Straße entsteht in zwei Bauabschnitten ein neues Hotel. Die Finanzierung hat die Chase Manhattan übernommen ...«

»Er ist vielleicht nicht der beste Dirigent der Welt, aber seine Stabführung ist unnachahmlich präzise ...«

»... denn eigentlich hat der Börsenkrach des Jahres 1929 auch Vorteile gehabt. Er hat die Investoren gelehrt, ihr Geld in wertbeständigen Immobilien anzulegen ...«

». . . daraufhin hat Horowitz jahrelang nicht mehr gespielt, weil er sich einbildete, seine Finger könnten wie Glas brechen . . .«

». . . ich habe die Pläne gesehen. Der klassische Sockelbau ragt drei Geschosse hoch über der Eight Avenue auf und enthält eine elliptische Säulenhalle mit radial angeordneten Ladenpassagen . . .«

». . . als Geiger hatte Einstein eine Vorliebe für Duos. Eines Tages hat er wieder mit Rubinstein musiziert und ist dabei ständig aus dem Takt geraten. Schließlich hat Rubinstein das nicht mehr aushalten können und ihn angebrüllt: ›Albert, kannst du nicht zählen?‹ . . .«

». . . der Kongreß muß betrunken gewesen sein, als er die Steuerreform verabschiedet hat. Damit hat er die Immobilienbranche praktisch abgewürgt . . .«

». . . und beim Abschied nach einer Gesellschaft hat Brahms gesagt: ›Sollte noch jemand hier sein, den ich zu beleidigen vergessen habe, bitte ich um Entschuldigung.‹«

Eine babylonische Sprachverwirrung.

Paul Martin kam allein, und Lara beeilte sich, ihn zu begrüßen. »Ich freue mich sehr, daß du kommen konntest, Paul.«

»Diese Gelegenheit wollte ich mir nicht entgehen lassen.« Er sah sich suchend um. »Ich möchte Philip kennenlernen.«

Lara begleitete ihn zu Philip hinüber, der sich mit einigen Gästen unterhielt. »Philip, das hier ist mein guter alter Freund Paul Martin.«

Philip streckte ihm die Hand hin. »Freut mich, Sie kennenzulernen.«

Die beiden Männer schüttelten einander die Hand.

»Meinen Glückwunsch, Mr. Adler. Lara ist eine bemerkenswerte Frau.«

»Das sage ich ihm auch immer!« warf sie lächelnd ein.

»Das braucht mir niemand zu sagen«, wehrte Philip ab. »Ich weiß selbst, wieviel Glück ich gehabt habe.«

Paul musterte ihn prüfend. »Tatsächlich?«

Lara fühlte die plötzlich in der Luft liegende Spannung. »Wie wär's mit einem Cocktail, Paul?«

»Nein, danke. Ich trinke keinen Alkohol. Hast du das vergessen?«

Lara biß sich auf die Unterlippe. »Entschuldigung. Komm, ich will dich ein paar Leuten vorstellen.« Sie hakte sich bei Paul ein, begleitete ihn durch den Raum und machte ihn mit den interessantesten Gästen bekannt.

Einer der Musiker sagte gerade: »Morgen abend gibt Leon Fleisher ein Konzert. Da muß man hin!« Er wandte sich an Paul Martin, der neben Howard Keller stand. »Haben Sie ihn schon spielen hören?«

»Nein.«

»Ein bemerkenswerter Pianist. Er spielt natürlich nur mit der linken Hand.«

Paul Martin zog die Augenbrauen hoch. »Warum denn das?«

»Fleishers rechte Hand ist seit ungefähr zehn Jahren fast gelähmt.«

»Aber wie kann er mit einer Hand ein Konzert geben?«

»Mindestens ein halbes Dutzend Komponisten haben Konzerte für die linke Hand geschrieben. Beispielsweise Demuth, Franz Schmidt, Korngold und Ravel. Das von Ravel gefällt mir besonders gut.«

Einige der Gäste baten Philip, etwas zu spielen.

»Gut, dann spiele ich für meine Frau.« Er setzte sich an den Bechstein und begann, ein Thema aus einem Klavierkonzert von Rachmaninow zu spielen. Die Gäste hörten wie gebannt zu. Alle schienen von den Melodien, die das Penthouse erfüllten, wie hypnotisiert zu sein. Als Philip aufstand, bekam er lauten Beifall.

Eine Stunde später gingen die ersten. Als sie den letzten Gast verabschiedet hatten, meinte Philip aufatmend: »So, das wäre geschafft!«

»Du haßt große Parties, nicht wahr?« fragte Lara.

Philip schloß sie lächelnd in die Arme. »Hat man mir das angemerkt?«

»Wir geben nur alle zehn Jahre eine«, versprach Lara ihm. »Philip, hast du auch das Gefühl gehabt, unsere Gäste stammten von zwei verschiedenen Planeten?«

Seine Lippen berührten ihre Wange. »Was kümmert uns das? Wir haben unseren eigenen Planeten. Der gehört uns ganz allein . . .«

26. Kapitel

Lara beschloß, in Zukunft vormittags zu Hause zu arbeiten.

»Ich möchte möglichst viel mit dir zusammen sein«, erklärte sie Philip.

Auf Laras Wunsch schickte Kathy ihr einige Sekretärinnen, die auf Stellungssuche waren, in ihr Penthouse. Als vierte oder fünfte Bewerberin kam Marian Bell herein. Sie war hübsch, blond, Mitte Zwanzig und von angenehm freundlichem Wesen.

»Nehmen Sie Platz«, forderte Lara sie auf.

»Danke.«

Lara überflog ihren Lebenslauf. »Sie haben das Wellesley College absolviert?«

»Ja.«

»Und Sie haben Ihr Studium bis zum Bachelor of Arts fortgeführt. Warum wollen Sie als Sekretärin arbeiten?«

»Ich glaube, daß ich bei Ihnen viel lernen könnte. Selbst wenn ich diesen Job nicht bekomme, bleibe ich ein großer Fan von Ihnen, Miss Cameron.«

»Tatsächlich? Weshalb?«

»Sie sind mein Vorbild. Sie haben viel erreicht – und alles aus eigener Kraft.«

Lara starrte die junge Frau forschend an. »Bei mir gibt es keinen Achtstundentag. Ich stehe recht früh auf. Wir würden hier in meiner Wohnung arbeiten. Sie müßten um sechs Uhr anfangen.«

»Das wäre kein Problem. Ich arbeite gern.«

Lara nickte lächelnd. Marian gefiel ihr. »Gut. Sie haben eine Woche Probezeit«, sagte sie.

Nach Ablauf dieser Woche wußte Lara, daß sie ein Juwel gefunden hatte. Marian war tüchtig, intelligent und immer freundlich. Nach einiger Zeit bildete sich eine Routine heraus. Falls nichts Besonderes vorlag, arbeitete Lara morgens zu Hause. Erst nachmittags fuhr sie ins Büro.

Lara und Philip frühstückten jeden Morgen miteinander. Danach setzte Philip sich in T-Shirt und Jeans an den Bechstein und übte zwei bis drei Stunden lang, während Lara in ihr Arbeitszimmer ging und Marian diktierte. Gelegentlich spielte Philip zwischendurch alte schottische Weisen für Lara: »Annie Laurie«, »Comin' Through the Rye« oder »The Hills of Home«. Das rührte sie. Mittags aßen sie zusammen.

»Erzähl' mir von deinem Leben in Glace Bay«, forderte Philip sie auf.

»Das würde mindestens fünf Minuten dauern«, sagte sie lächelnd.

»Nein, es ist mein Ernst! Es interessiert mich wirklich.«

Lara schilderte ihre Kindheit und Jugend, aber sie brachte es nicht über sich, ihren Vater mehr als nur flüchtig zu erwähnen. Als sie dann von Charles Cohn erzählte, sagte Philip: »Das war sehr anständig von ihm. Ich möchte ihn mal kennenlernen.«

»Dazu hast du bestimmt Gelegenheit.«

Lara verschwieg auch ihre schlimmen Erfahrungen mit Sean MacAllister nicht. »Dieses Schwein!« rief Philip empört aus. »Ich könnte ihn umbringen!« Er drückte Lara an sich und sagte: »Niemand wird dir jemals wieder weh tun.«

In der ersten Zeit kam Lara oft ins Wohnzimmer, wenn Philip übte, und unterbrach ihn.

»Darling, wir sind übers Wochenende nach Long Island eingeladen. Möchtest du hinfahren?«

Oder: »Ich habe Karten für das neue Theaterstück von Neil Simon.«

Oder: »Howard Keller möchte am Samstagabend mit uns essen gehen.«

Philip bemühte sich, Geduld zu haben, aber zuletzt sagte er doch:

»Lara, bitte unterbrich mich nicht, wenn ich spiele. Das stört meine Konzentration.«

»Tut mir leid«, entschuldigte sie sich. »Aber ich verstehe nicht, warum du jeden Tag üben mußt, als ob du morgen ein Konzert geben wolltest.«

»Ich übe täglich, damit ich jederzeit ein Konzert geben *könnte*. Macht ihr auf dem Bau irgendeinen Fehler, läßt er sich korrigieren. Ihr könnt die Pläne ändern, Zwischenwände einreißen, Leitungen neu verlegen und so weiter. Aber auf dem Konzertpodium bekommt man keine zweite Chance. Tritt man vor Publikum auf, muß jeder Ton sitzen.«

»Entschuldigung«, murmelte Lara. »Daran habe ich nicht gedacht.«

Philip schloß sie in die Arme. »Es gibt einen alten Witz, in dem ein Mann mit einem Geigenkasten in New York unterwegs ist. Da er sich verlaufen hat, hält er einen Unbekannten an und fragt ihn: ›Wie komme ich in die Carnegie Hall?‹ ›Üben‹, antwortet der Unbekannte, ›üben.‹«

Sie mußte lachen. »Zurück ans Klavier! Ich laß dich jetzt in Ruhe.«

Dann saß sie in ihrem Arbeitszimmer, hörte ihn im Hintergrund spielen und dachte: *Ich habe wirklich Glück. Tausende von Frauen würden mich darum beneiden, hier sitzen und Philip Adler zuhören zu können.*

Wenn er nur nicht soviel üben müßte!

Beide spielten leidenschaftlich gern Backgammon, und so saßen sie abends am Kamin und lieferten sich erbitterte Gefechte. Lara genoß diese Augenblicke, in denen sie Philip ganz für sich allein hatte.

Das Spielkasino in Reno stand kurz vor der Eröffnung. Sechs Monate zuvor hatte Lara mit Jerry Townsend die Einzelheiten der großen Eröffnungsparty besprochen.

»Ich will, daß noch in Timbuktu über unsere Eröffnung berichtet wird«, hatte sie gesagt. »Ich lasse eigens für diesen Abend den Chefkoch aus dem Pariser Maxim einfliegen. Und Sie engagieren von Frank Sinatra abwärts die besten Entertainer, die Sie kriegen können. Ich will, daß auf der Gästeliste die größten Namen aus Hollywood,

New York und Washington stehen. Die Leute sollen sich darum raufen, auf diese Liste zu kommen.«

Während Lara jetzt in der Gästeliste blätterte, sagte sie anerkennend: »Gute Arbeit, Jerry! Wie viele Absagen sind gekommen?«

»Ein paar Dutzend«, antwortete Townsend. »Nicht schlecht bei über sechshundert Einladungen.«

»Durchaus nicht schlecht«, stimmte Lara zu.

Keller rief sie vormittags an. »Gute Nachrichten!« sagte er. »Die Schweizer Bankiers kommen nach New York und wollen morgen mit dir über das neue Projekt verhandeln.«

»Großartig«, sagte Lara. »Um neun Uhr in meinem Büro.«

Beim Abendessen erklärte Philip ihr: »Lara, ich bin morgen im Tonstudio. Du hast noch nie erlebt, wie solche Aufnahmen gemacht werden, stimmt's?«

»Nein.«

»Hättest du Lust, mitzukommen und zuzusehen?«

Lara zögerte, weil sie an die Besprechung mit den Schweizern dachte. »Natürlich«, sagte sie.

Morgens telefonierte sie mit Keller. »Fangt schon mal ohne mich an. Ich komme, sobald ich kann.«

Das Tonstudio auf der West Side in der vierunddreißigsten Straße war ein mit elektronischen Geräten vollgestopftes ehemaliges Lagerhaus. Fast siebzig Musiker saßen vor dem großen Glaskasten, in dem die Toningenieure arbeiteten. Lara hatte den Eindruck, als gehe die Aufnahme nur sehr stockend voran. Einige Stellen wurden mehrmals wiederholt. In einer Pause rief sie Keller an.

»Wo bleibst du so lange?« fragte er. »Ich halte sie hin, aber sie wollen mit dir reden.«

»Ich komme in ein, zwei Stunden«, antwortete sie. »Laß dir was einfallen, um sie zu beschäftigen.«

Zwei Stunden später war die Aufzeichnung noch immer nicht beendet.

Lara telefonierte erneut mit Keller.

»Tut mir leid, Howard, aber ich kann jetzt nicht weg. Sie sollen morgen wiederkommen.«

»Was ist denn so wichtig?« fragte Keller.
»Mein Mann«, sagte Lara und hängte ein.

Auf der Heimfahrt aus dem Tonstudio kündigte Lara an: »Nächste Woche fliegen wir nach Reno.«
»Wozu das?«
»Die Eröffnung meines Hotels mit Spielkasino. Wir fliegen am Mittwoch hin.«
»Verdammter Mist!« sagte Philip enttäuscht.
»Was hast du?«
»Tut mir leid, Liebling, aber ich kann nicht mitkommen.«
Sie starrte ihn an. »Was soll das heißen?«
»Ich dachte wirklich, ich hätte es dir erzählt. Am Montag beginnt meine neue Tournee.«
»Wovon redest du eigentlich?«
»Ellerbee hat eine sechswöchige Konzertreise für mich zusammengestellt. Sie fängt in Australien an und . . .«
»*Australien?*«
»Richtig. Von dort aus geht's nach Japan und Hongkong.«
»Philip, das kannst du nicht tun! Ich meine . . . wozu? Du brauchst nicht mehr zu reisen. Ich möchte mit dir zusammensein.«
»Willst du nicht einfach mitkommen, Lara? Das wäre herrlich!«
»Du weißt, daß ich das nicht kann. Nicht gerade jetzt. Im Augenblick werde ich hier gebraucht«, erwiderte sie bedrückt. »Ich will nicht, daß du mich verläßt.«
»Das will ich auch nicht. Aber ich habe dich vor unserer Hochzeit ausdrücklich gewarnt, mein Schatz, daß das mein Beruf, mein Leben ist.«
»Ja, ich weiß«, sagte Lara, »aber das ist früher gewesen. Jetzt ist alles anders. Alles hat sich geändert.«
»Nichts hat sich geändert«, widersprach Philip lächelnd, »außer daß ich verrückt nach dir bin und schreckliche Sehnsucht nach dir haben werde, wenn ich fort bin.«
Was hätte Lara darauf antworten können?

Philip war auf Tournee, und Lara fühlte sich einsam wie noch nie in ihrem Leben. Manchmal dachte sie mitten in einer Besprechung an ihn und fühlte ihr Herz dahinschmelzen.

Sie wollte, daß er seine Karriere fortsetzte, aber sie brauchte ihn in ihrer Nähe. Sie dachte an die herrlichen Tage mit ihm, stellte sich vor, wie es war, in seinen Armen zu liegen, und erinnerte sich an seine sanfte Zärtlichkeit. Sie hatte nie geahnt, daß sie einen Menschen so lieben konnte. Philip rief jeden Tag an, aber das machte die Einsamkeit irgendwie nur noch schlimmer.

»Wo bist du, mein Liebling?«

»Noch immer in Tokio.«

»Bist du mit deinem Erfolg zufrieden?«

»Ja, sehr. Du fehlst mir schrecklich.«

»Du mir auch.« Lara konnte ihm nicht sagen, wie sehr er ihr fehlte.

»Morgen fliege ich nach Hongkong, und danach . . .«

»Ich wollte, du kämst nach Hause.« Lara bereute sofort, das gesagt zu haben.

»Du weißt, daß ich das nicht kann.«

»Natürlich nicht«, sagte sie nach kurzer Pause.

Sie redeten fast eine halbe Stunde miteinander, aber als Lara auflegte, fühlte sie sich einsamer als zuvor. Die Zeitunterschiede waren ärgerlich. Manchmal war ihr Dienstag sein Mittwoch, und er rief mitten in der Nacht oder in den frühen Morgenstunden an.

»Wie geht es Philip?« fragte Howard.

»Gut. Warum tut er das, Howard?«

»Warum tut er was?«

»Warum macht er eine Konzertreise? Das hätte er nicht nötig! Ich meine, er ist doch nicht auf das Geld angewiesen.«

»Langsam! Philip ist bestimmt nicht wegen des Geldes unterwegs. Das ist einfach sein Beruf, Lara.«

Genau das hatte Philip auch gesagt. Ihr Kopf verstand es, aber ihr Herz wehrte sich dagegen.

»Lara«, sagte Keller mahnend, »du hast den Mann nur geheiratet – du besitzt ihn nicht.«

»Ich will ihn nicht besitzen. Ich hatte bloß gehofft, ich wäre ihm wichtiger als seine ...« Sie brach ab und schüttelte den Kopf. »Schon gut. Ich weiß, daß das ein törichter Gedanke ist.«

Lara rief William Ellerbee an.

»Hätten Sie vielleicht Zeit, heute mittag mit mir essen zu gehen?« fragte sie ihn.

»Ich kann mir die Zeit nehmen«, antwortete Ellerbee. »Ist irgendwas nicht in Ordnung?«

»Nein, nein. Ich wollte bloß mal mit Ihnen reden.«

Sie trafen sich im Le Cirque.

»Haben Sie in letzter Zeit mit Philip gesprochen?« erkundigte Ellerbee sich.

»Wir telefonieren jeden Tag miteinander.«

»Seine Tournee ist sehr erfolgreich.«

»Ja.«

»Ehrlich gesagt«, fuhr Ellerbee fort, »ich hätte nie geglaubt, daß Philip jemals heiraten würde. Er hat eigentlich immer nur für seine Kunst gelebt.«

»Ja, ich weiß ...« Lara zögerte, bevor sie fragte: »Finden Sie nicht, daß er zuviel auf Reisen ist?«

»Wie meinen Sie das?«

»Philip hat jetzt ein Zuhause. Er braucht nicht mehr die ganze Welt zu bereisen.« Sie sah Ellerbees mißbilligenden Gesichtsausdruck. »Oh, das heißt keineswegs, daß er in Zukunft in New York herumsitzen soll. Aber ich bin sicher, daß Sie für ihn Termine in Boston, Chicago oder Los Angeles arrangieren könnten. Sie wissen schon ... einfach nicht so weit von zu Hause entfernt.«

»Haben Sie darüber mit Philip gesprochen?« erkundigte Ellerbee sich zurückhaltend.

»Nein, ich wollte erst mit Ihnen reden. Das *wäre* möglich, nicht wahr? Ich meine, Philip braucht das Geld nicht – jetzt nicht mehr.«

»Mrs. Adler. Philip bekommt für jeden Konzertabend fünfunddreißigtausend Dollar. Letztes Jahr ist er vierzig Wochen auf Tournee gewesen.«

»Das verstehe ich, aber ...«

»Haben Sie eine Ahnung, wie wenige Pianisten den Sprung in die

Weltspitze schaffen – und wie schwer sie sich diesen Platz erkämpfen müssen? Mittelmäßige Pianisten gibt es zu Tausenden, aber die Superstars können Sie an zwei Händen abzählen. Ihr Mann ist einer von ihnen. Ich weiß, daß Sie nicht viel vom Musikleben verstehen, Mrs. Adler, aber glauben Sie mir: Der Konkurrenzkampf ist mörderisch! Philip hat lange gebraucht, um ein Pianist von Weltklasse zu werden. Und Sie muten mir jetzt zu, ihn um die Früchte seiner Arbeit zu bringen?«

»Nein, das tue ich nicht. Ich schlage nur vor, ihm . . .«

»Was Sie vorschlagen, würde seine Karriere ruinieren. Das wollen Sie nicht wirklich, oder?«

»Natürlich nicht«, antwortete Lara. Sie zögerte einen Augenblick. »Soviel ich weiß, sind Sie mit fünfzehn Prozent an Philips Einnahmen beteiligt?«

»Ganz recht.«

»Falls Philip weniger Konzerte gibt, möchte ich natürlich nicht, daß Ihnen deswegen ein Verlust entsteht«, sagte Lara vorsichtig. »Ich wäre gern bereit, Ihnen den Differenzbetrag zu ersetzen und . . .«

»Mrs. Adler, darüber sollten Sie mit Philip reden, glaube ich. Wollen wir jetzt bestellen?«

27. Kapitel

Liz Smith schrieb in ihrer Klatschspalte: »Dem eisernen Schmetterling werden die Flügel gestutzt ... Welche schöne Immobilienmillionärin dürfte an die Decke ihres Penthouses gehen, wenn sie hört, daß im Verlag Candlelight Press ein von einer ehemaligen Mitarbeiterin geschriebenes Buch über sie erscheinen wird? Nach unseren Informationen ist es brandheiß!«

Lara warf wütend die Zeitung auf ihren Schreibtisch. Dieses Buch konnte nur Gertrude Meeks, ihre fristlos entlassene Sekretärin, geschrieben haben! Sie ließ Jerry Townsend kommen. »Haben Sie schon gelesen, was Liz Smith heute morgen in ihrer Klatschspalte schreibt?«

»Ja, ich hab's vorhin gelesen. Dagegen ist nicht viel zu machen, Boß. Wenn Sie ...«

»Natürlich können wir etwas dagegen tun! Meine Angestellten verpflichten sich schriftlich, keine Interviews zu geben und nichts über mich zu schreiben – und das gilt selbstverständlich auch für die Zeit nach ihrem Ausscheiden. Gertrude Meeks hat kein Recht, in aller Öffentlichkeit schmutzige Wäsche zu waschen. Dem Verleger hänge ich eine Schmerzensgeldklage in Millionenhohe an!«

Jerry Townsend schüttelte den Kopf. »Das würde ich an Ihrer Stelle bleiben lassen.«

»Weshalb?«

»Weil Ihnen das eine ausgesprochen schlechte Publicity einbringen würde. Ignorieren Sie das Machwerk, bleibt's bei einem Sturm im Wasserglas, der sich rasch wieder legt. Versuchen Sie jedoch, sein Erscheinen zu verhindern, kann daraus ein Hurrikan werden.«

Aber Lara ließ sich nicht überzeugen. »Stellen Sie fest, wem der Verlag gehört«, wies sie Townsend an.

Eine Stunde später telefonierte Lara mit Henry Seinfeld, dem Inhaber und Verleger von Candlelight Press.

»Hier ist Lara Cameron. Wie ich höre, wollen Sie ein Buch über mich herausbringen.«

»Sie haben wohl gelesen, was Liz Smith darüber geschrieben hat? Ja, das stimmt, Miss Cameron.«

»Ich will Sie nur warnen: Sollte dieses Buch in Ihrem Verlag erscheinen, klage ich wegen Verletzung meiner Privatsphäre auf Schmerzensgeld.«

Henry Seinfeld blieb gelassen. »Darüber sollten Sie erst mal mit Ihrem Anwalt reden. Sie sind eine Persönlichkeit des öffentlichen Lebens, Miss Cameron. Als solche haben Sie keinen Anspruch auf Schutz Ihrer Privatsphäre. Und wie Gertrude Meeks Sie charakterisiert, sind Sie eine ziemlich schillernde Gestalt.«

»Gertrude Meeks hat sich schriftlich verpflichtet, nichts über mich zu schreiben.«

»Das ist eine Sache, die nur Sie und Gertrude angeht. Sie können sie ja verklagen...«

Aber dann ist das Buch längst erschienen, dachte sie.

»Ich will nicht, daß dieses Buch erscheint. Ich wäre bereit, Ihnen den Gewinnausfall zu ersetzen, wenn Sie...«

»Halt! Ich glaube, daß Sie sich auf sehr unsicherem Boden bewegen, Miss Cameron. Am besten brechen wir dieses Gespräch jetzt ab.« Seinfeld legte auf.

Der Teufel soll ihn holen! Lara starrte nachdenklich vor sich hin. Dann bat sie Howard Keller zu sich.

»Was weißt du über Candlelight Press?«

Keller zuckte mit den Schultern. »Ein auf skandalträchtige Biographien spezialisierter Kleinverlag. Er verdient sein Geld mit Enthüllungsstories über Cher, Madonna, Prince...«

»Danke. Mehr wollte ich nicht wissen.«

Howard Keller hatte Kopfschmerzen. In letzter Zeit schien er häufig unter Kopfschmerzen zu leiden. Vermutlich aus Schlafmangel. Er stand unter Druck und hatte das Gefühl, alles gehe viel zu schnell. Irgendwie mußte er versuchen, Lara etwas zu bremsen. Vielleicht habe ich vor Hunger Kopfschmerzen, dachte er. Er drückte auf die Sprechtaste seiner Gegensprechanlage.

»Bess, lassen Sie mir bitte eine Kleinigkeit zum Lunch bringen, ja?«

Keine Antwort.

»Bess?«

»Soll das ein Scherz sein, Mr. Keller?«

»Ein Scherz? Nein, warum?«

»Sie haben vorhin zu Mittag gegessen.«

Keller fühlte, wie er eine Gänsehaut bekam.

»Aber wenn Sie noch Hunger haben...«

»Nein, nein.« Jetzt wußte er's wieder. Er hatte einen Salat und ein Roastbeefsandwich gegessen... Mein Gott, dachte Keller erschrokken, was ist bloß mit mir los?

»Nur ein Scherz, Bess«, sagte er.

Die Eröffnung des Cameron Palace in Reno wurde ein Triumph. Das Hotel war ausgebucht, und im Kasino drängten sich die Spieler. Lara hatte keine Kosten gescheut, um dafür zu sorgen, daß ihre prominenten Ehrengäste es behaglich hatten. Eigentlich fehlt nur einer, dachte sie. Philip. Er hatte ihr einen großen Blumenstrauß geschickt und dazugeschrieben: *Du bist die Musik meines Lebens. Ich bete Dich an und habe Sehnsucht nach Dir – Philip.*

Paul Martin traf ein. Er trat zu Lara. »Meinen Glückwunsch! Du hast dich selbst übertroffen.«

»Nur dank deiner Hilfe, Paul. Ohne dich hätte ich das alles nicht geschafft.«

Er sah sich um. »Wo ist Philip?«

»Er konnte leider nicht hiersein. Er ist auf Tournee.«

»Dein Mann ist irgendwo unterwegs und spielt Klavier? Dies ist ein großer Abend für dich, Lara. Er müßte an deiner Seite sein.«

Sie lächelte. »Er wäre wirklich gern hier, Paul.«

Der Geschäftsführer des Hotels kam zu Lara. »Ein phantastischer Erfolg, Miss Cameron! Wir sind fürs kommende Vierteljahr ausgebucht!«

»Und so geht's hoffentlich weiter, Donald.«

Lara hatte Agenturen in Japan und Südamerika mit der Werbung für das neue Cameron Palace beauftragt. Jede der Luxussuiten hatte sie fast eine Million Dollar gekostet, aber die Investition würde sich lohnen.

»Das Hotel ist die reinste Goldgrube, Miss Cameron«, versicherte der Geschäftsführer ihr. Er sah sich suchend um. »Wo ist übrigens Ihr Mann? Ich hätte ihn gern mal persönlich kennengelernt.«

»Er konnte nicht kommen«, sagte Lara. *Er ist irgendwo unterwegs und spielt Klavier.*

Die Eröffnung war ein Medienspektakel. Lara mußte zahlreiche Rundfunk-, Fernseh- und Zeitungsinterviews geben. Alles ging gut, bis die taktlosen Interviewer fragten: »Wo ist Ihr Mann heute abend?« Und Laras Verbitterung wuchs. Er hätte an meiner Seite sein müssen, dachte sie. Das dumme Konzert hätte er doch verschieben können! Aber sie behauptete lächelnd: »Philip war sehr enttäuscht, daß er nicht dabeisein konnte.«

Nach dem Dinner wurde getanzt. Paul Martin kam an Laras Tisch. »Sollen wir?«

Lara stand auf und schmiegte sich in seine Arme.

»Wie fühlt man sich, wenn einem das alles gehört?« fragte Paul.

»Wundervoll! Nochmals danke für deine Hilfe.«

»Schließlich sind wir Freunde, nicht wahr? Übrigens fällt mir auf, daß du ein paar sehr reiche Spieler hier hast. Mit denen mußt du behutsam umgehen, Lara. Manche von ihnen werden hoch verlieren, und du mußt dafür sorgen, daß sie sich trotzdem als Gewinner fühlen. Sorg' dafür, daß sie einen neuen Wagen oder hübsche Mädchen oder irgendwas bekommen, das ihnen das Gefühl gibt, wichtig zu sein.«

»Ich werd's mir merken«, versprach Lara ihm.

»Es ist schön, dich wieder in den Armen zu halten«, sagte Paul.

»Paul ...«

»Ja, ich weiß. Erinnerst du dich daran, daß ich gesagt habe, dein Mann solle sich gut um dich kümmern?«

»Ja.«

»Er scheint seine Sache nicht allzugut zu machen.«

»Philip wäre gern hier gewesen«, verteidigte Lara ihn. Und während sie das sagte, fragte sie sich: Stimmt das wirklich?

Er rief spät nachts an, und der Klang seiner Stimme machte sie noch viel einsamer.

»Lara, Liebling, ich hab' den ganzen Tag an dich denken müssen. Wie hat die Eröffnung geklappt?«

»Wunderbar. Ich wollte, du hättest dabeisein können, Philip.«

»Ich wäre gern gekommen. Du fehlst mir schrecklich.«

Warum war er dann nicht hier? »Du fehlst mir auch. Komm bald wieder heim!«

Howard Keller kam mit einem dicken wattierten Umschlag unter dem Arm in Laras Büro.

»Das wird dir nicht gefallen«, sagte er.

»Was hast du da?«

Er legte den Umschlag auf ihren Schreibtisch. »Eine Fotokopie von Gertrude Meeks' Manuskript. Aber frag' mich lieber nicht, wo ich es her habe. Das könnte uns beide hinter Gitter bringen.«

»Hast du das Manuskript gelesen?«

Keller nickte wortlos.

»Und?«

»Am besten liest du's selbst. Ein paar dieser Sachen sind passiert, bevor sie hier angefangen hat. Sie muß sehr gründlich recherchiert haben.«

»Danke, Howard.«

Lara wartete, bis er den Raum verlassen hatte; dann drückte sie auf die Sprechtaste der Gegensprechanlage. »Keine Anrufe.«

Sie schlug das Manuskript auf und begann zu lesen.

Das Buch war vernichtend. Es zeichnete das Bild einer gerissenen, machthungrigen Frau, der zur Durchsetzung ihrer Interessen jedes Mittel recht gewesen war. Es schilderte ihre Launenhaftigkeit, ihre Wutanfälle und ihre Herrschsucht im Umgang mit Angestellten. Es war boshaft geschrieben und voller häßlicher kleiner Anekdoten. Und es enthielt kein Wort über Laras gute Eigenschaften: Wagemut, Selbständigkeit, Weitblick und Großzügigkeit. Sie las weiter.

»Einer ihrer raffiniertesten Tricks war es, geschäftliche Besprechungen am ersten Tag sehr früh anzusetzen, damit ihre Gesprächspartner mit der Zeitverschiebung zu kämpfen hatten, während Lara Cameron frisch und munter war...«

»Bei Verhandlungen mit japanischen Gästen wurde diesen Tee mit Valium serviert, während Lara Cameron Kaffee mit dem Aufputschmittel Ritalin trank...«

»Als ein Neubauprojekt in Queens am Widerstand des zuständigen Bezirksausschusses zu scheitern drohte, gelang es Lara Cameron, den Ausschuß umzustimmen, indem sie eine Tochter erfand, die angeblich in einem der Häuser wohnen sollte...«

»Als die Mieter der Dorchester Apartments sich weigerten, das Gebäude zu räumen, ließ Lara Cameron dort Obdachlose einquartieren...«

Nichts war ausgelassen. Nachdem Lara das Manuskript überflogen hatte, blieb sie lange unbeweglich an ihrem Schreibtisch sitzen. Dann rief sie Howard Keller zu sich.

»Ich möchte, daß du bei unserer Auskunftei die Kreditwürdigkeit von Henry Seinfeld überprüfen läßt. Ihm gehört der Verlag Candlelight Press.«

»Wird gemacht.«

Eine Viertelstunde später war er zurück. »Dieser Seinfeld wird mit D–C bewertet.«

»Was bedeutet das?«

»Weniger kreditwürdig kann man praktisch nicht sein. Mit D werden schlechte Risiken bewertet – und er liegt noch drei Stufen darunter. Ein kräftiger Windstoß könnte ihn umwerfen. Er lebt von einem Buch zum nächsten. Ein Flop, und er müßte den Laden dichtmachen.«

»Danke, Howard.«

Sie rief ihren Anwalt Terry Hill an.

»Terry, wolltest du nicht schon immer einen Verlag besitzen?«

»Was hast du vor, Lara?«

»Ich möchte, daß du Candlelight Press in deinem Namen kaufst. Der Verlag gehört einem gewissen Henry Seinfeld.«

»Das müßte sich machen lassen. Wieviel ist er dir wert?«

»Versuch's mal mit fünfhunderttausend. Notfalls kannst du bis zu einer Million gehen. Entscheidend ist, daß du sämtliche Rechte des Verlags mitkaufst – und daß mein Name nicht erwähnt wird.«

Die Räume von Candlelight Press befanden sich in einem heruntergekommenen Gebäude in der vierunddreißigsten Straße. Henry Seinfelds Büro bestand aus einem kleinen Vorzimmer und einem etwas größeren Raum für ihn selbst.

»Ein Mr. Hill möchte Sie sprechen, Mr. Seinfeld«, meldete die Sekretärin.

»Soll reinkommen!«

Terry Hill hatte schon früher an diesem Vormittag angerufen.

Er betrat das schäbige kleine Büro. Seinfeld blieb hinter dem Schreibtisch sitzen.

»Nehmen Sie Platz, Mr. Hill. Was kann ich für Sie tun?«

»Ich vertrete ein deutsches Verlagshaus, das unter Umständen daran interessiert wäre, Ihren Verlag zu kaufen.«

Seinfeld zündete sich in aller Ruhe eine dicke Zigarre an. »Mein Verlag ist nicht zu verkaufen«, sagte er.

»Oh, das ist schade. Wir versuchen, auf dem amerikanischen Markt Fuß zu fassen, und Ihr Verlag wäre eine gute Ergänzung für unser sonstiges Programm.«

»Ich habe den Verlag mit eigenen Händen aufgebaut«, sagte Seinfeld. »Ich liebe ihn wie mein eigenes Kind. Ich könnte mich nie von ihm trennen.«

»Ich verstehe, wie Ihnen zumute ist«, versicherte der Anwalt. »Wir sind bereit, Ihnen fünfhunderttausend Dollar zu zahlen.«

Seinfeld erstickte fast an seiner Zigarre. »Fünfhunderttausend? Mann, ich bin dabei, ein Buch zu machen, das allein 'ne Million wert ist. Nein, Sir! Ihr Angebot ist 'ne Beleidigung!«

»Mein Angebot ist ein Geschenk. Sie haben so gut wie keine Vermögenswerte, aber über einhunderttausend Dollar Schulden. Ich habe Erkundigungen eingezogen.« Hill machte eine Pause. »Okay, ich erhöhe mein Angebot auf sechshunderttausend. Aber das ist mein letztes Wort!«

»Wollen Sie meinen Verlag etwa geschenkt haben? Unter siebenhunderttausend ...«

Terry Hill stand auf. »Leben Sie wohl, Mr. Seinfeld. Ich finde bestimmt einen anderen Verlag.«

Er ging zur Tür.

»Augenblick!« sagte der Verleger. »Wissen Sie, meine Frau liegt mir dauernd damit in den Ohren, daß ich mich zur Ruhe setzen soll. Vielleicht wäre dies kein schlechter Zeitpunkt.«

Hill trat an den Schreibtisch und legte ihm den vorbereiteten Vertrag hin. »Ich habe einen Scheck über sechshunderttausend Dollar in der Tasche. Sie brauchen nur zu unterschreiben.«

Lara bat Keller zu sich.

»Wir haben gerade Candlelight Press gekauft.«

»Großartig. Was willst du damit anfangen?«

»Vor allem Gertrude Meeks' Buch abwürgen. Du sorgst dafür, daß es nicht erscheint. Es gibt viele Möglichkeiten, Zeit zu schinden. Falls sie auf Rückgabe der Rechte klagt, können wir sie in einen jahrelangen Rechtsstreit verwickeln.«

»Willst du den Verlag liquidieren?«

»Natürlich nicht. Sieh zu, daß du einen neuen Verlagsleiter findest. Den Betriebsverlust setzen wir steuerlich ab.«

Als Keller in sein Büro zurückkam, sagte er zu seiner Sekretärin: »Bess, nehmen Sie bitte ein Diktat auf. ›Jack Hellman, Hellman Realty. Lieber Jack, ich habe mit Miss Cameron über Ihr Angebot gesprochen, und wir sind beide der Ansicht, daß es unklug wäre, uns zum gegenwärtigen Zeitpunkt an Ihrem neuen Projekt zu beteiligen. Ich darf Ihnen jedoch versichern, daß wir an zukünftigen ...‹«

Seine Sekretärin hatte zu schreiben aufgehört.

Keller sah auf. »Haben Sie das?«

Sie starrte ihn an. »Mr. Keller ...«

»Ja, Bess?«

»Diesen Brief haben Sie mir gestern diktiert.«

Keller schluckte trocken. »Wie bitte?«

»Er ist bereits in der Post.«

Howard Keller versuchte zu lächeln. »Ich glaube, ich habe in letzter Zeit ein bißchen zuviel gearbeitet.«

Um 16 Uhr an diesem Nachmittag wurde Keller von Dr. Seymour Bennett untersucht.

»Körperlich sind Sie in ausgezeichneter Verfassung«, sagte Dr. Bennett. »Organisch fehlt Ihnen überhaupt nichts.«

»Aber woher kommen diese Gedächtnisstörungen?«

»Wann haben Sie zum letzten Mal Urlaub gemacht, Howard?«

Keller versuchte sich zu erinnern. »Das muß schon etliche Jahre her sein«, gab er zu. »Ich bin immer zu beschäftigt gewesen, um an Urlaub zu denken.«

Dr. Bennett lächelte. »Da haben wir's! Sie leiden an Überarbeitung. Eine typische Managerkrankheit. Reisen Sie irgendwo hin, wo Sie ein, zwei Wochen ausspannen können. Denken Sie eine Zeitlang überhaupt nicht mehr an die Firma. Wenn Sie zurückkommen, fühlen Sie sich wie neugeboren.«

Keller stand erleichtert auf.

Howard Keller kam in Laras Büro. »Kannst du mich eine Woche lang entbehren?«

»Ungefähr so gut wie meinen rechten Arm. Was hast du vor, Howard?«

»Mein Arzt hat mir geraten, Urlaub zu machen, Lara. Um es ganz ehrlich zu sagen: Ich habe in letzter Zeit Probleme mit meinem Gedächtnis.«

Sie starrte ihn besorgt an. »Ernsthafte Probleme?«

»Nein, eigentlich nicht. Aber sie sind lästig. Ich fliege ein paar Tage nach Hawaii, denke ich.«

»Nimm den Jet.«

»Nein, nein, den brauchst du selbst. Ich fliege ganz normal mit Linie.«

»Dann zahlst du wenigstens alles mit der Firmenkreditkarte.«

»Danke. Ich melde mich jeden Tag und ...«

»Das tust du nicht, Howard! Du sollst überhaupt nicht an die Arbeit, sondern nur an dich denken. Ich will, daß du wieder ganz gesund wirst.«

Hoffentlich fehlt ihm nichts Ernstliches, dachte Lara besorgt. Er ist unersetzlich. Howard muß wieder gesund werden!

Als Marian Bell sagte: »Mr. Adler ruft aus Taipeh an«, nahm Lara hastig den Hörer ab.

»Philip...?«

»Hallo, mein Liebling. Hier streikt das Personal der Telefongesellschaft. Ich habe stundenlang gebraucht, um dich zu erreichen. Wie geht's dir?«

Ich fühle mich einsam, dachte sie. »Nicht schlecht. Wie läuft deine Tournee?«

»Gut wie immer. Du fehlst mir, Darling.«

Im Hintergrund waren Stimmen und Musik zu hören.

»Wo bist du jetzt?« fragte Lara.

»Oh, hier findet gerade eine kleine Party für mich statt. Du weißt ja, wie das ist.«

Sie hörte das Lachen einer Frau. »Natürlich. Ich weiß, wie das ist.«

»Ich komme am Mittwoch heim.«

»Philip?«

»Ja?«

»Nichts, mein Liebster. Ich freue mich auf dich.«

»Und ich mich auf dich. Also dann bis Mittwoch!«

Sie legte den Hörer auf. Was würde er nach der Party tun? Wer war diese Frau? Ihre Eifersucht war plötzlich so stark, daß sie ihr fast den Atem nahm. Dabei war sie ihr Leben lang nie eifersüchtig gewesen.

Alles ist so perfekt, dachte Lara. Ich will es nicht verlieren. Ich darf es nicht verlieren.

An diesem Abend konnte sie nicht einschlafen. Sie lag im Bett, dachte an Philip und fragte sich, was er gerade tat.

Howard Keller aalte sich in Kona Beach auf Hawaii am Strand eines kleinen Luxushotels. Das Wetter war die ganze Woche über herrlich gewesen. Er war jeden Tag geschwommen, hatte in der Sonne gelegen, etwas Golf gespielt und zwei Massagen bekommen. Er war völlig entspannt und hatte sich nie im Leben besser gefühlt. Dr. Bennett hat recht gehabt, dachte er. Überarbeitung. In Zukunft muß ich etwas kürzertreten. Tatsächlich hatten diese sporadisch auftretenden Gedächtnislücken ihn mehr erschreckt, als er sich eingestehen wollte.

Schließlich wurde es Zeit, nach New York zurückzufliegen. Er nahm die Mitternachtsmaschine und war am frühen Nachmittag wieder in Manhattan. Dort fuhr Keller sofort ins Büro. Seine Sekretärin begrüßte ihn lächelnd. »Schön, daß Sie wieder da sind, Mr. Keller. Sie sehen richtig erholt aus.«

»Danke ...« Er stand da und wurde kreidebleich.

Er konnte sich nicht an ihren Namen erinnern.

28. Kapitel

Philip Adler kam am Mittwochvormittag zurück, und Lara ließ sich mit der Limousine zum Flughafen fahren, um ihn abzuholen. Als Philip durch den Zoll kam, mußte sie sofort wieder an ihren Ritter Lochinvar denken. Sie warf sich in seine Arme. »Du hast mir gefehlt«, sagte sie und drückte ihn an sich.

»Und du mir, mein Liebling.«

»Wie sehr?«

Er hielt Daumen und Zeigefinger ungefähr einen Zentimeter auseinander. »So sehr.«

»Du Biest!« sagte sie lachend. »Wo ist dein Gepäck?«

Eine Stunde später waren sie zu Hause. Marian Bell öffnete ihnen die Tür. »Willkommen daheim, Mr. Adler.«

»Danke, Marian.« Philip sah sich um. »Mir kommt's vor, als wäre ich ein Jahr fortgewesen.«

»Zwei Jahre«, sagte Lara. Sie wollte hinzufügen: »Laß mich nie wieder allein« – aber sie biß sich noch rechtzeitig auf die Unterlippe.

»Kann ich noch irgend etwas für Sie tun, Mrs. Adler?« erkundigte Marian sich.

»Nein, danke. Ich brauche Sie heute nicht mehr. Wir sehen uns morgen zur gewohnten Zeit. Ich gehe heute nicht mehr ins Büro.«

»Gut, dann bis morgen«, sagte Marian und ging.

»Nettes Mädchen«, meinte Philip.

»Ja, nicht wahr?« Lara schmiegte sich in seine Arme. »So, jetzt zeig' mir, wie sehr ich dir gefehlt habe!«

Lara fuhr drei Tage lang nicht mehr ins Büro. Sie wollte mit Philip zusammen sein, mit ihm reden, seine Nähe spüren und sich vergewissern, daß er wirklich existierte. Morgens frühstückten sie miteinander, und während Lara mit Marian arbeitete, saß Philip am Klavier und übte.

Beim Mittagessen am dritten Tag erzählte Lara Philip von der Eröffnung des Spielkasinos in Reno. »Ich wollte, du hättest dabeisein können, Liebster. Es war phantastisch!«

»Tut mir wirklich leid, daß ich das verpaßt habe.«

Er ist irgendwo unterwegs und spielt Klavier. »Aber heute in vier Wochen hast du wieder eine Chance. Der Oberbürgermeister überreicht mir die Stadtschlüssel.«

Philip schüttelte bedauernd den Kopf. »Schatz, da muß ich leider auch passen, fürchte ich.«

Lara erstarrte. »Was soll das heißen?«

»Ellerbee hat die nächste Tournee für mich zusammengestellt. In drei Wochen fliege ich nach Deutschland.«

»Das kannst du nicht!« protestierte Lara.

»Die Verträge sind bereits unterzeichnet. Daran ist nichts mehr zu ändern.«

»Du bist doch eben erst zurückgekommen! Wie kannst du sofort wieder verreisen?«

»Das ist eine wichtige Tournee, Darling.«

»Und unsere Ehe ist wohl unwichtig?«

»Lara ...«

»Du *mußt* nicht schon wieder verreisen«, stellte Lara aufgebracht fest. »Ich will einen Ehemann, keinen Teilzeit ...«

Marian Bell kam mit einigen Briefen herein. »Oh, Entschuldigung! Ich wollte nicht stören. Hier sind die Briefe zur Unterschrift.«

»Danke, Marian«, sagte Lara kühl. »Ich rufe Sie, wenn ich Sie brauche.«

»Ja, Miss Cameron.«

Sie warteten, bis Marian gegangen war.

»Ich weiß, daß du Konzerte geben mußt«, sagte Lara, »aber doch nicht so oft! Du bist schließlich kein Handelsvertreter.«

»Freut mich, daß du das merkst«, antwortete Philip gekränkt.

»Warum bleibst du nicht hier, um die Zeremonie mitzuerleben, und gehst dann auf Tournee?«

»Lara, ich weiß, daß dir diese Sache wichtig ist, aber du mußt verstehen, daß *mir* Konzertreisen nicht weniger wichtig sind. Ich bin sehr stolz auf dich und deine Erfolge, aber du sollst auch stolz auf mich sein können.«

»Das bin ich auch«, sagte Lara. »Entschuldige, Philip, ich möchte nur ...« Sie gab sich alle Mühe, nicht zu weinen.

»Ich weiß, Liebling.« Er nahm sie in die Arme. »Wir finden schon eine Lösung. Wenn ich zurückkomme, machen wir ausgiebig Urlaub.«

Wie soll ich Urlaub machen? fragte Lara sich. Was würde inzwischen aus ihren Bauvorhaben?

»Wo konzertierst du diesmal, Philip?«

»In vier Ländern: Deutschland, Dänemark, Norwegen und England.«

Lara holte tief Luft. »Eine lange Reise, nicht wahr?«

»Ich wollte, du könntest mitkommen, Lara. Ohne dich ist es unterwegs verdammt langweilig.«

Sie dachte an die lachende Frau. »Wirklich?« Dann gab sie sich einen Ruck und brachte ein Lächeln zustande. »Ich mache dir einen Vorschlag: Willst du nicht den Jet nehmen? Das wäre viel bequemer für dich.«

»Weißt du bestimmt, daß du ihn nicht selbst ...?«

»Nein, nein, ich brauche ihn nicht. Ich komme auch so zurecht, bis du wieder da bist.«

»Du bist die tollste Frau der Welt!« sagte Philip bewundernd.

Lara fuhr ihm langsam mit einem Zeigefinger über die Wange. »Hoffentlich vergißt du das nie.«

Philip Adlers Tournee glich einem Triumphzug. In Berlin wurde er begeistert gefeiert und bekam überschwengliche Kritiken.

Und er war umschwärmt wie eh und je.

»Ich bin über vierhundert Kilometer weit gefahren, um Sie spielen zu hören ...«

»Ich habe nicht weit von hier einen Landsitz, auf den ich Sie gern einladen möchte ...«

»Ich habe ein Mitternachts-Souper anrichten lassen . . .«

Manche dieser Frauen waren reich und schön, und viele hätten sich bereitwillig verführen lassen. Aber Philip war verliebt. Nach seinem Konzert in Kopenhagen rief er Lara an. »Du fehlst mir sehr.«

»Du fehlst mir auch, Philip. Wie ist der Abend gewesen?«

»Na ja, wenigstens ist niemand aufgestanden und hat unter Protest den Saal verlassen.«

Sie lachte. »Immerhin ein gutes Zeichen. Hör zu, ich bin gerade mitten in einer Besprechung, Liebster. Ich rufe dich in einer Stunde in deinem Hotel an.«

»Ich fahre nicht direkt ins Hotel, Lara«, sagte er. »Mein Agent hier gibt eine Party für mich, und ich . . .«

»Oh? Wirklich? Hat er eine schöne Tochter?«

»Wie bitte?«

»Nichts. Entschuldige, ich kann die anderen nicht länger warten lassen. Ich rufe später zurück.«

Sie legte auf und wandte sich wieder dem Konferenztisch zu. Keller musterte sie besorgt. »Alles in Ordnung?«

»Natürlich«, sagte sie leichthin. Aber es fiel ihr schwer, sich auf die Besprechung zu konzentrieren. Sie stellte sich Philip auf der Party vor, wo ihm schöne Frauen ihre Hotelschlüssel zusteckten. Sie verzehrte sich vor Eifersucht und haßte sich dafür.

Bei der Ehrung Lara Camerons durch den New Yorker Oberbürgermeister herrschte solcher Andrang, daß es nur Stehplätze gab. Auch die Medien waren vollzählig vertreten.

»Wie wär's jetzt noch mit einer Aufnahme gemeinsam mit Ihrem Mann?«

Und Lara mußte entschuldigend sagen: »Er wäre so gern gekommen . . .«

Paul Martin war da.

»Er ist wieder unterwegs, was?«

»Philip wäre wirklich gern dabeigewesen, Paul.«

»Unsinn! Das hier ist eine große Ehre für dich. Er hätte unbedingt mitkommen müssen. Was für ein rücksichtsloser Kerl ist dein Mann eigentlich? Es wird Zeit, daß mal jemand Klartext mit ihm redet!«

Nachts lag sie allein im Bett und fand keinen Schlaf. Philip war Tausende von Kilometern weit weg. Was Paul Martin gesagt hatte, ging Lara nicht mehr aus dem Kopf. *Was für ein rücksichtsloser Kerl ist dein Mann eigentlich? Es wird Zeit, daß mal jemand Klartext mit ihm redet!*

Als Philip aus Europa zurückkam, schien er über seine Heimkehr nur glücklich und erleichtert zu sein. Er brachte Lara einen ganzen Armvoll Geschenke mit: eine exquisite Porzellanfigur aus Dänemark, wunderhübsche Puppen aus Deutschland, Seidenblusen und eine goldfarbene Abendtasche aus England. In der Abendtasche lag ein mit Brillanten besetztes Armband.

»Oh, wie schön!« rief Lara aus. »Ich danke dir, Philip.«

Am nächsten Morgen sagte sie zu Marian: »Ich arbeite heute den ganzen Tag zu Hause.«

Später saß Lara in ihrem Arbeitszimmer, diktierte Marian und hörte Philip im Wohnzimmer spielen. So wäre unser Leben perfekt, dachte sie. Warum will Philip alles verderben?

William Ellerbee rief Philip an. »Herzlichen Glückwunsch!« sagte er. »Wie ich höre, ist deine Tournee ein großer Erfolg gewesen.«

»Ja, das stimmt. Die Europäer sind ein gutes Publikum.«

»Ich habe vorhin einen Anruf von der Direktion der Carnegie Hall bekommen. Für Freitag in einer Woche – das wäre der Siebzehnte – ist ein Klavierabend angekündigt. Pollini mußte wegen Krankheit absagen. Wärst du bereit, für ihn einzuspringen?«

Philip überlegte nicht lange. »Ja, gern.«

»Wunderbar! Ich schicke dir den Vertrag zur Unterschrift. Übrigens noch was«, sagte Ellerbee. »Denkst du daran, deine Konzerttätigkeit einzuschränken?«

»Einschränken?« fragte Philip betroffen. »Nein. Warum?«

»Als ich neulich mit Lara sprach, hat sie angedeutet, du dächtest daran, nur noch in den Vereinigten Staaten zu spielen. Am besten redest du selbst mit ihr und . . .«

»Wird gemacht«, unterbrach Philip ihn. »Danke.«

Philip legte auf und ging in Laras Arbeitszimmer, wo sie Marian diktierte.

»Lassen Sie uns bitte einen Augenblick allein?« bat er die Sekretärin.

Marian lächelte. »Natürlich.« Sie ging hinaus.

Er wandte sich an Lara. »Eben hat William Ellerbee angerufen. Hast du mit ihm darüber gesprochen, ob ich meine Auslandstourneen einschränken könnte?«

»Schon möglich, daß ich dieses Thema angeschnitten habe, Philip. Ich dachte, es wäre für uns beide besser, wenn . . .«

»Tu das bitte nicht wieder«, unterbrach er sie. »Du weißt, wie sehr ich dich liebe – aber außerhalb unseres gemeinsamen Lebens habe ich eine Karriere, und du hast eine Karriere. Am besten einigen wir uns auf folgendes: Ich mische mich nicht in deine ein, und du mischst dich nicht in meine ein. Abgemacht?«

»Natürlich«, sagte Lara. »Bitte entschuldige, Philip. Alles kommt nur daher, daß du mir so sehr fehlst, wenn du fort bist.« Sie schmiegte sich an ihn. »Verzeihst du mir?«

»Längst vergeben und vergessen.«

Howard Keller kam ins Penthouse, um Lara einige Verträge zur Unterschrift vorzulegen. »Na, wie geht's dir so?«

»Wundervoll«, antwortete Lara.

»Der fahrende Sänger ist zu Hause?«

»Ja.«

»Die Musik ist jetzt dein Leben, was?«

»Der Musiker ist mein Leben. Du kannst dir nicht vorstellen, wie wunderbar er ist, Howard.«

»Wann kommst du mal wieder ins Büro? Wir brauchen dich.«

»In ein paar Tagen.«

Keller nickte. »Okay.«

Sie machten sich daran, die Verträge durchzusehen.

Am nächsten Tag rief Terry Hill an. »Lara, ich habe eben einen Anruf von der Kontrollkommission in Reno bekommen«, sagte der Anwalt. »Die Erteilung deiner Spielbanklizenz wird Gegenstand einer Anhörung.«

»Weshalb?« fragte sie.

»Angeblich ist bei der Versteigerung des Hotels nicht alles mit rechten Dingen zugegangen. Du sollst am Siebzehnten vor der Kommission aussagen.«

»Wie ernst ist diese Sache?« wollte Lara wissen.

Ihr Anwalt zögerte. »Weißt du von irgendwelchen Unregelmäßigkeiten bei der Abgabe deines Gebots?«

»Nein, natürlich nicht.«

»Dann hast du auch nichts zu befürchten. Ich begleite dich nach Reno.«

»Was passiert, wenn ich nicht hinfliege?«

»Dann wirst du unter Strafandrohung vorgeladen. Dein freiwilliges Erscheinen würde erheblich besser wirken.«

»Okay, dann muß ich wohl hin.«

Nachdem Hill aufgelegt hatte, wählte sie Paul Martins Privatnummer in seinem Büro. Er hob sofort ab.

»Lara?«

»Ja, Paul.«

»Diese Nummer hast du lange nicht mehr angerufen.«

»Ja, ich weiß. Es geht um Reno...«

»Davon habe ich schon gehört.«

»Gibt es ein wirkliches Problem?«

Paul lachte. »Nein, nein! Die Verlierer sind bloß sauer, weil du den Zuschlag bekommen hast.«

»Weißt du bestimmt, daß die Sache in Ordnung ist, Paul?« Sie zögerte. »Immerhin *haben* wir über die Gebote der anderen gesprochen...«

»Glaub' mir, so was passiert dauernd. Außerdem können sie dir nicht das geringste nachweisen. Mach' dir deswegen keine Sorgen.«

»Gut, wie du meinst.«

Sie legte auf, saß da und machte sich Sorgen.

Beim Mittagessen sagte Philip: »Übrigens habe ich ein Angebot bekommen, in der Carnegie Hall zu spielen. Ich werde es annehmen.«

»Wie schön!« rief Lara aus. »Dafür kaufe ich mir ein neues Kleid. Wann ist das?«

»Am Siebzehnten.«

Ihr Lächeln verschwand. »Oh.«

»Was ist los?«

»Da kann ich leider nicht kommen, Philip. Ich muß dringend nach Reno. Tut mir wirklich leid.«

Philip bedeckte ihre Hand mit seiner. »Unsere Terminpläne passen nicht sehr gut zusammen, was? Aber laß dir deshalb keine grauen Haare wachsen – ich gebe noch viele Konzerte!«

Lara war in ihrem Büro im Cameron Center. Howard Keller hatte sie an diesem Morgen zu Hause angerufen.

»Du solltest lieber mal reinkommen«, hatte er ihr geraten. »Wir haben ein paar Probleme.«

Jetzt saßen die beiden zusammen. »Leider sind mehrere Geschäfte geplatzt«, berichtete Keller. »Die Versicherungsgesellschaft, die unser neues Gebäude in Houston beziehen wollte, hat Konkurs anmelden müssen. Sie wäre unser einziger Mieter gewesen.«

»Dann finden wir einen anderen«, sagte Lara.

»Das ist nicht so einfach. Die Steuerreform tut nicht nur uns weh – sie tut *allen* weh! Der Kongreß hat die Möglichkeit zur Bildung stiller Reserven drastisch eingeschränkt und die meisten Abschreibungen gestrichen. Ich glaube, daß wir auf eine gottverdammte Rezession zusteuern! Die Lage der meisten Sparbanken, mit denen wir zusammenarbeiten, ist sehr kritisch. Drexel Burnham Lambert stehen vor dem Konkurs. Junk Bonds werden zu Landminen. Wir haben Probleme mit sechs unserer Immobilien. Zwei davon sind erst zur Hälfte fertig. Ohne Anschlußfinanzierung fressen die Kosten für diese Bauruinen uns auf!«

Lara saß da und überlegte. »Auch damit werden wir fertig, Howard. Wenn's nicht anders geht, müssen wir eben Vermögenswerte verkaufen, um die Hypotheken zahlen zu können.«

»Einen Lichtblick gibt's allerdings«, sagte Keller. »Zum Glück haben wir den Cash Flow aus Reno, der uns im Jahr fast fünfzig Millionen Dollar in die Kasse bringt.«

Lara äußerte sich nicht dazu.

Am Siebzehnten flog Lara nach Reno. Philip begleitete sie zum Flughafen, wo Terry Hill auf sie wartete.

»Wann kommst du wieder?« fragte Philip.

»Vielleicht schon morgen. Ich glaube nicht, daß ich lange aufgehalten werde.«

»Du wirst mir fehlen«, sagte Philip.

»Du mir auch, Liebster.«

Philip sah noch zu, wie ihre Maschine startete. Sie fehlt mir schon jetzt, dachte er. Sie ist die phantastischste Frau der Welt.

Im Konferenzraum der Kontrollkommission saß Lara wieder vor den Männern, denen sie schon bei ihrer Bewerbung um die Lizenz für das Kasino Rede und Antwort gestanden hatte.

Lara wurde vereidigt, und eine Stenographin nahm ihre Aussage zu Protokoll.

»Miss Cameron«, begann der Vorsitzende, »im Zusammenhang mit der Lizenzierung Ihres Kasinos sind Vorwürfe laut geworden, die uns sehr beunruhigen.«

»Was für Vorwürfe?« fragte Terry Hill.

»Zu denen kommen wir gleich.« Der Vorsitzende wandte sich wieder an Lara. »Unseres Wissens haben Sie damals Ihr allererstes Gebot für ein Spielkasino abgegeben.«

»Ja, das stimmt. Das habe ich Ihnen bei dieser ersten Anhörung auch gesagt.«

»Wie sind Sie dann auf das von Ihnen abgegebene Gebot gekommen? Ich meine, wie sind Sie gerade auf diese Zahl gekommen?«

Terry Hill unterbrach erneut. »Darf ich den Grund für diese Frage erfahren?«

»Gleich, Mr. Hill. Gestatten Sie Ihrer Mandantin die Frage zu beantworten?«

Terry Hill sah zu Lara hinüber und nickte.

»Ich habe meinen Finanzdirektor gebeten, mir zu sagen, wie hoch wir gehen könnten«, antwortete Lara, »und genau das ist dann mein Gebot gewesen.«

Der Vorsitzende blätterte in seinen Unterlagen. »Ihr Gebot ist damals drei Millionen höher gewesen als das nächsthöchste Gebot.«

»Tatsächlich?«

»Davon haben Sie nichts gewußt, als Sie Ihr Gebot abgegeben haben?«

»Nein. Natürlich nicht.«

»Miss Cameron, kennen Sie einen gewissen Paul Martin?«

Terry Hill erhob Einspruch. »Ich verstehe nicht, was Sie mit Ihren Fragen bezwecken.«

»Dazu kommen wir gleich. Aber zuerst sollte Miss Cameron diese Frage beantworten.«

»Ich habe nichts dagegen«, sagte Lara. »Ja, ich kenne Paul Martin.«

»Haben Sie jemals geschäftlich mit ihm zu tun gehabt?«

Lara zögerte. »Nein. Wir sind nur befreundet.«

»Miss Cameron, ist Ihnen bewußt, daß Paul Martin Verbindungen zur Mafia nachgesagt werden, daß er...«

»Einspruch! Das sind alles nur Vermutungen, die nicht ins Protokoll gehören.«

»Gut, Mr. Hill, ich ziehe meine Frage zurück. Miss Cameron, wann haben Sie Paul Martin zum letzten Mal gesehen oder mit ihm telefoniert?«

Lara zögerte erneut. »Tut mir leid, das weiß ich nicht so genau. Um es ganz offen zu sagen: Seit ich verheiratet bin, habe ich Mr. Martin kaum noch gesehen. Wir treffen uns manchmal zufällig auf Parties, aber das ist alles.«

»Aber haben Sie nicht sehr häufig mit Paul Martin telefoniert?«

»Nein, nach meiner Hochzeit nicht mehr.«

»Haben Sie jemals mit Paul Martin über dieses Spielkasino gesprochen?«

Lara sah zu Terry Hill hinüber. Der Anwalt nickte ihr zu. »Ja, nachdem ich das Hotel ersteigert hatte, hat er mich angerufen, um mir zu gratulieren. Und später noch einmal, als ich die Lizenz fürs Spielkasino erhalten hatte.«

»Aber sonst haben Sie nie mit ihm darüber gesprochen?«

»Nein.«

»Ich möchte Sie daran erinnern, daß Sie unter Eid aussagen, Miss Cameron.«

»Ja.«

»Sie wissen, daß Meineid strafbar ist?«

»Ja.«

Der Vorsitzende hielt einen Computerausdruck hoch. »Dies ist eine Aufstellung von fünfzehn Telefongesprächen zwischen Ihnen und Paul Martin während der Woche, in der Gebote für das Spielkasino abgegeben werden konnten.«

29. Kapitel

Die meisten Solisten kommen sich angesichts der riesigen Carnegie Hall mit ihren zweitausendachthundert Sitzplätzen klein und unbedeutend vor. Es gibt nicht viele Musiker, die den berühmten Saal füllen können, aber an diesem Freitagabend war er ausverkauft. Als Philip Adler die große Bühne betrat, empfing ihn donnernder Applaus. Er nahm am Flügel Platz, sammelte sich kurz und begann seinen Beethovenabend mit der Mondscheinsonate.

Im Lauf der Jahre hatte Philip gelernt, sich während eines Konzerts ausschließlich auf die Musik zu konzentrieren. Aber an diesem Abend war er in Gedanken immer wieder bei Lara und den Problemen, vor denen sie gemeinsam standen. Für Bruchteile einer Sekunde war er abgelenkt, so daß seine Finger ihm nicht recht gehorchen wollten. Ihm brach der kalte Schweiß aus, aber zum Glück fing er sich so rasch, daß das Publikum nichts merkte.

Zur Pause nach den beiden ersten Sonaten wurde Philip mit großem Beifall verabschiedet. Er verließ rasch die Bühne und zog sich in seine Garderobe zurück.

»Wunderbar, ganz wunderbar, Philip!« lobte der Manager der Carnegie Hall begeistert. »Die Leute sind fasziniert. Haben Sie irgendeinen Wunsch?«

»Nein, danke.« Philip schloß die Tür. Wenn das Konzert nur schon vorüber wäre! Seine schwierige Beziehung zu Lara machte ihm große Sorgen. Er liebte sie sehr und wußte, daß Lara ihn liebte, aber sie kamen irgendwie nicht weiter. Bevor Lara nach Reno abgereist war, hatte es starke Spannungen zwischen ihnen gegeben. Dagegen muß ich etwas tun, nahm Philip sich vor. Aber was? Wie sollen wir zu einem Kompromiß gelangen? Er dachte noch darüber nach, als an die Tür geklopft wurde.

»Noch fünf Minuten, Mr. Adler«, sagte eine Stimme.

»Ja, danke.«

Nach der Pause gab er noch die Hammerklaviersonate. Kaum waren die letzten Töne verhallt, als das Publikum wild klatschend aufsprang und dem Pianisten applaudierte. Philip verbeugte sich neben dem Flügel stehend, aber er war in Gedanken bereits anderswo. Ich muß nach Hause und mich mit Lara aussprechen, dachte er. Dann fiel ihm ein, daß sie in Reno war. Sofort nach ihrer Rückkehr müssen wir eine Lösung finden, nahm er sich vor. So kann es nicht weitergehen!

Der Beifall steigerte sich noch, und einzelne Konzertbesucher riefen »Bravo!« oder »Encore!« Normalerweise hätte Philip noch eine oder mehrere Zugaben gespielt, aber an diesem Abend war ihm nicht danach zumute. Er atmete auf, als er wieder in seiner Garderobe war, und zog sich langsam um. Irgendwo in der Ferne hörte er Donner grollen. In der Zeitung hatte gestanden, daß es regnen würde, aber davon hatte sein Publikum sich nicht abschrecken lassen.

Im Vorraum drängten sich Bewunderer, um ihn zu beglückwünschen. Oft machte es Spaß, ihre Komplimente zu hören und ihre Bewunderung fast körperlich zu fühlen, aber diesmal war Philip nicht dazu aufgelegt. Er blieb in seiner Garderobe, bis die Menge sich verlaufen hatte. So war es fast Mitternacht, bevor er die Carnegie Hall durch den Bühnenausgang verließ. Wider Erwarten stand die Limousine nicht dort. Ich nehme ein Taxi, entschied Philip.

Er trat in den strömenden Regen hinaus. Durch die menschenleere siebenundfünfzigste Straße wehte ein kalter Wind. Als Philip in Richtung Sixth Avenue ging, tauchte aus einer Einfahrt ein bulliger Mann in einem Trenchcoat auf.

»Entschuldigung«, sagte der Mann, »wie komme ich zur Carnegie Hall?«

Philip dachte an den alten Witz, den er Lara erzählt hatte, und war versucht »üben!« zu sagen. Aber dann deutete er doch nur auf das Gebäude hinter sich. »Sie stehen davor.«

Als Philip weitergehen wollte, stieß der Mann ihn mit einer Hand rückwärts gegen die Mauer. In der anderen Hand hatte er plötzlich ein gefährlich aussehendes Klappmesser. »Her mit dem Geld!«

Philip schlug das Herz bis zum Hals. Er sah sich verzweifelt nach Hilfe um, aber die regennasse Straße war menschenleer. »Schon gut«, sagte er mit zitternder Stimme. »Nur keine Aufregung! Mein Geld können Sie haben.«

Dann spürte er das Messer an seiner Kehle.

»Hören Sie, das ist wirklich nicht...«

»Maul halten! Her mit dem Geld!«

Philip steckte eine Hand unter den Mantel und zog langsam seine Geldbörse heraus. Der Mann griff hastig danach und steckte sie ein. Dabei fiel sein Blick auf Philips teure Armbanduhr. Er griff danach und riß ihm die Piaget vom Handgelenk. Im nächsten Augenblick hielt er Philips linke Hand fest, zog ihm die rasiermesserscharfe Klinge übers Handgelenk und zerschnitt es bis auf den Knochen. Philip stieß einen gellenden Schrei aus. Aus der Wunde quoll ein Blutstrom. Der Täter rannte davon.

Philip stand vor Schock wie gelähmt und beobachtete, wie sein Blut mit Regenwasser vermischt auf den nassen Asphalt tropfte.

Dann brach er ohnmächtig zusammen.

Viertes Buch

30. Kapitel

Lara erhielt die Schreckensnachricht über Philip in Reno; Marian Bell rief sie hysterisch schluchzend an.

»Ist er schwer verletzt?« fragte Lara besorgt.

»Wir wissen noch nichts genaues. Er ist im Roosevelt Hospital in der Notaufnahme.«

»Ich komme sofort zurück.«

Als Lara im Krankenhaus eintraf, wartete dort Howard Keller auf sie. Er sah blaß und mitgenommen aus. »Was ist passiert?« fragte sie.

»Philip scheint überfallen worden zu sein, als er aus der Carnegie Hall kam. Er ist bewußtlos auf der Straße aufgefunden worden.«

»Wie schlimm ist er verletzt?«

»Er hat einen tiefen Schnitt im linken Handgelenk. Er bekommt schmerzstillende Mittel, aber er ist bei Bewußtsein.«

Sie betraten das Krankenzimmer. Philip lag mit geschlossenen Augen im Bett und erhielt durch zwei Schläuche Tropfinfusionen.

»Philip ... Philip ...« Das war Laras Stimme, die ihn aus weiter Ferne rief. Er öffnete langsam die Augen. Vor seinem Bett standen Howard Keller und Lara, die sich über ihn beugte. Beide schienen doppelt vorhanden zu sein. Seine Kehle war wie ausgedörrt, und er fühlte sich benommen.

»Was'n passiert?« murmelte Philip.

»Du bist verletzt«, sagte Lara. »Aber du wirst bald wieder gesund.«

Er blickte an sich herab und stellte fest, daß sein linkes Handgelenk dick bandagiert war. Das erinnerte ihn wieder an den Raubüberfall. »Ich bin ... Wie schwer ist meine Verletzung?«

»Das weiß ich nicht, Liebster«, sagte Lara. »Aber es kommt bestimmt wieder in Ordnung. Der Arzt will später selbst mit dir darüber sprechen.«

»Die Ärzte können heutzutage fast alles«, warf Keller beruhigend ein.

Philip konnte sich nicht länger wachhalten. »Ich hab' ihm gesagt, daß er alles haben kann«, murmelte er noch. »Er hätte mir die Hand nicht zerschneiden dürfen. Er hätte mir die Hand nicht...«

Zwei Stunden später kam Dr. Dennis Stanton in Philips Krankenzimmer. Schon der Gesichtsausdruck des Arztes verriet, was er sagen würde.

Philip holte tief Luft. »Wie steht es, Doktor?«

Dr. Stanton seufzte. »Ich habe leider schlechte Nachrichten für Sie, Mr. Adler.«

»Wie schwer ist meine Verletzung?«

»Die Sehnen Ihres linken Handgelenks sind durchtrennt, so daß Sie die Hand nicht mehr bewegen können und ein ständiges Gefühl der Taubheit zurückbehalten werden. Außerdem sind der Mittelarmnerv und der Ellbogennerv schwer geschädigt.« Stanton zeigte an seiner Hand, was er meinte. »Der Mittelarmnerv steuert die Bewegungen des Daumens und der drei ersten Finger. Der Ellbogennerv verzweigt sich zu allen Fingern hin.«

Philip schloß die Augen vor einer Woge jäher Verzweiflung, die ihn zu verschlingen drohte. »Soll das heißen, daß ich... daß ich meine linke Hand nie wieder gebrauchen kann?«

»Ja, das stimmt leider. Tatsächlich können Sie von Glück sagen, daß Sie noch leben. Der Schnitt hat auch die Schlagader durchtrennt. Daß Sie nicht verblutet sind, grenzt an ein Wunder. Wir haben sechzig Stiche gebraucht, um Ihr Handgelenk wieder zusammenzunähen.«

»Mein Gott, können Sie denn nicht noch *irgendwas* für mich tun?« fragte Philip verzweifelt.

»Ja. Wir können die Sehnen durch Implantate ersetzen, um Ihnen etwas Bewegungsfreiheit zurückzugeben. Aber davon dürfen Sie sich nicht allzuviel versprechen.«

Der Kerl hätte mich ebensogut ermorden können! dachte Philip deprimiert.

»Während Ihre Verletzung heilt, werden Sie starke Schmerzen haben. Wir geben Ihnen natürlich schmerzstillende Mittel, aber ich kann Ihnen versichern, daß die Schmerzen nachlassen werden.«

Nicht der wirkliche Schmerz, dachte Philip. Nicht der eigentliche Schmerz. Er war in einem Alptraum gefangen, aus dem es kein Entrinnen gab.

Ein Kriminalbeamter stand neben Philips Bett. Er war ein Ermittler der alten Schule: Anfang sechzig, abgekämpft und ausgelaugt, mit müden Augen, die schon alles gesehen hatten.

»Ich bin Lieutenant Mancini. Tut mir leid, daß Ihnen das passiert ist, Mr. Adler«, sagte er. »Zu schade, daß der Kerl Ihnen nicht lieber das Bein gebrochen hat. Ich meine, wenn's schon hat passieren müssen...«

»Ich weiß, was Sie meinen«, wehrte Philip ab.

Howard Keller kam herein. »Ich bin auf der Suche nach Lara. Sie wollte um...« Er sah den Besucher. »Oh, Entschuldigung!«

Mancini starrte ihn an. »Sie kommen mir bekannt vor. Kennen wir uns von irgendwoher?«

»Nein, das glaube ich nicht.«

Mancini lächelte plötzlich. »Keller! Mein Gott, Sie haben früher in Chicago Baseball gespielt.«

»Richtig. Woher...?«

»Ich bin einen Sommer lang als Talentsucher für die Cubs unterwegs gewesen. An Sie erinnere ich mich noch gut! Sie hätten als Baseballspieler Karriere machen können.«

»Yeah. Wenn Sie mich jetzt bitte entschuldigen...« Keller nickte Philip zu. »Ich warte draußen auf Lara.«

Lieutenant Mancini wandte sich an Philip. »Können Sie mir den Mann beschreiben, der Sie überfallen hat?«

»Der Täter ist ein Weißer gewesen. Ein großer, kräftiger Kerl... mindestens einsfünfundachtzig. Ende vierzig bis Anfang fünfzig.«

»Könnten Sie ihn identifizieren, wenn Sie ihm wiederbegegnen würden?«

»Ja.« Das Gesicht würde er sein Leben lang nicht mehr vergessen.

»Mr. Adler, ich könnte Sie bitten, sich einen Haufen Fahndungsfotos anzusehen, aber damit würden Sie offen gesagt Ihre Zeit verschwenden. Ich meine, hier liegt nicht gerade ein außergewöhnliches Verbrechen vor. Bei uns in New York gibt's Tausende von Straßenräubern. Wird einer nicht auf frischer Tat gefaßt, ist eine Fahndung so gut wie aussichtslos.« Er zog sein Notizbuch heraus. »Was ist Ihnen geraubt worden?«

»Meine Geldbörse und meine Armbanduhr.«

»Was für eine Uhr?«

»Eine goldene Piaget.«

»Irgendwelche besonderen Merkmale? Zum Beispiel eine Gravur?«

Diese Armbanduhr hatte Lara ihm in Venedig geschenkt. »Ja. Auf der Rückseite ist ›Für Philip in Liebe von Lara‹ eingraviert.«

Mancini schrieb sich die Widmung auf. »Mr. Adler, ich muß Sie etwas fragen ... Hatten Sie diesen Mann jemals zuvor gesehen?«

Philip sah ihn erstaunt an. »Gesehen? Nein. Warum?«

»War bloß so ein Gedanke.« Mancini steckte sein Notizbuch ein. »Mal sehen, was sich tun läßt. Sie können sich glücklich schätzen, Mr. Adler.«

»Wirklich?« Philips Stimme klang verbittert.

»Yeah. Uns werden jedes Jahr Zehntausende von Raubüberfällen gemeldet, und wir können nicht viel Zeit für jeden einzelnen aufwenden, aber unser Boß gehört zu Ihren Bewunderern. Er sammelt alle Ihre Platten. Deshalb läßt er nichts unversucht, um den Kerl zu fassen, der Ihnen das angetan hat. Wir schicken sofort eine Beschreibung Ihrer Uhr an sämtliche Pfandleiher Amerikas.«

»Glauben Sie etwa, daß er mir meine Hand zurückgeben kann, falls Sie ihn schnappen?« murmelte Philip.

»Wie bitte?«

»Nichts.«

»Sie hören dann von uns. Schönen Tag noch.«

Auf dem Korridor warteten Lara und Keller auf den Kriminalbeamten.

»Sie wollten mich sprechen?« fragte Lara.

»Richtig. Ich möchte Ihnen ein paar Fragen stellen«, sagte Lieutenant Mancini. »Mrs. Adler, wissen Sie, ob Ihr Mann irgendwelche Feinde hat?«

Lara runzelte die Stirn. »Feinde? Nein. Warum?«

»Sie kennen niemanden, der neidisch oder eifersüchtig auf ihn ist? Vielleicht ein anderer Musiker? Irgend jemand, der ihm schaden möchte?«

»Worauf wollen Sie hinaus? Philip ist das Opfer eines Straßenraubs geworden, nicht wahr?«

»Der Tathergang spricht offen gesagt nicht für einen gewöhnlichen Straßenraub. Dieser Kerl hat Ihrem Mann das Handgelenk zerschnitten, *nachdem* er ihm Geldbörse und Uhr abgenommen hatte.«

»Ich verstehe nicht, welchen Unterschied das ...«

»Das wäre reichlich sinnlos gewesen, wenn er's nicht absichtlich getan hätte. Schließlich hat Ihr Mann sich vernünftigerweise nicht gewehrt. Nun, einem Jugendlichen im Drogenrausch wäre so was zuzutrauen, aber ...« Der Lieutenant zuckte mit den Schultern. »Ich melde mich, sobald wir mehr wissen.«

Sie sahen ihm nach, als er davonging.

»Jesus!« sagte Keller leise. »Er glaubt, daß der Überfall geplant war!«

Lara war blaß geworden.

Keller starrte sie an. »Mein Gott!« flüsterte er. »Einer von Paul Martins Gangstern! Aber warum hätte er das tun sollen?«

Lara konnte kaum sprechen. »Er ... er hat vielleicht geglaubt, mir damit einen Gefallen zu tun. Philip ist ... er war viel unterwegs gewesen,und Paul hat gesagt, das ... das sei nicht recht und irgend jemand müsse mal mit Philip reden. Oh, Howard!« Sie vergrub den Kopf an seiner Schulter und bemühte sich, nicht in Tränen auszubrechen.

»Dieser Dreckskerl! Ich hab' dich immer vor ihm gewarnt!«

Lara holte tief Luft. »Philip wird wieder ganz gesund. Er *muß* einfach!«

Zwei Wochen später brachte Lara Philip aus dem Roosevelt Hospital nach Hause. Er war bleich und schwach auf den Beinen. Marian Bell empfing die beiden an der Tür. Sie war jeden Tag ins Krankenhaus gefahren, um Philip zu besuchen und ihm seine Post zu bringen. Von Bewunderern war eine Woge der Sympathie mit Karten, Briefen und Anrufen über Philip hereingebrochen. Die Medien hatten den Überfall hochgespielt und die zunehmende Gewalt auf den Straßen New Yorks angeprangert.

Lara war in der Bibliothek, als das Telefon klingelte.

»Der Anruf ist für Sie«, sagte Marian Bell. »Ein Mr. Paul Martin.«

»Ich . . . ich kann jetzt nicht mit ihm reden«, wehrte Lara ab. Und es fiel ihr sehr schwer, sich nicht anmerken zu lassen, daß sie am ganzen Leib zitterte.

31. Kapitel

Ihr gemeinsames Leben hatte sich über Nacht verändert.

»In Zukunft arbeite ich zu Hause«, sagte Lara zu Keller. »Philip braucht mich.«

»Natürlich. Das verstehe ich.«

Als die Flut der Briefe und Anrufe eher noch zunahm, erwies Marian Bell sich als wahrer Segen. Sie arbeitete fleißig und unaufdringlich. »Um die Post brauchen Sie sich keine Sorgen zu machen, Miss Cameron. Die erledige ich, wenn Sie wünschen.«

»Danke, Marian.«

Vor allem William Ellerbee rief mehrmals an, aber Philip weigerte sich, Anrufe entgegenzunehmen. »Ich will mit niemandem reden«, erklärte er Lara.

Dr. Stanton behielt recht, was die Schmerzen betraf. Sie waren unerträglich. Philip versuchte, möglichst lange ohne schmerzstillende Mittel auszukommen, bis er sie schließlich doch nehmen mußte.

Lara war stets an seiner Seite. »Wir gehen zu den besten Ärzten der Welt, Liebster. Es *muß* jemanden geben, der deine Hand wieder beweglich machen kann. Ich habe von einer Spezialklinik in der Schweiz gehört, die...«

Philip schüttelte den Kopf. »Nein, das hat keinen Zweck.« Er betrachtete seine verbundene Hand. »Ich bin und bleibe ein Krüppel.«

»Das darfst du nicht sagen!« wies Lara ihn energisch zurecht. »Es gibt noch tausenderlei Dinge, die du tun kannst. Ich mache mir solche Vorwürfe, weißt du. Wäre ich an diesem Tag nicht nach Reno geflogen, sondern ins Konzert gegangen, wäre das nicht passiert. Dann hätte . . .«

Philip lächelte sarkastisch. »Du wolltest, daß ich mehr zu Hause bin. Schön, jetzt bin ich dauernd hier.«

»Irgend jemand hat mal gesagt: ›Sei vorsichtig mit deinen Wünschen, denn sie könnten in Erfüllung gehen‹«, sagte Lara mit gepreßter Stimme. »Ich wollte, daß du mehr zu Hause bist – aber doch nicht so! Ich kann's nicht ertragen, dich leiden zu sehen.«

»Um mich brauchst du dir keine Sorgen zu machen«, wehrte Philip ab. »Ich muß nur erst mit dieser neuen Situation klarkommen. Alles ist so plötzlich passiert. Ich . . . ich glaube, daß ich das wahre Ausmaß meiner persönlichen Katastrophe noch gar nicht begriffen habe.«

Howard Keller kam ins Penthouse, um Lara einige Verträge zur Unterschrift vorzulegen. »Hallo, Philip. Na, wie geht's?«

»Wunderbar«, knurrte Philip. »Mir geht's wunderbar!«

»Entschuldige, das war eine dumme Frage.«

»Nimm's bitte nicht persönlich, Howard«, sagte Philip verlegen. »Ich reagiere in letzter Zeit nicht mehr normal.« Er schlug mit seiner rechten Hand auf die Sessellehne. »Wenn der Dreckskerl mir bloß das *rechte* Handgelenk zerschnitten hätte! Es gibt über ein Dutzend Konzerte für die linke Hand, die ich dann spielen könnte.«

Keller erinnerte sich an ein Gespräch, das er auf der Party hier im Penthouse mitbekommen hatte. Mindestens ein halbes Dutzend Komponisten haben Konzerte für die linke Hand geschrieben. Beispielsweise Demuth, Franz Schmidt, Korngold und Ravel . . .

Und Paul Martin hatte dabeigestanden und alles gehört.

Dr. Stanton kam ins Penthouse, um Philip zu untersuchen. Als er behutsam den Verband abwickelte, kam eine kaum verheilte lange Narbe zum Vorschein.

»Können Sie Ihre Hand wenigstens etwas bewegen?«

Philip versuchte es. Aber die Hand blieb unbeweglich.

»Wie sind die Schmerzen«, fragte Dr. Stanton.

»Ziemlich schlimm, aber ich will die verdammten Schmerztabletten nicht mehr schlucken.«

»Ich lasse Ihnen trotzdem für alle Fälle noch ein Rezept da. Die Schmerzen sollten in den nächsten Wochen weiter abklingen.« Der Arzt stand auf, um zu gehen. »Tut mir wirklich leid, daß das passiert ist. Ich gehöre nämlich auch zu Ihren Bewunderern.«

»Kaufen Sie meine Platten«, sagte Philip knapp.

Marian Bell machte Lara einen Vorschlag. »Glauben Sie, daß es Mr. Adler helfen würde, wenn ein Physiotherapeut sich um seine Hand kümmern würde?«

Lara dachte darüber nach. »Versuchen sollten wir's wenigstens. Man kann schließlich nie wissen.«

Philip schüttelte den Kopf, als Lara ihm diesen Vorschlag machte. »Nein. Wozu das alles? Der Arzt hat gesagt, daß...«

»Ärzte können sich irren«, unterbrach Lara ihn energisch. »Wir werden jedenfalls nichts unversucht lassen.«

Gleich am nächsten Tag kam ein junger Physiotherapeut ins Penthouse. Lara stellte ihn Philip vor. »Das ist Mr. Rossman. Er arbeitet im Columbia Hospital. Er wird versuchen, dir zu helfen, Philip.«

»Viel Erfolg!« sagte Philip verbittert.

»Zeigen Sie mir bitte Ihre Hand, Mr. Adler?«

Philip streckte ihm die linke Hand hin. Rossman untersuchte sie sorgfältig. »Die Muskeln scheinen ziemlich geschädigt zu sein, aber wir wollen sehen, was sich tun läßt. Können Sie die Finger bewegen?«

Philip versuchte es.

»Mit der Beweglichkeit ist's nicht weit her, was? Schön, versuchen wir's mit ein paar Übungen.«

Die Prozedur war unglaublich schmerzhaft.

Nach einer halben Stunde verabschiedete Rossman sich mit den Worten: »Gut, dann bis morgen, Mr. Adler.«

»Nein«, sagte Philip. »Ich brauche Sie nicht mehr.«

Lara war eben hereingekommen. »Philip, willst du's nicht wenigstens versuchen?«

»Ich hab's versucht!« knurrte er. »Wann begreifst du endlich, was mit mir los ist? Meine Hand ist unbrauchbar. Daran kann niemand etwas ändern!«

»Philip...« In ihren Augen standen Tränen.

»Entschuldige«, murmelte Philip. »Ich bin... Du mußt mir Zeit lassen.«

Nachts wurde Lara von leisen Klaviertönen geweckt. Sie stand auf und ging ins Wohnzimmer hinüber. Philip saß im Bademantel am Flügel und spielte mit der rechten Hand. Er hörte auf, als er Lara an der Tür stehen sah.

»Entschuldige. Ich wollte dich nicht aufwecken.«

Lara ging zu ihm. »Liebster...«

»Eigentlich verrückt, was? Du hast einen Konzertpianisten geheiratet – und jetzt hast du einen Krüppel als Ehemann!«

Sie schlang ihre Arme um ihn und drückte ihn an sich. »Du bist kein Krüppel. Es gibt so vieles, was du tun kannst.«

»Bitte verschone mich mit deinem gottverdammten Optimismus!«

»Philip, ich wollte dich doch nur...«

»Ja, ich weiß. Verzeih mir, Lara, ich...« Er hielt seine linke Hand hoch. »Ich schaff's nur nicht, mich daran zu gewöhnen.«

»Komm wieder ins Bett.«

»Nein. Geh nur voraus. Ich komme später nach.«

Er blieb die ganze Nacht lang auf, dachte über seine Zukunft nach und fragte sich aufgebracht: Welche Zukunft?

Lara und Philip aßen jeden Abend miteinander. Dann lasen sie oder saßen vor dem Fernseher, bis es Zeit wurde, ins Bett zu gehen.

»Ich weiß, daß ich im Augenblick kein brauchbarer Ehemann bin, Lara«, entschuldigte Philip sich. »Aber ich... mir ist einfach nicht nach Sex zumute. Glaub' mir, das hat nicht das geringste mit dir zu tun.«

Lara setzte sich im Bett auf. »Ich habe dich nicht wegen deiner körperlichen Vorzüge geheiratet«, sagte sie mit zitternder Stimme. »Ich habe dich geheiratet, weil ich mich bis über beide Ohren in dich verliebt hatte. Und daran hat sich nichts geändert. Wenn du nie wieder Lust auf Sex hast, ist's mir auch recht. Ich will nur, daß du mich in den Armen hältst und mich liebst.«

»Ich liebe dich«, sagte Philip nachdrücklich.

Ständig kamen Einladungen zu Abendgesellschaften und Wohltätigkeitsveranstaltungen, aber Philip lehnte jedesmal ab. Er wollte das Penthouse nicht verlassen. »Aber du solltest hingehen«, forderte er Lara auf. »Für dich ist das geschäftlich wichtig.«

»Nichts ist mir wichtiger als du. Ich bleibe hier und gebe ein hübsches kleines Dinner für uns zwei.«

Lara sorgte dafür, daß ihr Koch Philips Lieblingsgerichte auf den Tisch brachte. Aber er hatte keinen Appetit. Sie bemühte sich auch, die meisten Besprechungen in ihr Penthouse zu verlegen. Mußte sie tagsüber unbedingt fort, sagte sie zu Marian Bell: »Ich bin in ein paar Stunden wieder da. Kümmern Sie sich ein bißchen um Mr. Adler.«

»Wird gemacht«, versprach Marian ihr.

Eines Morgens sagte Lara: »Liebster, ich lasse dich ungern allein, aber ich muß für einen Tag nach Cleveland. Du kommst doch allein zurecht?«

»Natürlich«, antwortete Philip. »Ich bin schließlich kein Baby. Um mich brauchst du dir keine Sorgen zu machen.«

Später brachte Marian ihm einige Briefe, die sie für ihn geschrieben hatte. »Wollen Sie gleich unterschreiben, Mr. Adler?«

»Ja«, sagte Philip. »Nur gut, daß ich Rechtshänder bin, nicht wahr?« Seine Stimme klang verbittert. Er sah zu Marian auf. »Entschuldigung, ich wollte meinen Frust nicht an Ihnen auslassen.«

»Das weiß ich, Mr. Adler«, antwortete sie ruhig. »Glauben Sie nicht, daß es eine gute Idee wäre, mal wieder auszugehen und sich mit alten Freunden zu treffen?«

»Meine Freunde arbeiten alle«, knurrte Philip. »Sie sind Musiker. Sie proben für Konzerte. Wie können Sie bloß so dämliche Fragen stellen?«

Er stürmte hinaus.

Marian sah ihm sprachlos nach.

Eine Stunde später kam Philip ins Büro, wo Marian an der Schreibmaschine saß. »Marian?«

Sie sah auf. »Ja, Mr. Adler?«

»Ich wollte mich bei Ihnen entschuldigen. Ich reagiere in letzter Zeit nicht normal. Ich wollte Sie nicht beleidigen.«

»Ja, ich verstehe«, sagte sie leise.

Philip ließ sich in den Sessel vor dem Schreibtisch fallen. »Wissen Sie, warum ich nicht aus dem Haus gehe?« fragte er. »Weil ich mir wie ein Kalb mit zwei Köpfen vorkomme! Ich bin mir sicher, daß jeder meine Hand anstarren würde. Aber ich will kein Mitleid!«

Marian ließ ihn einfach weiterreden.

»Sie sind sehr freundlich zu mir gewesen, und ich erkenne das dankbar an. Wirklich! Aber mir kann niemand helfen. Die alte Geschichte – je höher man steigt, desto tiefer fällt man. Nun, ich bin groß gewesen, Marian – ganz groß. Alle sind gekommen, um mich spielen zu hören... Könige und Königinnen und...« Philips Stimme versagte fast. »Menschen in aller Welt haben mich gehört. Ich habe Konzerte in allen fünf Erdteilen gegeben.« Plötzlich liefen ihm Tränen übers Gesicht. »Ist Ihnen aufgefallen, wie oft ich in letzter Zeit weine?« fragte er, während er krampfhaft versuchte, sich zu beherrschen.

»Bitte nicht«, sagte Marian leise. »Alles kommt wieder in Ordnung.«

»Nein! Nichts kommt wieder in Ordnung. Nichts! Ich bin ein gottverdammter Krüppel.«

»Das dürfen Sie nicht sagen. Ihre Frau hat recht, wissen Sie. Es gibt Hunderte von Dingen, die Sie tun können. Sobald Sie diesen Schmerz überwunden haben, fangen Sie damit an.«

Philip zog sein Taschentuch heraus und fuhr sich über die Augen. »Mein Gott«, murmelte er, »ich bin eine richtige Heulsuse geworden.«

»Wenn's Ihnen hilft«, sagte Marian, »sollten Sie's einfach tun.«

Er sah zu ihr auf und lächelte. »Wie alt sind Sie?«

»Sechsundzwanzig.«

»Für sechsundzwanzig wissen Sie ziemlich viele Antworten auf alles, nicht wahr?«

»Nein. Ich kann mir nur vorstellen, was Sie im Augenblick durchmachen, und würde alles dafür geben, wenn es nicht passiert wäre. Aber es ist nun mal passiert, und ich weiß, daß Sie den besten Weg finden müssen, damit fertigzuwerden.«

»Eigentlich vergeuden Sie hier Ihre Zeit«, sagte Philip. »Sie hätten Psychiaterin werden sollen.«

»Möchten Sie einen Drink?«

»Nein, danke. Hätten Sie Lust, eine Partie Backgammon zu spielen?« fragte Philip.

»Sehr gern, Mr. Adler.«

»Als meine Backgammonpartnerin sollten Sie lieber anfangen, mich Philip zu nennen.«

»Philip.«

Von diesem Tag an spielten sie täglich miteinander.

Lara erhielt einen Anruf von Terry Hill.

»Ich habe leider schlechte Nachrichten für dich, Lara.«

Sie atmete tief durch. »Ja?«

»Die Kontrollkommission hat beschlossen, deine Lizenz für das Kasino vorbehaltlich weiterer Ermittlungen zu suspendieren. Unter Umständen mußt du sogar mit einem Strafverfahren rechnen.«

Das war ein Schock. Lara erinnerte sich an Paul Martins Worte: *Mach dir keine Sorgen. Sie können dir nichts nachweisen.* »Können wir denn nichts dagegen unternehmen, Terry?«

»Im Augenblick nicht. Vorläufig müssen wir abwarten.«

Keller war entsetzt, als Lara ihm von Hills Anruf erzählte. »Großer Gott! Die Spielbankeinnahmen haben wir einkalkuliert, um die Hypotheken für drei Bauvorhaben bezahlen zu können. Glaubst du, daß du die Lizenz zurückbekommst?«

»Das weiß ich nicht.«

Howard Keller überlegte. »Gut, schlimmstenfalls verkaufen wir das Hotel in Chicago, um die Hypothek auf das Gebäude in Houston zu bezahlen. Wenn nur der Immobilienmarkt in besserer Verfassung wäre! Viele Banken sind schwer unter Druck geraten. Die Zeit der phantastischen Gewinne ist erst mal vorbei.«

»Der Markt erholt sich wieder«, meinte Lara.

»Aber hoffentlich *schnell*! Ich bekomme schon Anrufe von den Banken wegen unserer Darlehen.«

»Mach' dir deswegen keine Sorgen«, sagte Lara beruhigend. »Schuldest du einer Bank eine Million Dollar, gehörst du ihr. Schuldest du ihr hundert Millionen, gehört sie dir. Sie können es sich nicht leisten, mir etwas zustoßen zu lassen.«

Am nächsten Tag brachte *Business Week* einen Artikel mit der Überschrift: CAMERON-IMPERIUM IN GEFAHR – LARA CAMERON MUSS MIT STRAFVERFOLGUNG IN RENO RECHNEN. KANN DER EISERNE SCHMETTERLING SEIN IMPERIUM ZUSAMMENHALTEN?

Lara schlug mit der Faust auf die vor ihr liegende Zeitschrift. »Wie können sie es wagen, so etwas zu drucken? Ich hätte gute Lust, sie zu verklagen!«

»Keine gute Idee«, meinte Keller.

»Howard«, sagte Lara ernsthaft, »die Cameron Towers sind weitgehend vermietet, nicht wahr?«

»Bisher zu über siebzig Prozent. Die Southern Insurance nimmt zwanzig Stockwerke, und die Firma International Investment Banking will zehn mieten.«

»Sobald das Gebäude fertig ist, reichen die Einnahmen aus, um alle unsere Probleme zu lösen. Wie lange dauert's noch bis dahin?«

»Sechs bis sieben Monate.«

Laras Stimme klang aufgeregt. »Sieh dir doch an, was wir dann haben werden! Den höchsten Wolkenkratzer der Welt! Ist er nicht wunderschön?«

Sie drehte sich nach einer gerahmten Zeichnung hinter ihrem Schreibtisch um. Der Entwurf zeigte einen Monolithen, in dessen Glasverkleidung sich die Gebäude in seiner näheren Umgebung spiegelten.

»Allmählich wird's Zeit, eine große Werbeveranstaltung zu planen«, meinte Lara.

»Gute Idee.« Keller runzelte die Stirn.

»Was ist los?«

»Nichts. Ich habe nur an Steve Murchison gedacht. Er hat sich mal sehr für dieses Grundstück interessiert.«

»Okay, aber wir sind ihm damals zuvorgekommen.«

»Richtig«, bestätigte Keller langsam. »Wir sind ihm zuvorgekommen.«

Lara bat Jerry Townsend zu sich.

»Jerry, ich brauche etwas Besonderes für die Eröffnung der Cameron Towers. Irgendwelche Ideen?«

»Ich habe schon eine. Die Eröffnung ist am zehnten September?«

»Ja.«

»Fällt Ihnen bei diesem Datum nichts ein?«

»Nun, das ist mein Geburtstag...«

»Genau!« bestätigte Jerry grinsend. »Was halten Sie davon, wenn wir zur Feier der Eröffnung des Wolkenkratzers eine große Geburtstagsparty für Sie veranstalten?«

Lara überlegte kurz. »Ja, das gefällt mir. Wir laden alle ein! Von dieser Party soll ganz Amerika sprechen! Jerry, Sie stellen mir sofort eine Gästeliste mit zweihundert Namen zusammen. Ich möchte, daß Sie sich persönlich darum kümmern.«

»Wird gemacht«, sagte Townsend. »Ich lege sie Ihnen vor, sobald sie fertig ist.«

Lara schlug erneut mit der Faust auf die Zeitschrift. »Denen zeigen wir's!«

»Entschuldigung, Mrs. Adler«, sagte Marian Bell. »Der Sekretär des Nationalen Verbandes der Bauträger ist am Apparat. Wir haben die Einladung zu ihrem Dinner am Freitagabend noch nicht beantwortet.«

»Sagen Sie ihm, daß ich leider keine Zeit habe«, entschied Lara.

»Ja, Ma'am.« Marian ging hinaus.

»Lara, du darfst meinetwegen nicht zur Einsiedlerin werden«, meinte Philip besorgt. »Solche Veranstaltungen sind für dich wichtig.«

»Nichts ist mir wichtiger, als hier bei dir zu sein. ›In guten wie in schlechten Tagen‹, hat dieser komische kleine Standesbeamte gesagt, der uns in Paris getraut hat.« Sie runzelte die Stirn. »Ich *glaube* zumindest, daß er das gesagt hat. Ich kann leider kein Französisch.«

Philip lächelte schwach. »Du weißt hoffentlich, wie dankbar ich dir für alles bin. Das Leben mit mir ist die Hölle, fürchte ich.«

Lara umarmte ihn. »Falsch, ganz falsch!« sagte sie. »Ich fühle mich wie im Himmel.«

Philip zog sich an. Lara half ihm, sein Hemd zuzuknöpfen. Er betrachtete sich im Spiegel. »Ich sehe aus wie ein Hippie«, stellte er fest. »Ich muß mir unbedingt die Haare schneiden lassen.«

»Soll ich Marian bitten, einen Termin bei deinem Friseur zu vereinbaren?«

Er schüttelte den Kopf. »Nein, lieber nicht. Tut mir leid, Lara, aber ich wage mich noch nicht in die Öffentlichkeit.«

Am nächsten Morgen kamen Philips Friseur und eine Maniküre ins Penthouse. »He, was soll das?« fragte Philip erstaunt.

»Wenn der Prophet nicht zum Berg kommen will, muß der Berg eben zum Propheten kommen. Die beiden kommen jetzt alle vierzehn Tage zu dir.«

»Du bist wundervoll«, sagte Philip.

»Das ist erst der Anfang«, versicherte Lara ihm lächelnd.

Am nächsten Tag kam ein Schneider mit Stoffmustern für Anzüge und Hemden.

»Was soll das?« erkundigte Philip sich.

»Du bist der einzige Mann, den ich kenne, der vier Fräcke, drei Smokings und nur zwei Anzüge besitzt«, antwortete Lara. »Allmählich wird's Zeit, daß wir dir eine vernünftige Garderobe zusammenstellen.«

»Wozu?« protestierte Philip. »Ich gehe ohnehin nie aus.«

Trotzdem ließ er sich Anzüge und Hemden anmessen.

Einige Tage später kam ein Maßschuhmacher.

»Was soll das wieder?« fragte Philip.

»Es wird Zeit, daß du neue Schuhe bekommst.«

»Ich habe dir doch gesagt, daß ich nicht ausgehe.«

»Ich weiß, Liebster. Aber falls du's doch mal tust, stehen die neuen Schuhe bereit.«

Philip drückte Lara an sich. »Du bist zu gut für mich.«

»Siehst du, das behaupte ich auch immer!«

Lara war zu einer Besprechung ins Büro gekommen. Howard Keller erklärte ihr mit sorgenvoller Miene: »Die Einkaufspassage in Los Angeles müssen wir demnächst verkaufen. Die Banken haben beschlossen, uns die Hypotheken zu kündigen.«

»Das können sie nicht tun!«

»Sie tun's aber«, sagte Keller nüchtern. »Wir sind überschuldet, Lara.«

»Warum nehmen wir nicht einfach Hypotheken auf unsere anderen Gebäude auf?«

»Lara, du hast deinen Kreditrahmen bereits völlig ausgeschöpft«, antwortete Keller geduldig. »Außerdem werden für den Wolkenkratzer demnächst sechzig Millionen Dollar fällig.«

»Ja, ich weiß, aber bis zur Fertigstellung sind es nur noch vier Monate. Bis dahin können wir einen Überbrückungskredit aufnehmen. Der Terminplan wird doch eingehalten?«

»Ja.« Keller betrachtete sie. Noch vor einem Jahr hätte sie diese Frage nicht zu stellen brauchen. Früher war sie jederzeit auf dem laufenden gewesen. »Vielleicht solltest du doch wieder häufiger ins Büro kommen«, schlug er vor. »In letzter Zeit häufen sich die Krisen – und viele Entscheidungen kannst eben nur du treffen.«

Lara nickte widerstrebend. »Gut, ab morgen komme ich wieder regelmäßig.«

»William Ellerbee ruft an und möchte Sie sprechen«, sagte Marian.

Philip schüttelte den Kopf. »Ich kann jetzt nicht mit ihm reden.« Er beobachtete, wie sie ans Telefon zurückging.

»Tut mir leid, Mr. Ellerbee, aber Mr. Adler ist im Augenblick nicht zu sprechen. Kann ich ihm irgendetwas ausrichten?« Sie legte den Hörer auf und sah zu Philip hinüber. »Er möchte sich unbedingt mit Ihnen zum Lunch treffen.«

»Wahrscheinlich will er bloß über die Provisionen reden, die ihm jetzt entgehen.«

»Vermutlich haben Sie recht«, stimmte Marian gelassen zu. »Er haßt Sie bestimmt dafür, daß Sie überfallen worden sind.«

»Entschuldigung«, murmelte Philip. »Hat es wirklich so geklungen?«

»Ja.«

»Wie halten Sie's überhaupt mit mir aus?«

Marian lächelte. »Es ist nicht so schlimm, wie Sie denken.«

Am nächsten Tag rief William Ellerbee erneut an. Philip war gerade nicht im Zimmer. Nachdem Marian einige Minuten mit Ellerbee gesprochen hatte, machte sie sich auf die Suche nach ihm.

»Mr. Ellerbee hat angerufen«, teilte sie ihm mit.

»Nächstes Mal bestellen Sie ihm bitte, daß er damit aufhören soll.«

»Das können Sie ihm gleich selbst sagen«, antwortete Marian. »Sie treffen sich am Donnerstag um ein Uhr mit ihm zum Lunch.«

»Was tue ich?«

»Er wollte ins Le Cirque, aber ich habe ihm erklärt, daß ein kleineres Restaurant besser wäre.« Sie warf einen Blick auf ihren Stenoblock. »Er erwartet Sie um ein Uhr in Fu's Restaurant. Ich sorge dafür, daß Max Sie hinfährt.«

Philip starrte sie aufgebracht an. »Sie haben diesen Termin für mich vereinbart, ohne mich zu fragen?«

»Hätte ich Sie gefragt, hätten Sie abgelehnt«, sagte sie ruhig. »Meinetwegen können Sie mich dafür entlassen.«

Er funkelte sie an, aber dann lächelte er plötzlich. »Wissen Sie was? Ich habe schon lange nicht mehr Chinesisch gegessen.«

Als Lara aus dem Büro kam, erklärte Philip ihr: »Am Donnerstag gehe ich mit Ellerbee zum Lunch.«

»Das ist wunderbar, Liebster! Wann hast du dich dazu entschlossen?«

»Marian hat mir die Entscheidung abgenommen. Sie findet, ich müßte endlich mal wieder unter Leute.«

»Tatsächlich?« Aber auf meine Vorschläge bist du nie eingegangen, dachte sie. »Sehr aufmerksam von ihr.«

»Ja. Sie ist überhaupt sehr gescheit!«

Wie hatte sie bloß so dumm sein können? dachte Lara. Ich hätte die beiden nicht ohne Aufsicht lassen dürfen. Und Philip ist gerade jetzt so verwundbar . . .

In diesem Augenblick erkannte Lara, daß sie Marian Bell loswerden mußte.

Als Lara am nächsten Tag heimkam, saßen Philip und Marian in der Bibliothek und spielten Backgammon.

Unser Spiel, dachte Lara.

»Wie soll ich gewinnen, wenn Sie einen Pasch nach dem anderen werfen?« fragte Philip lachend.

Lara stand an der Tür und beobachtete die beiden. Sie hatte Philip schon lange nicht mehr lachen hören.

Marian blickte auf und sah sie. »Guten Abend, Mrs. Adler.«

Philip sprang auf. »Hallo, mein Schatz.« Er küßte sie auf die Wange. »Sie zieht mir die Hosen aus!«

Das werde ich zu verhindern wissen, dachte Lara.

»Brauchen Sie mich heute noch, Mrs. Adler?«

»Nein, Marian. Sie können gehen. Wir sehen uns dann morgen früh.«

»Danke, Mrs. Adler. Gute Nacht.«

»Gute Nacht, Marian.«

Die beiden sahen ihr nach.

»Sie ist eine gute Gesellschafterin«, sagte Philip.

Lara streichelte seine Wange. »Das freut mich, Liebster.«

»Wie geht's im Büro?«

»Gut.« Sie hatte nicht die Absicht, ihn mit ihren Problemen zu belasten. Sie würde nochmals nach Reno fliegen müssen, um mit der Kontrollkommission zu verhandeln. Notfalls war es bestimmt irgendwie möglich, den Einnahmeverlust, den der Entzug der Spielbanklizenz mit sich brachte, zu kompensieren, aber alles war natürlich einfacher, wenn sie die Lizenz zurückbekam.

»Philip, ich muß in nächster Zeit leider wieder regelmäßig ins Büro. Howard kann nicht alle Entscheidungen ohne mich treffen.«

»Kein Problem. Ich komme allein zurecht.«

»Morgen oder übermorgen muß ich wieder nach Reno«, sagte Lara. »Willst du nicht mitkommen?«

Philip schüttelte den Kopf. »Das kann ich nicht.« Er betrachtete seine verkrüppelte linke Hand. »Noch nicht.«

»Wie du willst, Darling. Ich bleibe nicht länger als zwei bis drei Tage fort.«

Als Marian Bell am nächsten Morgen zur Arbeit kam, wurde sie von Lara erwartet. Philip schlief noch.

»Marian . . . Sie kennen doch das Brillantarmband, das mein Mann mir nach der letzten Tournee geschenkt hat?«

»Ja, Mrs. Adler?«

»Wo haben Sie es zuletzt gesehen?«

Marian überlegte. »Auf dem Toilettentisch in Ihrem Schlafzimmer.«

»Sie haben es also gesehen?«

»Natürlich. Ist irgend etwas nicht in Ordnung?«

»Ja, leider. Das Armband ist verschwunden.«

Marian starrte sie an. »Verschwunden? Wer könnte es . . .?«

»Das Hauspersonal habe ich schon befragt. Von meinen Leuten weiß niemand etwas.«

»Soll ich die Polizei anrufen und . . .?«

»Danke, das ist nicht nötig. Ich möchte nicht, daß Sie Unannehmlichkeiten bekommen.«

»Das verstehe ich nicht, Mrs. Adler.«

»Wirklich nicht? Ich glaube, daß es Ihretwegen besser wäre, auf weitere Nachforschungen zu verzichten.«

Marian starrte Lara entsetzt an. »Sie wissen, daß ich das Armband nicht gestohlen habe, Mrs. Adler.«

»Ich weiß nichts dergleichen. Deshalb muß ich mich leider von Ihnen trennen.« Lara verabscheute sich selbst, weil sie Marian das antat. Aber ich lasse mir Philip von keiner anderen Frau wegnehmen! dachte sie. Von keiner!

Als Philip zum Frühstück herunterkam, sagte Lara: »Übrigens kommt ab morgen eine neue Sekretärin, die hier bei uns arbeitet.«

Philip zog überrascht die Augenbrauen hoch. »Was ist mit Marian?«

»Marian hat gekündigt. Sie hat einen . . . einen neuen Job in San Francisco angenommen.«

Er schüttelte den Kopf. »Oh. Schade, ich dachte, es hätte ihr bei uns gefallen.«

»Das hat es auch, aber wir wollen ihr nicht im Weg stehen, wenn sie einen besseren Job kriegen kann, nicht wahr?« Verzeih mir, Marian! dachte Lara.

»Natürlich nicht«, stimmte Philip zu. »Ich würde ihr gern noch alles Gute wünschen. Ist sie . . .?«

»Sie ist schon fort.«

»Gut, dann muß ich mich wohl nach einen neuem Backgammonpartner umsehen«, meinte Philip.

»Sobald ich in der Firma wieder etwas mehr Luft habe, stehe ich dir zur Verfügung.«

Philip Adler und William Ellerbee saßen an einem Ecktisch in Fu's Restaurant.

»Freut mich, daß wir uns mal wieder sehen, Philip«, sagte Ellerbee. »Ich habe öfters angerufen, aber ...«

»Ja, ich weiß. Tut mir leid, aber ich habe mit niemandem reden wollen, Bill.«

»Hoffentlich schnappen sie den Dreckskerl, der dir das angetan hat!«

»Die Polizei ist so freundlich gewesen, mir zu erklären, daß Raubüberfälle für sie nicht gerade unter die höchste Dringlichkeitsstufe fallen. Sie scheinen knapp oberhalb von entlaufenen Katzen angesiedelt zu sein. Das bedeutet, daß der Täter nie gefaßt werden wird.«

»Soviel ich gehört habe, wirst du nie wieder spielen können«, sagte Ellerbee zögernd.

»Da hast du ganz richtig gehört.« Philip hielt seine verkrüppelte linke Hand hoch. »Die ist tot.«

Ellerbee beugte sich nach vorn. »Aber *du* bist nicht tot, Philip. Du hast noch ein ganzes Leben vor dir.«

»Als was?«

»Als Lehrer.«

Philip lächelte schwach. »Fast eine Ironie des Schicksals, nicht wahr? Ich hatte daran gedacht, Klavierpädagoge zu werden, wenn ich eines Tages keine Konzerte mehr geben könnte.«

»Dieser Tag ist jetzt gekommen«, stellte Ellerbee nuchtern fest. »Ich habe bereits mit dem Direktor der Eastman School of Music in Rochester gesprochen. Er würde alles dafür geben, dich als Professor gewinnen zu können.«

Philip runzelte die Stirn. »Aber das würde bedeuten, daß ich dorthin umziehen müßte. Lara hat ihren Firmensitz hier in New York.« Er schüttelte den Kopf. »Nein, das könnte ich ihr nicht antun. Du kannst dir gar nicht vorstellen, wie wunderbar sie zu mir gewesen ist, Bill.«

»Ich kann's mir denken.«

»Lara hat praktisch ihr Geschäft aufgegeben, um mich versorgen zu können. Sie ist die zärtlichste, rücksichtsvollste Frau, die man sich denken kann. Ich bin verrückt nach ihr.«

»Philip, würdest du dir das Angebot von Eastman wenigstens durch den Kopf gehen lassen?«

»Du kannst den Leuten sagen, daß ich ihr schmeichelhaftes Angebot leider ablehnen muß.«

»Höre ich von dir, falls du dir die Sache anders überlegen solltest?«

Philip nickte. »Dann erfährst du es als erster.«

Als Philip ins Penthouse zurückkam, war Lara ins Büro gefahren. Er ging ruhelos im Wohnzimmer auf und ab. Sein Gespräch mit Ellerbee beschäftigte ihn noch immer. Ich würde gern unterrichten, dachte Philip, aber ich kann Lara nicht bitten, mit mir nach Rochester umzuziehen, und ohne sie würde ich es dort nicht aushalten...

Er hörte, wie die Wohnungstür aufgesperrt wurde. »Lara?«

Marian Bell kam herein. »Oh, entschuldigen Sie, Philip. Ich habe nicht gewußt, daß jemand hier ist. Ich wollte nur meinen Schlüssel zurückgeben.«

»Ich dachte, Sie seien schon unterwegs nach San Francisco.«

Sie zog die Augenbrauen hoch. »San Francisco? Wozu?«

»Haben Sie denn keinen neuen Job in San Francisco angenommen?«

»Ich habe keinen neuen Job.«

»Aber Lara hat gesagt...«

Marian verstand plötzlich alles. »Sie hat Ihnen nicht gesagt, warum sie mich fristlos entlassen hat?«

»Fristlos entlassen? Mir hat sie gesagt, Sie hätten gekündigt... Sie hätten ein besseres Angebot bekommen.«

»Das stimmt leider nicht.«

»Ich glaube, Sie sollten einen Augenblick Platz nehmen«, sagte Philip langsam. Als sie einander gegenübersaßen, fragte er: »Was geht hier vor?«

Marian holte tief Luft. »Ihre Frau scheint befürchtet zu haben, ich... ich hätte es auf Sie abgesehen.«

»Was soll das heißen?«

»Sie hat mir vorgeworfen, das Brillantarmband, das Sie ihr einmal geschenkt haben, gestohlen zu haben. Aber das war nur eine Ausrede, um mir fristlos kündigen zu können. Ich bin sicher, daß sie es irgendwo versteckt hat.«

»Das kann ich nicht glauben!« widersprach Philip. »So etwas würde Lara nie tun!«

»Um Sie nicht zu verlieren, wäre sie zu *allem* fähig.«

Philip starrte sie verwirrt an. »Ich ... ich weiß nicht, was ich dazu sagen soll ... Aber ich rede mit Lara und ...«

»Nein, tun Sie das bitte nicht. Am besten erzählen Sie ihr gar nicht, daß ich hier gewesen bin.« Marian stand auf.

»Was haben Sie jetzt vor?«

»Keine Angst, ich finde einen neuen Job.«

»Marian, wenn ich Ihnen irgendwie helfen kann ...«

»Danke, das ist nicht nötig.«

»Wissen Sie das bestimmt?«

»Ganz bestimmt. Passen Sie gut auf sich auf, Philip.« Damit verschwand sie.

Philip sah ihr zutiefst beunruhigt nach. Er konnte nicht glauben, daß Lara ihn absichtlich belogen hatte; andererseits fragte er sich, warum sie ihm nichts von diesem Diebstahl erzählt hatte. Aber vielleicht *hatte* Marian das Armband gestohlen, und Lara hatte ihm die Aufregung ersparen wollen. So mußte es gewesen sein! Marian hatte gelogen.

32. Kapitel

Der Pfandleiher hatte sein Geschäft in der South State Street im Herzen Chicagos. Der alte Mann hinter der Theke sah auf, als Jesse Shaw den Laden betrat.

»Guten Morgen. Was kann ich für Sie tun?«

Shaw legte eine Armbanduhr auf die Theke. »Wieviel kriege ich dafür?«

Der Pfandleiher griff nach der Uhr und begutachtete sie. »Eine Piaget. Eine hübsche Uhr.«

»Yeah. Ich geb' sie ungern weg, aber ich hab' in letzter Zeit ein bißchen Pech gehabt. Sie verstehen, was ich meine?«

Der Alte zuckte mit den Schultern. »Das gehört zu meinem Beruf. Sie würden staunen, was für Stories ich zu hören bekomme.«

»In ein paar Tagen löse ich sie wieder aus. Ab Montag hab' ich 'nen neuen Job. Aber bis dahin brauche ich soviel Geld, wie ich für die Uhr kriegen kann.«

Der Pfadleiher sah, daß die Rückseite des Uhrengehäuses eine Gravur trug, und nickte dem Kunden zu. »Wenn Sie mich einen Augenblick entschuldigen, sehe ich mir das Uhrwerk an. Solche Uhren werden manchmal in Bangkok hergestellt, und die Thailänder vergessen gern, ein Uhrwerk einzusetzen.«

Er nahm die Piaget mit nach hinten in seine Werkstatt. Im Licht der Arbeitslampe war die Inschrift deutlich zu lesen: *Für Philip in Liebe von Lara.* Der Alte öffnete eine Schublade und zog ein von der Polizei verteiltes Flugblatt heraus. Gesucht wurde eine Piaget mit genau dieser Inschrift. Als er nach dem Telefonhörer greifen wollte, rief draußen der Kunde:

»He, ich hab's eilig! Wollen Sie die Uhr oder nicht?«

»Komme schon«, sagte der Pfandleiher. Er ging in den Laden zurück. »Ich kann sie mit fünfhundert Dollar beleihen.«

»Fünfhundert? Aber diese Uhr ist mindestens ...«

»Fünfhundert sind mein letztes Wort.«

»Okay«, knurrte Shaw widerstrebend. »Einverstanden.«

»Dann müssen Sie den Vordruck hier ausfüllen«, sagte der Pfandleiher.

»Okay.« In die Spalte »Name und Adresse« schrieb er *John Jones, 21 Hunt Street*. Seines Wissens gab es in Chicago keine Hunt Street, und er hieß todsicher nicht John Jones. Dann steckte er die Scheine ein, die der Alte ihm hinlegte. »Vielen Dank. In ein paar Tagen hol' ich sie wieder ab.«

Sobald der Kunde gegangen war, griff der Pfandleiher nach dem Telefonhörer und wählte eine Nummer.

Zwanzig Minuten später betrat ein Kriminalbeamter seinen Laden.

»Warum haben Sie uns nicht angerufen, solange der Kerl da war?« fragte er scharf.

»Ich hab's versucht. Aber er ist nervös gewesen und hatte es plötzlich sehr eilig.«

Der Kriminalbeamte studierte den Vordruck.

»Der wird Ihnen nicht viel nützen«, meinte der Pfandleiher. »Name und Adresse sind bestimmt erfunden.«

Der Kriminalbeamte grunzte. »Tatsächlich? Hat er den Vordruck selbst ausgefüllt?«

»Ja.«

»Dann kriegen wir ihn.«

Der Fahndungscomputer im Polizeipräsidium brauchte keine drei Minuten, um den auf dem Vordruck gefundenen Daumenabdruck zu identifizieren. *Jesse Shaw*.

Der Butler kam ins Wohnzimmer. »Entschuldigung, Mr. Adler, am Telefon ist ein Gentleman, der Sie sprechen möchte. Ein Lieutenant Mancini. Soll ich ...?«

»Danke, ich nehme das Gespräch an.« Philip nahm den Hörer ab. »Hallo?«

»Mr. Adler?«

»Ja?«

»Hier ist Lieutenant Mancini. Ich bin damals im Krankenhaus bei Ihnen gewesen.«

»Ja, ich weiß.«

»Ich wollte Sie über den Stand unserer Ermittlungen informieren. Wir scheinen Glück zu haben. Sie erinnern sich daran, daß wir Flugblätter mit der Beschreibung Ihrer Uhr an Pfandleiher verteilen lassen wollten?«

»Ja.«

»Wir haben sie gefunden. Ihre Uhr ist in Chicago versetzt worden. Unsere Kollegen sind dem Kerl, der sie versetzt hat, auf der Spur. Sie haben gesagt, Sie könnten den Täter identifizieren, nicht wahr?«

»Ja, das stimmt.«

»Gut. Ich melde mich wieder.«

Jerry Townsend kam in Laras Büro. »Die Gästeliste, über die wir gesprochen haben, ist fertig«, sagte er. »Je länger ich über diese Idee nachdenke, desto besser gefällt sie mir! Wir feiern Ihren Vierzigsten am Tag der Eröffnung des höchsten Wolkenkratzers der Welt.« Er legte ihr die Aufstellung hin. »Den Vizepräsidenten habe ich auch eingeladen, weil ich weiß, daß er zu Ihren Bewunderern gehört.«

Lara überflog die Gästeliste. Sie las sich wie das Who's Who von Washington, Hollywood, New York und London. Spitzenpolitiker, Filmstars, Industriebosse, Rockstars ... wirklich eindrucksvoll.

»Ausgezeichnet«, sagte Lara. »Einverstanden, Jerry.«

Townsend steckte seine Liste wieder ein. »Okay, dann lasse ich die Einladungen drucken und verschicken. Ich habe Carlos schon angerufen und den Bankettsaal und Ihr Lieblingsmenü bestellt. Wir rechnen mit zweihundert Gästen.« Er machte eine Pause. »Wie sieht's übrigens in Reno aus? Haben Sie inzwischen etwas Neues gehört?«

Erst an diesem Vormittag hatte Terry Hill angerufen. »Ein Schwurgericht untersucht den Fall, Lara. Möglicherweise wird gegen dich Anklage erhoben.«

»Mit welcher Begründung? Daß ich ein paarmal mit Paul Martin telefoniert habe, beweist gar nichts! Wir können über den Zustand der Welt, seine Magengeschwüre oder ein Dutzend ähnlich belangloser Themen gesprochen haben!«

»Mir brauchst du keine Vorwürfe zu machen, Lara. Ich stehe auf deiner Seite.«

»Dann tu endlich was! Du bist mein Anwalt. Sorge dafür, daß ich da rauskomme!«

»Ich will sehen, was ich tun kann«, sagte er zögernd.

»Wie ich gehört habe, gehst du am Samstagabend mit Philip zum Dinner des Oberbürgermeisters.«

»Ja.« Lara hatte diese Einladung ausschlagen wollen, aber Philip hatte darauf bestanden, sie anzunehmen.

»Du brauchst diese Leute. Du darfst sie nicht brüskieren. Ich möchte, daß du hingehst.«

»Aber nicht ohne dich, Liebster.«

Er hatte tief Luft geholt. »Gut, ich gehe mit. Irgendwann muß Schluß sein mit diesem Einsiedlerdasein.«

Am Samstagabend half Lara Philip beim Anziehen. Sie knöpfte ihm das Smokinghemd zu, steckte die Manschettenknöpfe hinein und band ihm die Schleife. Er ließ alles geduldig über sich ergehen, verfluchte aber insgeheim seine Hilflosigkeit.

»Fast wie Ken und Barbie, nicht wahr?«

»Wie bitte?«

»Nichts.«

»Schon fertig, mein Schatz. Du bist garantiert der bestaussehende Mann des Abends.«

»Danke.«

»Jetzt muß ich mich aber beeilen«, sagte Lara. »Der Oberbürgermeister mag keine unpünktlichen Gäste.«

»Ich warte in der Bibliothek«, erklärte Philip ihr.

Eine halbe Stunde später kam Lara in die Bibliothek. Sie sah umwerfend aus. Sie trug ein elegantes weißes Abendkleid von Oscar de la Renta. Und an ihrem Handgelenk glitzerte das Brillantarmband, das Philip ihr geschenkt hatte.

In der Nacht zum Sonntag konnte Philip nicht einschlafen. Er sah zu Lara hinüber und fragte sich, warum sie wider besseres Wissen behauptet hatte, Marian Bell habe das Armband gestohlen. Er wußte, daß er Lara zur Rede stellen mußte – aber zuvor wollte er mit Marian sprechen.

Am Sonntagmorgen stand Philip früh auf, zog sich leise an, um Lara nicht zu wecken, und verließ das Penthouse. Er fuhr mit einem Taxi zu Marians Apartment. Dort klingelte er an der Wohnungstür und wartete.

»Wer ist da?« fragte eine verschlafene Stimme.

»Philip. Ich muß mit Ihnen reden.«

Die Tür ging auf, und Marian stand im Bademantel auf der Schwelle.

»Philip? Ist etwas passiert?«

»Wir müssen miteinander reden.«

»Gut, kommen Sie herein.«

Philip trat ein. »Tut mir leid, wenn ich Sie geweckt habe«, sagte er, »aber diese Sache ist wichtig.«

»Worum geht's denn?«

Er atmete tief durch. »Sie haben recht gehabt, was das gestohlene Armband betrifft. Lara hat es gestern abend getragen. Ich muß mich bei Ihnen entschuldigen. Ich habe Sie verdächtigt, es vielleicht doch . . . Ich bin gekommen, um Ihnen zu sagen, wie leid mir das tut.«

»Natürlich haben Sie ihr geglaubt«, stellte Marian gelassen fest. »Schließlich ist sie Ihre Frau.«

»Ich werde Lara gleich heute morgen zur Rede stellen, aber ich wollte erst mit Ihnen sprechen.«

Marian Bell lächelte. »Ich bin froh, daß Sie zu mir gekommen sind, Philip. Aber ich will nicht, daß Sie mit ihr darüber sprechen.«

»Weshalb nicht?« fragte Philip verständnislos. »Und warum hat sie das getan?«

»Das ahnen Sie wirklich nicht?«

»Ehrlich gesagt, nein. Ich sehe keinen Sinn darin!«

»Ich verstehe sie bestimmt besser als Sie. Lara liebt Sie sehr. Sie würde alles tun, um Sie an sich zu binden. Sie sind vermutlich der erste Mensch in ihrem Leben, den sie wirklich liebt. Sie braucht Sie.

Und ich glaube, daß Sie sie brauchen. Sie lieben sie sehr, nicht wahr, Philip?«

»Ja.«

»Dann rate ich Ihnen, alles zu vergessen. Konfrontieren Sie sie damit, gibt es bloß Streit, und Ihr Verhältnis zu Lara bleibt vergiftet. Ich finde leicht einen neuen Job.«

»Aber das ist Ihnen gegenüber nicht fair, Marian!«

Sie lächelte wehmütig. »Das Leben ist leider nicht immer fair. Machen Sie sich meinetwegen keine Sorgen. Ich komme schon zurecht.«

»Aber lassen Sie mich wenigstens etwas für Sie tun. Ich könnte Ihnen ein Bankkonto einrichten, damit Sie...«

»Vielen Dank, aber das möchte ich nicht.«

Sie hätte so vieles sagen können, aber sie wußte, daß das aussichtslos gewesen wäre. Philip Adler war verliebt. Deshalb sagte sie nur: »Gehen Sie zu ihr zurück, Philip.«

Die Großbaustelle befand sich an der Wabash Avenue im Herzen Chicagos. Dort entstand ein fünfundzwanzigstöckiges Bürogebäude, dessen Rohbau schon halb fertig war. Keiner achtete auf die beiden Kriminalbeamten, die an der Ecke parkten und aus ihrem neutralen Dienstwagen stiegen. Sie gingen zur Baustelle hinüber und hielten den ersten Arbeiter an, der ihnen begegnete. »Wo ist der Polier?«

Der Angesprochene deutete auf einen bulligen Mann, der gerade einen Bauarbeiter zusammenstauchte. »Dort drüben.«

Die Kriminalbeamten gingen zu ihm hinüber. »Sind Sie hier der Boß?«

Der Polier drehte sich nach ihnen um. »Ich bin nicht nur der Boß, sondern auch sehr beschäftigt. Was wollen Sie?«

»Arbeitet bei Ihnen ein gewisser Shaw, Jesse Shaw?«

»Shaw? Klar, der ist irgendwo da oben.« Der Polier deutete mit dem Daumen auf das Stahlskelett des Rohbaus hinter ihnen.

»Lassen Sie ihn bitte runterholen?«

»Kommt nicht in Frage! Er hat zu arbeiten, anstatt...«

Einer der Kriminalbeamten wies seine Plakette vor. »Lassen Sie ihn holen.«

»Warum? Hat er irgendwas angestellt?«

»Nein, wir wollen nur mit ihm reden.«

»Okay.« Der Polier wandte sich an einen der Männer in ihrer Nähe. »Sag' Jesse, daß er zu mir kommen soll.«

»Mach' ich.«

Einige Minuten später kam Jesse Shaw auf die Dreiergruppe zu.

»Diese beiden wollen dich sprechen«, sagte der Polier und ging.

Jesse grinste die Kriminalbeamten an. »Danke. Mir tut 'ne kleine Pause ganz gut. Was kann ich für Sie tun?«

Einer von ihnen zog eine Armbanduhr aus der Jackentasche. »Ist das Ihre Uhr?«

Shaws Grinsen verschwand schlagartig. »Nein.«

»Wissen Sie das bestimmt?«

»Yeah.« Er wies sein linkes Handgelenk vor. »Meine Uhr ist 'ne Seiko.«

»Aber Sie haben diese Armbanduhr versetzt?«

Shaw zögerte kurz. »Yeah, richtig. Aber der alte Geizhals hat mir bloß fünfhundert dafür gegeben. Dabei ist sie mindestens . . .«

»Sie haben behauptet, dies sei Ihre Uhr.«

»Ja, aber das stimmte nicht.«

»Wo haben Sie sie her?«

»Ich hab' sie gefunden.«

»Tatsächlich? Wo denn?«

»Auf dem Grünstreifen vor meinem Apartmentgebäude.« Er begann, sich für seine eigene Story zu erwärmen. »Sie hat dort im Gras gelegen, und als ich aus dem Auto gestiegen bin, hab' ich sie gesehen. Das Armband hat in der Sonne geglitzert, deshalb ist sie mir aufgefallen.«

»Ein Glück, daß an diesem Tag die Sonne geschienen hat.«

»Yeah.«

»Mr. Shaw, reisen Sie gern?«

»Nein.«

»Schade, denn Sie machen eine kleine Reise nach New York. Wir helfen Ihnen packen.«

In Shaws Apartment fingen die beiden Kriminalbeamten an, die Wohnung zu durchsuchen.

»Augenblick!« sagte Shaw. »Habt ihr 'nen Durchsuchungsbefehl, Jungens?«

»Wir brauchen keinen. Wir helfen Ihnen nur packen.«

Einer der Männer öffnete den Kleiderschrank. Auf der Hutablage stand ein Schuhkarton. Er holte ihn herunter und nahm den Deckel ab. »Jesus!« sagte er. »Seht euch mal an, was der Weihnachtsmann dagelassen hat!«

Lara saß in ihrem Büro und hörte Kathy über die Gegensprechanlage sagen: »Mr. Tilly auf Leitung vier, Miss Cameron.«

Tilly war der Projektmanager der Cameron Towers.

Lara nahm den Hörer ab. »Hallo?«

»Hier hat's heute morgen ein kleines Problem gegeben, Miss Cameron.«

»Ja?«

»Bei uns hat's gebrannt. Aber der Brand ist gelöscht.«

»Was ist passiert?«

»Im Pumpenraum der Klimaanlage gab es eine Explosion. Ein Transformator ist durchgebrannt und hat einen Kurzschluß erzeugt. Sieht so aus, als sei er nicht richtig angeschlossen gewesen.«

»Wie schlimm ist der Schaden?«

»Nun, ein bis zwei Tage verlieren wir bestimmt. Aber dann dürften die schlimmsten Schäden behoben sein.«

»Gut, halten Sie mich auf dem laufenden.«

Lara kam Abend für Abend spät nach Hause und wirkte erschöpft und sorgenvoll.

»Ich mache mir Sorgen um dich«, erklärte Philip ihr. »Kann ich irgend etwas für dich tun?«

»Nichts, Liebster. Trotzdem vielen Dank.« Sie rang sich ein Lächeln ab. »Bloß ein paar Probleme im Büro.«

Er schloß sie in die Arme. »Habe ich dir schon gesagt, daß ich verrückt nach dir bin?«

Sie sah lächelnd zu ihm auf. »Sag' es mir noch einmal!««

»Ich bin verrückt nach dir.«

Lara drängte sich gegen ihn und dachte: Genau das wünsche ich mir. Genau das brauche ich. »Liebster, sobald meine kleinen Probleme ausgestanden sind, reisen wir irgendwohin. Bloß du und ich.«

»Abgemacht!«

Irgendwann, dachte sie, muß ich ihm beichten, was ich Marian angetan habe. Ich weiß, daß ich das nicht hätte tun dürfen. Aber ich wäre gestorben, wenn ich ihn verloren hätte.

Am nächsten Morgen rief Tilly wieder bei Lara an. »Haben Sie die Bestellung für den Marmor für den Boden der Eingangshalle storniert, Miss Cameron?«

»Wozu sollte ich das getan haben«, fragte sie langsam.

»Keine Ahnung. Irgend jemand hat's getan. Der Marmor sollte heute geliefert werden. Als ich angerufen habe, hat's geheißen, die Bestellung sei vor acht Wochen auf Ihre Anweisung storniert worden.«

Lara bemühte sich, ganz ruhig zu bleiben. »Ich verstehe. Wie sehr wirft uns das zurück?«

»Schwer zu sagen.«

»Versuchen Sie, Druck zu machen, damit der Marmor schnellstens geliefert wird.«

»Wird gemacht, Miss Cameron.«

Keller kam in ihr Büro.

»Tut mir leid, aber die Banken werden immer nervöser, Lara. Ich weiß nicht, wie lange ich sie noch hinhalten kann.«

»Bloß noch bis zur Fertigstellung der Cameron Towers. Wir haben's fast geschafft, Howard! Wir eröffnen in drei Monaten!«

»Das habe ich ihnen auch gesagt«, bestätigte er seufzend. »Okay, ich rede noch mal mit ihnen.«

Aus ihrer Gegensprechanlage kam Kathys Stimme: »Mr. Tilly auf Leitung eins.«

Lara sah zu Keller hinüber. »Bleib' noch einen Augenblick da.« Sie nahm den Hörer ab. »Ja?«

»Wir haben ein weiteres Problem, Miss Cameron.«

»Ich höre«, sagte Lara.

»Die Aufzüge funktionieren nicht. Die Steuerung ist völlig unzuverlässig. Will man nach unten fahren, setzt der Aufzug sich nach oben in Bewegung. Drückt man auf den Knopf für den achtzehnten Stock, landet man in der Tiefgarage. So was hab' ich noch nie erlebt!«

»Tippen Sie auf Sabotage?«

»Schwer zu sagen. Könnte auch schlampige Arbeit sein.«

»Wie lange wird es dauern, bis alles überprüft ist?«

»Ich hab' ein paar Techniker angefordert, die schon hierher unterwegs sind.«

»Halten Sie mich auf dem laufenden.« Lara legte den Hörer auf.

»Alles in Ordnung?« fragte Keller.

Sie wich seiner Frage aus. »Hast du in letzter Zeit wieder einmal von Steve Murchison gehört, Howard?« lautete ihre Gegenfrage.

Er starrte sie überrascht an. »Nein. Warum?«

»Ach, nur so eine Idee.«

Das Bankenkonsortium, das die Firma Cameron Enterprises finanzierte, hatte allen Grund zur Sorge. Nicht nur Laras Imperium, sondern auch die meisten anderen Firmenkunden waren finanziell angeschlagen. Der Kursverfall der Junk Bonds hatte sich zu einer veritablen Katastrophe entwickelt und war ein schwerer Schlag für alle, die mit diesem Finanzierungsinstrument gearbeitet hatten.

Jetzt saß Howard Keller in einem Konferenzraum sechs Bankiers gegenüber, und die Stimmung war gereizt.

»Ihre Firma ist mit Zins- und Tilgungszahlungen für Kredite von fast einhundert Millionen Dollar im Rückstand«, sagte der Sprecher des Konsortiums. »Ich fürchte, daß wir Cameron Enterprises nicht länger entgegenkommen können.«

»Gentlemen, Sie vergessen da einiges«, widersprach Keller. »Erstens: Wir rechnen täglich mit einer Wiedererteilung unserer Spielbanklizenz in Reno. Die zu erwartenden Einnahmen dürften jedes etwa vorhandene Defizit ausgleichen. Zweitens: Die Cameron Towers werden termingerecht fertiggestellt. Zum gegenwärtigen Zeitpunkt sind über achtzig Prozent der Büroflächen vermietet, und nach der Fertigstellung wird ein Run auf die restlichen Flächen einsetzen. Ihr Geld könnte nicht sicherer angelegt sein, Gentlemen!«

Die Bankiers wechselten zweifelnde Blicke.

»Ich schlage vor, daß wir unser weiteres Vorgehen miteinander abstimmen«, sagte der Sprecher, »und Sie dann benachrichtigen, Mr. Keller.«

»Einverstanden. Ich informiere Miss Cameron.«

Keller erstattete Lara Bericht.

»Ich glaube, daß sie mitmachen werden«, erklärte er ihr. »Aber wir müssen ein paar Immobilien zu Geld machen, um flüssig zu bleiben.«

»Also los!«

Lara war morgens als erste im Büro, verließ es abends als letzte und führte einen verzweifelten Kampf, um ihr Imperium zu retten. Ihr Mann bekam sie kaum noch zu sehen. Lara wollte nicht, daß Philip erfuhr, mit welchen Schwierigkeiten sie zu kämpfen hatte. Er hat selbst genügend Probleme, dachte Lara. Ich kann ihm nicht auch noch meine aufbürden.

Am Montagmorgen rief Tilly schon um sechs Uhr an. »Sie sollten schnellstens herkommen, Miss Cameron.«

Laras Magen verkrampfte sich. »Was ist los?«

»Das möchte ich Ihnen lieber selbst zeigen.«

»Gut, ich komme.«

Lara rief Keller an. »Howard, auf unserer Baustelle gibt's schon wieder Probleme. Ich hole dich ab.«

Eine halbe Stunde später waren sie gemeinsam zur Baustelle unterwegs.

»Hat Tilly gesagt, was diesmal los ist?« fragte Keller.

»Nein, aber ich glaube an keine Zufälle mehr. Was du neulich gesagt hast, hat mich nachdenklich gemacht. Steve Murchison hätte das Grundstück verdammt gern gekauft – und ich hab's ihm vor der Nase weggeschnappt.«

Auf der Baustelle stapelten sich riesige Kisten mit zugeschnittenen getönten Scheiben, während Sattelschlepper weiteres Glas anlieferten. Tilly hastete Lara und Keller entgegen.

»Ich bin froh, daß Sie da sind!«

»Was ist denn passiert?«

»Das hier ist nicht das Glas, das wir bestellt haben! Es hat völlig falsche Maße und nicht die richtige Tönung. Damit können wir unser Gebäude auf keinen Fall verkleiden!«

Lara und Keller sahen einander an. »Könnten wir's hier zurechtschneiden?« fragte Howard.

Der Bauleiter schüttelte den Kopf. »Ausgeschlossen! Da säßen wir zuletzt auf einem Scherbenhaufen.«

»Wo haben wir das Glas bestellt?« fragte Lara.

»Bei der New Jersey Panel and Glass Company.«

»Ich rufe sie an«, sagte Lara. »Bis wann brauchen wir das Glas spätestens?«

Tilly überlegte stirnrunzelnd. »Kommt die Lieferung innerhalb von vierzehn Tagen, können wir den Fertigstellungstermin noch halten. Unsere Leute müßten Überstunden machen, aber es wäre zu schaffen.«

Lara wandte sich an Keller. »Komm, wir haben's eilig!« Sie hastete ins Bauleitungsbüro voraus.

Otto Karp, der Verkaufsleiter der New Jersey Panel and Glass Company, meldete sich sofort. »Ja, Miss Cameron? Wie ich höre, haben Sie ein Problem.«

»Nein«, fauchte Lara, »*Sie* haben eines! Sie haben uns das falsche Glas geliefert. Kommt das richtige Glas nicht binnen zwei Wochen, verklage ich Ihre Firma auf Schadenersatz. Sie halten ein Dreihundertmillionenprojekt auf!«

»Ich verstehe nicht, wie das passiert sein kann. Ich rufe Sie sofort zurück.«

Zehn Minuten später rief Karp wieder an. »Tut mir schrecklich leid, Miss Cameron, aber Ihre Bestellung ist verwechselt worden. Obwohl unsere Kontrollen sonst...«

»Ihre offenbar sehr laschen Kontrollen interessieren mich nicht«, unterbrach Lara ihn. »Ich will nur, daß meine Bestellung schnellstens bearbeitet und ausgeliefert wird.«

»Dafür sorge ich gern.«

Lara atmete erleichtert auf. »Und wann können wir mit der Lieferung rechnen?«

»In acht bis zehn Wochen.«

»Erst in acht bis zehn Wochen? Kommt nicht in Frage! Wir brauchen das Glas *sofort*!«

»Wir würden Sie gern früher beliefern«, versicherte Karp ihr, »aber leider stapeln sich bei uns die unerledigten Aufträge.«

»Ich glaube, Sie verstehen mich nicht richtig«, sagte Lara aufgebracht. »Hier handelt es sich um einen Notfall! Wir brauchen...«

»Doch, ich verstehe durchaus. Wir tun natürlich unser Bestes. Sie bekommen das Glas in acht bis zehn Wochen. Ich bedaure, Ihnen keine...«

Lara knallte den Hörer auf die Gabel. »Unglaublich!« sagte sie. Dann sah sie zu Tilly hinüber. »Gibt es keine andere Firma, bei der wir das Glas bestellen könnten?«

Tilly fuhr sich mit dem Handrücken über die Stirn. »Nicht zu einem so späten Zeitpunkt. Würden wir den Auftrag anderweitig vergeben, müßten wir auch warten, bis Fertigungskapazitäten frei sind.«

»Lara, kann ich dich kurz allein sprechen?« fragte Keller. Er nahm sie beiseite. »Ich mache dir diesen Vorschlag nicht gern, aber...«

»Ich höre.«

»... vielleicht kann dein Freund Paul Martin uns aus der Patsche helfen. Er kennt bestimmt jemanden, der jemanden kennt...«

Lara nickte zustimmend. »Gute Idee, Howard! Ich rufe ihn gleich an, wenn ich wieder im Büro bin.«

Zwei Stunden später saß Lara vor Paul Martins Schreibtisch.

»Du kannst dir nicht vorstellen, wie glücklich mich dein Anruf gemacht hat«, sagte Paul. »Du hast seit einer Ewigkeit nicht mehr angerufen. Mein Gott, wie schön du aussiehst, Lara!«

»Danke, Paul.«

»Was kann ich für dich tun?«

»Zu dir komme ich anscheinend immer dann, wenn ich Schwierigkeiten habe«, sagte Lara zögernd.

»Ich bin schließlich auch immer für dich dagewesen, stimmt's?«

»Ja. Du bist mein guter Freund.« Lara seufzte. »Im Augenblick brauche ich einen guten Freund.«

»Was gibt es diesmal? Droht wieder ein Streik?«

»Nein, es geht um die Cameron Towers.«

Er runzelte die Stirn. »Soviel ich gehört habe, geht dort alles planmäßig voran.«

»Das stimmt. Oder es hat gestimmt. Ich fürchte, daß Steve Murchison darauf aus ist, das Projekt zu sabotieren. Auf der Baustelle geht plötzlich alles schief. Bisher haben wir es irgendwie geschafft, den Terminplan einzuhalten. Aber jetzt ... Wir stehen vor einem großen Problem, das die Fertigstellung gefährden könnte. Dann müßten wir mit Schadenersatzforderungen unserer beiden größten Mieter rechnen – und das wäre unser Ruin, Paul.«

Lara holte tief Luft und versuchte, ihren Zorn zu beherrschen.

»Vor über einem halben Jahr haben wir bei der New Jersey Panel and Glass Company getöntes Glas bestellt. Heute morgen ist die Lieferung gekommen. Aber das war nicht unser Glas!«

»Hast du schon reklamiert?«

»Ja, aber die Firma kann angeblich erst in acht bis zehn Wochen liefern. Ich brauche das Glas in spätestens zwei Wochen. Bis dahin haben die Arbeiter praktisch nichts mehr zu tun. Der Bau ist so gut wie eingestellt. Wird er nicht termingerecht fertig, verliere ich alles, was ich besitze.«

Paul Martin schüttelte den Kopf. »Nein, dazu wird es nicht kommen. Ich sehe zu, was sich machen läßt.«

Lara wurde es vor Erleichterung fast schwindelig. »Paul, ich ...« Sie hatte Mühe, die richtigen Worte zu finden. »Ich danke dir!«

Er griff nach ihrer Hand. »Der Dinosaurier ist noch nicht erledigt«, sagte er lächelnd. »Morgen weiß ich hoffentlich schon mehr.«

Am nächsten Vormittag klingelte Laras Privattelefon zum ersten Mal seit Monaten. Sie nahm hastig den Hörer ab. »Paul?«

»Hallo, Lara. Ich habe mit einigen meiner Freunde gesprochen. Dein Fall ist nicht einfach, aber er läßt sich regeln. Sie haben die Lieferung für Montag übernächster Woche zugesagt.«

An dem Montag, an dem das Glas geliefert werden sollte, rief Lara erneut Paul Martin an.

»Das Glas ist noch nicht gekommen, Paul«, berichtete sie sorgenvoll.

»Oh?« Am anderen Ende herrschte kurzes Schweigen. »Okay, ich kümmere mich sofort darum.« Pauls Stimme klang weicher. »Das einzig Gute an dieser Sache ist, daß wir wieder miteinander reden, Baby.«

»Ja, ich . . . Paul, wenn das Glas nicht rechtzeitig geliefert wird . . .«

»Es kommt rechtzeitig. Gib nicht auf!«

Zur Wochenmitte war die zugesagte Lieferung noch immer nicht eingetroffen.

Keller kam in Laras Büro. »Ich habe eben mit Tilly gesprochen. Bis spätestens Freitag muß das verdammte Glas da sein. Kommt es, ist noch alles zu retten. Andernfalls sind wir erledigt.«

Am Donnerstagabend war noch immer keine Lieferung eingetroffen.

Am Freitagmorgen ließ Lara sich zu den Cameron Towers fahren. Die Baustelle war menschenleer. Neben dem majestätisch in den Himmel ragenden unfertigen Wolkenkratzer wirkten die benachbarten Gebäude fast wie Spielzeughäuser. Ein prachtvolles Bauwerk. Ihr Denkmal. Ich sorge dafür, daß es fertiggebaut wird, dachte Lara verbissen.

Vom Büro aus rief sie erneut Paul Martin an.

»Tut mir leid«, sagte seine Sekretärin, »aber Mr. Martin ist nicht da. Kann ich ihm irgendetwas ausrichten?«

»Ich lasse ihn bitten, mich anzurufen«, antwortete Lara. Sie wandte sich an Keller. »Ich habe einen Verdacht, den du bitte überprüfen mußt. Erkundige dich, ob diese Glasfabrik zufällig Steve Murchison gehört.«

Eine halbe Stunde später kam Keller in ihr Büro zurück. Er war auffällig blaß.

»Na? Hast du rausgekriegt, wem die Glasfabrik gehört?«

»Ja«, sagte er langsam. »Sie ist in Delaware ins Handelsregister eingetragen. Als Eigentümerin fungiert die Holdinggesellschaft Etna Enterprises.«

»Etna Enterprises?«

»Richtig. Sie hat die Glasfabrik letztes Jahr aufgekauft. Etna Enterprises gehört Paul Martin.«

33. Kapitel

Cameron Enterprises hatten plötzlich unter schlechter Publicity zu leiden. Dieselben Journalisten, die Lara bisher in den höchsten Tönen gelobt hatten, griffen sie jetzt an.

Jerry Townsend kam zu Howard Keller.

»Ich mache mir Sorgen«, sagte Townsend.

»Weshalb?«

»Hast du die Pressekampagne gegen Lara verfolgt?«

»Yeah. Die Zeitungsschreiber erfinden jeden Tag was Neues über sie.«

»Ich mache mir Sorgen wegen der Geburtstagsparty, Howard. Die Einladungen sind inzwischen verschickt. Aber seit dieser schlechten Publicity hagelt es von allen Seiten Absagen. Die Leute haben Angst davor, sich mit Lara zu zeigen. Ein regelrechtes Fiasko!«

»Was schlägst du vor?«

»Ich finde, wir sollten die Party absagen. Ich erfinde irgendeine Ausrede.«

»Wahrscheinlich hast du recht. Wir müssen verhindern, daß Lara in eine peinliche Situation gerät.«

»Gut, dann sage ich die Party ab. Informierst du Lara?«

»Wird gemacht.«

Terry Hill rief an.

»Lara, ich habe gerade eine Vorladung für dich erhalten – du sollst übermorgen vor dem Schwurgericht in Reno aussagen. Ich komme natürlich mit.«

Protokoll der ersten Vernehmung Jesse Shaws durch Detective Lieutenant Sal Mancini.

M: Guten Morgen, Mr. Shaw. Ich bin Lieutenant Mancini. Sie wissen, daß eine Stenographin unser Gespräch mitschreibt?

S: Klar.

M: Und Sie haben freiwillig darauf verzichtet, einen Rechtsanwalt hinzuzuziehen?

S: Ich brauch' keinen Anwalt. Ich hab' bloß 'ne verdammte Uhr gefunden, und dafür schleppen Ihre Leute mich wie 'nen Verbrecher aus Chicago hierher.

M: Mr. Shaw, wissen Sie, wer Philip Adler ist?

S: Nein. Müßt' ich das wissen?

M: Niemand hat Sie dafür bezahlt, daß Sie ihn überfallen?

S: Ich hab' Ihnen gesagt, daß ich keine Ahnung hab', wer der Kerl ist!

M: Die Polizei in Chicago hat in Ihrem Apartment fast fünfzigtausend Dollar in bar gefunden. Wie kommen Sie zu soviel Geld?

S: [Keine Antwort]

M: Mr. Shaw . . . ?

S: Ich hab's gewonnen?

M: Womit?

S: Pferderennen . . . Footballwetten . . . und so weiter.

M: Sie sind ein Glückspilz, was?

S: Ja, so könnte man's ausdrücken.

M: Im Augenblick arbeiten Sie in Chicago, nicht wahr?

S: Yeah.

M: Haben Sie jemals in New York gearbeitet?

S: Ja, früher mal.

M: Ich habe hier einen Polizeibericht, in dem steht, daß Sie auf einer Baustelle in Queens einen Bagger bedient haben, unter dem ein Bauleiter namens Bill Whitman zu Tode gekommen ist. Stimmt das?

S: Yeah. Das ist ein Unfall gewesen.

M: Wie lange haben Sie dort gearbeitet?

S: Weiß ich nicht mehr.

M: Auch das steht hier. Auf dieser Baustelle haben Sie nur

zweiundsiebzig Stunden gearbeitet. Sie sind am Tag vor dem Unfall aus Chicago nach New York gekommen und schon zwei Tage später dorthin zurückgeflogen. Stimmt das?

S: Schon möglich.

M: Wie aus den Buchungsunterlagen der American Airlines hervorgeht, sind Sie zwei Tage vor dem Überfall auf Philip Adler nach New York geflogen und gleich am nächsten Tag nach Chicago zurückgeflogen. Welchen Zweck hatte diese Kurzreise nach New York?

S: Ich wollte mir ein paar Theaterstücke ansehen.

M: Können Sie sich an die Titel der Stücke erinnern, die Sie gesehen haben?

S: Nein, das ist schon zu lange her.

M: Wer ist Ihr Arbeitgeber gewesen, als der Unfall mit dem Bagger passiert ist?

S: Cameron Enterprises.

M: Und wer ist Ihr jetziger Arbeitgeber auf dem Bau in Chicago?

S: Cameron Enterprises.

Howard Keller saß mit Lara in ihrem Büro zusammen. Die beiden sprachen über Maßnahmen zur Schadensbegrenzung, weil die Firma unter der schlechten Publicity zu leiden begann. Bevor er ging, erkundigte Lara sich: »Sonst noch etwas, Howard?«

Keller runzelte die Stirn. Irgend jemand hatte ihm aufgetragen, Lara irgend etwas auszurichten, aber er konnte sich beim besten Willen nicht mehr daran erinnern. Vermutlich war es nicht wichtig gewesen.

»Ein Gespräch für Sie, Mr. Adler«, meldete Simms, der Butler. »Ein Lieutenant Mancini.«

Philip nahm den Hörer ab. »Was gibt's, Lieutenant?«

»Neuigkeiten, Mr. Adler.«

»Tatsächlich? Haben Sie den Kerl geschnappt?«

»Ich würde am liebsten vorbeikommen und persönlich mit Ihnen darüber sprechen. Wäre Ihnen das recht?«

»Natürlich.«

»Gut, dann bin ich in einer halben Stunde bei Ihnen.«

Philip legte langsam auf und fragte sich, worüber der Kriminalbeamte nicht am Telefon hatte sprechen wollen.

Als Mancini kam, führte Simms ihn in die Bibliothek.

»Guten Tag, Mr. Adler.«

»Guten Tag. Was gibt's Neues?«

»Wir haben den Mann gefaßt, der Sie überfallen hat.«

»Wirklich? Das überrascht mich«, gab Philip zu. »Ich dachte, Sie hätten gesagt, es sei fast unmöglich, Straßenräuber zu schnappen.«

»Er ist kein gewöhnlicher Straßenräuber.«

Philip runzelte die Stirn. »Das verstehe ich nicht.«

»Er ist von Beruf Bauarbeiter, lebt in Chicago und arbeitet nur manchmal in New York. Vorbestraft ist er auch – wegen Einbruchs und Körperverletzung. Er hat Ihre Uhr versetzt, und wir haben ihn aufgrund seiner Fingerabdrücke identifiziert.« Mancini hielt eine Armbanduhr hoch. »Das ist Ihre Uhr, nicht wahr?«

Philip starrte sie an, ohne den Mut zu finden, sie in die Hand zu nehmen. Sie erinnerte ihn wieder an den schrecklichen Augenblick, in dem der Unbekannte seine Hand festgehalten und ihm das Handgelenk zerschnitten hatte. Erst als Mancini ihm aufmunternd zunickte, griff er danach, drehte die Uhr um und las die Widmung. »Ja, das ist meine.«

Lieutenant Mancini ließ sich die Armbanduhr zurückgeben. »Die behalten wir vorläufig als Beweisstück. Ich möchte, daß Sie morgen ins Präsidium kommen, um den Mann bei einer Gegenüberstellung zu identifizieren.«

Bei dem Gedanken, dem Täter von Angesicht zu Angesicht gegenüberzustehen, wurde Philip von jähem Zorn erfaßt. »Ich komme.«

»Police Plaza Nummer eins, Zimmer zwo-eins-zwo. Um zehn Uhr?«

»Okay.« Philip runzelte die Stirn. »Was haben Sie gemeint, als Sie sagten, der Kerl sei kein gewöhnlicher Straßenräuber?«

Lieutenant Mancini zögerte. »Er ist für den Überfall auf Sie bezahlt worden.«

Philip starrte ihn verwirrt an. »*Was?*«

»Sie sind nicht etwa zufällig das Opfer eines Verrückten geworden.

Der Mann hat fünfzigtausend Dollar dafür bekommen, daß er Ihnen das Handgelenk zerschnitten hat.«

»Das kann ich nicht glauben«, sagte Philip Adler langsam. »Wem wäre es fünfzigtausend Dollar wert, mich zum Krüppel zu machen?«

»Angeheuert hat ihn Ihre Frau.«

34. Kapitel

Angeheuert hat ihn Ihre Frau! Philip war sprachlos vor Entsetzen. *Lara?* Konnte Lara ihm etwas so Gräßliches angetan haben? Und aus welchem Grund nur?

»Ich verstehe nicht, warum du jeden Tag üben mußt, als ob du morgen ein Konzert geben wolltest.«

»Du mußt nicht schon wieder verreisen. Ich will einen Ehemann, keinen Teilzeit ...«

»Sie hat mir vorgeworfen, das Brillantarmband, das Sie ihr mal geschenkt haben, gestohlen zu haben ... Um Sie nicht zu verlieren, wäre sie zu allem fähig.«

Und William Ellerbee: *»Denkst du daran, deine Konzerttätigkeit einzuschränken? Als ich neulich mit Lara gesprochen habe, hat sie angedeutet ...«*

Lara.

Im Präsidium an der Police Plaza fand eine Besprechung zwischen dem Staatsanwalt, dem Polizeipräsidenten und Detective Lieutenant Mancini statt.

»Wir haben's hier nicht mit irgend jemand zu tun«, sagte der Staatsanwalt gerade. »Die Lady hat verdammt viel Einfluß. Was haben Sie an handfesten Beweisen, Lieutenant?«

»Ich habe bei Cameron Enterprises im Personalbüro nachgefragt«, antwortete Mancini. »Jesse Shaw ist auf Wunsch Lara Camerons eingestellt worden. Meine nächste Frage, ob sie außer ihm persönlich Bauarbeiter eingestellt habe, ist verneint worden.«

»Okay, was noch?«

»Ihr Bauleiter Bill Whitman soll Freunden gegenüber damit geprahlt haben, er wisse etwas über Lara Cameron, das ihn zu einem reichen Mann machen werde. Wenig später ist Whitman unter einem von Jesse Shaw bedienten Bagger zu Tode gekommen. Shaw hatte seinen Arbeitsplatz in Chicago verlassen, um nach New York zu fliegen. Zwei Tage nach dem Unfall ist er nach Chicago zurückgekehrt. Für mich steht fest, daß er den Auftrag hatte, Whitman umzulegen. Sein Flugticket ist übrigens von Cameron Enterprises bezahlt worden.«

»Was ist mit dem Überfall auf Adler?«

»Der Ablauf war wieder ähnlich. Shaw ist zwei Tage zuvor aus Chicago nach New York gekommen und einen Tag danach zurückgeflogen. Hätte er die Uhr weggeworfen, anstatt sie aus Geldgier zu versetzen, hätten wir ihn nie geschnappt.«

»Welches Motiv könnte sie gehabt haben?« fragte der Polizeipräsident. »Weshalb sollte sie ihrem Mann das antun?«

»Ich habe mit dem Hauspersonal gesprochen«, sagte Mancini. »Lara Cameron liebt ihren Mann abgöttisch. Streit hat's nur gegeben, wenn wieder eine Tournee bevorstand. Sie wollte, daß er mehr zu Hause bleibt.«

»Und jetzt ist er ständig zu Hause?«

»Genau.«

»Was sagt sie dazu?« fragte der Staatsanwalt. »Sie streitet wohl alles ab?«

»Wir haben sie noch nicht mit den Vorwürfen konfrontiert. Ich wollte erst mit Ihnen reden, um zu erfahren, ob das Belastungsmaterial für eine Anklage reicht.«

»Und Philip Adler kann Shaw identifizieren?«

»Richtig«, bestatigte Mancini.

»Gut.« Der Staatsanwalt machte eine Pause. »Was halten Sie davon, Lara Cameron selbst zu befragen, Lieutenant? Hören Sie sich doch mal an, was sie zu sagen hat.«

Lara hatte Howard Keller bei sich, als ihre Gegensprechanlage summte. »Ein Lieutenant Mancini möchte Sie sprechen.«

Lara runzelte die Stirn. »In welcher Sache?«

»Das hat er nicht gesagt.«

»Gut, schicken Sie ihn herein.«

Der Kriminalbeamte war sich darüber im klaren, daß er behutsam vorgehen mußte. Ohne handfeste Beweise würde es nicht einfach sein, etwas aus Lara Cameron herauszubekommen. Aber ich muß es wenigstens versuchen, dachte er. Mit Howard Kellers Anwesenheit hatte er nicht gerechnet.

»Guten Tag, Lieutenant.«

»Tag.«

»Sie kennen Howard Keller?«

»Allerdings! Der beste Pitcher in ganz Chicago.«

»Was kann ich für Sie tun?« fragte Lara.

Der Anfang war am schwierigsten. Erst mußte sie zugeben, daß sie Jesse Shaw kannte; daraus entwickelte sich alles weitere.

»Wir haben den Kerl verhaftet, der Ihren Mann überfallen hat.« Dabei beobachtete er ihr Gesicht.

»Tatsächlich? Was ...?«

Howard Keller unterbrach sie. »Wie haben Sie ihn gefaßt?« fragte er Mancini.

»Er hat eine Armbanduhr versetzt, die Miss Cameron ihrem Mann geschenkt hatte.« Der Lieutenant sah wieder zu Lara hinüber. »Der Täter heißt Jesse Shaw.«

Ihr Gesichtsausdruck veränderte sich nicht im geringsten. Sie ist gut, dachte Mancini. Die Lady ist wirklich gut.

»Kennen Sie ihn?«

Lara runzelte die Stirn. »Nein. Müßte ich ihn kennen?«

Das war ihr erster Fehler, sagte Mancini sich. Jetzt habe ich sie!

»Shaw hat auf einer Ihrer Baustellen in Chicago gearbeitet. Und er ist auf Ihrer Baustelle in Queens als Baggerführer eingesetzt gewesen. Dort hat sein Bagger einen Mann tödlich verletzt.« Der Kriminalbeamte blätterte in seinem Notizbuch, obwohl er den Namen wußte. »Einen gewissen Bill Whitman. Die Sache ist als Arbeitsunfall zu den Akten gelegt worden.«

Lara schluckte trocken. »Ja ...«

Bevor sie weitersprechen konnte, ergriff Keller wieder das Wort. »Hören Sie, Lieutenant, bei dieser Firma arbeiten Hunderte von

Menschen. Sie können nicht erwarten, daß wir jeden einzelnen kennen.«

»Sie kennen Jesse Shaw also nicht?«

»Nein. Und ich bin sicher, daß Miss Cameron...«

»Das möchte ich lieber von ihr selbst hören.«

»Ich kenne diesen Mann nicht mal dem Namen nach«, sagte Lara.

»Für den Überfall auf Ihren Mann hat ihm jemand fünfzigtausend Dollar gezahlt.«

»Das... das kann ich nicht glauben!« Sie wurde plötzlich kreidebleich.

Jetzt kommen wir der Sache näher, dachte Mancini. »Davon wußten Sie nichts?«

Lara funkelte ihn aufgebracht an. »Wollen Sie mir etwa unterstellen, ich...? Das verbitte ich mir, Lieutenant! Wenn er dazu angestiftet worden ist, möchte ich wissen, von wem er den Auftrag bekommen hat!«

»Das interessiert Ihren Mann auch, Miss Cameron.«

»Sie haben darüber mit ihm gesprochen?«

»Ja. Ich...«

Im nächsten Augenblick stürmte Lara hinaus.

Als Lara atemlos ins Penthouse kam, war Philip im Schlafzimmer. Er packte seinen Koffer, unbeholfen, weil er nur mit einer Hand arbeiten konnte.

»Philip... was machst du da?«

Er drehte sich um und starrte sie an, als sehe er sie zum ersten Mal. »Ich ziehe aus.«

»Weshalb? Du glaubst diese... diese gräßliche Geschichte doch nicht etwa?«

»Mit den Lügen ist jetzt Schluß, Lara.«

»Aber ich lüge nicht. Philip, hör mir bitte zu! Mit dem, was dir zugestoßen ist, habe ich nicht das geringste zu tun. Ich würde dir niemals weh tun. Ich liebe dich, Philip.«

Er drehte sich nach ihr um. »Die Polizei sagt, daß der Täter in deinem Auftrag gehandelt hat. Und daß er dafür fünfzigtausend Dollar bekommen hat...«

Sie schüttelte den Kopf. »Davon weiß ich nicht das geringste, Philip. Ich weiß nur, daß ich nichts damit zu tun gehabt habe. Das glaubst du mir doch?«

Er sah sie schweigend an.

Sie stand wie vor den Kopf geschlagen da. Dann machte sie kehrt und stolperte blindlings hinaus.

Philip verbrachte eine schlaflose Nacht in einem New Yorker Hotel. Er glaubte immer wieder, Laras Stimme zu hören. *Ich wüßte gern mehr über Ihre Stiftung. Vielleicht können wir uns gelegentlich treffen, um darüber zu reden.*

Sind Sie verheiratet?... Erzählen Sie mir mehr von sich, Philip.

Und wenn Sie Scarlatti spielen, flaniere ich durch Neapel...

Ich träume einen Traum aus Ziegeln, Beton und Stahl – und verwirkliche ihn...

Ich bin nach Amsterdam gekommen, um Sie wiederzusehen.

Möchtest du, daß ich nach Mailand mitkomme?

Du verwöhnst mich, Lady!... Genau das habe ich vor.

Und Laras Wärme, Mitgefühl und Fürsorglichkeit. Konnte er sich so in ihr getäuscht haben?

Im Polizeipräsidium wurde Philip Adler von Lieutenant Mancini erwartet, der ihn in einen kleinen Saal mit hell beleuchteter Bühne führte.

»Sie brauchen ihn bloß zu identifizieren«, sagte der Kriminalbeamte.

Damit ihr ihn mit Lara in Verbindung bringen könnt, dachte Philip.

Auf der Bühne standen sechs etwa gleichgroße und gleichalte Männer. Jesse Shaw war der zweite Mann von rechts. Philip, der ihn sofort erkannte, fühlte sein Herz jagen. Er glaubte, Shaws Stimme zu hören. *Her mit dem Geld!* Er spürte wieder den gräßlichen Schmerz, als das scharfe Messer ihm das Handgelenk zerschnitt. Konnte Lara ihm das angetan haben? *Du bist der einzige Mann, den ich je geliebt habe.*

»Sehen Sie sich die Männer gut an, Mr. Adler«, sagte Lieutenant Mancini.

In Zukunft arbeite ich zu Hause. Philip braucht mich.

»Mr. Adler...«

Wir gehen zu den besten Ärzten der Welt, Liebster. Sie war immer für ihn dagewesen, hatte ihn gepflegt und umhegt. *Wenn der Prophet nicht zum Berg kommt...*

»Würden Sie den Täter bitte identifizieren?«

Ich habe dich geheiratet, weil ich mich bis über beide Ohren in dich verliebt hatte. Und daran hat sich nichts geändert. Wenn du nie wieder Lust auf Sex hast, ist's mir auch recht. Ich will nur, daß du mich in den Armen hältst und mich liebst. Das war ihr Ernst gewesen.

Und dann die letzte Szene im Penthouse. *Mit dem, was dir zugestoßen ist, habe ich nicht das geringste zu tun. Ich würde dir niemals weh tun...*

»Mr. Adler...«

Die Polizei muß sich getäuscht haben, dachte Philip. Lara hat bestimmt die Wahrheit gesagt. Sie kann diesen Kerl nicht auf mich gehetzt haben!

Mancini sprach ihn erneut an. »Welcher ist der Täter?«

Und Philip drehte sich um und sagte: »Ich weiß es nicht.«

»*Wie bitte?*«

»Ich sehe ihn nicht.«

»Sie haben ausgesagt, Sie hätten sein Gesicht deutlich gesehen.«

»Ja, das stimmt.«

»Dann sagen Sie mir, wer er ist.«

»Das kann ich nicht«, behauptete Philip. »Er steht nicht dort oben.«

Mancini machte ein grimmiges Gesicht. »Wissen Sie das bestimmt?«

»Todsicher«, antwortete Philip.

»Das war's vorerst, Mr. Adler. Besten Dank, daß Sie vorbeigekommen sind.«

Ich muß Lara finden, sagte Philip sich. *Ich muß Lara finden!*

Lara saß an ihrem Schreibtisch und starrte aus dem Fenster. Philip hatte ihr nicht geglaubt. Es tat ihr schrecklich weh. Und dann Paul

Martin. Natürlich steckte er dahinter. Aber warum hatte er das getan? *Erinnerst du dich daran, daß ich gesagt habe, dein Mann solle sich gut um dich kümmern? ... Er scheint seine Sache nicht allzugut zu machen ... Es wird Zeit, daß mal jemand Klartext mit ihm redet!* Hatte Paul das getan, weil er sie liebte? Oder war alles ein Racheakt gewesen, weil er sie haßte?

Howard Keller kam herein. Er sah blaß und abgespannt aus. »Ich habe eben über eine Stunde lang telefoniert. Die Cameron Towers sind verloren, Lara. Southern Insurance und International Investment Banking kündigen beide, weil die Fertigstellung sich verzögern wird. Das bedeutet, daß wir die Hypotheken nicht mehr bedienen können. Aber wir hätten es fast geschafft, nicht wahr? Der höchste Wolkenkratzer der Welt ... Tut mir leid, Lara. Ich weiß, wieviel dir das bedeutet hat.«

Sie drehte sich nach ihm um. Keller erschrak über ihr Aussehen. Ihr Gesicht war blaß, und sie hatte dunkle Ringe unter den Augen. Sie wirkte benommen und schien all ihre Energie verloren zu haben.

»Lara ... hast du gehört, was ich gesagt habe? Die Cameron Towers sind verloren.«

Als sie antwortete, klang ihre Stimme unnatürlich ruhig. »Ja, ich hab's gehört. Mach' dir deswegen keine Sorgen, Howard. Wir beleihen ein paar unserer anderen Gebäude und zahlen alles zurück.«

Ihre Reaktion ängstigte ihn. »Lara, wir haben nichts mehr zu beleihen. Du mußt Konkurs anmelden und ...«

»Howard ...?«

»Ja.«

»Kann eine Frau einen Mann zu sehr lieben?«

»Wie bitte?«

Ihre Stimme klang leblos. »Philip hat mich verlassen.«

Das erklärte plötzlich vieles. »Ich ... das tut mir sehr leid für dich, Lara.«

Auf ihrem Gesicht stand ein seltsames Lächeln. »Merkwürdig, nicht wahr? Ich verliere alles gleichzeitig. Erst Philip, jetzt meine Immobilien. Weißt du, woran das liegt, Howard? Das Schicksal ist gegen mich. Und dagegen kann man nicht ankämpfen, nicht wahr?«

So deprimiert und mutlos hatte er sie noch nie erlebt.

»Dabei steht mir noch einiges bevor. Heute nachmittag muß ich nach Reno fliegen. Und wenn das Schwurgericht dort . . .«

Die Gegensprechanlage auf dem Schreibtisch summte. »Lieutenant Mancini ist hier.«

»Schicken Sie ihn herein.«

Howard Keller warf Lara einen fragenden Blick zu. »Mancini? Was will er?«

Lara holte tief Luft. »Er will mich verhaften, Howard.«

»Dich *verhaften*? Was soll das heißen?«

Ihre Stimme klang erstaunlich gefaßt. »Er glaubt, daß ich den Überfall auf Philip inszeniert habe.«

»Das ist doch lächerlich! Wie kann er . . .«

Die Tür öffnete sich, und Lieutenant Mancini kam herein. Er blieb kurz stehen, sah die beiden an und trat dann einige Schritte vor.

»Ich habe hier einen Haftbefehl.«

Howard Keller war blaß geworden. Er stellte sich schützend vor Lara und sagte heiser: »Sie können sie nicht festnehmen. Sie hat nichts getan.«

»Sie haben recht, Mr. Keller. Ich verhafte auch nicht Miss Cameron. Der Haftbefehl ist gegen Sie ausgestellt.«

35. Kapitel

Protokoll der Vernehmung Howard Kellers durch Detective Lieutenant Sal Mancini.

M: Sie sind über Ihre Rechte belehrt worden, Mr. Keller?

K: Ja.

M: Und Sie haben freiwillig darauf verzichtet, einen Rechtsanwalt hinzuzuziehen?

K: Ich brauche keinen Anwalt. Ich wollte mich ohnehin stellen. Ich hätte nicht zulassen können, daß Lara etwas passiert.

M: Sie haben Jesse Shaw fünfzigtausend Dollar für den Überfall auf Philip Adler gezahlt?

K: Ja.

M: Weshalb?

K: Er hat ihr das Leben zur Hölle gemacht. Sie hat ihn geradezu angefleht, bei ihr zu bleiben, aber er war ständig unterwegs.

M: Deshalb haben Sie dafür gesorgt, daß seine Karriere als Pianist beendet wurde.

K: Nein, das stimmt nicht. So weit sollte Jesse nicht gehen. Er hat sich nur nicht beherrschen können.

M: Erzählen Sie mir von Bill Whitman.

K: Dieses Schwein hat versucht, sie zu erpressen. Das konnte ich nicht zulassen. Er hätte Lara ruinieren können.

M: Deshalb haben Sie ihn umbringen lassen?

K: Um Lara zu helfen, ja.

M: Hat sie gewußt, was Sie vorhatten?

K: Selbstverständlich nicht! Sie hätte das niemals zugelassen. Nein. Wissen Sie, ich bin dagewesen, um sie zu beschützen. Was

ich getan habe, habe ich für sie getan. Ich wäre für sie gestorben.
M: Statt dessen haben Sie für sie gemordet.
K: Darf ich Sie etwas fragen, Lieutenant? Woher wußten Sie, daß ich mit dieser Sache zu tun habe?
Schluß der Vernehmung.

Im Polizeipräsidium fragte Captain Bronson, der Chef der Abteilung, Mancini: »Und was *hat* Sie auf seine Spur gebracht?«

»Keller hat einen Hinweis geliefert, den ich beinahe übersehen hätte. Laut Jesse Shaws Vorstrafenregister ist er als Siebzehnjähriger wegen Diebstahls einer Baseballausrüstung der Jugendmannschaft der Chicago Cubs zu einer Arreststrafe verurteilt worden. Ich habe nachgefragt und herausbekommen, daß Keller und Shaw Mannschaftskameraden gewesen sind. Aber Keller hat einen entscheidenden Fehler gemacht: Er hat auf meine Frage behauptet, Jesse Shaw nicht zu kennen. Ich habe einen Freund angerufen, der früher Sportredakteur der *Chicago Sun Times* gewesen ist. Er hat sich an beide erinnert und mir bestätigt, daß sie befreundet gewesen sind. Natürlich hatte Shaw seinen Job bei Cameron Enterprises seinem alten Kumpel zu verdanken. Lara Cameron hat ihn eingestellt, weil Keller sie darum gebeten hatte. Sie hat Jesse Shaw vermutlich nie selbst zu Gesicht bekommen.«

Mancini schüttelte den Kopf. »Wissen Sie, was das Verrückteste ist? Letzten Endes hätte ich mir die ganze Arbeit sparen können. Hätte ich ihn nicht geschnappt, sondern mich auf Lara Cameron konzentriert, hätte Howard Keller sich freiwillig gestellt.«

Um Lara herum brach alles zusammen. Sie konnte nicht fassen, daß ausgerechnet Howard Keller für all die schrecklichen Dinge, die passiert waren, verantwortlich gewesen sein sollte. *Er hat es für mich getan*, dachte Lara. *Ich muß versuchen, ihm zu helfen.*

Die Gegensprechanlage auf ihrem Schreibtisch summte. »Der Wagen ist da, Miss Cameron«, meldete Kathy. »Sind Sie reisefertig?«

»Ja.« Lara mußte nach Reno, um vor dem Schwurgericht auszusagen.

Fünf Minuten nach Laras Abfahrt rief Philip im Büro an.

»Tut mir leid, Mr. Adler, aber Sie haben sie gerade verpaßt. Sie ist schon unterwegs nach Reno.«

Philip war maßlos enttäuscht. Er hatte Lara unbedingt sehen, sie um Verzeihung bitten wollen. »Falls Sie mit ihr telefonieren, sagen Sie ihr bitte, daß ich auf sie warte.«

»Das richte ich gern aus.«

Er wählte eine weitere Nummer, sprach ungefähr zehn Minuten lang und rief dann William Ellerbee an.

»Bill... ich bleibe hier in New York. Ich unterrichte in Zukunft an der Juilliard School of Music.«

»Was können sie mir anhaben?« fragte Lara.

»Kommt ganz drauf an«, sagte Terry Hill. »Erst mal mußt du aussagen. Danach kann das Gericht beschließen, daß du unschuldig bist, was bedeuten würde, daß du das Kasino zurückbekommst, oder daß die Beweise für eine Anklageerhebung ausreichen. Sollte dieser Beschluß ergehen, folgt ein Strafverfahren, das mit deiner Verurteilung zu einer Gefängnisstrafe enden könnte.«

Lara murmelte etwas.

»Wie bitte?«

»Papa hat recht gehabt, habe ich gesagt. Gegen das Schicksal kommt niemand an.«

Laras Vernehmung vor dem Schwurgericht dauerte vier Stunden. Sie mußte detailliert schildern, wie sie das Cameron Palace Hotel und das Kasino erworben hatte. Als sie den Gerichtssaal verließen, drückte Terry Hill ihr aufmunternd die Hand.

»Du hast dich sehr gut aus der Affäre gezogen, Lara. Das Gericht ist wirklich beeindruckt gewesen. Da es keine handfesten Beweise gegen dich gibt, müßtest du...«

Anstatt diesen Satz zu Ende zu bringen, verstummte der Anwalt und bekam große Augen. Lara drehte sich um. Paul Martin war in den Vorraum gekommen. Er trug einen altmodischen Zweireiher mit Weste und hatte sein weißes Haar so pedantisch gescheitelt wie damals, als sie ihn kennengelernt hatte.

»Großer Gott!« flüsterte Terry Hill. »Er ist hier, um als Zeuge auszusagen!« Er wandte sich an Lara. »Wie sehr haßt er dich?«

»Wie meinst du das?«

»Lara, wenn ihm Strafverschonung zugesichert worden ist, damit er gegen dich aussagt, bist du erledigt. Dann mußt du hinter Gitter!«

Lara sah zu Paul Martin hinüber. »Aber ... das würde auch sein Ende bedeuten.«

»Darum habe ich dich gefragt, wie sehr er dich haßt. Würde er sich selbst opfern, nur um dich zu vernichten?«

»Das weiß ich nicht«, sagte Lara benommen.

Paul Martin kam auf die beiden zu. »Hallo, Lara. Wie ich höre, geht's dir geschäftlich nicht besonders.« Sein Blick verriet nicht, was er dachte. »Das tut mir aufrichtig leid.«

Lara erinnerte sich an Howard Kellers Warnung: *Er ist ein Sizilianer. Die vergessen nichts und verzeihen nichts.* Paul war von Rachedurst erfüllt gewesen, und sie hatte nichts davon geahnt.

Paul Martin wollte weitergehen.

»Paul ...«

Er blieb stehen. »Ja?«

»Ich muß mit dir reden.«

Er zögerte kaum merklich. »Gut, meinetwegen.« Paul nickte zum Warteraum für Zeugen hinüber. »Dort drinnen sind wir ungestört.«

Terry Hill beobachtete, wie die beiden in dem leeren Raum verschwanden. Die Tür schloß sich hinter ihnen. Er hätte viel dafür gegeben, bei ihrem Gespräch dabeizusein.

Sie wußte nicht, wie sie anfangen sollte.

»Was willst du von mir, Lara?«

Alles war noch viel schwieriger, als sie befürchtet hatte. Als sie endlich sprach, klang ihre Stimme heiser. »Ich möchte, daß du mich gehen läßt.«

Er zog die Augenbrauen hoch. »Wie könnte ich das? Glaubst du wirklich, ich hielte dich fest?« Sein Tonfall klang spöttisch.

Sie bekam kaum noch Luft.

»Findest du nicht, daß du mich schon genug bestraft hast?«

Paul Martin stand mit ausdrucksloser Miene vor ihr.

»Unsere gemeinsame Zeit ist wundervoll gewesen, Paul. Von Philip abgesehen hast du mir mehr bedeutet als jeder andere Mensch in meinem Leben. Ich schulde dir mehr, als ich jemals zurückzahlen könnte. Und ich habe dich niemals verletzen wollen. Das mußt du mir glauben!«

Es fiel ihr schwer, jetzt weiterzusprechen.

»Es liegt in deiner Macht, mich zu vernichten. Willst du das wirklich? Bist du glücklich, wenn du mich hinter Gitter bringst?« Sie kämpfte gegen Tränen an. »Ich flehe dich an, Paul: Gib mir mein Leben zurück! Hör bitte auf, mich wie eine Feindin zu behandeln...«

Paul Martin schwieg weiterhin. Auch seine unergründlichen schwarzen Augen verrieten nicht, was er dachte.

»Ich bitte dich um Verzeihung. Ich... ich bin zu müde, um weiterzukämpfen, Paul. Du hast gesiegt...« Ihre Stimme versagte.

Im nächsten Augenblick wurde an die Tür geklopft, und der Gerichtsdiener streckte den Kopf herein. »Das Gericht wartet auf Sie, Mr. Martin.«

Paul sah Lara sekundenlang an, bevor er sich abwandte und wortlos den Raum verließ.

Jetzt ist alles aus! dachte Lara. Ich bin erledigt.

Terry Hill kam hastig herein. »Gott, wenn ich nur wüßte, was er dort drinnen aussagen wird! Aber jetzt können wir nur noch abwarten.«

Sie warteten – Lara kam es wie eine Ewigkeit vor. Als Paul Martin endlich aus dem Saal kam, wirkte er müde und ausgelaugt. Er ist alt geworden, dachte Lara. Daran gibt er mir die Schuld. Paul beachtete sie zunächst gar nicht. Aber dann gab er sich einen Ruck und ging zu ihr hinüber.

»Verzeihen kann ich dir niemals. Du hast mich zum Narren gehalten. Aber die Zeit mit dir ist die schönste Zeit meines Lebens geworden. Dafür bin ich dir ewig dankbar. Ich habe dort drinnen nichts erzählt, Lara.«

In ihren Augen standen Tränen. »Oh, Paul! Ich weiß nicht, wie ich dir...«

»Nimm es als Geburtstagsgeschenk von mir. Herzlichen Glückwunsch zum Geburtstag, Baby.«

Erst als er sich abwandte und davonging, begriff Lara, was Paul eben gesagt hatte. Heute war ihr Geburtstag! In letzter Zeit hatten die Ereignisse sich so sehr überschlagen, daß sie ihren Geburtstag ganz vergessen hatte. Und die große Geburtstagsparty mit zweihundert Gästen im Manhattan Cameron Plaza!

Lara wandte sich aufgeregt an Terry Hill. »Ich muß sofort nach New York zurück. Heute abend findet eine große Party für mich statt. Glaubst du, daß das Gericht mich gehen läßt?«

»Augenblick«, sagte der Anwalt und verschwand im Gerichtssaal. Als er nach fünf Minuten zurückkam, nickte er Lara zu. »Du kannst nach New York zurückfliegen. Das Gericht gibt seine Entscheidung morgen um elf Uhr bekannt, aber das ist bloß noch eine Formalität. Du mußt nur dafür sorgen, daß du rechtzeitig wieder zurück bist. Dein Freund hat übrigens die Wahrheit gesagt. Er hat dich mit keinem Wort belastet.«

Eine halbe Stunde später war Lara nach New York unterwegs.

»Alles in Ordnung, Lara?« fragte Terry Hill besorgt, als sie sich verabschiedeten.

»Natürlich!« sagte sie. An diesem Abend würden über zweihundert prominente Leute zusammenkommen, um ihren Geburtstag zu feiern. Sie würde ihnen hocherhobenen Hauptes gegenübertreten. Schließlich war sie Lara Cameron.

Sie stand in der Mitte des großen Ballsaals und sah sich um. Dies alles hatte sie geschaffen. Sie hatte Monumente errichtet, die zum Himmel aufragten, die das Leben von Tausenden von Menschen in ganz Amerika verändert hatten. Und nun ging das alles in den Besitz anonymer Banken über. Sie glaubte, ihren Vater ganz deutlich sagen zu hören: *Das Schicksal ist immer gegen mich gewesen.*

Sie dachte an Glace Bay und das kleine Fremdenheim, in dem sie aufgewachsen war. Sie erinnerte sich daran, wie verängstigt sie an ihrem ersten Schultag gewesen war: *Fällt jemandem ein Wort ein, das mit F anfängt?* Sie dachte an die Mieter, die ihr geholfen hatten.

Bill Rogers ... *Anderer Leute Geld* ... Und Charles Cohn ... *»Ich esse nur koschere Speisen ... Würden Sie einen Mietvertrag für fünf Jahre mit mir abschließen, wenn es mir gelingt, dieses Grundstück zu erwerben? ... Nein, Lara. Es müßte ein Zehnjahresvertrag sein ...*

Und Sean MacAllister ... *Für die Gewährung dieses Darlehens müßte schon ein ganz besonderer Grund vorliegen ... Für dich ist's also das erste Mal, was?*

Und Howard Keller ... *Als erstes muß ich Ihnen sagen, daß Sie die Sache völlig falsch anpacken ... Ich möchte, daß du in Zukunft für mich arbeitest.*

Und dann ihre Erfolge. Die herrlichen, glänzenden Erfolge. Und Philip. Ihr Ritter Lochinvar. Der Mann, den sie über alles liebte. Dieser Verlust schmerzte am meisten.

Eine Stimme rief ihren Namen. »Lara ...«

Sie drehte sich um.

Hinter ihr stand Jerry Townsend. »Carlos hat mir gesagt, daß Sie hier sind.« Er kam auf sie zu. »Tut mir leid, daß die Geburtstagsparty ausfallen mußte.«

Sie starrte ihn an. »Was ... was ist passiert?«

Er machte große Augen. »Hat Howard Ihnen das nicht gesagt?«

»Was hätte er mir sagen sollen?«

»Wegen der schlechten Publicity sind so viele Absagen gekommen, daß wir's für besser gehalten haben, die Party abzusagen. Ich hatte Howard gebeten, es Ihnen zu sagen.«

Mein Arzt hat mir geraten, Urlaub zu machen, Lara. Um es ganz ehrlich zu sagen: Ich habe in letzter Zeit Probleme mit meinem Gedächtnis.

»Macht nichts, Jerry«, sagte Lara leise. Sie sah sich ein letztes Mal in dem großen Ballsaal um. »Ich habe meine Viertelstunde gehabt, nicht wahr?«

»Wie bitte?«

»Nichts.« Sie bewegte sich in Richtung Ausgang.

»Kommen Sie bitte noch kurz mit nach oben ins Büro, Lara? Dort sind noch ein paar Sachen zu erledigen.«

»Gut, bringen wir's hinter uns.« Wahrscheinlich werde ich dieses Gebäude nie wieder betreten, dachte Lara.

Im Aufzug sagte Jerry: »Ich habe erfahren, daß Howard Keller ein umfassendes Geständnis abgelegt hat. Kaum zu glauben, daß er an allem schuld gewesen ist.«

Lara schüttelte den Kopf. »*Ich* bin an allem schuld gewesen, Jerry. Das werde ich mir nie verzeihen.«

»Nein, es ist nicht Ihre Schuld gewesen.«

Einsamkeit schlug wie eine Woge über ihr zusammen. »Jerry, falls Sie noch nicht zu Abend gegessen haben...«

»Ich kann leider nicht, Lara. Ich bin noch verabredet.«

»Oh... schon gut, Jerry.«

Die Aufzugtüren öffneten sich, und die beiden stiegen aus.

»Die Papiere, die Sie unterschreiben müssen, liegen im Konferenzraum«, sagte Jerry Townsend.

»Danke.«

Er ließ Lara den Vortritt. Als sie die Tür zum Konferenzraum öffnete, begannen vierzig Stimmen zu singen: »Happy birthday to you, happy birthday to you...«

Lara blieb überrascht stehen. In dem Raum drängten sich Menschen, mit denen sie lange zusammengearbeitet hatte – Bauleiter, Architekten und Bauunternehmer. Charles Cohn war ebenso da wie Professor Myers, Horace Guttman, Kathy Turner und Jerry Townsends Vater. Aber Lara hatte nur Augen für Philip. Als er mit ausgestreckten Armen auf sie zukam, bekam sie plötzlich fast keine Luft mehr.

»Lara...« Ihr Name klang wie eine Liebkosung.

Und dann lag sie in seinen Armen, bemühte sich, nicht in Tränen auszubrechen, und dachte: Endlich zu Hause! Hier gehöre ich her. Während sie ihn umarmte, wurde ihr still und friedlich zumute. Nur das hier zählt, sagte Lara sich.

Die Gäste umringten sie und schienen alle gleichzeitig auf sie einzureden.

»Herzlichen Glückwunsch zum Geburtstag...«

»Du siehst wunderbar aus, Lara...«

»Bist du richtig überrascht gewesen...?«

Lara wandte sich an Jerry Townsend. »Jerry, wie haben Sie es bloß geschafft, so viele . . . ?«

Er schüttelte den Kopf. »Philip hat alles arrangiert.«

»Oh, Liebster!«

Kellner schoben Servierwagen mit Hors d'œuvres und Drinks herein.

»Was auch passiert – ich bin stolz auf dich, Lara!« sagte Charles Cohn. »Du hast davon geträumt, der Welt deinen Stempel aufzudrücken, und das hast du auch getan.«

»Daß ich noch lebe, verdanke ich dieser Frau«, versicherte Jerry Townsends Vater allen Gästen.

»Ich auch«, stimmte Kathy lächelnd zu.

»Kommt, wir trinken auf ihr Wohl!« schlug Jerry Townsend vor. »Auf den besten Boß, den ich je gehabt habe oder haben werde!«

Charles Cohn erhob sein Glas. »Auf ein wundervolles kleines Mädchen, das eine wunderbare Frau geworden ist!«

So gingen die Trinksprüche weiter, bis Philip an der Reihe war. Da er unmöglich alles sagen konnte, was ihn bewegte, beschränkte er sich auf sechs Worte: »Auf die Frau, die ich liebe!«

Lara hatte Tränen in den Augen und konnte kaum sprechen. »Ich . . . ich verdanke euch allen so viel«, begann sie stockend. »Und ich weiß, daß ich mich dafür niemals revanchieren kann. Deshalb möchte ich euch nur . . .« Ihre Stimme versagte für einen Augenblick. »Ich danke euch von Herzen!«

Sie wandte sich an Philip. »Vor allem danke ich dir, mein Liebster. Dies ist der schönste Geburtstag meines Lebens.« Dann fiel ihr plötzlich etwas ein. »Ich muß heute nacht nach Reno zurück!«

Philip zuckte grinsend mit den Schultern. »Nach Reno wollte ich immer schon mal . . .«

Eine Stunde später saßen sie in der Limousine, die sie zum Flughafen brachte. Lara hielt Philips Hand in der ihren und dachte: Ich habe also doch nicht alles verloren. Und ich werde den Rest meines Lebens damit verbringen, wiedergutzumachen, was ich Philip angetan habe. Alles andere ist unwichtig. Wichtig ist in Zukunft nur, daß ich mit ihm zusammen bin und ihn umsorge. Mehr will ich gar nicht.

»Lara . . . ?«

Sie sah aus dem Fenster. »Halten Sie an, Max!«

Die Limousine bremste.

Philip musterte sie verständnislos. Sie hielten vor einem mit Unkraut überwucherten großen Grundstück. Lara starrte wie gebannt darauf.

»Lara . . .«

»Sieh nur, Philip! Sieh dir das an!«

Er zog die Augenbrauen hoch. »Was denn?«

»Siehst du's nicht?«

»Was soll ich sehen?«

»Oh, das wird herrlich! Dort drüben in die Ecke kommt ein Einkaufszentrum! In die Mitte bauen wir Luxusapartments. Der Platz reicht für vier Gebäude. Jetzt siehst du's auch, nicht wahr?«

Er starrte sie wie hypnotisiert an.

Laras Stimme klang aufgeregt, als sie sich jetzt zu ihm umwandte. »Paß auf, ich habe schon einen Plan . . .«

Danksagung

Ich schulde allen Dank, die mir so großzügig ihre Zeit und ihre Kenntnisse zur Verfügung gestellt haben:

Larry Russo, der mich durchs verwirrende Labyrinth der allergrößten Glücksspieler geführt hat – das der Baulanderschließer und Bauträger.

Den Musikkennern, die mich in ihre ganz eigene Welt eingeladen haben – Mona Gollabeck, John Lill, Zubin Mehta, Dudley Moore, André Previn und die Treuhänder des Leonard-Bernstein-Nachlasses.

Danken möchte ich auch den Einwohnern von Glace Bay für ihre herzliche Gastfreundschaft. Ich hoffe, daß sie mir die wenigen dichterischen Freiheiten, die ich für notwendig gehalten habe, verzeihen werden.

Das Fachwissen in diesem Buch stammt von den oben Genannten. Für etwaige Fehler bin ich verantwortlich.

Sidney Sheldon
bei Blanvalet

Diamanten-Dynastie
Roman. 432 Seiten

Das Erbe
Roman. 352 Seiten

Das Imperium
Roman. 384 Seiten

Die letzte Verschwörung
Roman. 320 Seiten

Die Mühlen Gottes
Roman. 384 Seiten

Die Pflicht zu schweigen
Roman. 352 Seiten

Schatten der Macht
Roman. 352 Seiten

Zorn der Engel
Roman. 440 Seiten